Ben Berkeley
Judaswiege

PIPER

Zu diesem Buch

Er mordet mit einem mittelalterlichen Folterwerkzeug, der Judaswiege. Treusorgender Familienvater, Serienmörder und eine verborgene Online-Identität: Das Profil, das der leitende FBI-Ermittler Sam Burke vom Täter entwirft, könnte erschreckender nicht sein – und eine derartige Dreifach-Persönlichkeit war bisher nur in der Theorie bekannt. Trotz dieser Erkenntnis kommt Sams Truppe dem Killer nicht näher. Und ausgerechnet seine Ex-Partnerin Klara »Sissi« Swell, bekannt für ihre bisweilen illegalen Ermittlungsmethoden, wird vom Ehemann einer der Ermordeten engagiert. Zusammen und doch nicht gemeinsam versuchen sie, dem Täter eine Falle zu stellen. Mit fatalen Folgen. Als sie ihren Fehler erkennen, ist es fast zu spät ...

Ben Berkeley, Jahrgang 1975, wurde als Sohn deutscher Einwanderer in Palo Alto geboren und wuchs in der Bay Area auf. Nach einem Psychologiestudium wurde er Berater des FBI und ist einer der führenden Experten für Medien- und Täterpsychologie. Ben lebt in Santa Barbara, Kalifornien und Tel Aviv, Israel. »Judaswiege« ist sein erstes Buch.

Ben Berkeley

JUDASWIEGE

Thriller

Piper München Zürich

Mehr über unsere Autoren und Bücher:
www.piper.de

Von Ben Berkeley liegt bei Piper vor:
Judaswiege

Originalausgabe
Dezember 2011
© 2011 Piper Verlag GmbH, München
Umschlagkonzept: semper smile, München
Umschlaggestaltung und -motiv:
Hauptmann & Kompanie Werbeagentur, Zürich
Satz: Fotosatz Amann, Aichstetten
Gesetzt aus der Stempel Garamond
Papier: Munken Print von Arctic Paper Munkedals AB, Schweden
Druck und Bindung: CPI – Clausen & Bosse, Leck
Printed in Germany   ISBN 978-3-492-27291-9

Kapitel 1

Juni 2004
Big Beach, Maui, Hawaii

Jessicas Schritte patschten im flachen Wasser der Brandung, sie lachte ausgelassen. Ein schwarz-weißer Hund, den sie nicht kannte, tollte um ihre Beine, forderte sie zum Spielen auf. Sie freute sich über die Zufallsbekanntschaft mit dem freundlichen dicken Wollknäuel. Lachend spritzte sie ihm ein paar Tropfen auf die Schnauze, er bellte kurz wie zum Dank und trollte sich dann über den weichen Strand, der in der Abendsonne glitzerte, zu seinem Herrchen.

Jessica ließ die Wellen den Sand von ihrem Körper waschen und lief zurück zu ihrem Handtuch, sie musste sich jetzt beeilen. Schon Viertel vor sieben, um halb acht wollte sie mit Adrian zu Abend essen. Sicher hatte er wieder etwas Wunderbares gezaubert, Kochen war nicht nur sein Beruf, sondern seine Passion. Und so stand er auch in ihren Flitterwochen an manchen Nachmittagen am Herd. Jessica nutzte die freie Zeit an solchen Tagen, um schwimmen zu gehen, oder für Ausflüge in die Berge, aber zum Abendessen war sie immer pünktlich zurück in ihrer Ferienwohnung.

Wie schön, dass ich mich auch nach über sechs Jahren immer noch so auf ein Wiedersehen mit ihm freue, dachte sie und lächelte. Der Wind strich über die feinen Härchen ihrer Haut und ließ sie frösteln. Sie schlang das Handtuch um die Hüften und schnappte sich ihre Flip-Flops.

Noch einmal blickte sie zurück über das Meer, auf die geheimnisvolle Insel, die vor der Küste lag wie ein überdimensionaler dunkler Stein. Ob dort Menschen wohnten?, fragte sie sich zum hundertsten Mal, als sie sich auf den Weg zu ihrem Mietwagen machte. Der nasse Sand klebte zwischen ihren Zehen, er kitzelte angenehm.

Keine zwei Minuten später erreichte sie das Auto und zog sich ein leichtes Sommerkleid über den Bikini. Das Innere des Jeeps war aufgeheizt, ein dicker Schwall schwülheißer Luft schlug ihr entgegen. Jessica öffnete alle Fenster, bevor sie den Wagen startete und langsam von dem Strandparkplatz rollte. Ihr Magen knurrte. Es wurde Zeit, dass sie etwas zu essen bekam. Vielleicht eines dieser phantastischen Mondfisch-Steaks?

Das Wasser lief ihr im Mund zusammen, als sie das Klingeln ihres Handys aus ihren Gedanken riss. Sicher wunderte sich Adrian, wo sie blieb. »Hallo, Adrian«, begrüßte sie lächelnd ihren frischgebackenen Ehemann. Die Leitung knackte. Wieder einmal eine schlechte Verbindung, dachte Jessica. Typisch für Maui, auf Inseln scheinen sie die Mobilfunknetze einfach nicht in den Griff zu kriegen.

»Adrian?«, fragte sie erneut.

»Nicht ganz«, antwortete eine leise Stimme.

»Wer ist da?«, wollte Jessica wissen, jetzt leicht verärgert wegen des offensichtlich falsch verbundenen Anrufers.

»Jessica, ich möchte, dass du ruhig bleibst«, verlangte der Unbekannte.

Was konnte das bedeuten? War Adrian etwas zugestoßen? Ihr Magen krampfte sich in dunkler Vorahnung zusammen.

»Was ist passiert?«, wollte sie wissen.

»Noch ist nichts passiert, Jessica«, beruhigte sie die Stimme. »Jessica, ich möchte, dass du unter deinen Sitz schaust.« Die Stimme klang kalt und teilnahmslos.

Ihre Hand begann zu zittern. Was wollte dieser Mann von ihr? Wieso sollte sie unter ihren Sitz schauen? Wie benommen steuerte sie den schweren Wagen auf den Seitenstreifen und blickte in den Rückspiegel. Außer ihr war keine Menschenseele auf der abgelegenen Landstraße unterwegs. Sie stellte die Automatik auf Parken und beugte sich nach unten. Ihre Augen gewöhnten sich nur langsam an die Dunkelheit des Wagenbodens. Sie hielt den Atem an, und ihr Herz stockte. Was sollte das alles? Ein schlechter Scherz von einem von Adrians Bekannten? Sie starrte auf die rote Leuchtdiode, die in regelmäßigen Abständen blinkte. Die kleine Lampe klebte an einem großen grauen Paket aus Plastik, um das Gopher-Tape gewickelt war.

Sie saß auf einer Bombe.

»Jessica, hast du unter den Sitz geschaut?« Wieder die Stimme, jetzt klang sie überlegen, und Jessica meinte, den Mann am anderen Ende der Leitung lächeln zu sehen.

»Ja«, stammelte sie.

»Gut. Steig nicht aus dem Wagen, Jessica.«

Sie überlegte fieberhaft. Es war kein Auto in Sicht, sie war allein auf der staubigen Straße. Wie sollte er wissen, ob sie aus dem Auto stieg oder nicht?

Als hätte er ihre Gedanken erraten, wiederholte er sich: »Steig nicht aus, Jessica. Tu uns das nicht an. Ich kann dich sehen.«

Obwohl sie nicht zum Schwitzen neigte, klebte das Sommerkleid an ihrer Haut wie ein nasser Sack, das Adrenalin hatte ganze Arbeit geleistet. Angst, Stress und Schweiß. Panik erfasste sie. Was sollte sie tun, was hatte der Mann mit ihr vor? Wurde sie entführt? Wegen Adrian? Wegen Geld? Verdammt, Adrian …

»Jessica, frag dich nicht, warum. Es geht nicht um Adrian, es geht nur um uns beide.«

Als könne er ihre Gedanken lesen wie ein offenes Buch. Jessica schluckte. Sie stammelte: »Was meinen Sie damit, es geht um uns?«, fragte sie.

Die Stimme lachte: »Das wirst du noch früh genug begreifen, Jessica. Fahr jetzt weiter. Und halte dich an das Tempolimit, wir wollen doch nicht, dass ein Unfall geschieht, nicht wahr, Jessica?«

Wieso wiederholt er ständig meinen Namen?, wunderte sie sich. Ein verdammter Freak. Aber welche Wahl hatte sie schon? Wenn die Bombe echt war, dann musste sie auf Zeit spielen. Und wenn nicht, wenn es nur ein Spinner war, der ihr einen Schrecken einjagen wollte? Sie glaubte nicht daran. Vielleicht ein verflossener Liebhaber. Welcher wäre verrückt genug, ihr so etwas anzutun? Ihr fiel keiner ein. Aber wer konnte schon in fremde Köpfe schauen? In die dunkelsten Ecken, dorthin, wo die abseitigen Phantasien ihr verborgenes Dasein fristeten? Niemand.

Nur dieser eine One-Night-Stand schlich sich in ihr Bewusstsein. Damals, vor Jahren, die schummrige Bar, mehrere Drinks, eine einzige Nacht. Er hatte sie gewürgt beim Sex. Sie hatte es als nicht schlimm empfunden, betrunken, wie sie war, hatte es sie sogar angemacht. Konnte er die Stimme sein? Sie wusste gar nichts mehr, sie wusste nur noch, dass sie auf einer Bombe saß und ihr diese Stimme drohte, sie in die Luft zu jagen, wenn sie nicht tat, was der Mann verlangte.

Sie beschloss, kein Risiko einzugehen und zunächst nachzugeben. Ihr Verstand versuchte, die Kontrolle zu übernehmen. Konnte sie nicht einfach vor einer Polizeistation halten und aus dem Wagen springen? In Filmen hechteten sie ständig aus explodierenden Autos und kamen mit heiler Haut davon. Sie kalkulierte ihre Chancen, bis sie sich eingestehen musste, dass sie zu wenige Variablen kannte. Sie fühlte sich ausgeliefert. Trotzdem startete sie den Wagen.

»Gut, Jessica. Bleib auf der Landstraße bis zur nächsten Kreuzung, und nimm dann die Abzweigung nach Hana im Norden. Ich rufe dich wieder an. Und denk dran, dass ich dich sehen kann, ja? Willst du das für mich tun, Jessica?«

Als könnte sie dadurch alles rückgängig machen, presste Jessica sich den Hörer ans Ohr, vernahm ihren eigenen Atem, der gegen die Panik ankämpfte. Als sie nicht antwortete, wurde die Stimme schärfer: »Jessica, hast du mich verstanden?«

»Ja«, erwiderte sie. Was blieb ihr für eine Alternative?

»Gut. Ich melde mich wieder«, versprach er.

Wie der Verrückte verlangt hatte, nahm Jessica zunächst den Highway und bog im Norden Richtung Hana ab. Der Asphalt wand sich in engen Kurven an der Küste entlang, es war eine beliebte Route für Touristen, angeblich die schönste Straße von ganz Hawaii. Es war jetzt Viertel nach sieben. Um diese Uhrzeit waren die Touristen längst verschwunden, und die Kurven schlängelten sich einsam durch die dichte Vegetation von Maui. Sie musste langsam fahren, immer wieder wurde die Fahrbahn einspurig. Nacheinander passierte sie Attraktionen wie die Zwillings-Wasserfälle oder einen verlassenen Stand, der tagsüber Bananenbrot verkaufte, aber abends waren die Läden verrammelt.

Manchmal glaubte sie, hinter sich ein Scheinwerferpaar zu sehen. Sie fuhr langsamer, aber der Wagen holte nicht auf. Da bist du also. Konnte sie es hier riskieren, aus dem Auto zu springen? Die Strecke war derart unübersichtlich, dass er sie zwangsläufig aus den Augen verlieren musste. Ja, so könnte es gehen. Jessica wartete auf zwei besonders enge, aufeinanderfolgende Passagen und versuchte, möglichst weit vorauszuspähen. Als ein gelbes Schild mit großen schwarzen Pfeilen eine Hundertachtzig-Grad-Kehre ankündigte, beschloss sie, ihr Glück dort herauszufordern. Noch vierzig Meter, dreißig, zwanzig. Dann klingelte ihr Handy. Mit zitternden Fingern drückte sie auf die Taste.

»Jessica, schau nach rechts oben an den Türrahmen. Und bitte: Halte mich nicht für dumm. Das senkt deine Überlebenschancen drastisch. Wir sind fast da, du hast den ersten Teil gleich geschafft. Hinter der nächsten Kurve biegst du nach rechts ab in den Bambuswald. Der Weg ist klein und matschig, aber ich bin sicher, du wirst ihn finden.«

Er kappte die Verbindung. Sie blickte zum Türrahmen, fluchte. Eine kleine schwarze Linse klebte kaum sichtbar an der Scheibe. Er hatte sie die ganze Zeit beobachten können. Shit. Ihr Plan war gescheitert. Sie hatte keine Chance, er saß am längeren Hebel. Diese niederschmetternde Erkenntnis lenkte sie ab, sodass sie die Kehre viel zu schnell genommen hatte. Plötzlich spürte sie, dass sie von der Straße abkam. Der große Wagen schlitterte, und Jessica trat hektisch auf die Bremse. Gerade noch rechtzeitig kam sie vor einer steilen Felswand zum Stehen. Puls und Atem lieferten sich ein Kopf-an-Kopf-Rennen, Jessica hatte das Gefühl, ihr Herz könnte jeden Moment stehen bleiben. Aber dann hätte der Geisteskranke sogar ohne ihr Zutun sein Ziel erreicht. Sie klammerte sich ans Lenkrad und fuhr wieder an.

Nach der nächsten Rechtskurve hielt sie Ausschau nach der Abzweigung, die ihr die Stimme beschrieben hatte. Dicht an dicht ragten riesige Bambusstauden wie Tausende übergroße Schaschlikspieße gen Himmel. Was wollte der Mann hier von ihr? Grauenhafte Bilder tauchten vor ihrem inneren Auge auf: gespreizte Schenkel, Schreie, eine Hand auf ihrem Mund. Dann Schmerz. Jessicas Magen krampfte. Aber was hatte sie schon für eine Wahl?

Sie versuchte verzweifelt, mit ihren zitternden Händen das Lenkrad festzuhalten, als sie auf der rechten Seite eine schlammige Abzweigung bemerkte, die in das undurchdringliche Dickicht führte. Es war schon fast zu spät. Im letzten Moment riss sie das Steuer herum, sodass der Wagen ins Schleudern geriet.

Als sie ihn wieder unter Kontrolle hatte, holperte er auf dem unebenen Weg derart, dass Jessica fürchtete, die Bombe würde von selbst in die Luft fliegen, aber nichts dergleichen geschah. Nach fünfzig Metern endete der Weg abrupt. Sie musste falsch abgebogen sein. Sie drehte den Kopf zurück und legte den Rückwärtsgang ein, als erneut ihr Handy klingelte. Ein Wunder, dass sie hier draußen überhaupt Empfang hatte. Mit bebender Stimme antwortete sie: »Ja?«

»Das hast du gut gemacht, Jessica. Den ersten Teil hättest du geschafft.«

»Was meinen Sie mit erstem Teil?«, schrie sie panisch, ihre Stimme überschlug sich. »Was wollen Sie von mir?«

»Bleib ruhig, Jessica. Es erhöht deine Überlebenschance drastisch. Unterschätze mich nicht, und behalte die Nerven, das ist das Wichtigste.«

Jessica schluckte ihre Tränen herunter. So viel war sicher: Wenn sie diesen Albtraum unversehrt überstehen wollte, musste sie sich am Riemen reißen. Nicht weil er das sagte, sondern weil sie sonst an ihrer Furcht sterben würde. Dazu bräuchte sie keinen kranken Vergewaltiger, der ihr eine Bombe unter den Autositz legte. Also gut. Als Erstes musst du rausfinden, was er von dir will, und dann musst du Adrian eine Nachricht zukommen lassen. Er wird wissen, was zu tun ist, er weiß immer, was zu tun ist.

»Was wollen Sie von mir?«, fragte sie erneut. Ihre Stimme klang jetzt fester, sie hatte nun zumindest eine vage Idee, wie sie dem Wahnsinnigen entkommen konnte.

»Jessica, ich kann deine Neugier verstehen. Ich werde es dir sagen.« Ein Blitzen im Rückspiegel erregte ihre Aufmerksamkeit. Von der Landstraße bog ein zweiter Wagen in den matschigen Waldweg ab. Das musste er sein. Das Scheinwerferpaar zuckte auf und ab, als der Wagen auf dem unebenen Boden durchgeschüttelt wurde. Sie fühlte wieder die Panik in sich aufsteigen, kämpfte sie aber nieder. Behalt die Nerven, Jessica.

»Jessica?«, fragte die Stimme. Ihr Verfolger hatte jetzt angehalten, die Scheinwerfer strahlten durch die Dämmerung, die Sonne war beinahe untergegangen, in wenigen Minuten würde es in dem Bambuswald komplett dunkel sein.

»Ja«, antwortete sie.

»Du machst den Motor und das Licht aus, und dann legst du den Schlüssel auf das Wagendach.«

Jessica schluckte. Ihr war bewusst, dass mit jeder seiner Anweisungen, der sie Folge leistete, ihre Chancen sanken, diesem Albtraum zu entkommen. Andererseits würde es ihr auch nichts nützen, ihn zu provozieren. Er wollte, dass sie den Schlüssel aufs Dach legte. Nun gut, in dieser tickenden Zeitbombe hielt sie es ohnehin keine Sekunde länger aus. Wenn er wollte, dass sie aus dem Auto stieg, sollte es ihr nur recht sein. Sie löschte das Licht. Der Wald lag jetzt vor ihr wie ein dunkler Vorhang. Wie in Zeitlupe zog sie den Schlüssel ab, nahm ihn in die linke Hand und legte ihn auf das Wagendach. Sie schloss die Augen, fasste einen Plan.

»Was wollen Sie von mir, Mister?«

»Du bekommst eine realistische Chance, Jessica. Wirklich.«

Er sagte es, als sei es das Normalste von der Welt, eine Chance zu erhalten.

»Aber Sie haben sie mir doch erst genommen, Mister. Ohne Sie bräuchte ich gar keine Chance. Ich wollte keine, schon vergessen?«

Die Stimme lachte. Ein emotionsloses Lachen, seltsam entrückt. Das Lachen eines Psychopathen.

Jessica dachte an Adrian und ihre Mutter, die sie immer vor Männern gewarnt hatte. Du pauschalisierst, Mom, hatte sie ihr immer geantwortet.

»Jetzt noch das Handy, und dann läufst du los. Ich gebe dir eine halbe Stunde Vorsprung, ich hatte dir schließlich eine realistische Chance versprochen.«

Das war es also? Was sollte das bedeuten? Ein krankes Spiel? Vorsprung klang nach Fangen spielen in den Vorgärten der Nachbarn. Unschuldig und ohne Konsequenzen. Was hatte dieser Mann im Sinn, der sich die Mühe gemacht hatte, eine Bombe in ihrem Auto zu platzieren? Oder war es doch möglich, dass es sich um eine Attrappe handelte? Sie sah ihre Optionen schwinden. Er konnte sie beobachten, jeden ihrer Schritte mit der Zündung der Bombe beantworten. Bis auf einen vielleicht. Vorsichtig, damit er keinen Verdacht schöpfte, tastete sie durch den dünnen Stoff ihres Sommerkleids. Ja, ihr Zweithandy war noch da. Das war ihre Chance, die Oberhand zu gewinnen. Sie konnte ihm ruhig das Handy auf dem Wagendach überlassen. Und wenn das Ganze doch nur ein Scherz war, hatte sie auch nichts verloren.

Dennoch wollte das Zittern in ihrer Hand nicht nachlassen, als sie das Funktelefon auf das Wagendach legte. Sie hatte gerade die Hand zurückgezogen und fragte sich, was der Mann jetzt vorhatte, da er nicht mehr mit ihr kommunizieren konnte, als sie ein stetes Piepsen vernahm. Panik erfasste sie. Sie schnallte den Sitzgurt los und starrte zu der Bombe. 00:27 stand jetzt auf einem rot leuchtenden LED-Display. 00:26. Jede Sekunde zählte die Uhr nach unten. Ihr blieb nicht einmal eine halbe Minute, um weit genug von dem Auto wegzukommen. Fuck. Auf der Rückbank hatte doch eine Taschenlampe gelegen, oder nicht? Damit hatte sie gestern einen verlorenen Ohrring gesucht. Eine schwarze Maglite, schwer und mit neuen Batterien. Sie brauchte die Lampe. Fieberhaft kramte sie in der Unordnung und verfluchte ihre Nachlässigkeit. Sie starrte noch einmal auf die Uhr. Fünfzehn Sekunden. Vierzehn. Da endlich ertastete sie mit ihren Fingerspitzen das kühle Metall. Sie streckte sich und riss die Lampe an sich, öffnete die Wagentür, stürzte hinaus, stolperte über den matschigen Grund. Wieso hatte sie nicht ihre Turnschuhe angezogen, anstatt einfach barfuß ins Auto zu steigen? Weil es heute Nachmittag gar keinen Grund gab, festes Schuhwerk anzuziehen. Heute Nachmittag kam ihr vor wie vor ewig langer Zeit.

Noch zwölf Sekunden. Sie schlitterte über den Waldboden, versuchte verzweifelt, Halt zu finden. Sie rutschte einen Hügel hinunter, verlor immer wieder den Halt auf dem glitschigen Untergrund. Aber die Böschung würde die Wucht der Bombe mindern, oder nicht? Noch fünf Sekunden. Sie duckte sich hinter eine besonders dichte Ansammlung von Stauden, als eine ohrenbetäubende Explosion ihr Trommelfell fast zum Platzen brachte. Ein riesiger Feuerball erhellte die Nacht, sie blickte ungläubig in Richtung der Stelle, an der vorher ihr Geländewagen gestanden hatte. Da dürfte nicht viel übrig geblieben sein.

Also keine Attrappe, dachte Jessica. Ihr Gefühl hatte sie nicht getäuscht. Es war tatsächlich das Werk eines Psychopathen und kein schlechter Scherz. Ihr wurde klar, dass es hier für sie um Leben und Tod ging. Eine halbe Stunde Vorsprung hatte ihr der Mann versprochen, aber sie wollte auf Nummer sicher gehen, sich wenigstens ein Stück weit von ihm entfernen, bevor sie mit ihrem Handy Hilfe rief. Wer weiß, ob sich der Verrückte an seine Ansage halten würde. So schnell sie konnte, kletterte sie weiter den Hügel hinunter. Überall lauerten tückische Steine, sie verlor den Halt und stürzte in den Schlamm. Verdammte Scheiße. Hektisch warf sie einen Blick zurück. Sie hatte es kaum zwanzig Meter weit geschafft. Noch ein Stück, Jessica.

Sie rappelte sich auf und stolperte weiter. Vor sich konnte sie einen kleinen Fluss ausmachen. Es hilft nichts, rein da. Das Wasser war eiskalt, was ihr auf Hawaii seltsam vorkam, aber zum Glück nicht sehr tief. Sie hielt das Handy in der Hand, damit es trocken blieb, und watete zum anderen Ufer. Der Bambuswald sah hier noch dichter aus, und sie konnte nur Umrisse erkennen, tiefer im Gebüsch wurde es sicher stockfinster.

Als sie das Ufer erreicht hatte, ließ sie sich auf den Boden fallen und wählte Adrians Mobilfunknummer. Nichts. Panik stieg in ihr auf. Das Display zeigte ihr an, wo das

Problem lag: kein Empfang. Sie kämpfte die Panik nieder, aber die Angst blieb. Dreh jetzt bloß nicht durch, Jessica. Hektisch blickte sie sich um. Der Flusslauf wäre bei Tag sicher schön anzuschauen, kurz nach der Stelle, an der sie ihn überquert hatte, bahnte er sich über einen kleinen Wasserfall den Weg ins Tal. Weiter oben erstreckten sich die weitläufigen Berge des Koolau Forest Reservats, dem Regenwald im Osten Mauis.

Nach oben oder nach unten? Bergab lag die Kleinstadt Paia, ein verschlafenes Surfer-Nest. Wie weit war sie seitdem gefahren? Mindestens neun Meilen. Durch den Dschungel würde sie bis weit in den nächsten Morgen brauchen, um die Zivilisation zu erreichen. Andererseits war es nicht gesagt, dass der Empfang oben in den Bergen besser wäre. Denk nach, denk endlich nach. Sie schaute auf das Display ihres Handys: 19:45. Von ihrem Vorsprung blieben ihr noch knappe zwanzig Minuten.

Die erfolgversprechendste Alternative lag auf der Hand: Sie musste zurück zu der Stelle, an der der Verrückte sie das letzte Mal erreicht hatte. Dort konnte sie sicher telefonieren. Aber das hieß: zurück in Richtung der Stimme. Zurück in Richtung des Psychopathen, der dort in seinem Wagen auf sie lauerte. Jessica schauderte bei dem bloßen Gedanken daran. Aber war es nicht doch die beste aller Optionen? Sie überlegte fieberhaft. Oder sollte sie sich durch den Dschungel zur Stadt durchschlagen? Nein, entschied Jessica. Sie musste Adrian so schnell wie möglich erreichen, es musste ihr einfach gelingen, das Blatt zu wenden, ihr Schicksal wieder selbst in die Hand zu nehmen. Sie warf noch einmal einen Blick auf das Handy: zehn vor acht. Ihr blieben noch fünfzehn Minuten. Und Warten machte die Situation mit Sicherheit nicht besser.

Aus ihrem Versteck hinter den Bambushalmen spähte sie über den Fluss. Es war gerade noch hell genug, um ohne Verletzungen auf die andere Seite zu gelangen. Also los, Jessica, spornte sie sich an. Sie nahm ihren kostbarsten Schatz, das Handy, in die linke und die schwere Taschenlampe in die rechte Hand. Es war ihre einzige Waffe, und sie war fest entschlossen, sie auch einzusetzen, wenn sie musste.

Nachdem sie den Fluss ohne Probleme überquert hatte, hielt sie am anderen Ufer kurz inne und lauschte. Sie vernahm das Knacken von berstendem Holz. Wo kam das Geräusch her? Sie konnte es nicht lokalisieren. War er das? Verzweifelt starrte sie gegen die schwarze Wand. Jetzt war es auf einmal wieder still, nur das Plätschern des Bachs war zu hören. Und seine eiskalte, unbeteiligte Stimme in ihrem Kopf: »Ich gebe dir eine halbe Stunde, Jessica.«

Sie packte die Stablampe fester und begann, sich zwischen den dichten Sträuchern hindurchzuzwängen. Die Blätter und Zweige kratzten bei jeder Bewegung an ihrer Schulter und raschelten beim Zurückschnellen. Das Geräusch kam ihr unwirklich laut vor. Und sie hatte noch ein gutes Stück Weg vor sich, denn sie musste das Auto des Verrückten umgehen, um etwas weiter im Westen zur Straße zu gelangen. Dort würde sie dann endlich telefonieren können. Zur Sicherheit überprüfte Jessica noch einmal den Handyempfang: nichts. Der Boden war mit kräftigen Halmen bewachsen, und bei fast jedem Schritt schnitten die Fasern tief in die Haut ihrer nackten Fußsohlen. Denk nicht dran.

Sie schlich etwa fünfzig Meter Richtung Straße, immer wieder starrte sie auf die Balken ihres Telefons, aber sie bewegten sich nicht. Zum Glück war der Akku voll aufgeladen. Sie schlug einen großen Bogen und erreichte eine kleine Anhöhe. Von dort aus konnte sie den Asphalt der Straße nur wenige Meter unter sich in der Dämmerung erkennen. Endlich! Und das Display zeigte ihr, dass sich ihr Telefon ins Netz eingewählt hatte. Mit zitternden Fingern drückte sie die Wahlwiederholung. Es dauerte eine kleine Ewigkeit, bis das Freizeichen ertönte. Sie presste den Lautsprecher ans Ohr und lauschte. Endlich klingelte es. Aber da war noch etwas anderes. Sie spürte einen Luftstoß an ihrem Rücken, ganz leicht. Es klingelte immer noch. Geh ran, Adrian, geh doch bitte ran.

»Ich wusste, dass du zurückkommen würdest«, sagte die kalte Stimme direkt neben ihrem freien Ohr. Sie warf den Kopf herum. Und blickte in eine hässliche schwarze Fratze. Der Teufel selbst ist hinter dir her! Der Schrecken fuhr ihr in die Knochen, ihre Beine gaben nach. Sie schlug wie wild mit der Maglite um sich, versuchte, ihren Peiniger zu treffen. Ihre Hand mit dem Telefon wurde brutal nach links weggeschlagen.

»Adrian!«, schrie Jessica auf und streckte ihre Hand nach dem Gerät aus, aber sie griff ins Leere: Ihr wichtigster Schatz war auf der Straße zerschellt. Die Fratze griff nach ihren Haaren, zog sie ruckartig nach hinten, sodass ihre Wirbelsäule krachte.

»Und jetzt lauf, Jessica«, forderte die Stimme und keuchte, bevor sie Jessica brutal vor sich her stieß.

KAPITEL 2

Februar 2011
National Center for the Analysis of Violent Crimes (NCAVC),
Quantico, Virginia

Special Agent Sam Burke kratzte das Schwarze unter seinen Fingernägeln hervor und schnippte es in den Papierkorb, der rechts neben ihm stand. Ich sollte mehr Sport machen, nahm er sich vor und strich sich über sein blütenweißes Hemd, dessen leichte Wölbung verriet, dass er zugenommen hatte, seit er in Quantico arbeitete. Kein Wunder: morgens mit dem Auto zur Arbeit, den ganzen Tag am Computer und abends wieder mit dem Wagen nach Hause, ein Bewegungsmuster wie ein Gorilla im Zoo, nur ohne Klettergarten. Dazwischen Kantinenfutter und Donuts. Das konnte ja nichts werden, urteilte Sam und biss in die süße Teigschnecke, die auf seinem staub- und aktenfreien Schreibtisch lag.

Burke hielt nichts von Akten und ebenso wenig von liegen gelassener Arbeit. Sie vermehrt sich, wenn man sie alleine lässt, referierte er grundsätzlich, wenn er auf die blitzblanke Arbeitsfläche angesprochen wurde. Sam wusste jedoch, dass er gar keinen Ordnungsfimmel hatte, auch wenn einiges dafür sprach: Er besaß siebzehn Paar gleiche Schuhe in zwei Farben, neun schwarze Anzüge, fünfundzwanzig Paar identische Socken, dreizehn weiße Hemden und eine Jeans. Letztere trug er nur sonntags, was natürlich nur weiteres Wasser auf die Mühlen der Bürogerüchte war. Er hatte eben Prinzipien. Aber nicht um der Ordnung willen, sondern nur, weil es praktischer war.

Mochten sie ihn doch ruhig für einen Knorrkopf halten, Hauptsache, die Arbeit vermehrt sich nicht wie die Karnickel – bloß, weil man einen Moment nicht hingeschaut hat, sinnierte er, als das Telefon klingelte. Gelangweilt blickte er auf das Display: Irgendein Wesley Brown mit der Durchwahl 2256. »Wesley, dich habe ich schon bei Raumschiff Enterprise gehasst, du neunmalkluger, besserwisserischer Teenyarsch«, sagte Sam. Er nahm trotzdem ab. Eine Stunde später sollte er feststellen, dass er nicht komplett danebengelegen hatte.

Als er den schmucklosen Flur der Experimental Cyber Crime Unit hinunterging, fragte er sich immer noch, was die Eltern geritten haben musste, ihrem Jungen ausgerechnet den Namen Wesley zu geben. Konnte es angehen, dass sie gar keine Ahnung hatten, dass sie ihrem Jungen damit die Höchststrafe verpassten? Nein, unmöglich. Als Kinder der Achtziger- und Neunzigerjahre mussten sie Raumschiff Enterprise einfach kennen. Jeder kennt Raumschiff Enterprise und das Besserwisser-Arschloch. Und Tasha Yar, Traumfrau seiner Jugend. Nur getoppt von seiner Expartnerin Klara, deren lebenslange Wut er ausgerechnet dadurch auf sich gezogen hatte, dass er ihre Karriere vernichtet hatte.

Wie oft hatte er sich schon gefragt, ob es hätte anders laufen können, ob ihn doch Schuld traf, wie es Klara unterstellte. Bis heute verfasste er wöchentlich einen Brief und schrieb ihn in seiner krakeligen Handschrift auf feinstes Büttenpapier. Ob sie immer noch als Kellnerin arbeitete? Wahrscheinlich, was hatte sie schon für eine Wahl als Ex-Cop auf Bewährung? Ob sie irgendwann einsehen würde, dass alles längst verloren gewesen war, dass er gar nichts mehr für sie hätte tun können?

Ihre Beziehung hatte er unwiederbringlich zerrüttet, so

viel war ihm klar. Aber konnten sie nicht wenigstens auf einer freundschaftlichen Ebene wieder zueinander finden? Wenn Sam ehrlich war, glaubte er nicht daran. Aber die Hoffnung stirbt zuletzt. Er vermisste die Abende mit ihr vor dem Kamin, wenn er sie »Sissi« genannt hatte, und wie sie gelacht hatten über den größten Unsinn.

Als er die Tür zu Wesley Browns Büro öffnete, schnupperte er. Das war doch eindeutig ein Burger, oder nicht? Ein wunderbar gebratener Burger mit Zwiebeln und einer knackigen roten Tomatenscheibe.

»Was ist das hier? Ein verdammter Drive-In?«, fragte er mit gespielt verärgerter Stimme.

Ein schmächtiger rothaariger Junge, der tatsächlich ein wenig aussah wie der Fähnrich aus dem Fernsehen, nahm hektisch die Füße vom Schreibtisch und stapelte Papier auf den armen Burger. Banause, dachte Sam.

»Entschuldigen Sie, Sir. Das ist mein Mittagess…«

»Entspannen Sie sich, Fähnrich Crusher«, unterbrach ihn Sam. Hatte der Jungspund wirklich die Augen gerollt bei Fähnrich Crusher? Er konnte kaum älter sein als das Fernsehvorbild, vielleicht Anfang zwanzig. Die neu gegründete Cyber Crime Unit, die sich um Hacker und andere subversive Elemente des angebrochenen Jahrtausends kümmerte, brachte eine ganze Schar anders aussehender und vor allem jüngerer Kollegen zum FBI. Sam, der trotz seiner konservativen Ticks durchaus als aufgeschlossener Vertreter seiner Generation galt, freute sich darüber, obwohl er das kaum öffentlich zugeben würde. Für die Cyberjungs gehörte er mit seinen zweiundvierzig Jahren doch schon fast zum alten Eisen.

»Okay, Sir, kein Problem, Sir«, stammelte Wesley, der sich offensichtlich wieder gefangen hatte.

»Sag mal, kommst du vom Marineball, oder was ist los? Lass das Sir-Gesabbel und sag mir lieber, was es mit diesem Bildscanner auf sich hat, von dem du mir am Telefon vorgeschwärmt hast«, verlangte Sam und stellte zufrieden fest, dass es ihm gelungen war, Wesley zu verunsichern. Seine Taktik, wenn er auf einen der Frischlinge stieß, war stets die gleiche, und normalerweise funktionierte sie blendend. Bis auf Klara, da hatte es nicht geklappt. Schon wieder Klara. Verzieh dich aus meinem Kopf, wenigstens bis nach Feierabend, okay?

»Ähm«, stotterte der rothaarige Junge, »also. Wir testen gerade eine neue Technologie, die wir mit den Jungs von Google entwickelt haben. Einfach gesagt, ist es eine erweiterte Bildsuche im Netz, die dann mit unserer Vermisstendatenbank abgeglichen wird.«

Sam starrte ihn verständnislos an.

»Okay, also noch mal zum Mitschreiben«, setzte der Rothaarige neu an. Eine Frechheit, die ihm Sam normalerweise nie hätte durchgehen lassen, aber er hatte heute seinen gütigen Tag. Der Teenager zeigte auf einen Bildschirm auf seinem Schreibtisch: »Nehmen wir dieses Foto einer vermissten Person.« Es handelte sich um eine bildhübsche Frau mit spanischen Gesichtszügen. Wunderschön, korrigierte sich Sam selbst. »Und nehmen wir auf der anderen Seite«, er deutete auf einen zweiten Bildschirm, »eine umfassende Bildersuche im Internet: Firmenserver, private Homepages, soziale Netzwerke, das ganze Paket. Die Ergebnisse sehen Sie hier.«

Sam zog die rechte Augenbraue nach oben. Dieses Greenhorn wollte ihm also sagen, dass sie eine Person, die als vermisst gemeldet wurde und die am anderen Ende der Welt ein Facebook-Profil anlegte, finden könnten, oder etwa nicht? Darauf lief es hinaus. Sam musste feststellen, dass er an den Ausführungen des Computerfreaks zumindest mildes Interesse zeigte. Aber was hatte das mit ihm zu tun? Die Opfer seiner Klienten eröffneten keine Facebook-Seiten mehr. Nie mehr. »Behavioral Science Unit 2«, das hieß übersetzt: Serienmörder.

»Bei einem Testlauf mit Datensätzen des Violent Criminal Apprehension Program (ViCAP) haben wir Folgendes gefunden.« Er rief eine Datei auf, die den ganzen Bildschirm füllte.

»Heilige Scheiße«, murmelte Sam und setzte sich auf den freien Platz neben Fähnrich Crusher.

KAPITEL 3

März 2011
Strafgerichtshof der Stadt New York, New York City

Pia Lindt goss nach. § 7 der Steinschen Prozessordnung lautete: »Ein leeres Glas hemmt den Strafverteidiger.« Und so viel hatte sie in den drei Monaten gelernt, die sie jetzt für Thibault Godfrey Stein und seine überaus prestigeträchtige Kanzlei arbeitete: Seine ureigene Prozessordnung war ihm wichtig, wenn nicht heilig. Und so achtete sie peinlich genau darauf, den Wasserstand nicht unter zwei Drittel sinken zu lassen und stets die korrekte Akte bereitzulegen.

Leider waren seine Kapriolen schwer vorauszusagen. Vor Gericht konnte der kleine, zerbrechlich wirkende Mann Haken schlagen wie ein aufgescheuchter Rehbock. Aber sie hatte den Job ergattert, den jeder ehrgeizige Strafrechtsstudent am meisten begehrte: Steins Assistent. Zum einen umwehte die Kanzlei ein legendärer Ruf, zum anderen wurde hinter vorgehaltener Hand kolportiert, dass Stein weder Nachfolger noch Erben ausgewählt hatte. Für die zielstrebigen angehenden Juristen, die über die Flure von Harvard, Yale oder Stanford hetzten, bedeuteten Prestige und Geld eine unwiderstehliche Mischung. »Der Winkeladvokat« nannte man ihn an den Eliteuniversitäten – nicht despektierlich sondern bewundernd. Denn kein Strafverteidiger hatte eine ähnlich beeindruckende Bilanz wie Thibault Godfrey Stein aufzuweisen, der kaum 1 Meter 65 große, weißhaarige Mann mit dem aschgrauen Gesicht, dessen Nase – wie Pia Lindt zum wiederholten Male feststellte – aussah wie eine verdorrte Ingwerwurzel.

Stein hatte einen Footballstar rausgepaukt, der seine Ehefrau erschlagen hatte – oder doch nicht? Er hatte einen Kolumbianer verteidigt, in dessen Auto fünfzig Kilogramm Kokain gefunden worden waren – aber war es tatsächlich sein Wagen? Für Stein begann Schuld erst beim Urteilsspruch, und § 10 seiner Prozessordnung besagte: »Wenn du nicht gewinnen kannst, verlier wenigstens nicht.« Pia war gespannt, wie er das heute anstellen wollte, denn der Fall lag glasklar auf der Hand, und die Beweise gegen ihren Mandanten schienen geradezu erdrückend.

Soeben beendigte die Anklage die Vernehmung ihres wichtigsten Zeugen, des Detectivs der Mordkommission, der ihren Fall bearbeitet hatte. Es war gut gelaufen für den Staatsanwalt, kein Geschworener, der seine fünf Sinne beisammen hatte, konnte an seinen präzisen Ausführungen zweifeln. Jetzt lag es an Stein. Der Staatsanwalt schritt zu seinem Platz, die Absätze seiner teuren italienischen Schuhe knallten auf den hundert Jahre alten Steinfliesen des Gerichtssaals. Schwungvoll ließ er sich in den Stuhl fallen und reckte siegessicher den Hals.

»Ihr Zeuge, Herr Verteidiger«, skandierte der Richter.

Pia blickte auf die Knollennase zu ihrer Linken. Stein hatte die Fingerspitzen ineinandergefaltet und lächelte. Er trank einen Schluck aus dem vollen Wasserglas. Nicht zu schnell, nicht zu langsam, gerade so, dass es unbeabsichtigt wirkte. Er räusperte sich: »Danke.«

»Meine Damen und Herren Geschworenen«, begann er die Vernehmung des Zeugen, was ungewöhnlich war. »Vor Ihnen sitzt ein treuer Diener dieser Stadt, ein ehrbarer Polizist. Mr. Foudy ist ohne Frage das, was wir alle«, er ließ seinen Blick über ihre Gesichter wandern, »einen aufrichtigen Mann nennen.«

Foudy rutschte unruhig auf dem Zeugenstuhl hin und her.

»Ich würde ihm jederzeit das Leben meiner Kinder anvertrauen«, fuhr der kleine Mann fort. »Denn ich weiß, er wird sie mit seinem eigenen Leben beschützen. Wie jeden einzelnen Bürger der Stadt New York. Wie Sie alle«, wieder ließ er den Blick über die Geschworenenbank schweifen. »Habe ich nicht recht, Lieutenant Foudy?«

Der Polizist nickte erstaunt, sicher fragte er sich, wann endlich die Befragung begann.

»Aber...«, Stein blieb vor der Geschworenenbank stehen und hielt inne, »... darum geht es heute gar nicht, nicht wahr? Heute geht es nicht darum, festzustellen, dass Lieutenant Foudy ein ehrbarer Polizist ist, dem wir blind unsere Kinder anvertrauen würden. Im Grunde geht es sogar um das Gegenteil.«

Die Geschworenen blickten sich jetzt gegenseitig Rat suchend an, offensichtlich hatte Stein sie mit seinem Vortrag verwirrt, sie waren genauso wenig wie Foudy darauf vorbereitet, mitten im Prozess eine Art Abschlussplädoyer zu hören.

Stein ließ sich nicht beirren: »Ich will gerne zugeben, was die Staatsanwaltschaft heute Vormittag so trefflich dargelegt hat: Giorgio Canelli kam am 23. Februar um 23:05 Uhr nach Hause. Mit dem Wagen. Von einem Geschäftsessen in der Innenstadt. Er hatte einen Teller Spaghetti gegessen und ein Glas Rotwein getrunken.«

Pia Lindt lächelte innerlich. Ein Teller Spaghetti? Laut Aussage ihres Mandanten hatte es sich um Bandnudeln mit Trüffeln aus dem Périgord gehandelt und beim Rotwein um einen sündhaft teuren Barolo, für den das Restaurant dreihundertfünfzig Dollar in Rechnung gestellt hatte. Stein versuchte, die Lebenswelt seines Mandanten in Griffnähe der Geschworenen zu rücken. Es war Pias dritter Gerichtstermin mit Stein, und er hatte sich jedes Mal für eine gänzlich andere Strategie entschieden. § 3 der Prozessordnung: Wechsele deine Taktik öfter als deine Krawatten. Pia begann zu begreifen, warum man Steins Methode nicht studieren konnte und weshalb er jede Lehrtätigkeit kategorisch ablehnte. Seine Art zu denken wäre kaum in einem Seminar vermittelbar.

Pia wunderte sich abermals, dass er gerade sie als Assistentin ausgewählt hatte. Lag es an ihrem Aussehen? Sie hielt sich für nicht unattraktiv, aber als Model wäre sie schon vor dem ersten Casting rausgeflogen. Mit 1 Meter 80 besaß sie zwar Laufstegmaße, aber leider nur, was die erforderliche Größe anging. Sie hatte eine zu weibliche Figur und eine zu große Nase. Dachten Männer dabei auch an eine Ingwerwurzel?, erschreckte sie sich und betastete unauffällig ihre Gesichtsmitte. Quatsch, so schlimm ist es nun auch wieder nicht. Konzentrier dich lieber wieder auf den Prozess, Pia.

»Als Mr. Canelli die Haustür aufschloss, rief er nach seiner Frau.« Stein bestätigte immer noch die Sicht der Staatsanwaltschaft, was im Grunde vollkommen überflüssig war. Pia wunderte sich, wann ihr Chef endlich auf den Punkt kommen würde.

»Aber sie antwortet nicht«, fuhr er fort. »Canelli ging in die Küche, goss sich ein Glas Rotwein ein und nahm die Treppe hinunter zum Schlafzimmer, wo er seine Frau vermutete. Er rief ihren Namen: ›Maria, Schatz, bist du da?‹ Immer wieder rief er ihren Namen. Als er immer noch keine Antwort bekam, betrat er durch die geöffnete Terrassentür den Poolbereich. Dann der Schock. Er sieht seine Frau auf dem Boden liegen in einer Lache aus Blut. Er stürzt zu ihr, beugt sich über sie, nimmt ihren Kopf in die Arme. Ungläubig, wie betäubt. Er ruft weiter ihren Namen, obwohl er weiß, dass es sinnlos ist. Das Loch in ihrem Kopf lässt kaum einen Zweifel zu. Er sieht sich um, da liegt eine Pistole. Er nimmt sie in die Hand, immer noch ungläubig vor Trauer und Entsetzen. Seine geliebte Frau ist tot. Die Nachbarn hatten einen Schuss gehört und die Polizei gerufen. Lieutenant Foudy war in der Nähe, und so ist er es, der ebendiese Szene mit gezogener Waffe betritt. Natürlich ist er auf der Hut, wer wäre das nicht? Schließlich hatte jemand geschossen. Lieutenant Foudy nähert sich also mit gezogener Waffe dem Pool.«

Stein veränderte seine Position, er adressierte jetzt nicht mehr die Geschworenen, sondern den Zeugen der Anklage: »Hat es sich so abgespielt, Lieutenant?«

Der dickliche Polizist räusperte sich, es war eindeutig, dass er es gewohnt war, im Zeugenstand zu sitzen. Er wusste, was die Staatsanwaltschaft von ihm erwartete, er redete klar und deutlich: »Das glaube ich nicht, Herr Verteidiger.«

»Das ist interessant, Herr Foudy. Sie glauben das also nicht...« Stein runzelte die Stirn und drehte sich wieder zu den Geschworenen. Er gestikulierte mit seinem Gehstock, das Licht der Deckenlampen spiegelte sich auf dem silbernen Knauf. »Das ist wichtig, bitte prägen Sie sich das genau ein: Lieutenant Foudy glaubt nicht, dass es sich so abgespielt hat.«

Der Beamte wollte protestieren, aber Stein schnitt ihm das Wort ab: »Denn genau darum geht es heute in Wirklichkeit. Wir müssen uns heute nicht entscheiden, ob wir Lieutenant Foudy blind unsere Kinder anvertrauen. Er ist ein ehrbarer Polizist, über jeden Zweifel erhaben, da sind wir uns alle einig. Aber heute, meine Damen und Herren, geht es um die Frage, ob ein ehrbarer Mann das glauben kann, was wirklich geschehen ist. Und ich muss zugeben, ich kann Lieutenant Foudy verstehen. Stellen Sie sich vor, Sie kommen an einen Tatort, Nachbarn haben Schüsse gehört. Sie bewegen sich also mit gezogener Waffe durch ein unbekanntes Haus, befürchten, jeden Moment niedergeschossen zu werden. Und als Sie den Pool erreichen, sitzt da ein Mann mit einer Waffe in der Hand, seinen Kopf über eine Leiche gebeugt. Was denken Sie?«

Er blickte die Geschworenen an. Dann stakste er langsam zu Pia zurück, nahm einen Schluck Wasser. Mit dem Trinken gibt er ihnen Zeit zum Nachdenken, und zwar auf eine Art, die den Geschworenen vermittelt, nicht etwa sie, sondern er selbst bräuchte eine Denkpause, bemerkte sie. Deshalb auch der Wasserglasparagraph. Der Alte war wirklich ein Fuchs.

Er trank halb aus, erst dann wandte er sich wieder an die Geschworenen und lächelte: »Natürlich denken Sie das. Jeder hätte das gedacht. Da sitzt der Täter mit der Waffe in der Hand. Natürlich. Jeder Mensch, der seine fünf Sinne beisammen hat, wäre sofort davon überzeugt. Deshalb glaubt Lieutenant Foudy ja auch nicht, dass es sich anders abgespielt haben könnte. Aber heute, meine Damen und Herren, ist es Ihre Pflicht herauszufinden, ob es tatsächlich und zwangsläufig der Ablauf der Ereignisse war. Oder könnte Mr. Canellis Version doch zutreffen? Denn wenn Sie auch nur einen kleinen Zweifel haben, ob es nicht doch anders gewesen sein könnte, darf Herr Canelli auch morgen und übermorgen seine Spaghetti in Freiheit genießen. Nur, wenn Sie sich ganz sicher sind, dass kein anderer

Täter infrage kommt, dürfen Sie ihn wegen Mordes verurteilen.«

Stein machte eine weitere Kunstpause, bevor er fortfuhr: »Sagen Sie, Mr. Foudy, wie viele Jahre sind Sie schon bei der Polizei?«

»Ich feiere im nächsten Jahr mein fünfundzwanzigjähriges Dienstjubiläum«, antwortete er mit sichtlichem Stolz.

»Man könnte also mit Fug und Recht behaupten, Sie sind ein Experte für Tatorte, oder nicht?«

Der Mann nickte.

Stein kramte in den Unterlagen, die Pia so gedreht hatte, dass er sie bequem lesen konnte. »Bei Tatorten ganz im Allgemeinen... Wo finden Sie meistens Ihr bestes Beweismaterial? Die brauchbarsten Spuren? Nicht auf diesen Fall bezogen, nur ganz im Allgemeinen. Sagen wir von allen Mordfällen, die Sie bisher bearbeitet haben.«

»Nun ja, in aller Regel dort, wo sich die meiste DNA findet. Im Bett, in der Dusche, auf einem Kamm...«

»Zum Beispiel im Abfluss eines Pools?«, fragte Stein mit veränderter Stimme. Sie klang jetzt scharf wie eine Rasierklinge, die durch Papier gleitet. Pia spürte, dass Stein in die entscheidende Phase kam.

»Im Allgemeinen schon...«, setzte der Polizist an, aber Stein unterbrach ihn.

»Und sagen Sie, Mr. Foudy, haben Sie den Abfluss von Mr. Canellis Pool auf DNA-Spuren untersuchen lassen?«

»Das war in diesem Fall nicht notwendig, da ja die Waffe...«

»Beantworten Sie bitte einfach meine Frage, Mr. Foudy: Haben Sie Mr. Canellis Pool auf DNA-Spuren untersuchen lassen?«

»Nein, aber...«

»Sehen Sie, Mr. Foudy, ich schon«, lächelte Stein nachsichtig. »Wie ich schon eingangs erwähnte: Ich kann Sie gut verstehen. Jeder normale Mensch hätte reagiert wie Sie. Er sitzt mit der Waffe am Pool, über die Leiche gebeugt. Sonnenklarer Fall. Sie nehmen ihm die Waffe aus der Hand und versuchen, ihn zu beruhigen.«

»Aber er war ganz ruhig …«, versuchte Foudy für den Staatsanwalt zu retten, was zu retten war. Dieser rutschte jetzt auf seinem Stuhl hin und her und wartete auf die Möglichkeit, gegen ein neues Beweismittel Einspruch zu erheben. Er kramte in seinen Unterlagen, ob er etwas übersehen haben könnte, sein Gesicht war kreidebleich.

»Wissen Sie, was erstaunlich ist, Mr. Foudy? Es gab im Pool Spuren von genau vier Personen: Zum einen von Mr. Canelli und seiner Frau, was nicht verwundern darf angesichts der Tatsache, dass es sich um ihren Pool handelt. Dann vom Poolboy, auch dies wäre kein Grund zur Beunruhigung. Aber es gab noch eine vierte DNA-Spur, Mr. Foudy. Laut dem Reinigungsplan des Pools war der Filter am Morgen getauscht worden. Dieser Jemand muss also am selben Tag in Mr. Canellis Haus gewesen sein – und zwar in der Nähe des Pools oder gar im Pool. Könnte es nicht sein, dass dieser Jemand Mrs. Canelli erschossen hat und sich doch alles so zugetragen hat, wie es der Angeklagte geschildert hat?«

Der Lieutenant gewann Selbstsicherheit zurück: »Nun, theoretisch ja. Aber die Spuren könnten von jedermann stammen. Oder können Sie mir vielleicht sagen, von wem die DNA stammt?«

»Nun, Mr. Foudy, das kann ich tatsächlich«, sprach Stein nun wieder zu den Geschworenen, mit einer kraftvollen Stimme, die wie die eines Fernsehpredigers klang.

»Denn er ist wegen Körperverletzung vorbestraft. Es handelt sich um Matteo d'Alba.« Stein deutete mit seinem Gehstock ins Publikum. »Dürfte ich Sie bitten aufzustehen, Mr. d'Alba?«

Im Publikum erhob sich ein dunkel aussehender, grobschlächtiger Kerl mit Lederjacke und grinste schief Richtung Geschworenenbank. Im Saal wurde es schlagartig unruhig, es wurde heftig getuschelt, und einige Zuschauer hielt es kaum auf ihren Bänken. Auch dem Staatsanwalt stand der Mund offen, und Pia war in diesem Moment klar, dass Stein gewonnen hatte. Zumindest diese Jury würde Canelli niemals mehr verurteilen, und die Staatsanwaltschaft würde sich sehr bemühen müssen, wenn sie ein zweites Verfahren erwirken wollte.

Der Staatsanwalt packte seine Sachen zusammen, während er aufstand und nuschelte: »Die Staatsanwaltschaft beantragt, das Verfahren einzustellen.«

Während sich der Richter bemühte, mit dem Hammer für Ruhe zu sorgen, zischelte der Staatsanwalt dem Polizisten zu: »Verdammte Schlamperei, Foudy. Sehen Sie zu, dass Sie Land gewinnen. Und schaffen Sie mir alles über diesen d'Alba ran.«

Pia stand jetzt neben Stein, der die Anweisung des Staatsanwalts mit angehört hatte. Er lächelte spöttisch: »Lieber Herr Kollege, aber d'Alba sagt, er war es gar nicht. Er sagt, der da war's«, und zeigte auf einen Mann in der hintersten Reihe, der dem frisch gebackenen vermeintlichen Täter wie aus dem Gesicht geschnitten schien.

»Sie sind eineiige Zwillinge«, zwinkerte Stein dem Staatsanwalt zu. »Und ich denke, wir sind uns einig, dass Sie damit Ihren Prozess gegen die d'Albas vergessen können. Eineiige Zwillinge haben eine nahezu identische

DNA. Lesen Sie es nach, Sie werden ihnen höchstens nachweisen, dass einer von den beiden am Tatort war, aber niemals, welcher«, verabschiedete er sich und zwängte sich durch den Mittelgang, wobei er die überschwängliche Dankesrede von Canelli überhörte, der die Hand nach ihm ausstreckte.

Pia folgte ihm mit den Unterlagen, die sie in einem Stapel vor der Brust balancierte. Auch sie lächelte. Es war ein gutes Gefühl, zu gewinnen, obwohl sie nicht sicher war, ob heute die Gerechtigkeit einen Sieg davongetragen hatte.

Draußen vor der Tür wartete bereits Steins Limousine, ein alter Rolls Royce Phantom VI. Dieselbe Staatskarosse, die auch die Queen immer noch fuhr, und laut Stein das letzte ordentliche Auto, das jemals gebaut worden war.

Als die Reportermeute abgeschüttelt und die schwere Wagentür ins Schloss gefallen war, atmete Pia durch. Sie legte die Unterlagen zwischen sich und den kleinen alten Mann und strich den Rock ihres Kostüms glatt. Sie versuchte ihren Blick starr geradeaus zu richten, aber Stein forderte sie ganz direkt auf: »Na kommen Sie schon, Miss Lindt. Fragen Sie.«

Sie betrachtete ihren Chef von der Seite. Er schien zufrieden zu sein, ja beinahe glücklich. Seine kleinen Augen neben der Ingwerknolle lachten, die Falten seines über siebzig Jahre alten Gesichts sahen nicht müde aus. Auf einmal wirkte er gar nicht mehr so zerbrechlich wie zuvor im Gerichtssaal.

»Wie kommt man damit zurecht?«, fragte Pia. »Mit der Schuld unserer Mandanten?«

Ihr Chef lächelte nachsichtig: »So dürfen Sie das nicht sehen, Miss Lindt. Es ist nicht unsere Aufgabe, über die Schuld oder Unschuld unserer Mandanten zu urteilen.

Wir tun unsere Pflicht, der Staatsanwalt tut die seine. Und wenn die Gegenseite nur über eingeschränkte Kreativität verfügt, was den Tathergang anbelangt ... sei's drum. Sie hätten ebenso gut wie wir den Poolabfluss untersuchen können. Haben sie aber nicht.«

»Sie wollen also sagen, dass Sie die DNA-Spuren nicht manipuliert haben?«, fragte Pia hoffnungsvoll.

»Genauso wenig, wie Canelli seine Frau umgebracht hat, Miss Lindt«, bestätigte Stein, und seine Mundwinkel verzogen sich leicht nach unten, als hätte er Mühe, bei dem Gedanken daran nicht zu grinsen.

Pia schaute aus dem Fenster, um in Ruhe über Steins Aussage nachzudenken. Wie so oft redete der alte Mann in kurzen Sätzen, mit denen er es trotzdem schaffte, mehrmals die Richtung zu wechseln. Hatte nun Canelli seine Frau erschossen oder nicht? Sie wusste es nicht mehr. Noch lange vor dem Lunch konnte einen dieser alte Mann mit dem Gehstock und dem unfassbar hellen Verstand um selbigen bringen.

Sie blickte durch die Fensterscheibe nach draußen: Schier endlose Reihen aus hauptsächlich schwarzen, weißen oder silbernen Autos schoben sich im Schneckentempo durch die Häuserschluchten. Vier Spuren ärgerlich hupender Fahrer, die sich gegenseitig die nächsten Zentimeter streitig machten. In der buntesten Stadt der Welt gab es die wenigsten farbigen Autos. Einzig die leuchtend gelben Taxis brachten ein wenig Abwechslung in das Einerlei aus Blech. Im Stop-and-go der Rushhour, die in Manhattan erst weit nach Sonnenuntergang endete, bewunderte Pia wieder einmal die Fahrkünste von Edward, Steins Chauffeur, dem es dennoch gelang, sie wie in einer Sänfte durch die Straßen zu gondeln. Der Mann war noch älter als Thibault, mit einem gütigen Gesicht, wie man es sich von seinem Großvater wünscht. Und er war ebenso charmant.

Pia ließ sich in das weiche Leder fallen und warf einen Blick zu Stein. Er las seine E-Mails, die er sich heute Morgen von ihr hatte ausdrucken lassen. Sein amüsierter Gesichtsausdruck war verschwunden, er grübelte über etwas, seine Stirn in Falten gelegt.

»Ist etwas passiert, Mr. Stein?«, fragte Pia vorsichtig.

»Das könnte man so sagen, Miss Lindt«, gab Stein zu. Er seufzte: »Wir müssen einem alten Freund eine unangenehme Nachricht überbringen. Bitte reichen Sie mir das Telefon.«

Pia fischte in ihrer Aktentasche nach ihrem Mobiltelefon. Die Kanzlei besaß keins. Stattdessen hatten sie mit Stahlstich handgeprägte Visitenkarten und eine Telefonanlage, die seit drei Jahren »Santa Claus is coming to Town« spielte, auch im Hochsommer. So gut der Ruf der Kanzlei auch war, einen gewissen Anachronismus konnte man Stein nicht absprechen. Ihr Chef wählte die Nummer aus dem Gedächtnis, es musste sich also um einen wirklich guten Freund handeln, schlussfolgerte Pia.

»Adrian, hier ist Stein. Leider erreiche ich Sie nicht persönlich, aber wir müssen uns sehen, so schnell wie möglich. Sind Sie in New York? Rufen Sie mich bitte zurück, die Nummer ist…«, Stein gestikulierte mit seinem Stock in ihre Richtung. Pia notierte ihre eigene Nummer auf einen Zettel und reichte ihn herüber. Stein nannte die Nummer und legte dann einfach auf, wahrscheinlich mochte er keine Anrufbeantworter oder war sie nicht gewohnt, mutmaßte Pia. Sie nahm das Telefon zurück und legte es in ihren Schoß. Danach schaute sie fragend zu Stein hinüber, aber er hatte sich schon wieder in seine Akten vertieft.

Etwa zwanzig Minuten später betraten sie die Kanzlei an der altehrwürdigen Upper East Side. Das viktorianische Stadthaus beherbergte in der Beletage die Kanzlei, in den oberen beiden Stockwerken wohnte Stein selbst. Er war auch insofern ein ungewöhnlicher Anwalt, als er sich trotz der dicken Honorare, die er zweifelsohne einstrich, keine Sekretärin leistete. Pia war seine einzige Mitarbeiterin. Deshalb schloss sie die Haustür auf, die in das Treppenhaus führte, das sich wie eine eng gewundene Schlange durch das keineswegs riesige Haus zog.

Dennoch war Pia klar, dass es auf dem Markt mindestens fünfzehn Millionen Dollar bringen würde, aber den New Yorker Häusermarkt verstand seit der Immobilienkrise ohnehin niemand mehr. Stein wippte schon ungeduldig mit den Knien, und Pia beeilte sich, die Tür zur Kanzlei zu öffnen. Stein schritt voran über den dunklen Holzboden. Ihr Büro bestand nur aus drei Zimmern. Besucher betraten zunächst den großen Empfangsraum, an dessen Wänden alte Gemälde hingen. Wuchtige Sessel, bezogen mit schwerem grünem Leder, thronten darunter, auf kleinen Tischen standen Aschenbecher neben Zeitschriften über Polo und Segeln.

Stein zog sich ohne Umschweife in sein Büro zurück, einen riesigen Raum, der an eine Bibliothek erinnerte. Pia hängte ihren Mantel an die Garderobe und betrat ihr eigenes Arbeitszimmer. Obwohl deutlich kleiner als das von Stein, fühlte Pia sich dort recht wohl. Die altbackene, aber ehrwürdige Einrichtung half ihr, die Arbeit vom Privatleben zu trennen. Einzig die nackten Wände störten sie ein wenig. Zum wiederholten Male nahm Pia sich vor, endlich Bilder aufzuhängen, um dem Raum wenigstens den Hauch einer persönlichen Note zu geben, als ihr Handy klingelte. Sie meldete sich mit ihrem vollen Namen.

»Miss Lindt, ich habe diese Nummer von Thibault Stein. Oder habe ich mich verwählt?«, fragte eine äußerst angenehme Männerstimme. Pia schluckte, das musste der wichtige Klient sein, mit dem sich Stein treffen wollte. Oder hatte er ihn nicht sogar als alten Freund bezeichnet?

Sie räusperte sich: »Nein, nein. Sie sind bei mir durchaus richtig. Ich bin Pia Lindt, Steins neue Assistentin. Er hat Sie von meinem Handy aus angerufen.«

»Hat er sich etwa immer noch kein eigenes besorgt?«, tadelte die attraktive Männerstimme. Er klang amüsiert. »Wissen Sie, warum er mich treffen will?«

»Leider nein, Herr …«

»Von Bingen. Verzeihen Sie, ich habe mich nicht vorgestellt. Mein Name ist Adrian von Bingen.«

»Also, Herr von Bingen. Mit dieser Information kann ich leider nicht dienen, aber ich kann Sie gerne mit Herrn Stein …«

»Das wird nicht nötig sein, Miss Lindt. Sagen Sie Thibault, dass ich in der Stadt bin und heute Abend bei ihm vorbeikomme. Sagen wir um 20 Uhr? Wäre Ihnen das recht?«

Im Hintergrund hörte sie, wie Metall auf Metall schlug, woraufhin ein Mann einige sehr unanständige Flüche auf Spanisch von sich gab.

»Ehrlich gesagt, Herr von Bingen, das weiß ich nicht … Der private Kalender ist …«

»Sagen Sie ihm doch bitte, er möge mich anrufen, wenn

es ihm nicht passt... Ich muss los, die Gäste warten. Es hat mich sehr gefreut, Sie am Telefon kennengelernt zu haben, Miss Lindt.«

Pia blickte mit hochgezogenen Brauen auf das Telefon und drückte die Taste, um die Verbindung zu unterbrechen. Sie hatte noch nie von diesem Klienten gehört, er klang überaus freundlich. Nein, das war eigentlich nicht das richtige Wort. Wie er wohl aussah? Sie machte sich auf den Weg in Steins Büro, ihre Stöckelschuhe klackerten auf dem alten Parkettboden, der vor einigen Jahren liebevoll restauriert worden war.

Die Tür war offen, aber sie blieb aus Höflichkeit davor stehen und klopfte an das lackierte Holz der Wandvertäfelung. Der Anwalt saß an seinem riesigen Schreibtisch und machte sich Notizen, eine alte Messinglampe warf schummriges Licht auf das weiße Papier. Er winkte sie herein und blickte nach ein paar Sekunden auf.

»Adrian von Bingen hat zurückgerufen. Er ist in New York und würde Sie gerne heute Abend treffen. Wenn es Ihnen passt, kommt er um 20 Uhr hierher.«

Stein lehnte sich in seinem Stuhl zurück: »Das ist gut, Miss Lindt. Sagen Sie ihm, er ist wie immer herzlich willkommen.«

»Er meinte, wenn wir uns nicht melden, kommt er einfach vorbei.«

»Auch gut. Typisch Adrian. Dann soll er ruhig kommen. Mal sehen, ob der Keller noch eine ordentliche Flasche Rotwein vorzuweisen hat.«

Pia wandte sich um und wollte gerade den Raum verlassen, als Stein sie noch einmal zurückrief: »Ach, Miss Lindt, ich hätte Sie übrigens gerne dabei heute Abend. Könnten Sie sich um kurz vor acht bei mir einfinden? Es tut mir leid, wenn ich Ihnen die Abendplanung verhagele, aber es könnte sein, dass Arbeit auf uns zukommt.«

Welche Abendplanung?, ärgerte sich Pia. Seit John ausgezogen war, herrschte abends nichts als Ebbe in ihrem privaten Terminkalender. Ein Rotwein mit Thibault Stein versprach zumindest interessanter zu werden, als getrocknete Apfelringe vor der neuesten Folge von Lost zu knabbern.

»Kein Problem. Wer ist eigentlich dieser Adrian von Bingen? Er ist mir bisher in den Akten noch nicht begegnet.«

»Das wundert mich nicht, Miss Lindt. Ich kenne Adrian schon eine halbe Ewigkeit und seinen Vater sogar fast doppelt so lange. Sein Vater ist ein wichtiger Klient für uns, Adrian selbst ist ... nun ja, die Franzosen würden wohl sagen, das ›Enfant terrible‹ der Familie. Aber ich mag ihn. Sehr sogar. Er ist mir über die Jahre beinah zu so etwas wie einem Freund geworden.«

Pia konnte sich bei Steins Arbeitspensum kaum vorstellen, dass er Zeit für Freunde fand. Sie war gespannt darauf, wen Stein in seiner Wohnung empfangen wollte: »Wieso empfangen Sie ihn eigentlich nicht hier in der Kanzlei wie alle anderen?«, fragte Pia.

»Wie ich schon sagte, er ist ein Freund, Miss Lindt. Und die offiziellen Dienste der Kanzlei könnte er sich ohnehin nicht leisten. Ihm ist es lieber so, und mir ehrlich gesagt auch.«

»Sie sprachen im Taxi davon, wir hätten ihm eine schlechte Nachricht zu überbringen?«

»Ja, leider ...«, begann ihr Chef und erzählte ihr, warum ihm der Besuch so am Herzen lag.

Vier Stunden später stand Pia vor Steins Wohnungstür. Sie hatte sich wenigstens noch kurz frischmachen wollen, bevor sie die attraktive Stimme kennenlernen sollte. Und Adrians Geschichte, die ihr Stein am Nachmittag erzählt hatte, hatte ihre Erwartungen noch befördert.

Von Bingen entstammte einem alten deutschen Adelsgeschlecht mit beachtlichem Vermögen, von dem er allerdings vor fünfzehn Jahren komplett enterbt worden war, nachdem er sich mit seinem Vater wegen seines Werdegangs überworfen hatte: Nach einer Kochlehre, der sein Vater noch zähneknirschend zugestimmt hatte, hatte sich Adrian in den Kopf gesetzt, in Mexico City eine Armenküche zu eröffnen. Seinem Vater gegenüber hatte er die Meinung vertreten, es sei endlich an der Zeit, dass ihre Familie der Welt etwas zurückgebe, von der sie über die Jahrhunderte so viel genommen habe. Sein Vater hatte ihn daraufhin ohne Umschweife aus dem Haus geworfen. In seinen Augen war Adrian ein Nichtsnutz, ein Tagelöhner und ein Schmarotzer, er werde schon sehen, was ihm die Einstellung zum Vermögen seiner Vorfahren einbrächte. Adrian war ohne ein weiteres Wort ausgezogen und nach Mexiko gegangen.

Dort führte er ein armes, aber erfülltes Leben – und er fand die Liebe seines Lebens: Jessica. Er verlor sie jedoch sechs Jahre später, nur zwei Wochen nach ihrer Hochzeit, im zarten Alter von achtundzwanzig Jahren: Während ihrer Flitterwochen auf Hawaii war sie spurlos verschwunden, ihr Auto entdeckte die Polizei, von einem Sprengsatz zerstört, in einem verlassenen Waldstück. Die groß angelegte Suchaktion endete vier Wochen später ergebnislos.

Adrian fiel in ein Loch, »tiefer als die Hölle«, so hatte Stein es beschrieben. Er begann zu trinken, verließ Mexiko, wo ihn alles an Jessica erinnerte, und kam nach New York. Seitdem arbeitete er als Koch in einem drittklassigen Restaurant an der 42. Straße, das verkochte Pasta an nichtsahnende Touristen verkaufte.

Laut Stein war er einer der besten Köche, die er kannte, aber Adrian schien die Lust am Essen verloren zu haben. Wenigstens trank er nicht mehr übermäßig und konnte seine Stromrechnung bezahlen.

Pia hatte die Geschichte tief berührt. Natürlich wussten alle, allen voran die Polizei, dass Jessica von Bingen nicht mehr lebte, nie mehr zu ihrem liebenden Ehemann zurückkehren würde. Ermordet worden war. Aber Adrian hatte keinen Leichnam, den er zu Grabe tragen konnte, und so hatte er sich nie ganz frei machen können von Zweifel und Ungewissheit.

Wie fühlte es sich an, wenn ein geliebter Mensch einfach verschwand? Wie ging man mit Leere und Trauer um, wenn die Gewissheit fehlte? Pia stellte es sich unendlich grausam vor.

———

Bevor sie die Klingel zu Steins Wohnung drückte, zupfte sie noch einmal ihre Bluse zurecht. Sie hatte sich für einen etwas modischeren Hosenanzug entschieden als den spießigen Rock von heute Mittag, aber schließlich handelte es sich immer noch um einen Klienten, auch wenn Stein ihn privat empfing, um ihm die horrenden Rechnungen der Kanzlei zu ersparen.

Im Inneren ertönte ein angenehm dunkler Dreiklang. Pia war noch nie zuvor in Steins Wohnung eingeladen worden, normalerweise fanden alle Besprechungen in der Kanzlei im Erdgeschoss statt. Sie war neugierig, wie ihr

Chef wohl leben mochte. Er öffnete die Tür in demselben schwarzen Anzug und mit perfekt gebundener Krawatte wie immer. Wahrscheinlich zog er den edlen Zwirn nicht mal zum Schlafen aus, vermutete Pia. Er begrüßte sie herzlich: »Guten Abend, Miss Lindt. Freut mich, dass Sie es einrichten konnten.«

Er führte sie in sein Wohnzimmer und bot ihr ein Glas Rotwein an, das Pia dankend akzeptierte. Das Appartement unterschied sich nur in der Einrichtung von der Kanzlei. Auch hier waren die Wände mit dunklem Holz vertäfelt, aber es lag ein dicker Teppich unter dem flachen Tisch, der vor einer riesigen Eckcouch stand. Im Kamin knisterte ein Feuer, und auch in seinem Wohnzimmer wurde Steins Faible für Bücher deutlich: Die gesamte hintere Wand nahm ein Regal ein, das mit alten Bänden geradezu vollgestopft war. Pia wusste nicht, was Stein tun wollte, wenn er auch nur ein einziges weiteres Exemplar darin unterbringen musste.

Als sie sich auf dem Sofa gegenübersaßen, fragte Stein das erste Mal nach ihrem Privatleben, allerdings zurückhaltend, als wolle er sie nicht drängen. Pia genoss den schweren Rotwein, der nach Brombeeren und Ebenholz duftete, und beantwortete geduldig seine Fragen. Sie hätte gar nicht gewusst, was sie ihm hätte verschweigen sollen.

Um kurz nach acht klingelte es an der Haustür. Stein wollte sich schon auf seinen Gehstock gestützt aus der bequemen Couch stemmen, als Pia ihn zurückhielt: »Warten Sie, ich mache das schon. Ich kenne ja jetzt den Weg.« Stein lächelte dankbar.

Als Pia die Haustür öffnete, war sie ehrlich überrascht. In ihrer behutsam geschürten Erwartungshaltung hatte sie entweder einen Koch mit Schmuddelhemd oder einen langweiligen Blaublüter mit Karojackett erwartet, aber nicht einen smarten Mittdreißiger, der noch viel besser aussah, als es die Stimme am Telefon versprochen hatte: Er trug ein offenes weißes Hemd, Jeans und eine Lederjacke, die irgendwie ... reichlich mitgenommen aussah. Unter einem wuscheligen Lockenkopf blitzten sie zwei grüne Augen an.

»Guten Abend, Miss Lindt, nehme ich an. Mein Name ist Adrian von Bingen«, begrüßte er sie und schüttelte ihr die Hand.

»Pia Lindt. Freut mich, Sie kennenzulernen. Kommen Sie rein, Mr. Stein wartet schon.«

Er betrat die Wohnung und lief schnurstracks Richtung Wohnzimmer, ohne sie weiter zu beachten. Er kannte sich aus, vermerkte Pia, und konnte nicht umhin, ihn nochmals zu mustern: Sie schätzte ihn auf 1 Meter 85, und er hatte eine Figur, die man als Koch in Pias Augen gar nicht hätte haben geschweige denn behalten können. Seine Unterarme waren kräftig, aber nicht übermäßig muskulös, seine Hände hatten schlanke Finger, nur zwei kleine Pflaster wiesen auf die Arbeit am heißen Herd hin, und er roch nach Gras statt nach Fett. Ein überaus attraktiver Blaublüter, der gar nicht aussieht wie ein Hilfskoch, stellte Pia fest.

Stein begrüßte ihn herzlich. Sie umarmten sich, obwohl sie sich siezten, was Pia ausgesprochen seltsam vorkam. Nachdem Stein auch dem Neuankömmling ein Glas Wein angeboten und alle auf dem großen Sofa Platz genommen hatten, blickte von Bingen sie erwartungsvoll an. Er hielt das Glas in beiden Händen zwischen seinen Knien wie einen Kelch. Als ahnte er, dass ihn unangenehme Nachrichten erwarteten. Pia blickte zu Boden.

Schließlich fragte er: »Warum haben Sie mich hergebeten, Thibault?«

Stein zögerte eine Sekunde, bevor er antwortete: »Adrian, ich habe unerfreuliche Neuigkeiten.«

Sein Gegenüber machte keine Anstalten zu antworten, sondern starrte mit leerem Blick in das Tiefrot zwischen seinen Beinen. Schließlich blickte er auf. Das Funkeln in seinen Augen war verschwunden, sein Blick war leer und traurig: »Es geht um Jessica, nicht wahr?«

Stein nickte.

Pia bemerkte, dass Adrian schluckte. Er schaute zu Thibault auf: »Haben sie Jessica endlich gefunden?«

Der Anwalt trank einen Schluck Wein, bevor er antwortete: »Nicht ganz«, und reichte ihm ein Blatt Papier, auf dem in den schlierigen Lettern eines Faxes das Siegel des FBI zu erkennen war. Pia, die das Schreiben am Nachmittag gelesen hatte, lief ein Schauer den Rücken hinunter.

Adrian nahm die Seite mit zittrigen Fingern entgegen und blickte lange Zeit darauf, ohne etwas zu sagen. Als er die Augen schloss, löste sich eine einzelne Träne und zerplatzte auf der Glasplatte des Couchtischs.

»Thibault, werden Sie mir helfen, die Beerdigung für Jessica zu organisieren?«

Der alte Mann drückte seine Hand und sagte: »Natürlich, Adrian. Das ist doch selbstverständlich.«

Anderthalb Wochen später standen Pia, Thibault und Adrian vor dem Aushub auf dem Green Wood Friedhof in Brooklyn. Der Ehemann hatte sich eine Trauerfeier im kleinsten Kreis gewünscht, er habe ja auch sonst niemanden, hatte er ihnen erklärt.

Der Regen pladderte in Strömen auf die schwarzen Regenschirme, und ihre Schuhe versanken im aufgeweichten Gras, als statt eines Sargs eine kleine Urne in die Grube gelassen wurde. Adrian von Bingen warf ein Schäufelchen Erde in das Grab, danach eine rote Rose.

Pia stand neben ihm, er schien beinahe erleichtert. Sie griff nach der Schaufel: »Schade, dass wir uns nie kennengelernt haben, Jessica«, murmelte sie und hoffte, dass es in Adrians Augen nicht anmaßend klang. Die Krumen fielen auf die Urne, die in der Mitte des Erdlochs ruhte.

Als Pia ihm ihr Beileid aussprach und seine Hand schüttelte, schien Adrian kurz irritiert. Er schaute über ihre Schulter und nickte kaum merklich jemandem zu. Pia traute sich nicht, sich umzudrehen. Erst als sie auf dem Kiesweg Richtung Ausgang schritten, warf sie einen Blick zurück. Ein älterer Herr und eine Frau waren an das Grab getreten. Sie sahen traurig und verloren aus. Adrian von Bingen drehte sich nicht mehr zu ihnen um.

KAPITEL 4

Mai 2011
Brooklyn, New York City

Klara ›Sissi‹ Swell schwitzte. 56, 57 ... Die Muskeln ihrer Oberarme brannten wie Feuer. Sie presste die Lippen zusammen. Komm, Klara, noch drei. Bäuchlings auf einer schmalen Bank liegend, griff sie fest um die beiden Fünfundzwanzig-Kilogramm-Hanteln und zog sie nach oben: 58, 59, 60. Erleichtert atmete sie auf und ließ die Gewichte auf die Gummimatte fallen. Mit der Eleganz, wie sie nur ehemalige Spitzenturnerinnen aufbringen, stemmte sie sich hoch und schwang sich seitlich auf die Bank. Obwohl es in dem billigsten Fitnessstudio der Lower East Side kalt war wie in einem Kühlschrank, dampfte ihr Körper von der Anstrengung ihres täglichen Trainings.

Sie musste in Form bleiben. Denn wenn schon nichts in ihrem Leben mehr die gewohnte Form aufwies, sollte wenigstens ihr Körper den alten Glanz behalten. Und als ehemalige Turnerin mit der typischen zierlichen Figur war sie stolz auf jedes Kilo Muskeln, das sie in den letzten drei Jahren dazuaddiert hatte.

Sie trank einen Schluck aus der mitgebrachten Wasserflasche und sah auf die Uhr: Mist, schon Viertel nach drei. In weniger als einer halben Stunde begann ihre Schicht im Schiller's. Auf dem Weg nach draußen warf sie die leere Plastikflasche in den Mülleimer gegenüber der Rezeption. Für Charlie. Es gibt immer welche, denen es noch schlechter geht, denk daran, Sissi. Danke für die Erinnerung, Daddy, ich hätte nicht für möglich gehalten, dass ich jemals darüber nachdenken könnte, das Pfand doch lieber selbst einzustecken.

Zwanzig Minuten später saß Klara auf einem abgeranzten Barhocker, nippte an einem Glas Cola und blätterte durch ihre Post, die sie auf dem Weg zur Arbeit aus dem Briefkasten gefischt hatte.

Was trieb ihn nur dazu, ihr immer wieder Briefe zu schicken, die sie doch nicht las?, sinnierte sie und zerriss den Umschlag in vier Teile. Ansonsten fand sie in dem Stapel nur Werbung für einen Sushilieferservice, der auch Pizza im Angebot hatte, eine Reinigungsfirma, die versprach, bei Abgabe von drei Mänteln zwei Hosen kostenlos mitzusäubern, und einen Brief der Bradford Hills Correctional Facility. Letzteren öffnete sie mit zitternden Fingern, sie hatte von dort noch nie gute Nachrichten erhalten.

Sie entfaltete das matschig-graue Umweltpapier mit dem offiziellen Emblem des Gefängnisses: Ihr Gesuch um Wiederaufnahme des Verfahrens »The People vs. Klara Swell« war abgelehnt worden.

»Damn it«, fluchte Klara und schmiss das gesamte Papierzeug in einen großen Mülleimer, der hinter der Bar stand.

»Sissi«, bellte eine Stimme aus der Küche. »Arbeit!«

Seufzend schwang sie sich mit einer eleganten Bewegung von dem für sie viel zu hohen Stuhl. Ihren Spitznamen, der sie schon seit über fünfzehn Jahren verfolgte, hatte sie ihren braunen Locken zu verdanken. Sie trug sie seit ihrer Jugend kinnlang, und sie umrahmten ihr Gesicht wie ein Jugendstilrahmen. Dazu noch Turnerin – es hatte keiner großen Phantasie bedurft, sie mit dem Spitznamen der österreichischen Zuckerbäckerkaiserin zu titulieren. Und irgendwie war er hängen geblieben, bis heute.

Die Küche lag im hinteren Teil der Bar, und es herrschte wie üblich hektische Betriebsamkeit. Zwar war um vier Uhr nachmittags noch kein Hochbetrieb, aber ein paar frühe Gäste saßen bereits in dem dunklen Lokal in der Lower East Side. In zwei Stunden würde es rund dreißig Minuten dauern, bis Gäste einen Platz bekamen und Klara sich auf ein ordentliches Trinkgeld freuen konnte.

An der Essensausgabe wartete eine größere Bestellung auf sie. Klara nahm zwei der schweren Teller inklusive Brotkorb auf einmal und balancierte durch die eng gestellten Tischreihen in Richtung des Fensterplatzes, an dem ihre seltsamsten Gäste des heutigen Tages hockten. Ein alter Mann mit schlohweißem Haar, der sehr elegant gekleidet war und nicht in das eher bei jungen Leuten beliebte Lokal passte. Ihm gegenüber saß eine gut aussehende blonde Frau, die mit ebenjenen weiblichen Rundungen gesegnet war, die Klara gerne gehabt hätte. Groß und weiblich, eine elegante, aristokratische Kühle.

Sie dagegen war mit ihren 1 Meter 65 nicht gerade das, was man eine imposante Erscheinung nannte. Früher hatte sie das weniger gestört, im Gegenteil, der gestählte zierliche Körper war ihre Geschäftsgrundlage gewesen.

Kurz bevor sie das ungleiche Paar erreichte, blieb sie mit der Tasche ihres Jeansrocks an einem Stuhl hängen. Die Teller schwankten bedrohlich, aber die Instinkte einer Turnerin ließen sie die Gewichtsverlagerung traumwandlerisch sicher ausgleichen. Sie stellte den Brotkorb in die Tischmitte, schob den Burger für die gut aussehende Blonde wieder in die richtige Position und platzierte beide Teller mit einem freundlichen Lächeln vor ihren Gästen.

Klara war zwar nicht zum Lächeln zumute nach den schlechten Nachrichten der Gefängnisbehörde, aber sie brauchte das Trinkgeld. Ein Rock und ein Lächeln verbesserten es deutlich, wie sie im letzten halben Jahr herausgefunden hatte. Ein fettes Dekolleté wäre noch besser, aber das hatte der große Schöpfer ja schon bei der anderen verbaut. Die Frau lächelte dankbar, und auch der alte Mann, der sicher auf der dicken Brieftasche saß, bedankte sich artig. Ob sie miteinander ins Bett gingen? Wahrscheinlich, entschied Klara.

Sie wirbelte herum, um die nächste Fuhre zu holen, als der alte Mann sie noch einmal ansprach: »Entschuldigen Sie, Miss Swell?«

Sie war irritiert. Wieso sprach der Mann sie mit ihrem Namen an? Sie trugen hier schließlich nicht diese albernen Namensschildchen wie in Schnellrestaurants, auf denen unausweichlicherweise Cindy oder Melody stand. Kannte er sie von früher? Sie drehte sich zu ihm um und hob eine Augenbraue: »Ja, Sir?« Denk an das Trinkgeld, Sissi.

»Hätten Sie die Güte, sich einen Moment zu uns zu setzen?«

Klara schaute verdattert. Was hatte der Mann für eine Vorstellung davon, was sie hier machte? Den Concierge? Wir sind schließlich nicht im Ritz.

Dennoch lächelte sie weiterhin und antwortete dem aufdringlichen Gast so freundlich wie möglich: »Entschuldigen Sie, Sir, aber das geht nicht. Sie sehen ja, was hier los ist«, deutete sie in den zugegeben einigermaßen überschaubar gefüllten Gastraum.

»Sie werden feststellen, dass Ihr Chef Sie im Moment sehr gerne entbehrt. Er ist bereits informiert und war gerne bereit, Sie gegen zweihundert Dollar für eine halbe Stunde zu beurlauben.«

Was erlaubte dieser Mann sich? Und wieso bot er zweihundert Dollar für eine halbe Stunde? Für den Preis bekam er das nobelste Escort-Girl der Stadt, und die sahen bedeutend besser aus als sie gerade.

Ihr fiel auf, dass ihr Mund offen stehen geblieben war. Sie schloss ihn wieder und konnte kaum glauben, dass sie sich tatsächlich einen Stuhl heranzog und setzte. Der ältere Herr strahlte eine ruhige Autorität aus, die einem unmissverständlich vermittelte, besser zu tun, was er verlangte.

»Ich danke Ihnen sehr, Miss Swell. Sie werden feststellen, dass Sie sich gerne gesetzt haben werden, wenn unser Gespräch beendet ist.«

Was redet der Typ so geschwollen daher?, fragte sich Klara. Von wegen gesetzt haben werden, der hatte doch nicht alle Tassen im Schrank.

Vor dem Fenster bemerkte sie einen Mann, der zu ihnen herüberschaute. Er stand neben einem alten Rolls Royce und trug einen Anzug, der ähnlich teuer war wie der des Geschwollenen. Ihr gehört also zusammen, in die Gegend kommen sonst nie welche aus dem noblen Uptown, schlussfolgerte Klara. Die Karre kostete mindestens hundert Grand. Jetzt war sie tatsächlich gespannt, was der alte Mann von ihr wollte.

»Sie sind Klara Swell, genannt ›Sissi‹, was ich jetzt, da ich das Vergnügen hatte, Ihre Bekanntschaft zu machen – verzeihen Sie mir die Bemerkung –, endlich verstehe. Ehemaliger Agent mit Sonderaufgaben beim Federal Bureau of Investigation. Von den letzten fünf Jahren haben Sie drei mit einigen kurzen Unterbrechungen im Hochsicherheitstrakt der Bradford Hills verbracht. Und Sie haben eine Vorliebe für schnelle Autos, wenn ich recht informiert bin.«

»So wie ich das sehe, kann ich es mir sparen, mich vorzustellen«, ätzte Klara. »Im Übrigen heißt es Special

Agent, wenn Sie mich schon an meine Vergangenheit erinnern müssen.«

»Pardon«, gab der alte Mann zurück. »Und verzeihen Sie mir meine Unhöflichkeit. Wir haben vergessen, uns vorzustellen. Mein Name ist Thibault Godfrey Stein, und das ist Pia Lindt, meine Assistentin.« Er schob eine Visitenkarte auf dem Tisch in ihre Richtung. Das Essen hatten die beiden bisher nicht einmal angerührt.

Klara dämmerte, dass sie gar nicht zum Essen gekommen waren. Sie nahm die Visitenkarte in die Hand. Sie sah unglaublich teuer aus. Der Name war erhaben, wie bei einer Banknote, und das Papier schwerer als üblich. Passt zu seinem Outfit, entschied Klara.

»Was wollen Sie von mir?«, fragte sie unumwunden.

»Ich möchte Ihnen einen Job anbieten, Miss Swell. Einen, der viel eher Ihrer Qualifikation entspricht als das hier…« Er nickte in Richtung Küche, wo der Koch neugierig seinen Kopf rausstreckte, um nachzusehen, wer so verrückt war, für eine halbe Stunde mit Sissi zweihundert Dollar auf den Tisch zu legen.

»Hören Sie, Mister…«, sie musste einen zweiten Blick auf die Visitenkarte werfen, »… Stein. Wenn Sie schon so viel über mich wissen, dann dürfte Ihnen auch bekannt sein, dass ich in der aktuellen Situation ein wenig… nun ja… eingeschränkt bin.«

»Falls Sie auf Ihre äußerst lästigen Bewährungsauflagen anspielen – ja, darüber bin ich mir im Klaren.«

»Und wie haben Sie sich das vorgestellt, Mr. Stein?« Klaras Neugier war jetzt endgültig geweckt. Das blonde Mädchen lächelte wissend.

»Ich glaube, dazu fällt mir etwas ein…«, versprach der alte Mann und unterbreitete ihr sein Angebot.

KAPITEL 5

Juni 2007
Mojave Wüste, Arizona

Die abgelegene Wüstenstraße lag in der prallen Sonne, die Luft flirrte über dem erhitzten Asphalt. Mit zitterndem Arm öffnete Madison Carter die Fahrertür und legte ihr Handy auf das Wagendach. Sie hörte, wie hinter ihr ein zweites Auto hielt, der Kies des Parkplatzes knirschte, als die Reifen blockierten. Sie zitterte wie Espenlaub, ihr Puls jagte ihr das Blut durch die Adern. Ihre überforderten Synapsen gaukelten ihrem inneren Auge für den Bruchteil einer Sekunde eine schöne Zukunft vor: Ihr Bruder, wie er lachend zur Wagentür gelaufen kam, um sie in den Arm zu nehmen.

Hämisches Grinsen.

Aber ihr Bruder kam nicht.

Sie hörte Schritte auf den Steinen.

Madison blickte starr geradeaus, unfähig, sich zu rühren. Sie klammerte sich mit den Händen ans Lenkrad, die Knöchel traten weiß hervor. Wieder hörte sie die Schritte auf dem Kies, begleitet von einem Keuchen, als ob jemand in eine Tüte atmete. Sieh nicht hin, Madison, sieh nicht hin. Vielleicht verschwindet er einfach. Ihre Knie schlugen gegeneinander, sie hatte die Kontrolle über ihre Gliedmaßen verloren. Ihre Angst war größer, als sie es jemals für möglich gehalten hätte.

Die Fahrertür wurde geöffnet, es roch nach Gummi und aseptisch, wie im Krankenhaus. Wieder das Keuchen. Beim Ausatmen rasselte seine Lunge, beim Einatmen pfiff sie. Sie spürte, dass er neben ihr stand und sie ansah. Er sah sie von oben bis unten an. Immer noch hielt sie das Lenkrad umklammert. Aber sie musste hinschauen. Jetzt, Madison. Nein, lass es. Schau nicht hin, guck einfach nach vorne, das ist das Beste. Doch, Madison. Du musst. Sie nahm all ihren Mut zusammen und riss den Kopf nach links.

Sie starrte in eine graue Fratze mit zwei kleinen Scheiben aus Glas an der Stelle, wo die Augen hätten sitzen sollen. In der Hitze der Wüste klatschten ihre Schenkel so laut unkontrolliert gegeneinander, als wollten sie Beifall spenden. Wie bei einem Elefanten baumelte ein Schlauch aus seiner Mundhöhle, das Gesicht war komplett mit Gummi verhüllt. Die Glasaugen starrten sie an. Das Keuchen drang ruhig aus dem Schlauch, viel zu ruhig. Madison wurde schlecht. Ganz ruhig trat er noch einen Schritt näher, nahm den widerlichen Schlauch in die Hand und hielt ihn vor ihr Gesicht.

»Ich kann deine Angst riechen, Madison«, drang eine Stimme aus dem Schlauch. »Cchhhh … Cchhhh«, röchelte es. »Du riechst gut, Madison.« Eine Männerstimme, seltsam verzerrt.

Die Glasaugen reflektierten die Sonnenstrahlen. Ein Gummihandschuh griff nach ihrem Arm. Sie warf den Kopf zur Seite. Nein, bitte nicht. Tränen liefen ihr über das Gesicht, sie schmeckten salzig. Die Hand kam näher, strich ihr über den nackten Unterarm. Das Gummi stockte beim Berühren ihrer Haut, als gehöre es da nicht hin. Sie saß einfach da, unfähig, sich zu rühren, als der Mann ihr Handgelenk umklammerte und die Nadel einer Spritze auf ihrer Vene ansetzte.

»Es wird nicht wehtun, Madison. Wir sehen uns später«, flüsterte die Stimme und pumpte eine milchige Flüssigkeit in ihre Blutbahn.

Ihre Beine zuckten noch immer unkontrolliert, als sich ein wohliges Gefühl in ihr ausbreitete, sie fiel wie auf einen weichen Teppich. Sie spürte noch, wie die Gummihand ihre Wange streichelte. Kurz stieg Ekel in ihr hoch, dann blieben ihre Beine still.

KAPITEL 6

Mai 2011
East Village, New York

In ihrem Appartement im East Village, dem Stadtteil der Latinos, der Lebenskünstler und vieler Studenten der nahen New York University, saß Klara in der Küche, die Füße auf der Tischplatte. Sie wippte auf ihrem Stuhl, eine dampfende Tasse Tee in der Hand; sie hatte einige wichtige Entscheidungen zu treffen.

Nachdem der kleine alte Mann mit seiner sogenannten Assistentin wieder abgezogen war, hatte sie ihre Schicht regulär beendet. Schließlich wusste sie noch gar nicht, ob sie das verlockende Angebot annehmen konnte. War sie überhaupt bereit dazu? Wollte sie wieder mit ihren ehemaligen Kollegen arbeiten? Mit Sam und Marin?

Sam Burke, ihr Expartner, war dabei das größte Problem, denn er hatte sie im wichtigsten Moment ihrer Karriere fallen gelassen wie eine heiße Kartoffel. Als sie mit dem Rücken zur Wand stand, hatte er nur zugesehen, dabei war es eine gemeinsame Operation gewesen. Natürlich hatte Klara alleine über der Reisekostenabrechnung des Senators gekauert, nachdem sie illegal in seine Villa eingedrungen war, um die Beweise zu finden, die ihnen fehlten. Das war ihre Methode gewesen: Klara, die Einbrecherkönigin von New York, in den Diensten des FBI. Sie sammelte ohne offizielle Befugnis Erkenntnisse, die sie später auf legalem Weg zum zweiten Mal »erwarben«. Da wussten sie dann, wonach sie suchen sollten.

Natürlich war das dem Gesetz nach absolut illegal und

inakzeptabel, was ihr der Richter auch unmissverständlich klargemacht hatte. Aber das ganze Bureau hatte angesichts ihrer unglaublichen Erfolgsquote weggeschaut. Und du, Sam, hast zugesehen, wie sie mich fertiggemacht haben.

Andererseits grenzte das, was der kleine Anwalt da vorschlug, an einen kleinen Lottogewinn: Stein war sicher, dass er ihre Bewährungsauflagen innerhalb einer Woche ad acta legen konnte. Wie er das anstellen wollte, hatte er ihr zwar nicht verraten wollen, aber etwas von »kreativ« gemurmelt. Seine Assistentin hatte dazu gelächelt wie ein neunmalkluger Siebtklässler.

Klara nahm einen Schluck heißen Tee und zog die Wollstulpen, die sie selbst bei diesen Temperaturen zu Röcken trug, nach oben. Dann wäre sie das Ding endlich los: An ihrem rechten Knöchel saß ein schwarzer GPS-Empfänger, der wie immer grün blinkte. Er gehörte zu ihren Bewährungsauflagen und war nicht nur beim Duschen hinderlich, »Knacki« stand einem förmlich ins Gesicht geschrieben. Fuck it, dachte Klara und zog den Stulpen wieder darüber. Wenn der Anwalt ihr das Ding vom Bein schaffen konnte, säße zumindest der erste Stein in ihrem Leben wieder auf dem rechten Platz.

Sie griff nach den Unterlagen, die ihr der alte Mann zum Nachdenken mitgegeben hatte. Ein schlichter brauner Manilaumschlag, auf dem mit schöner Frauenhandschrift »Jessica von Bingen« geschrieben stand. Sicher Pias Werk.

Klara begann, durch die spärlichen Kopien zu blättern: Jessica von Bingen war am 22. Juni 2004, also fast genau vor sieben Jahren, nach einem Tagesausflug zum Big Beach nicht zurückgekehrt. Ihr Mann meldete sie noch am gleichen Abend als vermisst, jedoch ohne durchschlagenden Erfolg. Klara grinste. In fünfundneunzig Prozent aller Fälle ist die frisch getraute Ehefrau mit einer Strandbekanntschaft durchgebrannt und kommt am nächsten Tag reumütig angekrochen. Nicht jedoch Jessica von Bingen. Sie blieb auch am darauffolgenden Tag verschwunden, las Klara weiter, und die Polizei hätte wohl noch mehr Zeit vertrödelt, hätten sie nicht ihr Auto auf einem kleinen Dschungelpfad im Nordosten der Insel gefunden. Ausgebrannt und offenbar ohne Miss Bingen.

Die Suchaktion hatte alles in den Schatten gestellt, was die kleine Pazifikinsel je gesehen hatte. Von Bingens unermüdliche Anrufe hatten schließlich geholfen, einige Helikopter der Militärbasis Pearl Harbor zu mobilisieren, die tagelang Suchmuster flogen, Hundertschaften der Polizei und freiwilliger Helfer durchkämmten den Dschungel: ohne Ergebnis. Wie bitter, bemerkte Klara. Sie trank einen weiteren Schluck Tee, der inzwischen kalt geworden war. Kommen wir zum spannenden Teil.

Klara zog den zweiten Stapel Papier hervor, laut Stein der Grund für ihr neu entfachtes Interesse an dem alten Fall. Sie pfiff durch die Schneidezähne. Das FBI hatte Jessica von Bingen auf mehreren Fotos identifiziert, und wie das Datum der Aufnahmen vermuten ließ, waren sie nach ihrem Verschwinden geschossen worden. Wieder ein Schluck Chai.

Als sie den Bericht zu Ende gelesen hatte, blieb ihr fast das Herz stehen, obwohl sie es ja gewusst hatte. Natürlich stand dort seine Unterschrift. Special Agent in Charge Sam Burke. Ihr Expartner, mittlerweile zum Leiter der »Behavioral Science Unit 2« aufgestiegen. In den Olymp, auf meinem Rücken. Du meinst also, wenn ich deine Briefe nicht lese, kannst du dich auf diese Weise zurück in mein Leben schleichen, oder was?, ärgerte sich Klara.

Sie vertrieb den Gedanken an Sam und schüttelte den Umschlag. Irgendwo war doch sicher... Ein schwarzes Stück Plastik fiel auf den Küchenboden. Sind die Bilder also doch dabei, vermerkte Klara. Sie sprang aus dem nach hinten gekippten Stuhl auf die Füße, wie die Turnerin, die sie früher einmal gewesen war. Für einen Moment schien sie in der Luft zu schweben, dann stand sie sicher auf ihren Füßen, fischte den USB-Stick vom Boden und lief ins Schlafzimmer, wo ihr uralter Laptop stand, der noch aus der Zeit vor ihrer Verhaftung stammte.

In dem winzigen Raum war es dunkel, auf dem Boden lag eine Matratze, deren Schaumstoff an mehreren Stellen hervorquoll und hässliche Blasen unter dem Laken warf. Klara setzte sich auf das improvisierte Bett und startete den Computer, was länger dauerte, als irgendjemand ertragen konnte. Egal, sie konnte ohnehin nicht gut mit den Kisten umgehen, aber sie empfand es trotzdem als unzumutbar. Ungeduldig tippte sie auf den Tasten herum, bis endlich der Anmeldebildschirm erschien und sie ihr Passwort eingeben konnte. Danach dauerte es wieder eine gefühlte halbe Stunde, bis das System geladen war und sie den Stick anstöpseln konnte.

Der Stick enthielt nur einen Ordner ohne Bezeichnung mit drei Fotos. Klara öffnete die erste Datei. Das unscharfe Bild mit sehr kleiner Auflösung zeigte eine Frau, die an Armen und Beinen gefesselt in einer Pfütze lag. Im Hintergrund warfen flackernde Kerzen Schatten an die Wand, was die schlechte Qualität erklären mochte. Ihr dunkles Haar wirkte ebenso stumpf wie der kahle Steinboden und die kalten Wände aus Beton. Auf der zweiten

Aufnahme blickte sie wütend in die Kamera, auf ihrem Bauch waren rote Striemen zu sehen, und ihr Gesicht war von Tränen verquollen. Auf dem dritten Foto war Jessica von Bingen gestorben, ihre Augen starrten tot aus ihren Höhlen.

Klara ließ sich zurück auf die Matratze fallen. Ihr war übel, die Bilder waren schrecklich. Sie hatte als ehemalige FBI-Agentin schon viele Tote gesehen, aber niemals mit den Augen ihres Mörders. Die Polizei begutachtete das Ergebnis und zog ihre Schlüsse daraus, aber diese Bilder zeigten die Stunden davor.

Klaras Gehirn ergänzte unweigerlich, was er zwischen den Tränen und ihrem Tod mit ihr gemacht haben musste. Was dachte Sam darüber? Und vor allem: Hatten sie dem Anwalt das gesamte Material übergeben oder ihn nur mit dem Nötigsten abgespeist? Ihr haltet sicher mit etwas hinter dem Berg, vermutete Klara. Das tut ihr doch immer. Also, Sissi: Zeit, eine Entscheidung zu treffen, ermahnte sie sich.

Die Fakten liegen auf dem Tisch, es wird nicht einfacher als jetzt. Ja, ja, antwortete sie sich selbst. Du kannst einfach Nein sagen, Sissi, vergiss das nicht. Andererseits war das Leben als Kellnerin nicht gerade ein Lebenstraum für eine neunundzwanzigjährige Frau, die ihre Akademieklasse unter den besten zwei Prozent abgeschlossen und früher zu den besten Ermittlern des FBI gehört hatte. Illegalen Ermittlerinnen, korrigierte sich Klara.

Vielleicht musste sie Sam gar nicht begegnen? War es nicht möglich, dass sie die Sache auf ihre Art erledigte? Lautlos, ohne viel Aufhebens? Möglich wäre es.

Klara stand auf und lief in die kleine Kammer, die sie als Wohnzimmer bezeichnete. Vor dem Schrank, in dem sie ihr früheres Leben verstaut hatte, hielt sie einen Moment inne. Komm, Sissi, du hast dich doch längst entschieden.

Der Schrank war alt, sie hatte ihn bei einem Möbelladen in der Bronx für fünfundzwanzig Dollar gekauft, die Holztüren hingen windschief in den Angeln, und er knarzte, wenn man ihn öffnete. Im mittleren Fach standen ihre alte Nähmaschine und die verbliebenen Stoffballen, daneben ihre geliebten Messer. Sie strich über das atmungsaktive Lycramaterial, aus dem sie ihre Uniform fertigte. Keine offizielle natürlich, sondern die spezielle Kluft der Einbrecherkönigin Klara ›Sissi‹ Swell: eine schwarze zweite Haut, die verhinderte, dass dort, wo sie sich umsah, DNA-Spuren hinterließ.

Klara hatte sie selbst entwickelt, etwas Vergleichbares gab es nicht zu kaufen. Der Stoff war die Sonderanfertigung einer Firma, die sonst Taucheranzüge herstellte, aber viel leichter, beinah wie ein Turnanzug, und sie nähte sie selber, für jeden Einbruch einen neuen. Ihr letzter lag über fünf Jahre zurück, aber heute Abend würde sie einen anfertigen.

Als sie die Nähmaschine auf den Küchentisch hievte, wurde ihr schmerzlich bewusst, wie weit sie sich von ihrem früheren Leben entfernt hatte. Dann machte sich Sissi daran, ihre zweite Chance zu schneidern.

Eine Woche später wartete eine große altmodische Limousine mit laufendem Motor vor ihrer Haustür und spuckte eine obszöne Menge Abgase aus. Ein paar Jungs aus der Gegend saßen auf der Bank im Hauseingang und staunten mit großen Augen, als Klara ihren Rucksack auf den Rücksitz schmiss und der Fahrer die Tür hinter ihr zuschlug. Sie zwinkerte ihnen zu und winkte.

Thibault Stein begrüßte sie mit einem Kopfnicken: »Guten Morgen, Miss Swell. Hatten Sie eine angenehme Nachtruhe?«

Was glaubst du wohl, nachdem du mir eröffnet hast, dass sich heute entscheidet, ob meine Bewährung ausgesetzt wird? Nein klar, ich habe grandios geschlafen. Genau eine Stunde und vier Minuten grandioser Tiefschlaf mit Albträumen.

»Ja, danke«, antwortete sie.

Steins Assistentin Pia Lindt warf ihr vom Beifahrersitz einen Blick zu und streckte ihren Daumen hoch. Sie konnten sie nicht hören, da der vordere Teil des Wagens durch eine dicke Glasscheibe abgetrennt war. Klara lächelte zurück. Stein hatte begonnen, einen riesigen Stapel Papier zu durchforsten, er schien konzentriert.

Als sie die Houston Street erreicht hatten, traute Klara sich dennoch, die Frage zu stellen, die ihr am meisten unter den Nägeln brannte: »Wie wollen Sie es eigentlich anstellen, Stein? Mich rauszuboxen, meine ich.«

Stein blickte von seinen Papieren auf und sah sie durchdringend an. Nach einer Weile sagte er: »Zunächst einmal geht es heute noch nicht darum, Sie rauszuboxen. Wie ich Ihnen bereits gesagt habe, lautet unser Deal: Ihre Rehabilitation gegen den Mörder von Jessica von Bingen. Wenn ich mich nicht irre, haben Sie den ja noch nicht vorzuweisen, oder?«

Klara schüttelte den Kopf. Wie auch?

»Heute«, fuhr ihr Anwalt fort, »möchte ich erreichen, dass Ihre Bewährungsstrafe ad acta gelegt wird und Sie die lästige Fußfessel loswerden. Vertrauen Sie mir, Miss Swell. Ich schätze unsere Chancen auf sechzig zu vierzig.«

Nur sechzig Prozent Erfolgsaussichten? Klara hatte sich

von dem Staranwalt mehr versprochen. Aber es nützte nichts, er hatte ja recht: Sie musste ihm vertrauen. Er kniff ihr aufmunternd in die Wange und widmete sich wieder seinen Akten. Als sie zehn Minuten später vor dem Gericht hielten, war Stein wie ausgewechselt. Voller Tatendrang ignorierte er die Bemühungen seines Fahrers und stemmte die schwere Wagentür auf. Mit seinem Stock voran schritt er auf das altehrwürdige Gebäude zu. Er nahm zwar keine zwei Stufen auf einmal, aber für seine Verhältnisse machte es beinahe diesen Eindruck.

Trotz ihres enteilenden Chefs begrüßte die Assistentin Pia Lindt sie herzlich: »Machen Sie sich keine Gedanken, er merkt früh genug, dass der Termin nicht deshalb eher anfängt, weil Monsieur Stein schon da ist«, bemerkte sie mit einem Grinsen. Klara lächelte zurück.

Pia Lindt sollte recht behalten. Mit einer satten Viertelstunde Verspätung rief sie der Haftrichter in den Raum, der anmutete wie die Miniaturversion der Gerichtssäle aus dem Fernsehen. Zwar trugen auch hier die Anwälte und Richter die obligatorischen Roben, aber es gab keine Geschworenenbank.

Pia schien mit den Prozeduren bestens vertraut, sie bereitete dem ob der Verzögerung leicht angesäuerten Stein einen weiteren Aktenstapel vor und legte ihn sauber sortiert auf den Tisch der Verteidigung, hinter dem Klara Platz nahm. Sie hatte das Gefühl, dass sie Euer Ehren von seinem erhöhten Pult aus herablassend anstarrte. Dann betrat Thibault Stein den Raum. Sein Stock tockte bei jedem Schritt auf den Marmorboden.

»Guten Morgen, Richter Green«, begrüßte Stein Hochwürden wie einen alten Bekannten. Der Richter schien ihm den stilistischen Fauxpas allerdings nicht übel zu nehmen. Seine Stimme war genau so, wie man sich die eines strengen Gesetzeshüters vorstellt, aber in seinen Worten lag eine nicht zu überhörende Milde: »Stein, was haben Sie mir heute wieder mitgebracht?«

»Ich verhelfe einer Bürgerin unseres Staates, der großes Unrecht widerfahren ist, zu einer kleinen Wiedergutmachung«, eröffnete Stein. »Miss Swell wurde Justitia eindeutig als Bauernopfer in die Waagschale geworfen. Und zwar von ihrem eigenen Arbeitgeber. Aber lassen Sie uns nicht vorgreifen.« Mit einem Seitenblick zum Staatsanwalt lächelte Stein und setzte sich auf den für ihn vorgesehenen kargen Holzstuhl.

»Nun gut«, begann Richter Green. »Ich gehe davon aus, dass der Staatsanwaltschaft alle Ihre Anträge fristgerecht vorlagen …« Er vergewisserte sich dessen mit einem Seitenblick zu dem Vertreter der Anklage, der nickte. »Dann steht unserem heutigen Termin nichts entgegen.«

Der Richter, der noch älter aussah als Stein, schaute Klara direkt in die Augen, dann schob er die altmodische Lesebrille ein kleines Stück tiefer und blickte in seine Unterlagen. Er las nur ein paar Sekunden, bevor er sich direkt an Klara wandte: »Miss Swell, sind Sie sich darüber im Klaren, dass Sie ab sofort von Mr. Thibault Godfrey Stein anstelle von Ihrem Pflichtverteidiger Mr. Turner vertreten werden und dass diese Entscheidung unwiderruflich ist? Bitte bedenken Sie dabei, dass Sie allein für die Honorare von Mr. Stein aufkommen müssen, da er als freier, und, wenn Sie mir die Bemerkung erstatten, nicht gerade preisgünstiger Anwalt praktiziert?«

Klara schluckte. Die Augen des Richters waren jetzt weniger gütig, sie hatte das ungute Gefühl, dass er sie nicht leiden konnte. Sie warf einen Seitenblick auf ihren Verteidiger und stellte sich vor, was wohl der Unterhalt des Rolls kosten würde. Sicher mehr, als sie auf der Bank hatte. Stein und Pia sahen sie geradewegs an, verzogen aber keine Miene. Sie wollten ihr damit wohl sagen, dass sie ihr diese Entscheidung nicht abnehmen konnten. Ihr Blick wanderte zurück zum Richter. Sie hoffte inständig, dass sie die richtige Entscheidung traf: »Ja, Euer Ehren, darüber bin ich mir im Klaren, und ich akzeptiere Mr. Stein als meinen Verteidiger.«

Der Richter schien keine andere Antwort erwartet zu haben und nickte in Richtung der Protokollführerin.

»Kommen wir also zu Ihren Anträgen im Einzelnen, Mr. Stein. Wieso überhaupt dieser Termin?« Erneut blickte der Richter auf seinem hohen Podest in die Akten. »Soweit ich informiert bin, erfreut sich Miss Swell doch bereits ihrer wiedergewonnenen Freiheit auf Bewährung. Und Sie beantragen ja nicht einmal ein ordentliches Verfahren, keine Revision, gar nichts dergleichen.«

Thibault erhob sich: »Nein, Euer Ehren, das beantrage ich nicht.« Stein blieb einfach stehen.

Der Richter starrte über den Rand seiner Lesebrille: »Aber, Mr. Stein, was wollen Sie dann?«

Stein verließ den Platz hinter ihrem Tisch und humpelte nach vorne: »Nun, Euer Ehren, ich beantrage, die Haftzeit von Miss Swell mit dem heutigen Tag als abgeleistet zu betrachten, ihre Bewährungsstrafe und die damit verbundenen Auflagen sind unverzüglich einzustellen. Ich gedenke zu beweisen, dass der Staat New York Miss Swell in den vergangenen fünf Jahren durch eine Reihe unzumutbarer Entscheidungen der Bradford Correctional Facility unzumutbare Haftbedingungen zugemutet hat.«

Der Staatsanwalt erhob sich von seinem Platz und protestierte: »Durch unzumutbare Entscheidungen unzumutbare Haftbedingungen zugemutet? Sind Sie noch bei Trost, Herr Verteidiger?«

Stein drehte sich schneller, als Klara es ihm zugetraut hätte, in seine Richtung: »Keineswegs, Mr. Andrew Barnes III.« Klara glaubte, in der Art, wie er den neuenglischen Pseudo-Adelstitel aussprach, eine Spur Verachtung zu entdecken. Sie hatte den schmierigen Typen mit den übertrieben großen Manschettenknöpfen, der sie hinter Gitter gebracht hatte, auch nie leiden können. »Keineswegs. Sie erlauben, Euer Ehren?«

Pia reichte ihm mehrere Blätter über den Tisch, die Stein zum Richtertisch trug. Während er nach vorne stakste, rezitierte er aus dem Gedächtnis: »Der Staat gegen Timothy Blake, 1938: Mr. Blake trat auf dem Gefängnishof in einen rostigen Nagel, die Wunde entzündete sich. Haftminderung zwei Jahre.« Stein hatte den halben Weg zurückgelegt, er ließ sich Zeit, wahrscheinlich absichtlich, vermutete Klara. »Der Staat gegen Tina Gogol, 1979: Mrs. Gogol wurde von einem Aufseher als dreckige Zigeunerin beschimpft, woraufhin sie von Mithäftlingen zusammengeschlagen wurde. Sie wurde zehn Monate früher entlassen.«

Stein stand nun direkt vor dem Haftrichter und legte die Papiere auf seinen Tisch, was ihm nicht ganz leicht fiel, denn er reichte kaum über die Holzkante des hohen Pultes. »2011, der Staat gegen Klara Swell. Ich gedenke nachzuweisen, dass ihr in der Bradford Correctional Facility Dinge widerfahren sind, die Blakes und Gogols Erlebnisse deutlich in den Schatten stellen.«

Ohne ein weiteres Wort drehte er sich um und marschierte zu seinem Platz zurück. Der Richter nahm die Ausdrucke in die Hand und las einen Augenblick, der

Klara wie eine Ewigkeit vorkam. Im Saal war es still, bis auf das Scharren von Füßen am Tisch der Staatsanwaltschaft. Als er fertig gelesen hatte, strich sich Richter Green über das Kinn: »Mr. Stein, Ihre Methoden sind wie immer kreativ, das muss ich Ihnen lassen. Herr Staatsanwalt?«

»Die Anerkennung von Multiplikatoren ist bei Haftzeitminderung äußerst umstritten. Ich erinnere an…« Er schob eine Akte auf seinem Tisch zurecht. »… der Staat gegen Williams, 1965, hier wurde der Antrag auf Haftzeitmultiplikation als haltlos zurückgewiesen. Ebenso Frank 1983, Andrejewitsch 1994 und Teddy 2002…«

Stein stand wieder, die rechte Hand auf seinem Stock: »Euer Ehren, das bestreite ich ja gar nicht. Ich trete den Beweis gemeinsam mit Miss Swell gerne an. Mir ging es zunächst darum, zu belegen, dass unsere Rechtsprechung Fälle kannte, in denen die Strafe aufgrund von Körperverletzung oder Verfehlungen seitens der Gefängnisleitung gemindert wurde.« Klara schwante Ungutes: Wie wollte Stein Misshandlungen nachweisen, die niemals stattgefunden hatten?

Richter Green nickte: »Also gut, Mr. Stein. Wenn die Anklage keine besseren Argumente vorzubringen hat als die offensichtlichen, gebe ich Ihrem Antrag auf Haftprüfung statt. Ihre Argumente hören wir nach der Mittagspause, das Gericht vertagt sich.« Er unterstrich seine Worte mit einem kleinen Holzhammer, der erstaunlichen Lärm in dem fast leeren Saal machte. Ohne ein weiteres Wort verließ der Richter seinen Platz, auch Pia und Stein erhoben sich. Die Assistentin klaubte die Unterlagen zusammen und stopfte sie in eine kalbslederne Aktentasche.

»Gehen wir etwas essen«, entschied der dürre Anwalt.

Klara hätte nicht gedacht, dass Nahrungsaufnahme überhaupt je auf seinem Kalender stand. Das Essen bei ihrem ersten Treffen hatte er nicht einmal angerührt.

Zehn Minuten später saßen sie in einem kleinen italienischen Restaurant, das nur einen Block vom Gerichtsgebäude entfernt lag. Thibault Stein schien hier Stammgast zu sein, denn der Kellner begrüßte ihn und Pia überschwänglich: »Monsignore Stein, heute gleich mit zwei wunderschönen Frauen.« Er bedachte Klara mit einem breiten Grinsen. Stein winkte ab und bestellte für alle einen »kleinen Lunch, Vito«.

Nach der gemischten Vorspeise, die vorzüglich schmeckte, beschloss Klara herauszufinden, was Stein vorhatte. Sie lud sich noch einmal eine ordentliche Portion auf den Teller, sie hatte seit Langem nicht mehr so gutes Gemüse gegessen. Nach der Vorspeise entschuldigte sich Pia und verschwand im hinteren Teil des Restaurants. Klara beschloss, den Moment zu nutzen, und flüsterte ihrem Anwalt zu: »Was haben Sie vor, Stein? Was für Misshandlungen? Ich bin in keinen Nagel getreten, und als Zigeunerin hat man mich auch nicht beschimpft. Wenn überhaupt, war es in Bradford gähnend langweilig.«

»Aber Miss Swell, das ist ja genau der Punkt. Sie treffen den Nagel auf den Kopf, warten Sie es einfach ab, Sie müssen mir vertrauen. Haben Sie Ihren Anzug fertig?«

Klara rutschte auf ihrem Stuhl herum. Woher wusste Stein von dem Tick mit der Näherei? Dieses Detail stand nur in der internen Akte des FBI. Zumindest so viel hatte Sam damals erreicht.

Der Anwalt schien ihr Unwohlsein zu spüren, denn als Pia von der Toilette zurückkam, beugte er sich zu ihr herüber und flüsterte: »Machen Sie sich keine Gedanken darüber, Miss Swell. Meine Quellen mögen Ihnen merkwürdig intim erscheinen, aber der Rest«, er tippte sich mit dem knorrigen Zeigefinger an die Stirn, »ist reine Psychologie.«

Klara war nicht überzeugt und beäugte ihn skeptisch, als sich Pia wieder zu ihnen gesellte. Andererseits: War er nicht ihr Anwalt, vor dem sie keine Geheimnisse haben musste? Klara entspannte sich ein wenig und atmete aus. Stein ließ ihr keine Chance, weiter darüber nachzudenken. Er bestellte die Rechnung und mahnte sie zur Eile, das Gericht warte nicht. Wie schon am Morgen rannte der alte Anwalt beinah die Stufen hinauf, erst am Eingang zum Saal hielt er ihnen galant die schwere Tür auf.

»Miss Lindt, wie lautet § 10 der Steinschen Prozessordnung?«

»Wenn du nicht gewinnen kannst, verlier wenigstens nicht«, antwortete seine Assistentin wie aus der Pistole geschossen.

»Eben«, lächelte ihr Chef in Klaras Richtung und scheuchte sie in den Raum.

Sie erhoben sich von ihren Stühlen, als Richter Green den Saal betrat. Er bearbeitete seine Robe mit einem blütenweißen Taschentuch, als hätte er sich beim Mittagessen einen Fleck eingefangen. Isst ein Richter tatsächlich in seiner Robe?, fragte sich Klara. Sie erschreckte sich fast über diesen Gedanken, nicht etwa ob des vermeintlichen Flecks, sondern ob ihrer Denkweise. Sie hatte zum ersten Mal seit Jahren wieder wie eine Polizistin gedacht. Vielleicht war ihre früher so gut geschulte Beobachtungsgabe doch nicht gänzlich abhanden gekommen.

Sie freute sich aufrichtig über diese neue Entwicklung, die irgendwie mit der Hoffnung zu tun haben musste, die

Stein ihr durch sein Angebot eingepflanzt hatte. Klara stellte fest, dass sie in den letzten drei Wochen das zarte Pflänzchen, das sich Zukunft nannte, unmerklich gepflegt hatte. Sie fragte sich nicht mehr, ob sie dem gewachsen war, nein, sie wollte dem gewachsen sein. Sie musste. Aber dafür war entscheidend, dass Stein heute das Ende ihrer Bewährungsauflagen erstritt. Bei dem Gedanken daran, was für sie auf dem Spiel stand, schnürte sich ihr die Kehle zu. Als der Richter den Saal aufforderte, sich zu setzen, hatte Klara ein ungutes Gefühl im Bauch.

»Nun, Herr Verteidiger, dann bin ich sehr gespannt zu hören, wie Sie die angeblichen Misshandlungen von Miss Swell begründen möchten. Ich darf Sie bitten?«

Bevor sich Stein erhob, trank er einen großen Schluck Wasser aus dem Glas, das ihm Pia bereitgestellt hatte.

»Euer Ehren, hohes Gericht. Die Bradford Correctional Facility hat sich nicht nur eines, sondern gleich mehrerer Misshandlungen gegenüber meiner Mandantin schuldig gemacht.«

Der Richter legte die Stirn in Falten.

»Wenn ich kurz Euer Ehren meine Liste vorlegen dürfte?«

Der Richter nickte und winkte ihn nach vorne. Als ihm Stein die Unterlagen gereicht hatte, wurden die Falten auf seiner Stirn zu regelrechten Kratern. Mit gemessenen Schritten brachte Pia eine Kopie der Akten zum Tisch der Staatsanwaltschaft. Während sie auf dem Rückweg war, blickte Richter Green Stein entgeistert an: »Ist das Ihr Ernst, Herr Verteidiger?«

»Mein voller Ernst«, bekräftigte Stein. Klara warf einen Seitenblick auf Pia, die wieder entspannt in ihrem Stuhl saß. Die Assistentin zwinkerte ihr zu.

»Sie wollen im Ernst die Verweigerung eines Bibliotheksbesuchs als Misshandlung auslegen? Oder hier: Am siebten Februar 2008 habe Ihre Mandantin bemängelt, dass der Abfluss ihres WC nicht funktioniere. Die Toilette ist einen Tag später repariert worden. Was soll das, Stein?«, fragte der Richter. Klara konnte die Verärgerung in seiner Stimme deutlich wahrnehmen.

»Nun, Euer Ehren. Es mag ja sein, dass Ihnen die Reparatur nach sechzehn Stunden angemessen erscheint, aber laut der Gefängnisordnung hat der Gefangene eines amerikanischen Gefängnisses Anspruch auf eine funktionierende Toilette. Oder wollen Sie das bestreiten?«

»Nein, selbstverständlich nicht«, seufzte der Richter. Offenbar hatte der Staatsanwalt mittlerweile genug Zeit gehabt, die Unterlagen zu studieren, denn er erhob sich mit hochrotem Kopf: »Hohes Gericht, Euer Ehren, das ist grotesk! Was dieser Herr...«, er deutete mit ausgestrecktem Zeigefinger auf den kleinen Mann vor dem Richtertisch, »... hier probiert, spottet jeder Beschreibung. Das können wir doch nicht...«

»Herr Staatsanwalt!«, der Richter klopfte mit seinem Holzhammer auf den Block. »Was wir hier können und was nicht, entscheide immer noch ich.« Nachdem er sich wieder Ruhe verschafft hatte, schüttelte er den Kopf, die Nase immer noch in Steins Vorlage.

»Euer Ehren«, sprach Stein jetzt mit leiser Stimme. »Mir ist natürlich vollkommen klar, dass meine Argumentation gewissermaßen kreativ ist. Aber wenn Sie die Papiere zu Ende studieren, werden Sie feststellen...«

»... dass sie ziemlich wasserdicht ist, Ihre sogenannte Eingabe.« Er musterte den Staatsanwalt über den Rand seiner Lesebrille. »Mr. Barnes, er hat sogar einen Präzedenzfall für die Toilettenreparatur«, beendete Richter Green seinen Satz.

Andrew Barnes III blickte stumm von seinen Papieren auf und starrte in den Raum: »Ich weiß, ich weiß, ich habe sie gelesen. Irgendein Anwalt, der sich sogar eine Internet-Leitung für seine Zelle erklagt hat. Wo sind wir nur hingekommen in diesem Land?« Er schüttelte den Kopf.

»Mein lieber Stein, was machen wir nur mit Ihnen?«, fragte der Richter zu sich selbst.

Thibault Stein stand grinsend vor ihm, die Rolle als Enfant terrible schien ihm durchaus zu schmeicheln.

»Was aber dem Fass den Boden ausschlägt, ist etwas ganz anderes.«

Pia beugte sich zu ihr herüber: »Wir haben noch nicht gewonnen, Klara. Jetzt kommt Steins finaler Schuss.«

»Finden Sie es nicht ungewöhnlich, dass Miss Swell im Hochsicherheitstrakt von Bradford verwahrt wurde? Eine Einrichtung, die Mördern und anderen Schwerstkriminellen vorbehalten ist, und das, obwohl sie nur wegen Einbruchs verurteilt wurde?«

»Ihre Vergangenheit«, konterte Andrew Barnes III, »ließ doch gar keine andere Entscheidung zu, das wissen Sie doch genauso gut wie wir, Mr. Stein. Sie ist die Einbrecherkönigin von New York.«

Stein klopfte mit seinem Stock auf die Marmorfliesen, als wollte er den Staatsanwalt um Ruhe bitten. »Sie sagen es, Mr. Barnes, ihre *Vergangenheit*. Nur, weil Miss Swell ausbrechen *könnte*, wurden ihr übertrieben harte Haftbedingungen zugemutet. Das kommt einer Verurteilung für zukünftige Verbrechen gleich, ganz egal, wie Sie es drehen und wenden.«

»Als Nächstes«, flüsterte Pia Klara zu, »wird der Richter versuchen, einen Deal auszuhandeln. Er kann jetzt gar nicht mehr anders, um der Stadt einen peinlichen zweiten Prozess zu ersparen. Genau das wollte er erreichen. Drücken Sie die Daumen, Klara. Die nächsten Minuten entscheiden.«

Wie versprochen winkte Richter Green den Staatsanwalt zu sich heran. Die drei Rechtsgelehrten diskutierten vor dem Holzpult, der Staatsanwalt schüttelte immer wieder den Kopf und gestikulierte wild mit den Armen. Was dachten die drei sich da aus? Schließlich ging es um ihr Schicksal, monierte Klara. Sie schlug die Beine übereinander, und die elektronische Fußfessel an ihrem Knöchel erinnerte sie wieder einmal daran, was für sie auf dem Spiel stand. Als Stein nach einer gefühlten Ewigkeit zu ihnen zurückkehrte, sah er gar nicht glücklich aus.

»Es tut mir leid, Klara«, bemerkte er geradeheraus.

»Es hat nicht geklappt?«, fragte Klara.

»Nun ja. Doch, in gewisser Hinsicht schon. Sie konnten gar nicht anders, als die vielen Kleinigkeiten als minderschwere Misshandlungen anzuerkennen und sie auf Ihre Haftstrafe anzurechnen, aber wir streiten uns um den Faktor. Und es sieht so aus, als würde Richter Green in diesem Punkt den Einwänden des Staatsanwalts stattgeben.«

»Und das bedeutet?«, fragte Pia an ihrer statt.

»Das bedeutet, Miss Swell«, sein pastoraler Gesichtsausdruck wich dem verschmitzten Grinsen, »dass Sie leider noch eine weitere Woche offiziell auf Bewährung absitzen müssen.«

Klara hätte ihn am liebsten umarmt. Eine Woche war im Vergleich zu weiteren vier Jahren ein Nichts. Kein Problem. Sie lachte herzlich, und auch Pia schien sich sehr für sie zu freuen, sie drückte ihr die Hand.

Eine Justizbeamtin trat an den Tisch.

»Und«, verkündete Stein, »ich habe den Richter davon überzeugen können, Sie in meiner väterlichen Obhut und mit einer persönlichen Bürgschaft meinerseits gegenüber Euer Ehren bereits heute von Ihrer Fußfessel zu befreien.«

Er nickte der Beamtin zu. Als sie keine Minute später das Schloss öffnete und den blinkenden Reif von ihrem Bein entfernte, liefen Klara Tränen über die Wangen, und Pia strahlte sie an.

KAPITEL 7

Juni 2011
North 5th Street, Brooklyn (Williamsburg), New York

Thibault Stein hatte Pia Lindt gebeten, Adrian persönlich vorzutragen, wie ihre Pläne für das weitere Vorgehen aussahen. Nicht, dass sich Pia dagegen gewehrt hätte. Sollte der alte Knochen am Ende emotional intelligenter sein, als er vorgibt?, überlegte sie, während sie die steile Treppe der U-Bahn-Station an der Metropolitan Avenue hinaufstieg.

Pia war seit Ewigkeiten nicht mehr in Brooklyn gewesen. Wozu auch? Sie wohnte auf Höhe der Kanzlei in einer kleinen, aber durchaus schicken Wohnung an der Upper West Side, die sie seit der Trennung von John gerade so von ihrem Gehalt als Steins Assistentin finanzieren konnte. Und wer in Manhattan wohnt, fährt selten in einen anderen Stadtteil. Außer vielleicht am Wochenende nach Coney Island, den Stadtstrand von New York mit seinen Schaubuden und Fahrgeschäften aus den Fünfzigerjahren. Ein ähnlicher Anachronismus wie Stein, vielleicht liegt es an der Stadt, sinnierte Pia. Die schillernde Finanzmetropole und selbsternannte Hauptstadt der Welt auf der einen, eine tief verwurzelte Spießigkeit auf der anderen Seite. Vielleicht machte gerade diese krude und bisweilen neurotisch anmutende Mischung die ganz besondere Faszination von New York aus.

Trotz alldem überraschte sie die Gegend um die 5th Street positiv, als sich ihre Augen blinzelnd an die grelle Sonne unter freiem Himmel gewöhnten: Das hier sah gar nicht aus wie das heruntergekommene Brooklyn, das sie aus Filmen kannte. Der Stadtteil wirkte überaus freundlich, viel heller als Manhattan und irgendwie auch viel entspannter.

Auf der anderen Straßenseite hängte ein schmächtiger junger Mann gerade ein Schild an einen frisch renovierten Laden: ›Lettuce B. Friends‹ stand in moderner Typografie und knalligem Grün auf weißglänzendem Email. Pia schmunzelte über das Wortspiel: Hier bot ihr doch tatsächlich jemand eine Grünzeug-Freundschaft an.

Ein paar Meter weiter wurde gerade ein vergammelter Brownstone renoviert. Das ganze Viertel roch nach frischer Farbe und Aufbruch. Irgendwie kreativ, fand Pia. Sie schlenderte an den kleinen Geschäften vorbei, merkte sich einen Schuhladen mit für ihre Verhältnisse sehr modischen Modellen und genoss dabei die Frühlingssonne. Vielleicht sollte ich hierherziehen, überlegte sie gedankenverloren. Weg aus dieser angestaubten Upper-West-Atmosphäre mit dem uralten New Yorker Geldadel, der einen mit jedem Blick spüren ließ, dass man niemals dazugehört hatte und auch niemals dazugehören würde.

Adrian von Bingens Wohnung befand sich in dem baufällig anmutenden, gelb gestrichenen Gebäude mit der Nummer 125. Typisch New York, an einer Straßenecke frisch gestrichene Cafés und ein paar Meter weiter eine Bruchbude, die aussah, als könnte man sich alle möglichen Krankheiten holen, wenn man nur die Türklinke berührte. Aber jetzt bist du schon mal hier, Pia, sagte sie sich, also gehst du auch zu unserem Klienten.

Als sie vor der Haustür stand, zupfte sie ihren Rock zurecht und suchte nach dem Klingelschild. Offensichtlich wohnte hier jeweils nur eine Partei pro Stockwerk, und anstatt der Namen waren nur Appartementnummern verzeichnet.

Sie öffnete ihre Aktentasche, die sie an einem Riemen über der Schulter trug, und konsultierte ihre Notizen: App 5. Pia drückte den entsprechenden Knopf. Es dauerte etwa eine halbe Minute, bis der Summer ertönte und sie den Hausflur betreten konnte, der ebenso alt und heruntergekommen aussah wie das ganze Gebäude.

Eine Fünf, aber natürlich kein Aufzug. Super, dachte Pia. Stufe für Stufe stöckelte sie das Treppenhaus hinauf. Im fünften Stock war sie fast ein wenig außer Atem, als sie Adrian von Bingen in die Arme lief.

Er grinste sie wissend an: »Ein gutes Stück Arbeit, Miss Lindt, verzeihen Sie. Herzlich willkommen!« Er streckte ihr die Hand hin. Fein manikürt, blütenweißes Hemd, leichter Bartschatten. Er sah wieder einmal verdammt gut aus, dieser verarmte Millionärssohn.

»Hallo, Mr. von Bingen, schön, Sie wiederzusehen.«

»Adrian, bitte. Kommen Sie rein. Darf ich Ihnen aus dem Mantel helfen?«, fragte er galant und hielt sanft die Hand an den Kragen ihres Trenchcoats. Das ließ sich Pia nicht zweimal sagen. Die alte europäische Schule. Pia gefiel das. Sehr sogar.

»Bitte, kommen Sie rein«, forderte er sie auf und wies ihr den Weg in das Wohnzimmer des kleinen Appartements. Es war winzig, aber ganz im Gegensatz zu dem, was das Äußere des Hauses vermuten ließ, beinahe pedantisch sauber und aufgeräumt. Es roch nach Lilien, die in einem großen Strauß in der Mitte eines quadratischen niedrigen Tischchens arrangiert waren, um das herum Filzwürfel standen. Sehr puristisch, beinahe japanisch, aber durchaus geschmackvoll, fand Pia.

»Darf ich vorschlagen, dass wir uns auf der Terrasse unterhalten, Miss Lindt?«, schlug ihr Gastgeber vor. »Es ist der einzige Raum des Hauses, der mir für Sie annähernd angemessen erscheint.«

Pia winkte ab: »Ich bitte Sie, Adrian. Sehe ich wirklich so snobistisch aus? Aber gerne, Terrasse klingt gut.«

Während Adrian vorausging, dachte sie darüber nach, ob sie wirklich so spießig auf Männer wirkte. Nein, Pia, du siehst noch viel spießiger aus. Im Studium hätte das keiner von dir gedacht, ärgerte sie sich.

Der Weg führte durch eine niedrige Tür, und als Pia das Dach betrat, wusste sie, was Adrian gemeint hatte. Obwohl das Haus für New Yorker Verhältnisse eher niedrig war, hatte man nach Westen einen tollen Blick auf die Skyline von Manhattan. Natürlich nicht den mondänen auf den Finanzdistrikt wie etwa von New Jersey, aber immerhin.

Auf Adrians Terrasse standen Korbmöbel mit weißen Polstern, auf einem Beistelltisch war eine Flasche Champagner geöffnet, die noch aus dem Hals dampfte. Wie war das möglich?, fragte sich Pia, aber Adrian ließ ihr keine Zeit, weiter darüber nachzudenken.

»Setzen Sie sich doch, Pia. Ich habe aus dem Restaurant eine Flasche Champagner stiebitzt und sie vorsorglich bereits geöffnet. Wenn ich ehrlich bin, um Ihnen keine Wahl zu lassen. Sie trinken doch ein Glas mit mir, oder nicht?«

»Ich weiß nicht, ob mein Besuch der richtige Anlass für ein Glas Champagner ist…«, setzte Pia an, aber Adrian winkte ab.

»Doch, doch, ganz sicher ist er das sogar, Pia. Sie sind die erste Frau, die mich in meinem Appartement besucht seit, lassen Sie mich kurz nachdenken, ja, seit über fünf Jahren. Und Ihre Vorgängerin war meine Schwester.«

»Aber Adrian ...«, startete Pia einen letzten Versuch, ihr Gastgeber winkte jedoch erneut ab und hielt ihr ein Glas vor die Nase.

»Nein, Pia. Trinken Sie den Champagner mit mir.« Er blickte ihr bestimmt in die Augen. »Tun Sie mir den Gefallen, bitte.«

Also gut, dachte Pia. Sie nahm ihm das Glas aus der Hand und prostete ihm zu: »Nun gut, Adrian. Worauf möchten Sie anstoßen?«

»Na, worauf wohl: Auf Sie, meinen ersten Damenbesuch seit fünf Jahren«, zwinkerte er ihr zu.

Will er mich etwa verführen?, ging es Pia durch den Kopf, als die Gläser aneinanderklirrten. Nein, unmöglich, entschied sie. Ich habe die Akten zum Mord an seiner Frau unter dem Arm. Andererseits war das sieben Jahre her. Und hatte sie, der ihr nie etwas ähnlich Schlimmes widerfahren war, das Recht, darüber zu urteilen, wie andere damit umgehen sollen? Und dennoch, sie war seine Anwältin, Punkt.

Als sie beim Nachschenken in seine grünen Augen sah und ihm zuschaute, wie er formvollendet eine Verbeugung andeutete, war sie fast ein wenig traurig darüber, ihn unter diesen Umständen kennenzulernen.

»Adrian, ich habe ...«

»Pssst.« Er legte den Zeigefinger auf den Mund. »Nicht während des Champagners, in Ordnung?«

Pia nickte.

»Warten Sie einen kleinen Moment, ich habe uns auch etwas zu essen gemacht zur Feier des Tages«, sagte er, sprang auf und ließ sie alleine unter ihrem Baldachin sitzen. Hatte Stein nicht gesagt, Adrian von Bingen hätte jede Lust am Kochen verloren? Pia schaute ihm verdutzt nach und zuckte die Achseln. Die Nachmittagssonne schien herrlich, hier konnte man beinah so etwas wie Urlaubsgefühle entwickeln.

Es dauerte keine zwei Minuten, bis ihr Gastgeber wieder erschien, ein Tablett von der Größe eines Fußballfelds in beiden Händen. Gekonnt bugsierte er es auf einen Beistelltisch und drückte ihr einen Teller in die Hand, auf dem ein kleines Gemälde lag. Auf der einfachen Dachterrasse wirkte der kunstvoll gestaltete Teller wie von einem anderen Stern.

»Das sieht köstlich aus, Adrian, was ist das?«

»Probieren Sie es, dann sage ich es Ihnen.«

»Also, das hier ist wohl Lachs«, mutmaßte Pia und bugsierte ein Stück sonderbar glänzenden Fisch auf ihre Gabel. Er duftete verführerisch. Sie probierte. Nein, das war kein Lachs, dachte Pia. Lachs schmeckt wie Lachs, aber das hier ist göttlich. Sie schloss die Augen und genoss den Geschmack des Fisches, der sich mit einem süßlichen Aroma und einer exotischen Schärfe mischte.

»Das ist …«

»Lachs. Sie hatten recht«, unterbrach sie Adrian zum dritten Mal bei diesem Besuch.

»Nein, das ist … Gut. So etwas habe ich noch nie gegessen.«

»Probieren Sie die Gurken. Am besten beides zusammen«, schlug Adrian vor.

Pia häufte eine mutigere Portion Lachs und ein paar marinierte Gurken auf die Gabel. Der Salat schmeckte ein wenig scharf und nach Koriander. Zum erdigen Geschmack von Lachs bildete er ein wunderbar frisches Gegengewicht. Sie lächelte, Adrian grinste zurück. Jetzt nahm auch er sich einen Teller und begann beherzt zu essen.

Sie unterhielten sich über alles Mögliche, die aktuelle Ausstellung im MoMa, die Yankees, die Stones und über Thibaults letzten Fall. Nur nicht über Adrians Frau, das Thema, weswegen sie ihn aufgesucht hatte. Über eine Stunde später, sie waren mittlerweile zu einer Flasche Weißwein übergegangen, versuchte Pia einen Steinschen Hakenschlag: »Aber sagen Sie mal ehrlich, Adrian: Was haben Sie mit dem Lachs gemacht? Ich habe in meinem ganzen Leben – ich schwöre – noch niemals so guten Fisch gegessen.«

»Das Geheimnis, Miss Lindt«, er äffte dabei einen dozierenden Professor nach, »liegt einzig in der Temperatur. Der Lachs hat all diesen Geschmack schon, wir dürfen ihn ihm nur nicht wegnehmen.« Adrian lachte. »Nein, aber im Ernst. Er gart bei fünfundsechzig Grad im Ofen unter einer Mischung aus zwei Pfeffersorten, Olivenöl und Lavendelblütenhonig. Der Trick ist, ihn in einem Zustand zwischen roh und gar zu erwischen und dann zu servieren.«

Pia staunte. Sie kochte auch nicht schlecht, aber von einer derartigen Methode hatte sie noch nie gehört. Sie erinnerte sich daran, dass Adrian bei einem Sternekoch in Europa gelernt hatte. Kein Wunder. Sie wollte ihn gerade dazu auffordern, aber er kam ihr mit dem Rezept für die Gurken zuvor.

»Und der Gurkensalat ist ganz simpel: Schlangengurken von den Kernen befreien, Joghurt, Wasabi, frischen Koriander, fertig. Ganz einfach.«

Genau, dachte Pia. Ganz einfach. Wie hatte ich mir das mit dem Steinschen Haken jetzt noch gedacht? Wie komme ich jetzt auf Jessica von Bingen.

»Ich sehe, Sie möchten langsam über das reden, weswegen Sie gekommen sind. Ich bedauere das sehr, aber natürlich haben Sie recht.«

Er sah auf einmal ein wenig traurig aus. War das wegen Jessica, oder weil ihr kurzweiliger Nachmittag zu Ende ging, der übrigens wirklich schön war, wie Pia feststellte. Sie nickte.

»Also gut. Lassen Sie mich das hier kurz abräumen, und dann legen wir los, in Ordnung?«

Pia nickte erneut: »Warten Sie, ich helfe Ihnen«, bot sie an, aber Adrian lehnte ab: »Nein bitte, Pia. Sie sind mein Gast, und ich kann zwei Minuten alleine grade ganz gut gebrauchen, wenn Sie verstehen, was ich meine.«

Natürlich verstand Pia. Also war er doch nicht der eiskalte Ehemann, der seine Frau abgeschrieben hatte und trotz ihres Schicksals einfach mit Pia auf seiner Terrasse Champagner trank. Im Gegenteil. Wahrscheinlich hatte er sich sogar zusammengerissen, um ein guter Gastgeber zu sein. Pia hatte ein schlechtes Gewissen, weil sie tatsächlich Spaß daran gefunden hatte, mit dem attraktiven Adrian auf seiner Dachterrasse ein wunderbares Essen zu teilen und einfach nur zu plaudern.

Sie schaute zurück in die Wohnung, die sie völlig vergessen hatte. Das offene Dach ließ das enge Appartement zurück, es war, als betrete man eine großzügige offene Welt. Wahrscheinlich war genau das der Grund, warum Adrian, der ja von zu Hause einen anderen Standard gewohnt war, sie sich ausgesucht hatte.

Adrian von Bingen kehrte als ein anderer Mann zu ihr zurück. Ernsthafter. Pia spürte dennoch, dass seine Trauer nicht mehr hoffnungslos war, wie bei ihrem ersten Treffen. Er musste geahnt haben, worüber sie nachdachte, denn er sprach sie geradewegs darauf an: »Wissen Sie, Pia, das mag sich makaber anhören, aber in gewisser Weise hat es mir gutgetan, meine Frau zu beerdigen. Sie können sich das vorstellen, wie bei einem Schachspiel, das längst verloren ist. Der Moment, in dem man sich eingesteht, dass der König fallen muss, hat etwas Befreiendes, auch wenn einen das Verlieren natürlich nicht glücklich macht. Und ich bin froh, dass gerade Sie mein erster Gast nach dem verlorenen Spiel sind.«

Pia blickte betreten zu Boden: »Sollen wir weitermachen wie besprochen?«

»Natürlich«, entschied Adrian. »Finden Sie den Mörder meiner Frau, Pia. Das sind wir ihr schuldig.«

Pia nickte und erzählte Adrian, was sie vorhatten.

KAPITEL 8

Juni 2011
Dale City, Virginia

In ihrem schäbigen Hotelzimmer legte Klara auf dem Doppelbett ihre Ausrüstung zurecht: Diamantschneider zum geräuschlosen Öffnen von Fenstern, gummiummantelte Dietriche, die nicht klapperten, und einige elektronische Helferlein, die sie heute aber sicher nicht brauchen würde. Dazu reichlich schwarze Kletterseile und natürlich den selbstgeschneiderten Anzug aus innen gummiertem Lycra.

Im schummrigen Licht der Leselampe, die neben dem Bett stand, zog sie sich um. Die erste Kunst bestand darin, den Anzug so anzulegen, dass die äußere Hülle nicht mit ihrem Körper in Berührung kam, aber auch dafür hatte sie eine spezielle Anordnung der Reißverschlüsse entwickelt, mit denen der Einstieg deutlich erleichtert wurde.

Für ihr Vorhaben in dieser Nacht waren eventuelle DNA-Spuren ohnehin nicht wichtig, schließlich war sie heute keinem Verbrecher auf der Spur, aber Routine hieß nun einmal Routine.

Bevor sie sich offiziell mit ihren Exkollegen traf, wollte sie sich mehr Informationen beschaffen. Klara vermutete nach wie vor, dass das FBI Thibault Stein nicht alle Informationen gegeben hatte, und sie gedachte, sich heute Nacht die zu besorgen, die ihnen bisher vorenthalten wurden.

Als sie den Reißverschluss am Rücken zuzog, betrachtete sie sich im Spiegel. Anzug No. 74 war gut geworden, er passte wie angegossen. Sie ging in die Knie und testete die Elastizität: perfekt. Ein feines Stück Handwerkskunst, und wie jeder Meister seines Fachs war Klara ein klein wenig stolz auf das neue Unikat.

Obwohl sie die Messer natürlich nicht verwenden würde, steckte sie die rasiermesserscharfen Klingen in die dafür vorgesehenen eingenähten Scheiden an den Seiten ihrer Waden. Es handelte sich um reguläre Haushaltsware, Klaras bevorzugte Waffen. Kein Gerichtsmediziner der Welt konnte mit ihren Schnitten etwas anfangen, und sie wurden im Gegensatz zu echten Waffen in Tausenden von Geschäften in Amerika verkauft. Den meisten Menschen war gar nicht bewusst, dass ihr Tranchiermesser, mit dem sie an Thanksgiving den Truthahn aufschnitten, ebenso gut als Mordwerkzeug taugte.

Auch die Einbruchswerkzeuge fanden ihren festen Platz in speziell gearbeiteten Taschen und wurden mit einem Spezialfaden verlustsicher befestigt. So wirkte ihre Silhouette in Kombination mit dem nachtschwarzen matten Material wie ein Schatten, und sie würde mit Sicherheit keine verräterischen Spuren hinterlassen. Klara atmete tief ein und zog die Haube über den Kopf. Es dauerte eine Weile, bis sie Ohren, Nase, Mund und Augen an der richtigen Stelle hatte. Dann konnte sie wieder normal atmen.

Das einzige Zugeständnis des Anzugs an eine mögliche Kontamination eines Einbruchsorts mit ihrer DNA waren die Sinne. Es war Klara wichtiger, gut hören, riechen und sehen zu können, als die perfekte Abschirmung, die auch so schon bei neunundneunzig Prozent lag und kaum ausreichend Spuren für eine Identifikation hinterlassen würde. Das jedenfalls war auch bei Einbruch No. 73 kein Problem gewesen, jenem folgenschweren Einstieg in der Villa des

Senators, bei der man sie über private Akten gebeugt gestellt hatte.

Sissi betrachtete ihr Spiegelbild. Natürlich war sie nicht mehr so gelenkig wie früher, die Bänder altern am schnellsten bei einer Turnerin, aber immer noch topfit. Körperlich dürfte es keine Probleme geben, stellte Sissi fest, als sie begann, ihre Muskeln aufzuwärmen. Zehn Minuten später kletterte sie aus dem Fenster der Pension.

Von dem Sims des niedrigen Gebäudes sprang sie auf die dunkle Seitenstraße, ihre Knie federten den Sprung gekonnt ab. Ihre Füße, die in schwarzen, eng geschnürten Turnschuhen steckten, kamen perfekt parallel zueinander auf. Ohne Zeit zu verlieren, verzog sich Klara in den Schatten einer Mauer aus Backstein. Von der Straße hörte sie den Motor eines langsam fahrenden Autos. Sie spähte in Richtung der Straßenlaternen, die lange Schatten auf die Hauptstraße warfen, und erkannte eine ihr wohlbekannte Lackierung der Motorhaube: Cops.

Klara drückte sich noch etwas flacher in die kleine Mulde an der Mauer, zu der sie ganz automatisch gehechtet war. Wenigstens meine Instinkte funktionieren noch einwandfrei, stellte sie zufrieden fest. Die beiden Streifenpolizisten in ihrem Crown Victoria leuchteten mit einem Handscheinwerfer in die Gasse neben der Pension, während der Wagen im Schritttempo vorüberrollte. Reine Routine, wusste Klara.

Sie krümmte ihren Rücken und legte das Gesicht auf die Knie zwischen ihre Arme. Ihr Herz klopfte stärker als früher in solchen Situationen, musste sie konstatieren, und während der Lichtkegel über ihre Silhouette glitt, hielt sie den Atem an. Zwanzig Sekunden später vernahm sie, wie die Backsteinmauer den Schall des Motors verschluckte.

Ihr neuer Anzug hatte die erste kleine Bewährungsprobe bestanden. Du hast sie bestanden, Klara. Der Anzug wäre sicher nicht das Problem geworden, er hat noch in ganz anderen Situationen funktioniert, und zwei arglose Streifenpolizisten waren nun wirklich keine Herausforderung. Früher waren sie das nicht, Klara. Egal, weiter geht's, du bist schließlich nicht zum Sinnieren hergekommen. Leise wie eine Katze erklomm sie die Mauer und lief hinter die Häuserzeile, die an der gewundenen Straße lag.

Klara brauchte fast eine Stunde, um ihr Ziel zu erreichen. Dale City. Stadt ist wirklich die Übertreibung des Jahrhunderts, fand Klara, als sie hinter dem eingeschossigen Holzhaus Stellung bezog, in dem Wesley Brown wohnte. Eine Ansammlung von Bruchbuden war das hier, mehr nicht, und das ist noch geschmeichelt. Das FBI sollte seine Leute wirklich besser bezahlen, hier käme ja sogar eine Schildkröte rein, dachte sie, als sie über den niedrigen Zaun sprang und weich im Gras landete.

Die Fenster waren dunkel, wie erwartet. Agent Brown hatte Nachtschicht, was ihr ein simpler Anruf bei der nahe gelegenen FBI Academy ohne jede Mühe verraten hatte. Wahrscheinlich bietet dir just in diesem Moment Sam einen seiner geliebten Donuts an, grinste Klara, als sie zur Hintertür des Hauses schlich. Sie lauschte einen Moment, aber die Nacht war still, nur die Blätter der Laubbäume raschelten im Wind.

Mit einer knappen Bewegung zog sie den gummierten Dietrich aus der in den Anzug eingenähten Tasche und machte sich am Schloss zu schaffen, als ihr ein kleines Licht am anderen Ende des Raumes auffiel. Vorsichtig zog sie das Werkzeug zurück. Wohl doch nicht so einfach, wie ich dachte, bemerkte sie und fischte ein Objektiv aus der

Tasche. Es handelte sich um ein handelsübliches Fernrohr mit Restlichtverstärker von einem deutschen Hersteller, das üblicherweise bei der Jagd eingesetzt wurde. Klara fixierte die unscheinbare Diode und drehte die Einstellungen scharf. Ah, ein Eigenbau, der wohl hauptsächlich gegen jugendliche Gelegenheitseinsteiger gedacht war. Hätte ich mir bei einem Namen wie Wesley ja denken können. Wer hieß schon Wesley?

Keine Akkus, dafür war er zu klein. Klara packte das Fernglas in die Tasche und schlich um das kleine Häuschen, suchte mit gebeugtem Rücken die Außenwand ab, bis sie die Stelle gefunden hatte. Mit einem Stock, den sie aufgelesen hatte, legte sie die Leitung frei, entfernte die Isolierung und trennte das Kabel. An der Hintertür überprüfte sie, ob die Diode tatsächlich ausgegangen war, bevor sie den Dietrich zum zweiten Mal ansetzte. Zum Öffnen der Tür brauchte sie weniger als zehn Sekunden. Anstatt das Haus zu durchsuchen, ging sie schnurstracks ins Schlafzimmer, in dem der Computer stand. Sie hatte kein Interesse an Agent Browns Privatleben oder seinen schmutzigen Bestellungen in einem einschlägigen Versandhauskatalog.

Der Mond tauchte den Schreibtisch in fahles Licht. Wesley war offensichtlich ein Nerd, wie er im Buche stand: Auf dem Schreibtisch türmten sich Zettel und die Reste von mindestens drei Fast-Food-Mahlzeiten. Rechts neben der schmierigen Tastatur lag ein Baseball, unter dem Quittungen gestapelt waren, die Klara als Erstes durchsah. Also doch kein schmutziger Versandhändler, schmunzelte Klara, und erinnerte sich, warum sie gekommen war. Sie hockte sich unter den Schreibtisch und entfernte mit einem kleinen Schraubenzieher die Abdeckung des PCs.

Fjodor, ein alter Bekannter und Elektronikexperte, hatte ihr genau beschrieben, wo sie das Gerät anschließen musste, um die gesamte Festplatte zu kopieren. Während Fjodors Kasten die Daten übertrug, hockte sie unter dem Schreibtisch im Schatten, unsichtbar und regungslos. Zwanzig Minuten später reparierte sie die Stromleitung und verwischte die Grabungsspuren mit einem Zweig. Sissi, die Einbrecherkönigin, war niemals hier gewesen. Niemand war in dieser Nacht hier gewesen, nur ein Schatten von Niemand namens Sissi Swell.

KAPITEL 9

November 2010
Casper, Wyoming

Theresa packte ihre Sporttasche und lief die Treppe hinunter, der hellblonde Pferdeschwanz wippte bei jeder Stufe fröhlich auf und ab.

»Mom, ich bin beim Training. Danach gehe ich mit Brad ein Eis essen, in Ordnung?«

»Fahr bloß nicht wieder eine Delle in den Wagen«, schimpfte ihre Mutter halb im Scherz, während sie ein Blech Kirschkuchen in den Ofen schob. »Geh nur, aber komm nicht zu spät, versprochen?«

Theresa schnappte den Autoschlüssel von der Küchenablage und küsste ihre Mutter auf die Wange: »Keine Sorge, Mom. Es ist nur ein Eis.«

Natürlich glaubte ihr das die Mutter nicht. Brad war ihr erster richtiger Freund, und ihre Mutter verstand das gut genug, um ihr nicht das Unausweichliche zu verbieten. Sie hatte ihr sogar Kondome besorgt aus der Drogerie, damit sie »keine Dummheit beging«, wie sie sich ausdrückte.

Sie warf die Sporttasche auf den Rücksitz des roten Toyota, schwang sich hinter das Lenkrad und verstellte den Sitz, damit ihre langen Beine im Fußraum Platz fanden. Langsam rollte sie rückwärts aus der Einfahrt auf die ruhige Straße des Wohngebiets zu und gab Gas. Den schwarzen Lieferwagen, der fast zeitgleich mit ihr anfuhr, bemerkte Theresa nicht.

Zwanzig Minuten später erreichte Theresa die Sporthalle. Sie prüfte zweimal, ob sie den Wagen auch wirklich abgeschlossen hatte, bevor sie sich auf den Weg zu ihren Hockeyfreundinnen machte. Sie hatten dieses Jahr die Stadtmeisterschaft gewonnen und würden sicher noch einiges erreichen, zumindest hatte sich ihr Trainer das fest vorgenommen. Sie begrüßte die anderen mit einem High five, und gemeinsam betraten sie die Halle.

Der Mann in dem schwarzen Lieferwagen, der auf der anderen Straßenseite stand, ärgerte sich, dass die Sporthalle kein Parkhaus hatte. Er fischte ein Comicheft vom Beifahrersitz und richtete sich auf eine längere Wartezeit ein, denn er wusste, dass Theresas Training mindestens anderthalb Stunden dauern würde. Manchmal kamen die Mädchen auch erst später, wahrscheinlich redeten sie in der Umkleidekabine über ihre Jungs. Theresa war ein hübsches Mädchen, er freute sich schon auf sie. Und er konnte warten, laut seinem Plan musste er das sogar.

Dann musste eben so lange der Comic herhalten: Kawumm, kawumm, schleuderte Magneto ein Auto gegen eine Häuserwand. Er war in Rage.

Eine Stunde und vierundvierzig Minuten später verließ Theresa gemeinsam mit ihrer Freundin Allison die Sporthalle. Er legte den Comic zur Seite und startete den Motor, in den dunklen Gläsern seiner Sonnenbrille spiegelte sich die winterliche Abendsonne, als er wendete, um dem roten Toyota zu folgen. Aha, heute ist Bradley-Tag, vermerkte der Mann, als Theresa ihre Freundin ungewöhnlich zielstrebig zu Hause absetzte und weiter Richtung Innenstadt fuhr.

Casper war eine Kleinstadt mit etwas über fünfzigtausend Einwohnern, die Fahrt dauerte keine fünf Minuten, und es war nicht weiter schwer zu erraten, wohin Theresas

Ausflug führen würde. Casper besaß nur drei Attraktionen für Jugendliche, und das waren die drei Kinos, von denen das Rialto für ein Teenie-Knutsch-Treffen das geeignetste war.

Als Theresa in das Parkhaus einbog, auf das ihre Mutter bestand, fuhr er weiter geradeaus. Es gab keinen Grund, auf den letzten Metern noch Verdacht zu erregen, obwohl er das für äußerst unwahrscheinlich hielt. Kameras besaß das Parkhaus keine, er hatte nie verstanden, warum es ihrer Mutter ein Plus an Sicherheit vorgaukelte. Er stellte den Lieferwagen in einer Seitenstraße ab und ging ohne übertriebene Eile zum Rialto.

Da er nicht vorhatte, einen Film anzuschauen, kaufte er einen Softdrink und eine Tüte Popcorn und platzierte sich an einem der Stehtische, über denen Schirme einer Eismarke gespannt waren, obwohl sie im überdachten Vorraum standen. Theresa kam fünf Minuten später, ihren Brad schon im Schlepptau, sie kauften zwei Karten für die frühe Abendvorstellung. Er lächelte, als er an ihr vorüberging und den Duft ihres frisch aufgelegten, billigen Mädchenparfums roch.

Eine weitere Stunde verbrachte er Comics lesend hinter dem Steuer seines Wagens, dann begann er seine Arbeit. Er legte ein Paar frische Gummihandschuhe an und verklebte sie mit seinen Anorakärmeln. Dem Erfinder des Gopher-Tape gehört was verliehen, dachte er, als er das Sprengstoffpaket aus dem Gepäckraum in einer Sporttasche mit 49ers-Aufdruck verstaute. Er schloss den Wagen ab und machte sich auf den Weg zum Parkhaus. Keine zwanzig Minuten später saß er wieder hinter dem Steuer und wartete auf Theresa.

Ihr Date mit Brad dauerte länger als erwartet. Erst um

Viertel vor acht kam das Pärchen aus dem Rialto und machte sich auf den Weg zum Parkhaus. Der Mann in dem Lieferwagen fluchte und hieb mit dem Handballen auf das Lenkrad. Der Junge war noch nie mit ihr nach Hause gefahren. Der rote Toyota tauchte keine zwei Minuten später auf. Er folgte ihm in sicherem Abstand, und beinahe wäre ihm ein Fehler unterlaufen, als Theresa den Wagen auf den Parkplatz eines Pizzaschnellrestaurants mit dem vielsagenden Namen Papa John's lenkte. Er fuhr daran vorbei. Warten, immer nur warten. So langsam wird es Zeit, Madame, dass wir uns endlich kennenlernen. Nur einen Moment lang überlegte er, ob es sich lohnen würde, beide mitzunehmen. Aber nein, das kam nicht infrage. Er freute sich schon so lange auf Theresa, nichts sollte die Magie zwischen ihnen stören. Und schon gar nicht Brad. Da er sie nicht hatte hineingehen sehen, standen sie wohl auf dem Parkplatz und knutschten. Der Mann lächelte ein dünnes Lächeln mit spitzen Lippen.

Erst um Viertel vor neun setzte Theresa Brad vor seiner Haustür ab. Durch das Heckfenster des Toyota sah er einen langen Kuss, den keiner von beiden beenden wollte. Immer wieder trennten sich die Köpfe, um kurz darauf erneut zueinander zu finden, ein immergleiches eintöniges Vor und Zurück. Lächerlich. Der Mann kaute an den Fingernägeln, wobei er peinlich genau darauf achtete, keine scharfen Kanten zurückzulassen, die später das Gummi seiner Handschuhe verletzen könnten.

Als Brad endlich die Autotür zuschlug und Theresa eine Kusshand zuwarf, ließ er den Motor an und überprüfte ein letztes Mal, ob alles auf dem Beifahrersitz lag: Gasmaske, Handy, Handschuhe, Medizin. Als ihr Wagen vom Bordstein rumpelte, griff er zum Telefon.

KAPITEL 10

Juni 2011
10th Street Southeast, Washington DC

Die Sinne leicht getrübt von einem Bier zu viel bei Jay, rollte Sam in eine Parklücke direkt vor seinem Haus in Washington. Als er die Automatik auf »Parken« stellte, schwankte der Wagen wie eine verirrte Eisscholle auf dem Potomac. Wie kann es eigentlich angehen, dass der zentral organisierte Einkauf immer noch diese grässlichen Schüsseln bestellt?, grummelte Sam und schwang sich aus dem tiefen Komfortsitz. Ist ja nicht auszuhalten. Er trat mit der Schuhsohle gegen den Reifen, ohne sich wirklich zu ärgern, und sog die kühle Nachtluft in seine Lungen.

Wenigstens bei Jay konnte man seine Feierabendzigarette noch genießen. Er tastete in der Brusttasche seines Hemds nach den Kippen und zündete sich die dritte Sünde seines Tages an. Scheiß drauf, heute ist eine Ausnahme, entschied er und ging die fünf Stufen zu seiner Haustür hinauf. Das nette kleine Häuschen in einem der besseren Viertel der Hauptstadt war der einzige Luxus, den sich Sam in seinem sonst recht kargen Leben gönnte. Und ein verdammt teurer Luxus, dachte er, als er, die Zigarette zwischen den Lippen, die Tür aufschloss.

»Verdammt, Sam, du sollst sie genießen und nicht nebenbei rauchen. Du weißt doch, wohin das führt.« Er hörte Klaras Stimme, als stünde sie neben ihm. Seufzend drehte er den Schlüssel bis zum Anschlag und betrat sein Zuhause. Er hängte den Mantel ordentlich an die Garderobe und ging schnurstracks in die Küche, um sich noch ein Bier aus dem Kühlschrank zu holen. Der Verschluss zischte verheißungsvoll, er nahm einen schnellen Schluck und zog noch ein letztes Mal an der Zigarette, bevor er sie im Aschenbecher ausdrückte. Finster wie in einem Pavianarsch, dachte Sam und legte die Hand auf den Lichtschalter.

»Lass das Licht aus, Sam.«

Schon wieder Klara. Kannst du nicht endlich verschwinden. Oder? War das möglich? Im schlimmsten Fall machte er sich jetzt gleich vor seinem angetrunkenen Alter Ego lächerlich. Er beschloss, der Stimme zu antworten.

»Hallo, Klara.«

»Hallo, Sam.«

Wenn sich das noch in seinem Kopf abspielte, hatte ihm Jay etwas ins Bier gemischt. Wo war sie? Sam wusste, dass er niemals erraten würde, wo sich Sissi versteckte, es sei denn, sie entschied, dass er es wissen musste. Nicht einmal in seinem eigenen Haus. Er ließ das Licht aus und setzte sich auf die schwarze Ledercouch, die dringend neu bezogen werden musste.

»Ich habe dir geschrieben.«

»Ich weiß«, antwortete sie von irgendwo. Konnte sie nicht wenigstens jetzt zumindest einmal zweisilbig antworten? Wieso musste er ihr alles aus der Nase ziehen? Vielleicht, weil er genau das verdient hatte?, seufzte Sam.

»Wieso bist du gekommen, Sissi? Warum jetzt?«

»Ich möchte, dass du mir eine Frage beantwortest, Sam.«

Aha. So wie er Klara kannte, meinte sie es wörtlich: eine Frage. Ich habe tausend Fragen an dich, aber man muss nehmen, was man kriegen kann.

»Also gut, Sissi. Aber quid pro quo, wie immer. Du eine Frage, ich eine Frage. Abgemacht?«

Sissi sagte nichts. Sam trank einen Schluck Bier und zündete sich eine weitere Zigarette an. Die Glut erhellte seine Hand, wenn er daran zog, und der Tabak knisterte. Es war das einzige Geräusch in der Dunkelheit seines Stadthauses, denn Uhren duldete Sam ausschließlich im Büro.

»Okay«, lautete ihre knappe Entscheidung nach einer halben Ewigkeit. Ihre Stimme klang wie in seinen Erinnerungen, sie hatte sich kein bisschen verändert. Und sie redete immer noch am liebsten in Sätzen, die jeweils aus nur einem Wort bestanden. Reden war einfach nicht ihre Passion.

Sam inhalierte den letzten Rauch seiner Zigarette und warf die Kippe in die leere Bierdose. Es zischte, als die Flüssigkeit die Glut löschte.

»Jetzt, wo wir uns handelseinig sind, mach bitte das Licht an, Sissi. Das ist doch albern«, forderte Sam. Er glaubte einen leichten Luftzug zu spüren.

Sam blinzelte in die viel zu helle nackte Glühbirne, die er zu seinem großen Ärger immer noch nicht gegen eine ordentliche Lampe ausgetauscht hatte und die er selbst deshalb niemals einschaltete. Sissi saß ihm gegenüber auf einer Kommode und lächelte spöttisch zur Decke. Sie hatte sich wirklich kein wenig verändert in den letzten fünf Jahren: Braune Locken säumten ein mädchenhaftes Gesicht, das jeder Balletttänzerin gut gestanden hätte.

Er dachte an die Momente mit ihr auf dem Sofa vor dem Kamin, wie sie mit ihm in einen Wollpulli gekuschelt und die Beine angewinkelt Rotwein getrunken hatte. Sam fand sie immer noch wunderschön. Leider ließ ihr Gesichtsausdruck vermuten, dass seine Wiedersehensfreude keinesfalls erwidert wurde. Sissi sah in ihrer Arbeitskleidung, einem schwarzen Anzug mit eingenähten Taschen, eher aus wie eine Mischung aus Spiderman und Navy-SEAL, nur die Kapuze hatte sie abgezogen. Sie hatte sich wirklich kein bisschen verändert. Zum Glück. Nur ihre Meinung von Sams Loyalität war den Bach runtergegangen. Kein Glück. Sam blinzelte erneut und blickte zu ihr rüber. Ihr Gesicht war reglos.

»Stell deine Frage, Sissi.«

Sie schaute ihm in die Augen. Da war keine Spur von Zuneigung oder Freundschaft, eher ... Teilnahmslosigkeit, befand Sam.

»Warum, Sam? Warum«, flüsterte sie. »Das ist alles, was ich im Moment wissen möchte.«

Auf diese Frage hatte sich Sam vorbereitet, seit Klara verurteilt worden war. Er hatte sie so oft im Kopf durchgespielt, in tausend Varianten. Mit ihren Reaktionen und Gegenreaktionen. Wie ein Schachspiel hatte er den Verlauf dieses unausweichlichen Gesprächs vorab kalkuliert. Also, Klara, hier kommt mein Eröffnungszug.

»Es ging nicht nur um uns, Sissi«, sagte er leise.

Sie schwieg. Wie immer. Sam war versucht, sich eine weitere Zigarette anzuzünden. Er spielte mit der Packung, steckte sie aber wieder zurück. Dann drehte er das Feuerzeug zwischen den Fingern, schließlich blickte er zu ihr herüber. Sie beobachtete ihn immer noch. Natürlich.

»Denk an die anderen, Sissi. Wir hätten zwanzig gute Beamte mit in die Tiefe gerissen. Zwanzig Freunde und ihre Familien. Und der Ruf des FBI wäre auf Jahre dahingewesen, gerade im Hinblick auf Ermittlungen gegen hochrangige Politiker.«

»Sam«, unterbrach sie ihn flüsternd. »Ich bin nicht gekommen, um darüber zu reden, warum ihr mich den Hyänen zum Fraß vorgeworfen habt.«

Er sah sie fragend an.

»Ich möchte wissen, warum zum Teufel ihr die anderen Fotos geheimhaltet, Sam.«

Sam schluckte und dachte an den Vorfall von heute Mittag. Konnte das wahr sein? Nein, unmöglich, dafür war sie viel zu professionell.

»Warum, Sam? Herrgott, sie ist noch ein Mädchen. Oder willst du mir weismachen, dass sie noch leben könnte?«

Sam zuckte mit den Achseln.

»Die Bilder sind vier Jahre alt, Sam. Vier Jahre. Und sie war schon bei den Aufnahmen halb tot.«

Am nächsten Morgen rannte Sam durch strömenden Regen über den Parkplatz der FBI-Academy in Quantico und fluchte. Fünfzehn Minuten zu spät für die Abteilungsbesprechung, und ausgerechnet heute hatte sich ihr Chef angekündigt, um über die »Swell-Problematik« zu sprechen. »Natürlich, es musste ja heute sein«, murmelte Sam, als er die Drehtür erreichte.

Vor der Sicherheitsschleuse schüttelte er die dicken Regentropfen von seinem Mantel und betrat das Gebäude durch eines der vielen Drehkreuze, nachdem er es mit seinem Ausweis freigeschaltet hatte. Er hatte keine Zeit, in seinem Büro vorbeizuschauen, und so zog er aus einem der staubigen Automaten, die auf jedem Stockwerk herumstanden, einen Plastikbecher mit grässlicher brauner Brühe. Im Laufen nahm er einen Schluck, das Getränk war glühend heiß, und er verbrannte sich die Lippe. Mit der Zunge betastete er das Ausmaß der Katastrophe. Sie fühlte sich taub und wulstig an, obwohl Sam wusste, dass sie es gar nicht war. Mist. Seine Akten unter dem linken Arm und den Becher in der rechten Hand, öffnete er die Tür zum Besprechungsraum mit der Hüfte, was ihn beinah die zweite Verbrennung des Tages, in diesem Fall an seiner Hand, gekostet hätte.

Sie waren alle schon da: der schmächtige Wesley, die dicke Anne mit ihrer noch dickrandigeren Brille, sein Stellvertreter Bennet und ihr Chef: Gil Marin, der oberste Serienmörderjäger und bekannteste Profiler des Landes. Letzterer saß auf dem Tisch statt auf dem Stuhl und sah ihn tadelnd an: »Sam, einen schönen guten Morgen.« Beißende Ironie, dachte Sam und nickte ihm zu. Hätte er etwas von dem Stau gemurmelt, den es tatsächlich gegeben hatte: »Jeder weiß, dass der Beltway morgens dicht ist, oder seit wann arbeiten Sie hier, Sam?« Vielleicht die Ausrede mit den Kindern? »Sagen Sie, Sam, glauben Sie, jemand, der seine Blagen nicht organisieren kann, könnte mit einer Ermittlungsabteilung dieser Größenordnung überfordert sein? Brauchen Sie Entlastung, Sam?« Nein danke. Außerdem wohnten seine beiden Töchter nicht einmal bei ihm. Been there, seen that, got the T-Shirt, ärgerte sich Sam und suchte stattdessen schweigend einen Platz zwischen seinen Mitarbeitern. Er hielt nicht viel von inszenierter Hierarchie. Entweder sie stellte sich auf natürliche Weise ein; oder eine Sitzordnung würde sie garantiert auch nicht herbeiführen.

»Sie wollten mit uns über Klara Swell reden?«, ergriff Sam die Initiative, bevor Marin noch irgendetwas Abfälliges über sein Zuspätkommen einfallen konnte.

»In der Tat, Sam, in der Tat«, entgegnete Marin. »Wenn

ich recht informiert bin, soll Miss Swell wieder auf freiem Fuß sein, ist das korrekt?«

Sam grinste innerlich. Nicht nur das, mein lieber Marin. Nicht nur das. »In der Tat, sie wurde vor nicht ganz einem Monat entlassen.«

»Etwas früh, finden Sie nicht? Sie hatte doch noch mindestens zwei Jahre Bewährung, oder nicht?«

»Sagen wir es so, Sir: Sie hatte prominenten Beistand.« Wie viel wusste dieser Mistkerl wirklich? Marin war ein Pokerspieler, und er ließ sich niemals in die Karten schauen. Sam bewegte sich auf verdammt dünnem Eis, aber er durfte Klara nicht ans Messer liefern. Das war er ihr schuldig. Er versuchte es mit einem Mittelweg: »Thibault Godfrey Stein hat sie rausgepaukt.«

Marin hob eine Braue.

»Ja, Sir. Das ist die große Frage: Warum sollte sich ein Mann wie Thibault Stein für Klara Swell interessieren.«

Der Chef sah ihn fragend an. Sam schaute in die Runde. Es war wichtig, dass diese Erkenntnis nicht von ihm kam, sonst würde Marin direkt Verdacht schöpfen. Wesley spielte mit einem Bleistift, Anne wühlte eilfertig in ihren Akten, und Paul blickte gelangweilt zur Decke. Sam tippte auf Anne.

»Das New Yorker FBI hat seinem Büro vor zwei Monaten etwas aus unseren Akten gefaxt«, vermeldete Anne, seine eifrige, wenn auch bisweilen etwas uninspirierte Kollegin in die Stille und rückte ihre Brille zurecht. Sie zog zwei Seiten Papier aus dem Stapel auf ihrem Schoß und hielt sie Marin hin. Sam griff zu.

»Tatsächlich. Hm. Augenscheinlich hatte ein übereifriger Kollege genügend Zeit, eine alte Suchanfrage aus dem Jahr 1994 zu bearbeiten. Meine Güte, haben die denn gar nichts zu tun da drüben?«, murmelte Sam und stand auf, um Marin die Akte zu zeigen.

Sein Chef riss ihm die Blätter ungeduldig aus den Händen und las. Als er fertig war, blickte er einige Sekunden zur Decke. Sam hielt den Atem an.

»Ausgerechnet Sissi. Verdammt, hätte sich dieser Anwaltswiderling keine andere aussuchen können?«

Eine andere schon, dachte Sam, aber keine bessere, hütete sich aber, den Gedanken laut auszusprechen.

»Sir, ich sehe da zunächst kein großes Problem. Wenn es wirklich stimmt, dass er Klara wegen dieser Bingen-Kiste rausgehauen hat, muss das immer noch nichts heißen.«

Marin nickte und strich sich mit den Fingern um die Lippen. Er schien nicht überzeugt.

»Ich würde vorschlagen, dass wir einmal mit ihr reden. Besser, die Initiative geht von uns aus, als dass sie uns aufs Dach steigt.«

Bei diesem treffenden Vergleich musste sogar Marin ein wenig schmunzeln, was in seiner Arbeitswoche niemals vorkam, außer es gab Blaubeerpudding zum Nachtisch in der Kantine, ein Gericht, das bis auf Marin niemand mochte und von dem sich hartnäckig das Gerücht hielt, dass er der Kantine persönliche Anweisung gegeben hatte, es dann und wann auf den Speiseplan zu setzen. Sam wusste schon jetzt, dass er gewonnen hatte.

»Also gut, Sam. Reden Sie mit ihr. Finden Sie heraus, was sie will.«

Sam nickte.

»Aber«, setzte Marin nach. »In Herrgotts Namen, Sam, kein Wort von den anderen Bildern. *Kein einziges Wort*, Sam.« Er schwang sich von dem Tisch, auf dem er gesessen hatte, und ging zur Tür. Mit der Klinke in der Hand drehte er sich noch einmal um: »Das ist eine dienstliche Anweisung, Sam. Haben Sie das verstanden?«

»Natürlich, Sir«, murmelte Sam. »Nicht die anderen Fotos. Das versteht sich von selbst.«

Nachdem Marin die Tür geschlossen hatte, sahen ihn die Mitglieder seines Teams erwartungsvoll an. Sam würde ihnen einiges erklären müssen. Vor allem, wie er selbst aus dem Schlamassel wieder herauskam, da Sissi doch längst von der Existenz der Bilder wusste. Das konnte ja heiter werden, dachte Sam und biss in einen der Donuts, die Anne mittlerweile auf den Tisch gestellt hatte, da Marin endlich das Weite gesucht hatte.

KAPITEL 11

Juni 2011
East Village, New York

Sissi stapelte Birnen auf eine Packung Frühstücksflocken, ihr erster Einkauf seit Jahren, bei dem sie nicht auf die Preise achten musste, Steins »Gehalt« sei Dank. Am Kühlregal ging sie in die Hocke und streckte die Finger nach einem großen Joghurtglas aus, die Birnen sicherte sie mit ihrem Kinn. Plötzlich standen zwei schwarze Hosenbeine neben ihr, die ihr seltsam bekannt vorkamen.

»Hallo, Sissi«, begrüßte sie ihr Expartner. »Immer noch der Avenue A Key Food?«

»Wonach sieht es denn aus?«, ätzte sie. Als sie sich aufrichtete, kullerte eine der Birnen auf den Boden. Sam hob sie auf und warf sie in die Luft.

»Wir müssen reden, Sissi.«

Sie blickte ihm in die blauen Augen. Er wollte also reden, das hieß, sie hatte das Wespennest aufgescheucht. Dem Fisch muss man Leine lassen.

»Heute Abend, Sam, am alten Platz.«

Ihr Expartner nickte und legte die heruntergefallene Birne auf den schwankenden Stapel. Danach drehte er sich wortlos um und verschwand im Gang mit dem Klopapier.

———

Zwei Stunden später saß Sissi in Steins Kanzlei vor Pias Schreibtisch und wartete geduldig darauf, dass Steins Assistentin die Akte gelesen hatte, die Klara in den letzten Wochen zusammengetragen hatte. Klara betrachtete das kleine Büro. Das einzig Persönliche waren die Bilder an den Wänden: Eindrückliche Fotografien von Kellerräumen oder metallischen Objekten, die eine verwirrende Tiefenschärfe aufwiesen. Klara hatte sich nie sonderlich für Kunst interessiert, aber diesmal stand sie auf, um die Bilder näher in Augenschein zu nehmen. Als sie ganz nah herantrat, erkannte sie, dass es sich keineswegs um Fotografien handelte, sondern um Zeichnungen, die mit weißem Stift auf einem schwarzen Papier ausgeführt worden waren.

»Beeindruckend, nicht wahr?«, fragte Pia, die die Lektüre unterbrochen hatte und auf einmal dicht neben ihr stand. Sie konnte sogar ihr Parfum riechen, ein frischer Duft nach Orchideen und Sandelholz. Nicht unangenehm.

»Ja«, gab Klara zu. »Von Weitem ist man überzeugt, es ist eine Fotografie ...«

»... und dann stellt man fest, wie dumm das Auge ist, nicht wahr?«, stellte Pia fest.

Klara nickte.

»Der Künstler ist Spanier. Noch nicht sonderlich bekannt, aber meiner Meinung nach dafür umso begabter. Ich habe im Studium die letzten Mäuse zusammengekratzt, um mir drei davon kaufen zu können, aber sie sind jeden Dollar wert, finde ich.«

Pia rückte das Bild gerade. Dabei fiel Klara auf, dass die Wand drumherum noch nicht nachgedunkelt war. Du hast sie also noch nicht lange hier hängen, nicht wahr? Aber du besitzt sie bereits seit drei Jahren. Klaras Skepsis war geweckt. Warum hast du die Bilder dann gerade jetzt aufgehängt, Pia? Bilder auszutauschen, ist normalerweise immer ein symbolischer Akt, vor allem, wenn ein Raum in einem Rutsch gänzlich neu bestückt wird. Pia hatte wieder an ihrem Schreibtisch Platz genommen und war in die Akten vertieft. An mehreren Stellen weiteten sich die Augen der blonden Frau, und ihr klassisches Gesicht bekam asymmetrische Züge, die ihre Verstörtheit widerspiegelten. Oder arbeitest du erst seit Kurzem für Stein? Klara zog die Augenbrauen hoch und setzte sich auf den Stuhl ihr gegenüber. Zehn Minuten später schloss Pia sichtlich schockiert die Akte. Sie war blass und ihre Stimme brüchig.

»Sie wollen andeuten, dass Jessica von Bingen Opfer eines Serienmörders wurde?«

Klara nickte: »Wir können es zumindest nicht ausschließen, Pia. Bei zwei Opfern spricht man noch nicht von einem Serienmörder im engeren Sinne, und wir haben ja nicht einmal eine Leiche. Aber wenn Sie mich fragen, riecht es schwer danach. Um nicht zu sagen, es stinkt zum Himmel: zwei verschwundene Mädchen, ohne jede Beziehung zueinander, von beiden findet das FBI Fotos im Netz, auf denen sie brutal gefoltert werden. Ich habe das zweite Set noch nicht gesehen, aber von dem, was ich den Akten entnehmen konnte, sieht das für mich nicht nach einer Beziehungstat oder einem Mafiamord aus.«

»Und diese Mordserie wird vom FBI bewusst unter Verschluss gehalten?«

Wieder nickte Klara: »Ja, die Familie von Madison Carter wurde nicht über die Bilder informiert. Ich vermute, sie suchen mit Hochdruck nach ihrer Leiche. Ohne die wird es schwer, überhaupt eine sinnvolle Untersuchung in Gang zu setzen. Und vergessen Sie nicht, dass die Fotos über vier Jahre alt sind. Viel zu alt, um der Familie unnötig Hoffnungen zu machen, auch wenn ich Sams Geheimniskrämerei nicht billige.«

»Und was sollen wir Ihrer Meinung nach tun?«, fragte

Steins Assistentin. »Wenn es wirklich ein Serienmörder ist, warum tötet er nur alle paar Jahre? Ich dachte immer, die Abstände zwischen den Morden würden sich mit der Zeit eher verkürzen?«

»Das ist richtig«, dozierte Klara. »Aber wir können nicht wissen, wie viele Frauen er überhaupt getötet hat. Nehmen Sie den berühmt-berüchtigten Ted Bundy: Die Polizei konnte ihn mit etwas über dreißig Morden in Verbindung bringen, aber man geht heute davon aus, dass er weit über hundert Frauen umgebracht hat. Agent Brown hat die Bilder ja eher zufällig entdeckt, mit einem cleveren Algorithmus und der Vermisstendatenbank. Wir haben keinerlei Garantie, dass es nicht noch mehr gibt. Im Grunde halte ich es sogar für unwahrscheinlich, dass es die Einzigen sind, so grausam das klingt.«

Steins Assistentin wirkte schockiert, wie die meisten Zivilisten, die das erste Mal mit den tiefsten Abgründen konfrontiert werden, in die menschliche Seelen fallen können. Klara konnte es ihr nicht verdenken.

»Ich treffe heute Abend Sam Burke, den leitenden Ermittler. Sagen Sie Stein, ich werde versuchen, wieder ins Spiel zu kommen.«

Ohne eine Antwort abzuwarten, stand Klara auf und ging zur Tür.

»Und sagen Sie ihm«, bemerkte sie mit der Klinke in der Hand, »dass ich ihn und seine Kniffe vielleicht brauche, wenn dabei etwas schiefgeht.«

———

Um neun Uhr abends betrat Klara die No-Name-Bar, eine Nachbarschaftskneipe im East Village. Von außen verriet kein Schild ihre Existenz, zudem lag sie von der Straße leicht erhöht in einer Art Zwischenstockwerk, zu dem man eine kleine Treppe hinaufsteigen musste. Fremde oder gar Touristen verirrten sich so gut wie nie in das kleine Lokal ohne Namen. Hier hatten sie und Sam sich immer getroffen, wenn sie nach der Arbeit noch etwas trinken gingen, um zu reden. Früher war das öfter der Fall gewesen, erinnerte sich Klara. Aber früher hieß heute vor über fünf Jahren.

Der niedrige dunkle Gastraum war einfach, das Bier billig und die Gäste mit sich selbst beschäftigt. Man kannte sich oder ging sich aus dem Weg, Hauptsache, es gab etwas zu trinken und die Musik war laut genug. Klara drückte sich in die Ecke der Bar direkt am Fenster und musste feststellen, dass sie wirklich schon lange aus dem Geschäft war. Den jungen Blonden, der das Bier zapfte, hatte sie noch nie gesehen. In New York ändert sich sogar das, was sich nicht ändern sollte, stellte Klara fest und bestellte zwei Stella Artois. Bevor ihr der unrasierte Barkeeper das Pint hinstellte, wischte er die hölzerne Theke mit einem karierten Tuch. Immerhin etwas, dachte Klara, als sie den ersten Schluck trank. Eiskalt. Nein, kälter, das Glas war feucht von kondensierter Luft. Sie wischte die Feuchtigkeit an ihrer Jeans ab, als Sam die Bar betrat.

Er sah aus wie immer und strich sich seine dunklen Haare aus dem Gesicht. Eine typische Geste. Als er sich neben ihr auf den Barhocker setzte, spürte sie eine Welle von Vertrautheit. Sie drückte den Rücken durch, ihre Lederjacke knarzte in der Pause zwischen zwei Rockballaden. Sam nahm das Bier und prostete ihr zu: »Danke fürs Bestellen, Klara. Wie ich sehe, besteht Hoffnung.«

»Hoffnung für was, Sam?«, fragte Klara. »Es ist nur ein Bier, okay?«

»Okay«, murrte Sam und starrte in sein Glas.

»Weswegen wolltest du mit mir reden, Sam?«

Sam zögerte eine Weile, bevor er ihr antwortete: »Ich soll dir auf den Zahn fühlen, Sissi.«

»Von wem kommt das? Perkins?«

»Nein, von Marin höchstselbst.«

»Welche Ehre«, bemerkte Klara ironisch. »Quid pro quo?«, fragte Klara nach ihrem üblichen Spiel. Jeder eine Frage, die der andere wahrheitsgemäß beantworten musste, bis einer von ihnen aussteigen wollte. Sam und sie hatten festgestellt, dass es unter ihnen beiden die fairste Form des Umgangs war. Anfangs hatten sie sich ständig gegenseitig belauert und so wertvolle Zeit vergeudet. Mit Quid pro quo bekamen beide, was sie wollten, ohne zu viel preiszugeben. Ein fairer Deal.

»Natürlich«, stimmte Sam zu. »Aber ich fange an.«

Klara machte eine großzügige Geste und schaute ihn erwartungsvoll an.

»Frage eins«, legte Sam los. »Hat sich Thibault Stein wegen Jessica von Bingen um deine Freilassung bemüht?«

»Ja«, antwortete Klara nüchtern und kam ohne Umschweife zur Sache. »Wie überzeugt ist dein Team von der Serienmördertheorie?«

»Wir halten es für möglich ...«

Klara sah in seinen Augen, dass er log oder etwas Wichtiges verschwieg, und warf ihm über den Rand des Bierglases hinweg einen dunklen Blick zu. Sam schaute weg.

»... oder sogar für wahrscheinlich. Hast du das zweite Bilderset mit eigenen Augen gesehen?«

»Ist das deine zweite Frage, Sam?«

Er schüttelte den Kopf: »Frage zwei lautet: Ermittelst

du in unserem Fall, Sissi? Gesetzt den Fall, es gäbe einen solchen Fall überhaupt...«

»Seit etwa vier Sekunden lautet die Antwort: Ja.«

Sam setzte an, um etwas zu erwidern, aber Klara legte sanft den Zeigefinger auf seinen Mund: »Hast du die Regeln vergessen, Sam?« Er schüttelte den Kopf. »Frage zwei: Warum haltet ihr die Fotos derart unter Verschluss, dass ich es nicht einmal über Wesleys Account abrufen konnte?«

Klara wusste, dass sie einen Treffer gelandet hatte, denn Sam zögerte. Er nahm einen Schluck Bier und schien mit sich zu ringen. Die zweite Regel ihres Quid-pro-quo-Spiels lautete unbedingte Ehrlichkeit. Sie war sehr gespannt, ob sich Sam gegen seinen Vorgesetzten und für seine geschasste Expartnerin entscheiden würde. Andererseits hätte er sich kaum auf ihr Spiel eingelassen, wenn ...

»Lass uns ein Stück spazieren gehen«, schlug Sam vor und legte einen Zehn-Dollar-Schein auf den Tresen. Gemeinsam verließen sie das Lokal und traten in die laue Sommernacht. Auf dem Gehsteig hatte sich ein Künstler mit einer in den Beton geschlagenen Schnecke verewigt – im East Village keine Seltenheit. Überall gab es Gärten und Parks, die von lokalen Künstlern mit Skulpturen ausgestattet wurden. Manche waren schön, andere weniger, aber welcher Stadtteil konnte schon von sich behaupten, Skulpturen von Bildhauern mit Weltruhm auf dem Kinderspielplatz auszustellen? Klara hakte sich bei Sam ein, wie früher, und fragte: »So schlimm, dass wir sogar die No-Name-Bar verlassen mussten?«

Sam antwortete ernst: »Ja, Klara.« Wenn er sie so nannte, war etwas im Busch.

Sams Schuhe klackerten auf dem Asphalt, eine angenehme kühle Brise wehte durch die vom Tag aufgeheizten

Straßen. In diesem Teil von Manhattan waren abends um zehn nicht viele Leute unterwegs, und selbst die omnipräsenten Taxis rauschten selten an ihnen vorbei. Klara wusste, dass Sam Zeit brauchte, um eine Entscheidung zu treffen, und so ging sie schweigend an seiner Seite, bis sie einen kleinen Park erreichten. Sam steuerte auf eine Parkbank zu, und sie setzten sich nebeneinander und starrten in den Abendhimmel.

»Um es deutlich zu sagen: Ich habe keine Freigabe, mit dir darüber zu sprechen, im Gegenteil. Wenn Marin davon erfährt, versetzt er mich nach Oklahoma und sorgt dafür, dass ich niemals zurückkomme. Und wenn die Presse …«

Sie legte ihm eine Hand auf den Arm: »Sam, du weißt, dass mich die Presse nicht interessiert. Ich habe versprochen, Jessicas Mörder zu finden, und dazu gehört nicht, der Journaille gegenüber eure unlauteren Methoden auszuplappern.«

»Wir haben noch mehr Fotos gefunden, Sissi. Heute Morgen.«

Klara schluckte: »Von einem vermissten Mädchen?«

Sam seufzte. »Also gut, fangen wir von vorne an. Vor sechs Monaten rief mich ein junger Kollege aus der Cyber Crime Unit an.«

»Wesley Brown.«

»Richtig, Klara. Der, bei dem du eingestiegen bist. Als ich in sein Büro kam, war er kreidebleich und deutete auf seinen Monitor. Er war einem Team zugeteilt, das mit einer experimentellen Software nach vermissten Personen im Internet fahndet. Und es war fündig geworden.«

»Lass mich raten: die Fotos von Jessica.«

»Korrekt. Aufnahmen, die undenkbare Höllenqualen dokumentieren und die schließlich mit ihrem Tod enden.

Die Akte, die Stein zugespielt bekommen hat, enthielt bei Weitem nicht alle, sie ergeben eine regelrechte Serie. Und die Bingen war nicht die Einzige. Das Programm hatte auch Bilder von einem zweiten vermissten Mädchen ausgespuckt: Madison Carter. Sie verschwand vor vier Jahren in Arizona, ihr Bruder hat sie als vermisst gemeldet, nachdem sie von einem Volksfest nicht zurückgekommen war. Zwar gibt es keinerlei Aufnahmen, die Madison tot zeigen, aber nach den Bildern der ersten Serie wussten wir, dass dieser Täter den Tod seiner Opfer zumindest in Kauf nimmt, wenn nicht Schlimmeres. Du kannst dir vorstellen, welche Schlüsse wir daraus gezogen haben ...«

»Zeig mir die Bilder, Sam«, flüsterte Klara.

Sam hielt ihr sein Telefon hin, eines dieser modernen Handys mit großem Farbdisplay. Er hatte das Menü mit den Fotos schon aufgerufen, Klara musste sie nur noch einzeln anklicken.

Die junge Frau hing nackt mit dicken Hanfseilen an ihren Armen gefesselt von der Decke. Wie bei Jessica von Bingens Fotos waren die Aufnahmen nicht besonders scharf, aber man konnte erkennen, dass ihr Oberkörper mit Striemen übersät war, ihre rote Mähne hing in traurigen, dreckigen Strähnen herunter. Klara klickte ein Bild weiter. Madison Carter schien schreckliche Schmerzen zu erleiden, ihr verzerrtes Gesicht schrie sie stumm aus dem Foto heraus. Derartige Schmerzen konnten kaum von den Hanfseilen herrühren, überlegte Klara als ihr ein unerklärlicher Schatten am rechten Bildrand auffiel.

»Was ist das hier?«, fragte sie Sam.

»Wir vermuten, dass es sich um den Täter handelt, Klara.«

Sie zoomte mit den Fingern so nah sie konnte an die entsprechende Stelle. Das Bild war viel zu verpixelt, um etwas Konkretes erkennen zu können. Sie blickte ihren Expartner skeptisch an. Sam hob abwehrend die Hände: »Du würdest dich wundern, was die Jungs am Computer mittlerweile alles rausfiltern können. Wir glauben sogar zu wissen, dass er eine Art Anzug trägt, um keine DNA-Spuren zu hinterlassen.«

»So ähnlich wie ich?«

Sam nickte. Dasselbe Prinzip. Daran sind nur diese ganzen Serien schuld, mutmaßte Klara. Mittlerweile weiß doch jeder Depp, wie man Tatortspuren auswertet. Das FBI lieferte sich seit Jahren einen Kleinkrieg mit den Verbrechern um den nächsten technischen Vorsprung. Nur dass normalerweise Serienmörder viel zu triebgesteuert oder sogar geistig minderbemittelt waren, um sich um derartige Details zu kümmern. Zum Glück. Klara schwante, dass sie es mit jemandem zu tun hatten, der ungleich schwerer zu fassen sein würde als der reguläre Triebtäter. Sie rief die zweite Fotoserie auf, die das FBI erst heute Morgen entdeckt hatte.

Das Mädchen war sehr hübsch: schlank, blond und wahrscheinlich nicht einmal zwanzig Jahre alt. Sie wäre die ideale Kandidatin für ihr Highschool-Cheerleader-Team. Auch sie hing an ihren Armen, woran, ließ das Foto nicht erkennen. Was bedeutete dem Täter diese Haltung?, fragte sich Klara. Was soll uns diese mittelalterliche Inszenierung sagen? Das zweite Foto zeigte ihr Gesicht in Nahaufnahme, in dem Angst und Verzweiflung standen, aber auch Wut. Klara schätzte, dass es kurz nach ihrer Entführung entstanden war. Sie war noch nicht gebrochen. Sie klickte weiter, aber der Bildschirm blieb schwarz.

»Sind das alle?«

Sam nickte.

»Wie hieß sie noch mal?«

»Theresa Warren«, antwortete Sam. Wortlos gab sie Sam das Telefon zurück.

»Was denkst du?«, fragte Sam.

Klara dachte einen Moment darüber nach. Sie sah Jessica von Bingen und ihre leblosen Augen, in namenlosem Schrecken erstarrt und grausam leblos. Sie dachte an Madison, ihr Gesicht schmerzverzerrt. Die junge Theresa, die ihr ganzes Leben noch vor sich hatte und die jetzt am Pranger stand wie bei einem Hexentribunal. Plötzlich packte sie Wut. Und Entschlossenheit.

»Wir müssen ihn kriegen«, antwortete sie. »Wir müssen ihn kriegen, bevor er noch mehr Mädchen entführt und zu Tode foltert.«

»Nicht wir, Klara. Du hättest die Fotos nicht einmal sehen dürfen.«

»Bring mich rein, Sam. Das bist du mir schuldig.«

»Das geht nicht, Klara, und das weißt du genau.«

»Ja, aber wir wissen beide, dass du es tun wirst. Und du weißt auch schon, wie.«

Sam seufzte. Und Klara wusste, dass sie recht hatte. Ihr Expartner zückte einen Stift und notierte auf der Rückseite eines Wal-Mart-Belegs eine Adresse: Gil Marin, 3667 Fulton Street Northwest, Washington D.C.

Zwei Tage später verließ Klara das FBI-Büro in Quantico, stieg in den unauffälligen, aber stark motorisierten Mercedes, den sie von Steins Geld gekauft hatte, und fuhr vom Parkplatz. Als sie an dem Wachposten vorbeikam, winkte sie und griff zum Telefon. Sie wählte eine Nummer in New York: »Pia, sag ihm, ich bin drin.«

Kapitel 12

Juli 2011
Nina's Trattoria, 46th Street, New York

Adrian von Bingen stand am Herd und schwitzte. In der Pfanne brutzelte ein Steak vor sich hin, das seiner Meinung nach diese Bezeichnung nicht verdient hatte. Er wunderte sich darüber, dass ihm solche Dinge wieder auffielen. Seit seiner Rückkehr aus dem Sumpf, wie er die Zeit nach Jessicas Tod nannte, die er hauptsächlich im Bett und in Kneipen verbracht hatte, interessierte es ihn eigentlich nicht mehr, ob er gut kochte. Er hatte Tausende Gerichte für Nina, seine Chefin, zusammengebraten: Hühnchen mit Tagliatelle (»Alfredo«), Steak mit Spaghetti und Tomatensauce (sollte Adrians Meinung nach verboten werden, hieß bei Nina aber Beef Involtini, obwohl es gar keine Roulade war). Essen für ahnungslose Touristen, die nach einem Theaterabend im nahen Theater District zu beseelt vom König der Löwen waren, um zu merken, was sie da eigentlich vorgesetzt bekamen. Selbst die Ärmsten der Armen, die er früher in seiner Obdachlosenküche verköstigt hatte, verstanden mehr vom Essen als diese Banausen nach ihrem Musical.

Adrian lächelte. Er hatte lange nicht an diese Zeit zurückgedacht. Wegen Jessica. Aber sie fehlten ihm, die Leute. Pele, der kleine alte Mann mit dem zahnlosen Lächeln, der immer Blumen mitbrachte für die Frauen an der Essensausgabe. Marco, der zwölfjährige Junge, dessen Traum es war, bei Adrian eine Lehre zu machen. Die Erinnerungen waren schön. Trotz Jessicas Tod. Sollte ich deshalb ein schlechtes Gewissen haben?, fragte sich Adrian. Er hatte sich die Erinnerungen verboten. War das richtig? Adrian wusste es nicht. Aber er spürte, dass ein Neuanfang auf ihn wartete. Gedankenverloren hackte er einen Rosmarinzweig klein und gab ihn mit etwas Butter zu dem schlechten Steak in die Pfanne. Wir können ja wenigstens versuchen, das Beste daraus zu machen, oder nicht, Nina?

Mit einem Löffel goss er schäumende Butter über das Fleisch und testete mit dem Finger den Garpunkt. In zehn Sekunden ist es medium, vermerkte Adrian. Es jetzt rauszunehmen, wäre besser, aber er wusste, dass es ihm die Könige der Löwen postwendend zurückschicken würden. Schauen wir einfach, was kommt, nahm sich Adrian vor und legte das Steak auf das vorbereitete Nudelbett. Bon Appétit. Er drückte die Klingel, die der Kellnerin signalisieren würde, dass ein Gericht fertig war, und schnappte sich den Zettel mit der nächsten Bestellung. Tisch fünf wollte zweimal Huhn. Adrian wischte sich den Schweiß von der Stirn und stellte eine neue Pfanne auf den Herd, als sein Handy klingelte. Sollten sie eine Nachricht hinterlassen, er würde später zurückrufen. Das Hühnchen ging vor.

Nach dem Ende seiner Schicht saß Adrian auf der Treppe hinter dem Restaurant neben den Mülltonnen und hörte seine Mailbox ab. Es war Pia mit der Nachricht, dass Klara Swell ab jetzt mit dem FBI zusammenarbeiten würde. Er müsse nicht zurückrufen, aber wenn er wolle, könne er sie jederzeit erreichen. Natürlich wollte er. Aber dafür war es noch zu früh. Es ist ein Fehler, Frauen nicht zurückzurufen, aber zu schnell war wiederum auch nicht besonders clever. So viel Instinkt hatte sich Adrian auch durch seine Trauerjahre hindurch erhalten. Er verabschiedete sich von seinen Kollegen in der Küche und ging durchs Restaurant, um sich auf dem Weg noch seinen Lohn von Nina abzuholen. Achtzig Dollar für sechs Stunden Schwerstarbeit, das war nun wirklich nicht gerade viel. Vor allem sicher nicht genug für eine Frau wie Pia. Vielleicht sollte er sich doch wieder nach einer anständigen Arbeit umsehen.

Der Gedanke verfolgte ihn bis in die U-Bahn. Normalerweise las er auf der Fahrt nach Hause ein Buch, aber nachdem er auf die zweite Seite umblätterte, musste er feststellen, dass er das soeben Gelesene schon wieder vergessen hatte. Adrian klappte das Buch zu und dachte an Pia. Ob sie Lust hätte, mit ihm zu Abend zu essen? Normalerweise war es nach den strengen New Yorker Dating-Richtlinien verpönt, Frauen so schnell zu sich nach Hause einzuladen, aber er hatte das Gefühl, dass er es bei Pia riskieren konnte.

Adrian hatte recht behalten. Pia hatte ohne zu zögern Ja gesagt, als er sie am Telefon mit dem Vorschlag konfrontierte. Jetzt tänzelte er beschwingt durch seine kleine Küche und bereitete das Festmahl zu, für das er seinen gesamten Tageslohn geopfert hatte: glasierte Kurzrippe vom Rind mit Chilispitzkohl und Kartoffelstampf. Die Rippchen simmerten schon im Topf bei achtzig Grad, er hatte glücklicherweise noch zwei Stunden Zeit, Pia wollte um halb neun bei ihm sein. Besser wäre es gewesen, sie vorher zwei Tage in Rotwein einzulegen, aber die Dinge sind nun einmal, wie sie sind, dachte Adrian und schnitt den Spitzkohl in feine Streifen. Die Kartoffeln hatte er bereits geschält und in kaltem Wasser zur Seite gestellt. Er würde sie nachher nur noch kochen und mit etwas Milch und Muskatnuss würzen. Die braune Butter, die er außerdem noch benötigte, stand schon auf dem Herd und nahm langsam Farbe an. Das Ergebnis war ein wunderbar nussiges Aroma, das bei keinem Kartoffelpüree fehlen durfte, fand Adrian. Er schaute auf die Uhr, er lag gut in der Zeit. Nachdem er die Butter mit einem Kaffeefilter geklärt hatte, sprang er unter die Dusche. Während er sich rasierte, dachte er noch einmal an Jessica. Die gemeinsamen Abendessen waren ein Fixpunkt ihrer Beziehung gewesen. Sie redeten stundenlang über Geschichte, Literatur, den Weltfrieden, oder wie sie es schaffen konnten, eine zweite Küche am anderen Ende der Stadt aufzumachen. Sie hatten viel zusammen gelacht. Betrog er seine Frau? Dazu würden ja zunächst einmal zwei gehören, bemerkte Adrian, als er sich das Hemd zuknöpfte.

Er wählte seine beste Jeans, braune Schuhe und einen braunen Gürtel. Frauen achteten auf so etwas. Viertel vor acht. Noch einmal prüfte er die Temperatur des Fleischs, das keinesfalls kochen durfte, außer einmal am Anfang, wenn man es in den Topf gab. Dann rührte er eine Marinade aus Honig, Olivenöl, ein wenig Sojasauce und Knoblauch an, mit der er später das Fleisch unter dem Grill glasieren würde. Jetzt war alles vorbereitet. Er goss sich ein Glas Rotwein ein, setzte sich auf den Balkon an den Tisch, den er mit einer weißen Tischdecke und seinem besten Geschirr dekoriert hatte, und wartete auf Pia.

Sie klingelte um 20:33 Uhr. Adrian empfing sie an der Tür. Als er ihr aus dem Mantel geholfen hatte, drückte sie ihm eine Flasche Rotwein in die Hand. Sie lächelte verlegen, als Adrian bemerkte, dass ihr Wein weitaus besser war als der, den er sich von seinem Lohn leisten konnte.

Sie sah zauberhaft aus in einem grünen Sommerkleid, das spielerisch um ihre Hüften tanzte.

Adrian bat sie, es sich auf der Terrasse bequem zu machen, während er nach dem Essen sah. Als er keine Minute später zurückkam, stand sie am Geländer und beobachtete die Skyline. Hohe Sommerwolken zogen über den Himmel, es war ein perfekter Abend für ein Dinner unter freiem Himmel, stellte Adrian erfreut fest. Er reichte ihr ein Glas Rotwein, stellte sich neben sie, und sie betrachteten eine Weile das bunte Blinken auf der anderen Seite des Hudson.

»Ich freue mich, dass du gekommen bist«, sagte Adrian. »Mir hat unser Gespräch neulich sehr gut gefallen, und da dachte ich, warum sollten wir das nicht wiederholen?«

Sie sah ihn an. Adrian hatte ein seltsames Gefühl im Magen. Wenn er sie anschaute, fühlte er sich wohl. Sie passte ihm, diese große Anwältin mit der auffälligen Nase. Das Schönste an ihr war, dass sie klug war. Das sah man an ihren Augen, sie strahlten eine ruhige Gelassenheit aus, die andere vielleicht als Überlegenheit gedeutet hätten, aber für Adrian war es die pure Perfektion. Sie prosteten sich zu und betrachteten noch einmal das Panorama. Hoch über der Stadt zog ein Flugzeug seine Runden. Adrian rückte ein Stückchen näher, sodass sich ihre Hüften berührten. Mit ihren Absätzen war sie fast so groß wie er. Sie ließ es geschehen, rückte nicht weg.

In Adrians Magengegend wuchs das Gefühl der Vertrautheit und der Vorfreude. Als er anmerkte, er müsse sich ums Essen kümmern, folgte sie ihm in die Küche, ihr Weinglas in der Hand. Adrian wollte gerade die Kartoffeln anstellen, als sie ihn unterbrach: »Stoß mit mir an, Adrian«, forderte sie und hielt ihm sein Glas vor die Nase. Er nahm es ihr aus der Hand. Das Licht der Deckenlampe fiel von oben auf ihr blondes Haar und gab ihrem Gesicht, das im Schatten lag, etwas Geheimnisvolles. Sie prosteten sich zu. Pfeif doch auf die Vergangenheit, Adrian. Jessica hätte gewollt, dass du weiterlebst, das weißt du genau. Und es fühlt sich richtig an.

Pia trank einen großen Schluck. Bevor Adrian sich bewusst dazu entscheiden konnte, machte er einen Schritt auf sie zu und legte sanft seine Hand auf ihre Schulter. Sie öffnete leicht die Lippen. Vorsichtig näherten sich ihre Köpfe einander, dann küsste er sie. Erst zaghaft auf den Mund, dann leidenschaftlicher. Sie legte die Hand an seine Hüften, als wollte sie ihn wegschieben. Als Antwort nahm er ihren Kopf in die Hände und streichelte ihre Wange. Dann drängte sie sich ihm entgegen, und er spürte, dass es für beide kein Zurück gab …

KAPITEL 13

August 2011
Sam Burkes Wohnung, Washington D.C.

Das eindringliche Klingeln in seinem Traum wollte einfach nicht verstummen. Verdammt, wieso geht denn niemand ans Telefon?, dachte Sam im Halbschlaf. Er tastete nach dem Wecker: 5:30 Uhr. Schlaftrunken suchte er nach dem Lichtschalter und knipste die Bettlampe an. Es klingelte immer noch. Sein Handy. Es musste im Wohnzimmer liegen. Er schälte sich aus dem Bett und verfluchte seine Kopfschmerzen. Mit unsicheren Schritten ging er hinüber und fand sein Telefon auf dem Couchtisch neben drei leeren Bierdosen und einem vollen Aschenbecher.

»Ja?«, bellte er, als er abgehoben hatte. Als er hörte, wer in der Leitung war, war er schlagartig hellwach. Nach einer kalten Dusche erledigte er, noch während er sich anzog, die wichtigsten Telefonate. Zuerst Wesley, der nach dem zweiten Klingeln dranging, und danach Klara, die nur unwesentlich länger brauchte.

»Klara, hier ist Sam. Die Vulture-Staffel hat etwas gefunden, wir fliegen in vierzig Minuten. Sei pünktlich, sonst geht der Vogel ohne dich.« Sam lachte über sein eigenes Wortspiel.

»Sehr witzig, Sam. Ich werde da sein«, antwortete Klara und legte auf. Er steckte das Handy in die Hosentasche und legte das Holster mit seiner Dienstwaffe an. Nach einem kurzen Kontrollgang, ob er auch alle Lichter ausgemacht hatte und nicht etwa die Kaffeemaschine angelassen hatte, verließ er sein Haus. Nicht, ohne vorher noch einmal an der Eingangstür zu rütteln, ob sie auch richtig abgeschlossen war. So viel Zeit musste sein. Nicht meine einzige Marotte, aber sicherlich meine harmloseste, tadelte sich Sam, als er in den Wagen stieg. Heute mit Fanfare, dachte Sam und schaltete die fest eingebaute Sirene seines Zivilfahrzeugs ein. Dann legte er einen Gang ein und gab Gas.

Sam brauchte keine zwanzig Minuten bis zum Reagan, wie Einheimische den zweitgrößten Flughafen der Stadt nannten. Er hatte kein internationales Terminal und war weniger hektisch als sein großer Bruder, der Washington Dulles International, weswegen ihn das FBI bevorzugte.

Ihre Maschine, ein kleiner zweistrahliger Jet, war bereits startklar. Sam konnte mit seinem Ausweis direkt vorfahren, ebenso Wesley und seit etwa einem Monat auch wieder Klara, die er mit einem schmutzigen Trick zurück an Bord gebracht hatte. Natürlich hatte es Marin gar nicht gefallen, erpresst zu werden, aber er wollte auch nicht, dass seine Frau davon erfuhr, was er mit der fünfzehn Jahre jüngeren Blondine an den Wochenenden trieb, die er angeblich mit seinen Freunden beim Jagen in den Bergen verbrachte. Es war für Sissi ein Leichtes gewesen, in sein Haus einzusteigen, seinen Terminkalender zu besorgen und ihm dann bei einem seiner amourösen Abenteuer zu folgen und von der Fassade des heimlich gemieteten Hotelzimmers ein paar gestochen scharfe Bilder von ihm und seiner Geliebten in Ekstase zu schießen. Zähneknirschend hatte er zugestimmt, Klara zumindest vorläufig als Beraterin einzusetzen. Sam war es nur recht, denn er konnte jede Hilfe gut gebrauchen, und Klaras Talente konnten sich durchaus als nützlich erweisen.

Sam zündete sich eine Zigarette an und wartete neben

seinem Wagen auf seine Partnerin, obwohl er nicht sicher war, ob er sie schon wieder so bezeichnen durfte. Klaras Mercedes kam keine drei Minuten vor Abflug auf dem nassen Vorfeld schlitternd neben seinem Wagen zum Stehen. Wesley saß schon in der Maschine, und so rannten sie über das Rollfeld. Noch während sie die kurze Gangway des Learjet hinaufstiegen, startete der Pilot die Motoren.

Obwohl es ein als Privatjet konzipiertes Flugzeug war, herrschten im Innenraum keineswegs luxuriöse Zustände. Immerhin konnten sie sich an einem Vierertisch gegenübersitzen, um sich auf dem Hinflug zu besprechen. Wesley hatte schon Quartier bezogen und seinen Laptop aufgeklappt.

»Also, Wesley, wo geht's hin?«, fragte Sam, während das Flugzeug zur Startbahn rollte.

»Nach Wyoming. Es sieht so aus, als hätten wir Theresa gefunden.«

Sam öffnete eine der Akten, die Wesley mitgebracht hatte, und verteilte Fotos. Es waren Bilder, die das ganze Team in den letzten Wochen ständig begleitet hatten. Die junge Theresa, deren Aufnahmen als einzige jüngeren Datums waren. Bei ihr hatten sie zumindest die Chance, wenn auch nur eine kleine, ihre Leiche zu finden. Wie alle anderen sah sie jung, hübsch und unschuldig aus. Sie hatten auch die Fotos aus der Vermisstenkartei, die schönen aus besseren Zeiten. Auf einem trug sie eine gestreifte Bluse und lächelte in die Kamera.

Die früheren Mordopfer würden sie nie mehr finden. Ihre Leichen wären längst verfault, die Maden, Würmer, Bakterien und Fliegen hätten sie längst aufgezehrt. Die Pathologen hatten prognostiziert, dass sie maximal ein Jahr Zeit hatten, um einen halbwegs verwertbaren Leichnam zu finden. Danach blieben nur die Knochen, die sie weiterbringen konnten.

Seit zwei Wochen patrouillierte für sie die Geierstaffel über Wyoming. Die großen Aasfresser konnten Kadaver in bis zu hundert Kilometer Entfernung riechen. Indem sie die Geier von einem Flugzeug aus beobachteten, konnten die Kollegen auch riesige Waldgebiete absuchen. Die Vulture-Einheit war eine neue Einrichtung, es gab sie gerade einmal ein halbes Jahr, und voll einsatzbereit waren sie erst seit zwei Monaten. Sam und sein Team waren die Ersten, die sie einsetzen durften, und er war dankbar dafür.

Bisher wussten sie so gut wie nichts über ihren Täter, außer, dass er seine Opfer zu Tode quälte und seine Taten mit Bilderserien dokumentierte. Die Bilder tauchten stets als Erstes in Tauschbörsen auf und verbreiteten sich dann rasant im ganzen Internet, einige waren sogar auf sadomasochistischen Pornoseiten gelandet. Sam und Wesley zerbrachen sich seit Wochen den Kopf darüber, wie die Fotos dorthin gelangt sein konnten, und vor allem, warum. Bisher hatten sie keine befriedigende Antwort gefunden, aber ihnen war klar, dass der Schlüssel zu ihrem Fall entweder bei den Fotos oder bei den Leichen lag. Zumindest nachdem sich ihre heißeste Spur, die Autobomben, als kälter erwiesen hatte, als sie es für möglich gehalten hatten. Keine Fingerabdrücke, keine ungewöhnlichen Komponenten, nichts. Seitdem tappten sie komplett im Dunkeln: Es gab kein Muster in den Orten, an denen er die Frauen entführte. Vielleicht war er ein Handelsreisender, aber auch dafür gab es außer den wie zufällig wechselnden Tatorten keinen Hinweis.

Eine andere Möglichkeit war, dass der Zufall alles andere als zufällig, sondern vom Täter bewusst geplant war. Dies allerdings hieße, dass sie es mit einem sorgfältig vorgehenden Täter zu tun hatten, wovon Sam, wenn er ehrlich zu sich selbst war, mittlerweile aber ausgehen musste. Was ihn wiederum zu der Frage führte, worin für den Täter der Sinn lag, Bilder seiner Taten im Internet zu verbreiten. Es war nicht ungewöhnlich, dass Serienmörder ihre Gräuel dokumentierten, um sich später wieder daran aufzugeilen. Sexuell motivierte Serienmörder sind in aller Regel impotent, außer eben, wenn sie morden. Daher rührte auch der starke Drang, immer und immer wieder zuzuschlagen.

Als Sam das erste Mal mit einem Serienmörder zu tun hatte, hatte ihm ein Psychologe die Frage gestellt: »Stellen Sie sich vor, Sie könnten nie mehr einen Orgasmus haben. Nie mehr. Wirklich. Und das, was Sie tun müssen, um doch wieder einen zu haben, ist, ein junges Mädchen zu ermorden. Es ist wirklich Ihre einzige Möglichkeit, dieses Gefühl noch einmal zu erleben. Sie haben es in der Jugend mit Tieren probiert und konnten sich über Wasser halten. Aber jetzt sind Sie Ende zwanzig, nach dem Zenit Ihrer Manneskraft. Und die Tiere reichen nicht mehr. Die Katze liegt vor Ihnen, und das Gefühl kommt nicht zurück. Es tut sich nada bei Ihnen. Und Sie wissen: Wenn es keine Katze wäre, sondern ein Mädchen, dann käme das Gefühl zurück. Was würden Sie tun, Mr. Burke? Würden Sie Ihr Leben lang Verzicht üben? Oder würden Sie, selbst wenn Sie noch so stark sind, doch eines Abends denken: Dieses Mädchen da, das alleine am Straßenrand sitzt. Was wäre, wenn ich sie frage, ob ich sie mitnehmen kann? Ich würde sie ja nur fragen, natürlich würde ich nichts tun. Fragen Sie das Mädchen am Straßenrand, ob sie zu Ihnen ins Auto steigt, Mr. Burke? Es ist schließlich Ihre Entscheidung, nicht wahr?«

»Das ist krank«, hatte Sam geantwortet.

»Aber das ist genau der Punkt, Mr. Burke. Natürlich ist es das. Krank. Aber wenn Sie ehrlich sind, würden Sie sie fragen. Und damit wäre es um Ihre saubere bürgerliche Existenz geschehen. Denn wenn sie erst einmal bei Ihnen im Auto sitzt mit ihrer blassen Haut und den nackten Schenkeln ...«

Er hatte nicht weiterreden müssen. Drei Jahre später saß Sam in einer Cessna Citation III Richtung Wisconsin und stellte sich die Frage, die ihn seit Monaten umtrieb: Warum die Filme? Als der stummelige Jet auf dem Johnson County Airport in der Nähe von Buffalo, Wyoming, aufsetzte, waren weder er noch Wesley oder Klara der Antwort ein Stück nähergekommen.

Der Leiter der Geierstaffel erwartete sie auf dem Rollfeld: ein leicht untersetzter Mann mit wuscheligen Haaren und einem Händedruck wie ein Matjes, der sich als Michael Paris vorstellte, Paris wie die Stadt. Sam fand ihn affektiert, und Klara rollte mit den Augen. Er lächelte spöttisch, hielt keinen direkten Blickkontakt mit seinen Gesprächspartnern und winkte sie so schnell wie möglich in den großen SUV, der am Rand der Rollbahn auf einem schmalen Grasstreifen parkte. Im Hintergrund waren die flachen Gebäude des Provinzflughafens zu erkennen.

Ihre Maschine war mit Abstand die größte auf dem gesamten Rollfeld. Sam nahm den Platz neben Michael ein, Klara und Wesley den geräumigen Fond, aus dem das Klappern von Wesleys Tastatur zu hören war, kaum dass Michael Paris den Motor angelassen hatte. Während der Fahrt klärte sie der Chef der ungewöhnlichen Suchmannschaft über die aktuelle Lage auf und kam nicht umhin, seinen Stolz auf die Tiere zum Ausdruck zu bringen. Ein Großer Gelbkopfgeier hatte in einem Waldstück etwa fünfzig Meilen entfernt eine Leiche gefunden. Der Bodentrupp hatte sie als Frau von etwa achtzehn Jahren identifiziert und direkt das FBI-Büro in Quantico verständigt. Bisher hatten sie die Tote nicht angerührt, obwohl bereits der Gerichtsmediziner und die Forensikexperten des örtlichen FBI-Büros am Fundort eingetroffen waren. Sam bedankte sich artig und erkundigte sich nach dem Gelbkopfgeier, um Michael ein Thema zu geben, bei dem er möglichst wenig würde erwidern müssen.

»Wussten Sie, dass die verschiedenen Geier auf der Erde gar nicht sehr nah miteinander verwandt sind? Die Altweltgeier beispielsweise sind viel näher mit den Adlern verwandt als mit ihren amerikanischen Namensvettern. Geier ist letztlich ein Synonym für aasfressende Vögel, keine biologisch präzise Ordnung.«

Sam nickte verständnisvoll, wobei er zugeben musste, dass der Vortrag gar nicht uninteressant war. Selbst Klara hörte vom Rücksitz aus aufmerksam zu. Nur Wesley schien in seinen Laptop versunken, aber Sam wusste es mittlerweile besser. Der junge Rotschopf würde jedes Wort mitbekommen, er war wirklich eine Bereicherung seines Teams. Heute würde er seine erste Bewährungsprobe bestehen müssen, seine erste Leiche. Ein Tag, den kein Ermittler jemals vergisst, auch wenn es beinah alle gerne würden.

»Nur die Neuweltgeier«, setzte ihr Fahrer unbeirrt seine Ornithologievorlesung fort, während die Stoßdämpfer des schweren Wagens auf dem hügeligen Highway ihr Bestes gaben, »also die Aasfresser, die sich in Amerika entwickelt haben, besitzen einen ausgeprägten Geruchssinn. Deshalb verwenden wir fast ausschließlich Große Gelbkopfgeier für unsere Staffel. Sie riechen das in verwesenden Tieren oder, wie in unserem Fall, in menschlichen Leichen gebildete Ethylmercaptan auf bis zu zwanzig Quadratkilometern.«

Michael Paris grinste schief, als Wesley aufhörte zu tippen.

»Erstaunlich, nicht? Aber das Zeug stinkt wirklich bestialisch. Werden Sie schon sehen, Agent Brown.«

Wesley rümpfte die Nase und schaute Hilfe suchend zu Sam, der abwehrend die Handflächen hob.

»Wo genau haben Sie die Leiche gefunden?«, erkundigte sich Wesley, um abzulenken.

»Im Bighorn Nationalpark, an einer besonders abgelegenen Stelle. Ohne die Geier wäre sie wohl nie gefunden worden.«

»Ist ja schon gut«, monierte Sam. »Wie lange brauchen wir bis dahin?«

»Etwa eine halbe Stunde auf einer halbwegs passablen Straße, danach wird es für eine Stunde rumpelig, und dann stehen uns noch einmal zwanzig Minuten Fußmarsch bevor.«

Bei dem Gedanken stöhnte Sam innerlich auf. Keiner hat je behauptet, dass dieser Job Spaß machen würde, erinnerte er sich und widmete sich den Akten, solange sie noch auf einer befestigten Straße unterwegs waren. Dreißig Minuten später wurde ihm bewusst, dass Michael Paris nicht zu viel versprochen hatte. Der riesige Geländewagen schunkelte über Schlaglöcher und kämpfte sich eine steile Straße hinauf. Die angekündigte Stunde schien sich bis in die Unendlichkeit auszudehnen. Wenn das so weiterging, wären sie bald von einem ausgewiesenen Vogelexperten nicht mehr zu unterscheiden.

Die letzten Minuten kämpfte das automatische Sperrdifferential mit dem Terrain, bis der Wagen schließlich vor einem schier undurchdringlichen Dickicht aus pechschwarzen Bäumen stehen blieb. Michael sprang als Erster aus dem Wagen und lud Rucksäcke aus dem Kofferraum. Er warf Klara einen zu: »Sie sehen mir aus, als könnten Sie etwas mehr Gepäck vertragen als die beiden Herren der Schöpfung.«

Klara fing das Gepäck ohne ein Wort zu sagen und schulterte die Kameraausrüstung, Wesley und Sam bekamen den Getränkevorrat. Immerhin verschont er sich selbst nicht, bemerkte Sam zufrieden, als er sah, dass Paris den größten der vier Rucksäcke trug. Wortlos folgten sie ihm in den dunklen Wald.

Die Temperaturen waren angenehm, Sam schätzte um die zwanzig Grad, gerade richtig für eine kleine Trekkingtour. Zur Leiche von Theresa, setzte er bitter hinzu. Auf halbem Weg kamen ihnen zwei Mitglieder aus Michaels Team entgegen, die jeweils einen Vogel auf dem Arm trugen. Die Tiere saßen auf einer Art Lederhandschuh und schlugen aufgeregt mit den Flügeln. Sam hatte Geier viel größer in Erinnerung, diese Exemplare waren kaum einen Meter lang und hatten einen auffälligen gelben Kopf. Als Sam gegenüber Michael eine Bemerkung machte, lachte er: »Ja, das ist typisch. Sie sehen riesige Wüstenvögel mit einer seltsamen Halskrause und rotem Kopf. Die haben aber das erforderliche Näschen nicht für diesen Job hier.« Ohne ein weiteres Wort stapfte er weiter.

Nach etwa einer Dreiviertelstunde erreichten sie eine Art Camp mit zwei Zelten und doppelt so vielen Bewohnern, die sich als das örtliche Forensik- und Pathologieteam entpuppten. Nachdem sie sich vorgestellt und alle Rucksäcke außer dem mit der Fotoausrüstung in den Zelten verstaut hatten, bat Sam darum, dass sie der Ältere der beiden, ein bärtiger Mann namens Mike, zum Fundort führte. Vom Camp ging es noch einmal eine leichte Anhöhe hinauf, die Bäume standen dicht an dicht. Plötzlich blieb Mike, ihr Führer, unvermittelt stehen, sodass Sam beinah gegen ihn gelaufen wäre. Klara, Wesley und Sam sahen ihn fragend an. Mike war mit einem Mal ganz still geworden, nur das Zirpen von Grillen lag in der Luft. Und ohne ein Wort zu sagen, deutete Mike gen Himmel. Sam folgte seinem Finger mit den Augen zu den Baumwipfeln. Dann sah er sie.

Die milde Abendsonne fiel durch das dunkle Geäst der Kiefern, die wie Finger in den Himmel ragten. Im Licht tanzten Partikel umeinander wie in einer Kathedrale. Doch es waren nicht nur die Baumkronen, die sich schwarz vor der Sonne abzeichneten. Da war noch etwas anderes, realisierte Sam und hielt den Atem an. An einem der Bäume hing etwas, das dort nicht hingehörte. Es dauerte einen Moment, bis Sam realisierte, was er vor Augen hatte: Dort oben hing die Leiche von Theresa. Er trat einen Schritt zurück, als befürchtete er, dass sie ihm auf den Kopf fallen könnte. Oh mein Gott, dachte Sam und torkelte rückwärts, bis er auf Klara stieß.

»Was ist, Sam?«

»Schau nach oben, Klara«, flüsterte er. Auch Klara brauchte einen Moment, bis sie die Szenerie erfasst hatte. Wesley stand hinter ihnen und starrte mit offenem Mund gen Himmel. Klara fasste sich am schnellsten und stellte ihren Rucksack auf den Waldboden, um eine Kamera herauszufischen. Mit der Linse bewaffnet, schoss sie ein paar Fotos. Den Einwand des Pathologen Mike ignorierte sie. Als Klara fertig war, legte sie sich den Tragegurt der Kamera um die Schulter und näherte sich dem Stamm des Baums, an dem Theresas Leiche aufgeknüpft war.

»Oh nein, Klara. Das wirst du nicht.«

»Willst du mich abhalten? Wir brauchen die Bilder, das weißt du genau. Oder soll einer der Kletterfritzen vom Park da rauf und möglicherweise unsere wertvollsten Spuren vernichten?«

Sam wusste, dass sie recht hatte. Bevor er etwas entgegnen konnte, hatte Klara bereits die ersten Meter erklommen. Ohne Seil und ohne jede andere Sicherung, natürlich. Und er war verantwortlich, wenn ihr etwas zustieß. Komm schon, Sam, früher hast du ihr doch auch vertraut, erinnerte er sich und blickte ihr nach. Sie war jetzt fast in den Wipfeln angekommen. Immer wieder hielt sie inne und schoss ein paar Fotos. Keine zehn Minuten später stand Klara wieder mit beiden Beinen auf sicherem Boden und drückte Sam die Kamera in die Hand.

»Wir brauchen einen Kran, wenn wir sie da heil herunterbekommen wollen«, bemerkte Klara.

»Hier oben?«, fragte Sam ungläubig. »Ich rufe den Hubschrauber, sonst stehen wir in zwei Wochen noch hier.«

―――

Zwei Stunden später hatte der Hubschrauber mit Klaras Unterstützung von unten die Leiche mitsamt einer abgesägten Kiefernkrone auf der kleinen Lichtung mit ihrem provisorischen Camp abgesetzt. Sechs große Scheinwerfer erhellten die mittlerweile pechschwarze Nacht, und der

Pathologe und der Forensiker arbeiteten bereits fieberhaft daran, ihnen erste Erkenntnisse zu liefern. Sam und Klara standen etwas abseits, sie wussten, dass sie nur stören würden, und Mike schien mehr als kompetent zu sein. Er würde sie schon rufen, wenn er etwas für sie hatte.

Wesley hingegen stand derzeit gar nicht zur Verfügung. Seit die Leiche abgesenkt worden war, kotzte er sich hundert Meter entfernt die Seele aus dem Leib. Nachdem sie ihren Kaffee ausgetrunken hatten und Sam unter dem missbilligenden Blick von Klara eine Zigarette geraucht hatte, konnten sie ihre Neugier nicht länger bändigen. Sie traten gemeinsam an das Zeltdach, unter dem Mike und sein Kollege an Theresas Leiche arbeiteten. Die Scheinwerfer tauchten die Szene in grelles, schattenloses Licht.

»Was habt ihr für uns?«, fragte Sam in die konzentrierte Stille, die nur vom Klappern der chirurgischen Werkzeuge und dem gelegentlichen Gemurmel fürs Protokoll unterbrochen wurde. Mike legte das Besteck beiseite und zog die Handschuhe aus, das Gummi schnalzte laut.

»Man sollte ja meinen, als Pathologe des FBI habe man schon viel gesehen. Aber so etwas ist mir noch nie untergekommen. Zum einen können wir mit Sicherheit sagen, dass es sich um Theresa Warren handelt, sie lässt sich zweifelsfrei anhand des Röntgenbilds identifizieren, das wir von ihrem Zahnarzt besorgt haben. Auch der Todeszeitpunkt passt: Sie ist mindestens seit vier, höchstens seit sechs Monaten tot. Und zweitens: Sie wurde nicht erhängt, die Halsverletzungen sind post mortem entstanden. Und sie wurde gefoltert, und zwar auf besonders grausame Art und Weise.«

»Das wissen wir bereits, Doktor.«

Mike zog die Augenbrauen hoch: »Alles?«

Sam zuckte mit den Achseln und hielt ihm das Handy mit den Fotos hin, das sie den Pathologen absichtlich nicht vorher gezeigt hatten, um sie nicht zu beeinflussen. Der Doktor warf nur einen flüchtigen Blick auf die Bilder.

»Das ist alles?«, fragte er.

Sam nickte.

»Der entscheidende Teil ist auf den Fotos nicht zu sehen.«

Sam merkte auf.

»Die Leiche weist unterschiedlich alte Merkmale von Folterung auf, die teilweise verheilt sind. Sie wurde über einen langen Zeitraum misshandelt, ich schätze, mindestens über zwei bis drei Wochen. In dem vollständigen Bericht finden Sie eine Liste ihrer Verletzungen, sie reichen von einigen harmlosen Hämatomen bis hin zu Stichwunden, die jedoch allesamt nicht tödlich waren.«

»Und woran ist sie gestorben?«, mischte sich Klara ein.

»Hundertprozentig kann ich es erst nach einer genauen Obduktion im Institut sagen, aber meine Vermutung ist: Sie wurde gepfählt.«

»Ge… was?«, fragte Sam ungläubig.

»Sie haben richtig verstanden: gepfählt. Mit einem einfachen Kiefernstamm. Wie im Mittelalter. Der Täter trieb ihr einen spitzen Holzpflock in die Vagina und ließ die Schwerkraft den Rest besorgen. Es dürfte Tage gedauert haben, bis ihr Gewicht und die unausweichlichen kleinen Bewegungen das Holz immer weiter in ihren Körper trieben, bis er schließlich ein lebenswichtiges Organ punktierte oder sie an ihren inneren Verletzungen verblutete. Genaueres auch dazu nach der Obduktion.«

Sam bemerkte erst jetzt, dass Wesley zu ihnen an das Zelt getreten war. Er war bleich wie ein Leichentuch und starrte mit offenem Mund auf die bräunliche Leiche. Kein Wunder, selbst Sam war es bei der Schilderung des Doktors mulmig geworden. Er fummelte die Packung mit Zigaretten aus der Jacketttasche und steckte sich eine an. Obwohl er wusste, dass Wesley nicht rauchte, hielt er ihm die Schachtel hin. Leichen stellten die seltsamsten Dinge mit Menschen an. Wesley winkte ab, aber zu Sams großem Erstaunen griff Klara mit zitternden Fingern nach einer Kippe. Sam gab ihr Feuer, und gemeinsam bliesen sie den Rauch unter das Zeltdach.

»Krass«, formulierte Wesley, schon nicht mehr ganz so blass im Gesicht.

Klara hustete und warf die halb geraucht Zigarette auf den nassen Waldboden.

»Stimmt«, antwortete Sam, dem auch kein besseres Wort einfiel. »Doc, wir brauchen den Bericht so schnell wie möglich.«

»Wieso glaubt ihr Special Agents eigentlich immer, dass wir das noch nicht wissen? Wo doch jedes Kind seit CSI New York weiß, dass die Pathologen und die Forensiker immer gestern fertig sein sollten ...« Er klang nicht verärgert.

Sam antwortete nicht, sondern trieb Klara und Wesley zum Abmarsch: »Hier können wir nichts mehr tun. Lassen wir das örtliche Büro ihre Arbeit machen, und sehen wir zu, dass wir wieder an den Schreibtisch kommen, wo wir hingehören.«

Als sie im Auto zurück Richtung Flughafen saßen, bemerkte Klara: »Wir sind uns einig, dass wir es ab jetzt offiziell mit einem Serientäter zu tun haben, oder nicht?«

Sam nickte: »Kein Zweifel. Und wir haben einiges zu tun, wenn wir zurück sind. Übrigens brauchen wir noch einen Namen, keine Sonderkommission ohne anständige Bezeichnung.«

Einige Minuten herrschte Stille in dem großen Geländewagen, die Stoßdämpfer quietschten auf dem unebenen Waldboden, aber jedes Schlagloch brachte sie näher Richtung Highway.

Wesley, der sich wieder einigermaßen gefangen hatte, spielte in Ermangelung einer Internetverbindung auf seinem Laptop an seinem Smartphone herum.

»Dieses...«, er räusperte sich, »... Pfählen, das ist doch reichlich ungewöhnlich, oder nicht?«

»Die Untertreibung des Tages«, kommentierte Sam. Aber Wesley hatte vermutlich recht. Die meisten Serienmörder hatten einen bestimmten Modus Operandi, eine Methode, einen Fetisch. Seine war vermutlich die Qual, und er hatte sie mittlerweile nach seinen Maßstäben perfektioniert. Vielleicht quälte er irgendwo gerade sein nächstes Opfer, um die Leiche danach in den Baumwipfeln aufzuknüpfen wie ein Segel. Sams Magen zog sich zusammen, als er sich fragte, wann sie das nächste vermisste Mädchen finden würden. Die Frage, ob es überhaupt ein weiteres Opfer geben würde, stellte er sich nicht.

»Im Mittelalter haben sie«, las Wesley von seinem Telefon ab, »solche Pfählungen bei den Hexenprozessen eingesetzt. Im Internet gibt es tonnenweise Material dazu, und die Methode hatte einen Namen.«

Sam blickte nach hinten, und Wesley hielt ihm den kleinen Bildschirm vor die Augen, der einen einfachen Baumstamm zeigte, der gespitzt war wie ein Bleistift.

»Sie nannten es die Judaswiege.«

KAPITEL 14

Juni 2011
Baton Rouge, Louisiana

Bevor er die Innenstadt erreichte, hielt der schwarze Van an einer Tankstelle. Der Mann stieg aus und ging mit gesenktem Kopf um den Wagen, nahm den Hahn von der Zapfsäule und wählte eine Fünfzig-Dollar-Füllung. Während das Benzin durch den Schlauch strömte, pulte er sich einen Rest Beef Jerky aus den Zähnen und betrachtete eine junge Frau, die ungeschickt mit einem Reifendruckgerät hantierte. Ihr Haar fiel ihr in wasserstoffblonden Locken auf die Schultern, sie strich es immer wieder aus dem Gesicht, offensichtlich störte die Haarpracht beim Ablesen der Druckskala. Noch als sein Tank längst gefüllt war, stand der Mann, der einen typischen Handwerker-Overall trug, an seiner Säule und starrte ihr auf die Fußfesseln. Sie stöckelte linkisch auf den Plateaus um ihr Cabrio herum. Der Mann pfiff durch die gesäuberten Zähne und entfernte den Schlauch, bevor es zu auffällig wurde. Er bezahlte mit einem verknitterten Fünfzig-Dollar-Schein bei einem gelangweilten Hispano, der unablässig mit den Fingern auf der Schublade seiner Kasse herumtrommelte. Der Mann mochte den Hispano nicht. Im Vorbeigehen beobachtete er aus dem Augenwinkel, wie die Frau die Plastikkappe auf das Ventil ihres rechten Hinterreifens schraubte. Sie betrachtete angewidert ihre vom Bremsstaub und Gummiabrieb ihrer Reifen verschmutzten Hände und sah sich nach einer Waschmöglichkeit um. Ihr Blick blieb kurz an ihm hängen, er lächelte. Sie erwiderte sein Lächeln nicht.

Das taten sie nie. Schließlich tauchte sie die Fingerkuppen in einen Eimer mit Scheibenputzwasser und trocknete sie mit einem Papiertaschentuch. Dann stieg sie in ihr Auto. Dass so lange Beine dort reinpassen, murmelte der Mann hinter dem Steuer seines Lieferwagens und folgte dem Cabrio zur Ausfahrt.

Auf dem Highway in die Stadt vertrieb er die Gedanken an die Wasserstoffblondine und langte nach einem Foto, das auf dem Beifahrersitz unter den Comics gelegen hatte. Er klemmte es zwischen Daumen und Lenkrad und betrachtete die junge Frau, die sich auf dem Campus ihres Colleges mit einer Freundin unterhielt und einen Stapel Bücher unter dem Arm trug. Ich brauche noch mehr Bilder von dir, Tina, dachte der Mann in dem Lieferwagen. Er suchte ein zweites Foto in dem Stapel, der unter den Comics lag. Wieder betrachtete er es im ruhigen Verkehrsfluss des Highways an einem regulären Wochentag. Oder fahren wir zuerst zu dir, Ashley? Auch von dir wissen wir noch viel zu wenig, meinst du nicht? Er wog ab: Tina oder Ashley? Wie schade, dass ihr nicht auf das gleiche College geht. Ashley arbeitete in einem Fotogeschäft. Welche Ironie. Tina gefiel ihm viel besser als Ashley. Aber konnte er es sich leisten, rein nach seinem Geschmack zu gehen? Es ging doch um etwas viel Wichtigeres, oder nicht? Seit einiger Zeit war er nicht mehr so sicher, was das anging. Eigentlich war es ihm egal. Aber war es ihnen egal? Darauf wusste er erst recht keine Antwort, und deshalb entschied er sich, eine Münze zu werfen. Er drückte das Becken nach oben, um in die Tiefen seiner Hosentasche zu gelangen, sein Wagen schwankte bedrohlich, er wäre beinah mit einem Pick-up auf der mittleren Spur kollidiert. Der Pick-up hupte. Er fand einen Quarter-Dollar und lenkte den

Wagen wieder in die Mitte der Fahrbahn. Kopf für Tina, Zahl für Ashley, sagte er laut, während im Radio ein Iron-Maiden-Song lief. Er warf die Münze in die Luft, sie kullerte unter den Beifahrersitz. »Fuck«, rief der Mann mitten in ein Gitarrensolo. Bei der nächsten Ausfahrt verließ er die Autobahn. Münze war Münze. Er hielt auf dem ersten Seitenstreifen, der breit genug war, und kroch unter den Beifahrersitz, bis er die Münze gefunden hatte. Zahl. Das war nicht gut. Aber was wissen die schon, wie die Münze gefallen ist?, grübelte er. Sie wussten ja nicht einmal, dass er die Münze überhaupt hatte entscheiden lassen, oder nicht? Nein, entschied der Mann, legte den Gang wieder ein und drehte die Musik lauter. Er würde sich als Erstes um Tina kümmern. Noch wusste er nicht einmal, wo sie wohnte, und er spürte, dass er nicht mehr viel Zeit hatte.

KAPITEL 15

August 2011
The Mission, San Francisco, Kalifornien

Virginia strich Erdnussbutter auf eine weiche Toastbrotscheibe, um dann einen dicken Löffel Brombeermarmelade darauf zu verteilen. Sie grinste ihn über die Kalorienbombe an: »Es war schön letzte Nacht mit dir.«

Vittorio wusste nicht, was er dazu sagen sollte, und nickte deshalb in stummer Zustimmung. Er fischte eine Melonenscheibe von dem Teller, der in der Mitte des Tisches stand, goss beiden Kaffee nach und klaute ihr den Wirtschaftsteil: »Kein Grund, mich wie einen einfachen Gigolo dumm sterben zu lassen«, zog er sie auf. Achselzuckend machte sie sich über das Feuilleton her. Sie hatten beide ohnehin nicht mehr viel Zeit. Ihre Schicht begann in nicht einmal einer Stunde, und seine Arbeitsstelle lag über vierzig Minuten mit der U-Bahn entfernt in Palo Alto.

Aber seine Gedanken waren weder bei den aktuellen Börsenkursen in der Zeitung noch bei seinem Terminkalender, der ihn im Büro erwartete und der wie immer prall gefüllt war. In Gedanken schweifte er ab zu dem, was sich Virginia und er für Freitagabend vorgenommen hatten. Er schaute sie über den Frühstückstisch hinweg an. Virginia saß mit angewinkelten Beinen auf dem Küchenstuhl, die Kaffeetasse in beiden Händen und mit dem Kopf über die vor ihr liegende Zeitung gebeugt. Virginia war Ende dreißig, lockere sechs Jahre älter als er, aber sie war die aufregendste Frau, die er je getroffen hatte. Ihre glänzenden rotbraunen Haare waren zu einem festen Pferdeschwanz gebunden, der keck um ihren Hinterkopf baumelte, und ihre Figur war immer noch tadellos. Im Grunde sieht sie jünger aus als ich, sinnierte Vittorio, der, ohne eitel zu sein, wusste, dass er mit seinem Aussehen viele Frauen um den Finger wickeln konnte. Seine frühen grauen Haare hatten dem keinen Abbruch getan, im Gegenteil. Und doch hatte er sich für Virginia entschieden. Von ganzem Herzen. Sie ging mit ihm Wege, die noch keine mit ihm beschritten hatte. Sie war seine Gefährtin, nicht bloß seine Partnerin.

»Sag mal ...«, setzte er an und strich gedankenverloren mit dem Messer über die Butter, die in der Tischmitte stand.

Virginia blickte auf.

»Bist du sicher, dass wir das machen sollen?«, fragte er in der Hoffnung, dass sie Nein sagen würde, obwohl es das Letzte war, was er wirklich wollte. Diese Dinge waren kompliziert.

»Jetzt komm schon«, sie knuffte ihn in den rechten Arm. »Natürlich gehen wir hin. Wenn du schon einmal eine Einladung bekommst, werden wir das wohl kaum ausschlagen. Oder hast du gedacht, ich kneife?«

»Nein, aber ...« Vittorio wusste natürlich, dass sie recht hatte. Niemand würde diese Einladung ablehnen in San Francisco. Zumindest niemand, den er kannte.

»Ich möchte nur, dass du dir sicher bist, Virge«, sagte er ernst. »Du weißt, dass es dann kein Zurück mehr gibt.«

An ihrem Gesichtsausdruck erkannte er, dass sie ein wenig zweifelte. So sollte es sein. Als sie sich fünf Minuten später vor ihrer Haustür voneinander verabschiedeten, sie nahm den Muni, den Stadtbus von San Francisco, er die BART, die hiesige U-Bahn, gab er ihr einen Klaps auf den Po.

»Hey, Virge. Ich freu mich auf Freitag«, bemerkte er fröhlich.

»Und ich erst«, antwortete sie und gab ihm einen leidenschaftlichen Kuss, um dann davonzurennen, dem Bus hinterher, der gerade an ihnen vorbeigefahren war. Vittorio lächelte. Er wusste, warum er sie liebte. *Vielleicht frage ich sie am Freitag, ob sie mich heiratet.* Vittorio saß die gesamte Fahrzeit zur Arbeit mit einem breiten Lächeln in den tiefen Sitzen der BART. Freitag würde ein aufregender Abend.

Als Virginia ihren Spind abschloss, fuhr sie erschreckt zusammen. Sara, die junge Assistenzärztin auf ihrer Station, fragte, keine Zentimeter von ihrem Ohr entfernt: »Hm. Neues Parfüm, neue Klamotten, wenn da mal kein Mann im Spiel ist.«

Virginia atmete tief durch. Der Schreck über die plötzliche Unterbrechung ihrer Tagträumerei saß ihr noch in den Knochen, aber sie hätte den Teufel getan, sich vor der Kollegin etwas anmerken zu lassen. Deshalb antwortete sie so lässig wie möglich: »Und wenn. Überhaupt, was geht dich das an?«

Sie bereute ihre Stutenbissigkeit sofort. Sara war gar keine dieser typischen Überärzte, die sich für eine andere Kaste hielten und ständig zu bedauern schienen, dass sie kein entsprechender Edelstein auf der Stirn als solche auswies. Nein, Sara war eigentlich die netteste von allen, und deshalb ärgerte Virginia sich doppelt über sich selbst.

»Okay«, gab Sara gleichmütig zurück. »War ja nur eine Frage.« Achselzuckend öffnete sie ihren eigenen Spind, der direkt neben Virginias lag.

»Hey, es war nicht so gemeint«, versuchte Virginia die Wogen zu glätten. »Es ist nur so, dass die anderen ...«

»Ich weiß«, beschwichtigte sie die junge Ärztin. »Und? Hast du nun einen Neuen?« Zu ihrer Frage grinste sie verschwörerisch.

»Ja«, gab Virginia zu und hoffte, dass sie nicht puterrot anlief.

»Verknallt oder verliebt?«

»Eher Letzteres«, gab sie zu und wusste nun sicher um ihre Gesichtsfarbe. »Er ist toll.«

»Freut mich für dich. Wenn du mal eine Schicht tauschen musst, gerade jetzt, wo alles bei euch frisch ist, du weißt, wo du mich findest.«

Virginia nickte dankbar und hängte ihren weißen Kittel auf den Bügel. Dann warf sie sich ihre Tasche über die Schulter und marschierte Richtung Ausgang. An der Tür blieb sie noch einmal kurz stehen und blickte zurück: »Danke, Sara.« Ihre Kollegin winkte ab.

Der Muni hatte wieder einmal Verspätung. Trotz des Sommers war es recht frisch am frühen Abend, und Virginia schlang sich ihren großen Paschminaschal um die Schultern, während sie wartete. Ihre Gedanken waren bei Vittorio und ihrer Verabredung heute Abend. Sie freuten sich seit einer Woche gemeinsam darauf, und heute war es endlich so weit. Sie hatten eine Einladung für die heißeste Party der Stadt, von der Virginia bisher nur in Form von Gerüchten gehört hatte. Für sie war die dunkle Seite, zu der ihr Vittorio die Türen geöffnet hatte, überaus faszinierend. Und heute würden sie sich noch ein ganzes Stück weiter hineinwagen. Zu ihrer Vorfreude gesellte sich ein Kribbeln im Bauch, das auch ein Stück von der Angst vor dem, was sie dort erwartete, genährt wurde. Sie war froh, dass sie Vittorio dabei an ihrer Seite wusste. Er würde auf sie aufpassen, da war sie sich hundertprozentig sicher. Als der Bus endlich kam, wäre sie beinah stehen geblieben, so indifferent war ihr Gefühl im Bauch.

Zehn Minuten später schloss sie die Tür zu ihrem gemeinsamen Appartement auf. Vittorio hatte klassische Musik aufgelegt und einige Kerzen angezündet. Er begrüßte sie mit einem langen Kuss. Danach hielt er ihren Kopf in beiden Händen und flüsterte: »Ich habe dir eine Wanne eingelassen, Virge. Interesse?« Er wusste, dass sie für ihr Leben gern badete, und seit sie bei ihm eingezogen war, genoss sie den kleinen Luxus, so oft sie konnte. Sie nickte, und er ließ sie los. Erst nachdem sie ihre Klamotten sorgfältig im Schrank verstaut hatte, betrat sie, in einen dicken Frotteemantel gehüllt, das Badezimmer. Auf der kleinen Holzbank vor der Wanne lag ein großes schwarzes Paket mit einer dicken roten Tüllschleife. Sie strich mit den Fingern über das teure Papier. Sie ahnte, was das Paket enthielt, wollte sich aber die Vorfreude nicht nehmen. Ohne ihr Geschenk aus den Augen zu lassen, sank sie in das Schaumbad, das wunderbar nach Rosen und Orange duftete.

Zwei Stunden später saßen sie im Taxi Richtung Innenstadt, und Vittorio streichelte zärtlich ihre Hand. Er beugte sich zu ihr herüber und flüsterte sehr nah an ihrem Ohr: »Na, wie hat dir mein Geschenk gefallen?«

Virginia grinste: »Mindestens so gut, wie es dir gefallen wird, schätze ich.« Ihr Freund grinste zurück.

»Aufgeregt?«, fragte er.

»Es geht so«, antwortete sie ehrlich. Der Wagen schaukelte, als der Fahrer eine gelbe Ampel in hohem Tempo überfuhr, und die Bodenwelle der hier omnipräsenten

Hügel presste sie in die Sitze. Wie in einer zu langsamen Achterbahn, dachte Virginia. Den Rest der Fahrt saßen sie schweigend nebeneinander. Kurz bevor sie ihr Ziel erreichten, drückte Vittorio noch einmal aufmunternd ihre Hand, eine kleine Geste, die ihr viel bedeutete.

Der Fahrer hielt vor einem Haus inmitten des touristischen Stadtzentrums von San Francisco. Virginia schaute kritisch auf die Hausnummer: Geary Street 515. Die korrekte Adresse. Rechts neben dem Eingang prangte das rote Logo einer schwedischen Billigmodekette, links glitzerten Prada und Gucci um die Wette.

»Bist du sicher, dass wir hier richtig sind?«, fragte Virginia, nachdem Vittorio die Tür des Taxis zugeschlagen hatte und der Fahrer davongebraust war.

»Vertrau mir«, antwortete er lachend und gab ihr einen Klaps auf den Po. Virginia blickte sich verschämt um, weil sie glaubte, das kurze Lackkleid, das sie unter ihrem Mantel trug, hätte unter seiner Hand so laut geschnalzt, dass es jeder im Umkreis von hundert Metern gehört haben musste. Sie blickte an sich hinunter. Nein, der Mantel war lang genug. Niemand konnte irgendetwas sehen. Sie hakte sich bei Vittorio unter, der ihr galant den Arm anbot. Gemeinsam traten sie vor die unscheinbare Stahltür mit der Hausnummer 515 Geary Street. Zielsicher drückte ihr Begleiter auf einen der zahlreichen Klingelknöpfe.

Virginia blickte an der hohen Fassade hinauf, sie kam sich klein und unbedeutend vor. Auf einmal war sie gar nicht mehr so sicher, was diesen Abend anging. Ach was, Virginia. Jetzt reiß dich zusammen. Du wolltest unbedingt auf diese Party, schon vergessen? Und Vittorio war schon öfter da, und der lebt ja schließlich auch noch, oder nicht? Plötzlich wurde an der Tür ein schmales Sichtfenster mit einem lauten Klacken geöffnet. In dem kleinen quadratischen Loch erschien ein dunkles Augenpaar, das sie anstarrte. Das Auge sagte nichts, stattdessen ergriff Vittorio das Wort: »Dämonenblut«, sagte er, was Virginia einen weiteren Schauer den Rücken hinunterjagte. Gehört alles zur Show, erinnerte sie sich selbst. Im Gegensatz zu ihr schien dem Augenpaar der Begriff aber ganz und gar nicht ungewöhnlich vorzukommen. Mit demselben Klacken wie zuvor schloss sich das kleine Fenster, und die große Stahltür schwang auf. Zu ihrem Erstaunen gehörte das misstrauische Augenpaar zu einem formvollendet mit einem Smoking bekleideten, umwerfend aussehenden schwarzen Glatzkopf im besten Alter. Er wirkte jetzt gar nicht mehr unfreundlich, sondern hielt ihnen zuvorkommend die Tür auf.

An Vittorios Arm schritt Virginia ins Innere des Hauses, das von außen so unscheinbar gewirkt hatte. Der Gang war scheinbar unendlich lang und dunkel, aber alle zehn Zentimeter stand eine große Kerze auf dem Boden, die die hohen Wände in flackernden Schein tauchte. Eine warme Brise und ein leichter Geruch nach Zedernholz wehten ihr entgegen, und in der Ferne hörte sie die gedämpften Beats von House Music. Auf dem groben Steinboden verursachte jeder ihrer Schritte mit den hohen Absätzen ein lautes Geräusch. Virginia versuchte, mit ihrem Begleiter möglichst im Gleichschritt zu laufen, es erschien ihr hier irgendwie angemessen. Er tätschelte wieder ihren Arm, und obwohl er immer nur dieselbe Geste abzuspulen schien, freute sie sich trotzdem darüber.

Am Ende des Korridors erreichten sie die Garderobe. Virginia atmete tief ein, als sie ihren Mantel aufknöpfte. Vittorio, der hinter ihr stand, um ihn in Empfang zu nehmen, pfiff durch die Zähne, als der Mantel den Blick auf das Kleid freigab: »Wow«, sagte er schlicht. Virginia fühlte, wie ihr die Schamesröte ins Gesicht stieg. Wie schaffte es dieser Mistkerl nur immer wieder, dass sie sich fühlte wie eine Sechzehnjährige bei ihrem ersten Date. Dieser gut aussehende Mistkerl ist das Beste, was dir je passiert ist, vergiss das nicht, ermahnte sie ihre beste Freundin aus der Ferne. »Hast du etwas anderes erwartet?«, fragte sie und bemühte sich, dabei kein allzu dämliches Gesicht zu machen. Er lächelte. An der Wand gegenüber der Garderobe hing ein raumhoher Spiegel. Während sich Vittorio um ihre Mäntel kümmerte, musterte sie ihr Spiegelbild: Das Lackkleid hatte ein geschnürtes Bustier, das ihre ohnehin nicht gerade unauffällige Oberweite noch stärker betonte, und die Korsage sorgte für eine wirklich atemberaubende Taille.

Atemberaubend trifft es in der Tat ganz gut, vermerkte Virginia und zupfte an den Schnüren. Der viel zu kurze Faltenrock knisterte, wenn sie sich drehte. Sie kam sich vor wie eine Prostituierte und erschreckte sich darüber, dass ihr der Gedanke in einem verwinkelt gelegenen Hinterstübchen ihres Gehirns gefiel. Vittorio ihr Freier? Sie betrachtete seine elegante Erscheinung in einem Smoking, der ebenso gut saß wie der des Türstehers. Natürlich kommen die Männer auch mit so was durch, ärgerte sie sich und musterte erneut ihr Fetisch-Outfit. Mein Gott, Virginia, du bist fast vierzig, und jetzt überlegst du ernsthaft, ob es dir gefallen könnte, wenn dein Freund dich für den phänomenalen Sex bezahlt? Ja, entschied sie, und das ist auch gut so. Sie war gespannt, wo Vittorio sie heute Abend noch hinführen würde, schließlich hatte der O-Store in der Szene einen königlichen Ruf zu verteidigen. Behauptete zumindest Vittorio. Für Virginia war diese spezielle Partyszene Neuland. Unheimlich anziehend und gefährlich zugleich. Die ganze Atmosphäre erinnerte sie an einen Film, dessen Titel ihr entfallen war. Er spielte auf einem Schloss, die Herren erschienen in Abendgarderobe, die Damen in nichts. Sollte das hier auch auf eine Sexorgie hinauslaufen? Nein, entschied sie. In so etwas hätte sie Vittorio niemals unwissentlich hineinstolpern lassen. Die Neugier siegte, obwohl sie sich sicher war, dass die Veranstalter dieser exklusiven Party den Film auch gesehen hatten. Alles ist dazu da, einmal ausprobiert zu werden, oder nicht? Sie beschloss, sich einfach treiben zu lassen.

»Du siehst wirklich umwerfend aus. Wollen wir reingehen?«, fragte sie Vittorio, seine Gesichtszüge wirkten im schummrigen Licht der Kerzen weicher als sonst.

Virginia nickte. Vittorio schob einen dunklen Samtvorhang zur Seite, und als Virginia mit leicht zittrigen Knien den großen Raum betrat, glaubte sie ihren Augen nicht zu trauen.

KAPITEL 16

August 2011
National Center for the Analysis of Violent Crimes (NCAVC),
Quantico, Virginia

Als Klara an einem Montagmorgen über den Parkplatz des NCAVC kurvte, um eine freie Lücke zu finden, fühlte es sich an wie früher. Was die morgendliche Parkplatzknappheit anging, schienen alle FBI-Büros der gleichen Fehlplanung zu unterliegen. Hunderte von Mitarbeitern kämpften um die Plätze wie bei der Reise nach Jerusalem um den letzten unbesetzten Stuhl, und der Campus in Quantico machte da keine Ausnahme. Nachdem sie eine Viertelstunde im Kreis gefahren war, stellte sie sich so eng wie möglich an den Rand einer regulären Parkreihe. Sie werden hier doch wohl kaum Politessen haben, vermutete Klara, als sie mit der Fernbedienung den Wagen abschloss und sich auf den Fußmarsch Richtung Hauptgebäude machte. Ihre Gedanken hingen noch immer an den schrecklichen Bildern aus dem Bighorn Nationalpark von letzter Woche. Wie war es dem Mörder gelungen, keine DNA-Spuren zu hinterlassen?, fragte sie sich, als sie plötzlich Schritte hinter sich hörte. Männerschritte. Sie drehte sich um und erkannte einen früheren Kollegen aus dem New Yorker Büro, der mit hüpfendem Bauch und wehender Krawatte versuchte, sie einzuholen. Auf halbem Weg hatte er sie endlich erreicht und blieb keuchend neben ihr stehen.

»Hallo, Sissi, hab schon gehört, dass du zurück bist.« Er hatte Schweißtropfen auf der Stirn, und seine Glatze schimmerte in der Morgensonne wie eine polierte Bowlingkugel.

Klara nickte. »Hi, Clarence. Schön, dich zu sehen«, log Klara. Der Fettwanst war einer der übelsten Speichellecker und Fähnchen-im-Wind, die das gesamte FBI zu bieten hatte.

»Sissi, hör mal, es tut mir wirklich leid, was damals passiert ist.«

Sissi ignorierte ihn und setzte sich wieder in Bewegung. Doch Clarence gab nicht auf, er heftete sich an ihre Fersen. »Ich bin jetzt bei der nationalen Sitte, wenn du mal etwas brauchst…«, er zwinkerte ekelhaft wissend dazu, »… dann ruf mich an, okay?« Er hielt ihr im Laufen seine Visitenkarte hin. Ohne ihren Schritt zu verlangsamen, nahm Klara die Karte und steckte sie in die Brusttasche ihrer Lederjacke: »Okay, Clarence. Wir sehen uns.«

Sichtlich erleichtert blieb Clarence auf dem Parkplatz zurück. Wer weiß?, dachte Klara. Vielleicht können wir dich ja tatsächlich noch einmal brauchen. Wenn sie es auch bezweifelte. Trotzdem freute sie sich darüber, dass sie zumindest noch erkannt wurde, und sei es auch nur von einem der Speichellecker. Wo es dich gibt, finden sich auch noch ein paar andere, sinnierte Klara, die wusste, dass viele ihrer ehemaligen Kollegen in Quantico gelandet waren. Sie hatte gerade das Drehkreuz zum Sicherheitsbereich passiert, als ihr die gesamte Entourage ihres Ermittlerteams entgegenkam, Sam Burke an der Spitze.

»Was ist los, Sam?«, fragte Klara irritiert. »Haben wir eine weitere Leiche?«

»Nein, Sissi. Wir ziehen um. Komm mit«, forderte sie Sam auf. Erst jetzt bemerkte sie, dass Wesley, Anne und Bennet große Kartons unter den Armen hatten. Sie machte kehrt und passierte zum zweiten Mal innerhalb von dreißig Sekunden die Drehkreuze – diesmal in umgekehrter Richtung. Sam marschierte vorneweg, als gelte es, die Trainingsvorgabe für den Eignungstest bei den Marines zu bestehen. Klara holte ihn in dem Moment ein, als sie den schnaufenden Clarence passierten, der es mittlerweile auch bis zum Gebäude geschafft hatte. Clarence nickte ihr zu, was Sam dazu veranlasste, eine Augenbraue nach oben zu ziehen, als ob er sie fragen wollte, was sie denn mit dem zu schaffen hatte.

»Er hat mich auf dem Parkplatz abgepasst, nichts weiter. Egal. Wieso ziehen wir um, Sam? Was war falsch an unserem alten Büro?«

»Ich habe etwas Besseres gefunden«, klärte sie ihr Partner auf. »Sie nennen es ›Flexible Tank‹, und im Moment kriegen wir wirklich alles, was wir uns in den Kopf gesetzt haben. Ich hatte mich nur bei der Abteilung erkundigt, und schwupp, hatte ich die Genehmigung auf dem Tisch. Irgendjemand sehr weit oben nimmt unseren Fall sehr, sehr ernst. Du hast nicht zufällig eine Ahnung, wer das sein könnte, Sissi?«

Klara ignorierte seine Frage: »In was für ein Ding sollen wir da ziehen? In einen Tank?«

»Nicht im wörtlichen Sinne, aber von der Idee her stimmt es schon. Wir kriegen einen Raum, den wir speziell für unsere Anforderungen umgestalten können, in einer der gesicherten Lagerhallen im Village.«

Unter dem »Village« verstand der FBI-Jargon eine fiktive Kleinstadt auf dem riesigen Gelände in Quantico. Dort übten SWAT-Teams Zugriffe bei Geiselnahmen, FBI-Anwärter Personenverfolgung und Informationsbeschaffung – alles unter realistischen Bedingungen, aber ohne die lästigen Zivilisten. Es handelte sich um ein Potemkinsches Dorf, das von der Außenwelt abgeschirmt inmitten der riesigen Waldgebiete Virginias lag. Zu ihren aktiven Zeiten hatte Klara dort selbst Kurse im Beschatten geleitet, sie hatte das mehrere Hektar umfassende Areal seit Jahren nicht mehr betreten, und ihres Wissens nach hatte dort noch nie eine operative Einheit gearbeitet.

»Sie geben uns ein Büro im Village?«, fragte sie ungläubig.

»Jep. Die Experimentierhalle des Forschungsteams. Und sie haben versprochen, uns in Ruhe zu lassen.« Sie hatten eine Wagenkolonne aus vier dunklen Geländewagen des FBI-Standard-Modells erreicht, und Sam gab ihnen mit ungeduldigen Gesten zu verstehen, endlich einzusteigen.

Fünfzehn Minuten später erreichten sie eine unscheinbare Lagerhalle am Stadtrand des Village, einzig die große Anzahl an Lieferwagen vor der Tür deutete an, dass im Inneren bereits an Sams Vorstellung von der perfekten Einsatzzentrale gearbeitet wurde. Sam genoss die Vorfreude, ihnen ihr neues Büro zu zeigen, und sprang aus dem Wagen, noch bevor er ausgerollt war. Die anderen folgten ihm als Gruppe in einigem Abstand und gaben sich abwartend, während Sam sie bereits voller Enthusiasmus im Inneren der riesigen Lagerhalle erwartete, in deren Mitte ein achteckiges Objekt stand, das ein wenig wie ein Miniatur-Pentagon aussah, nur mit drei Ecken zu viel.

»Voilà«, sagte Sam und deutete auf das Pseudo-Pentagon, genauer gesagt, auf eine unscheinbare Tür an einer der Seiten. Irgendwo auf der Rückseite werkelte ein Mann mit einem Schweißgerät, andere Männer trugen in schwarzen Overalls Kabelrollen zu einem Pick-up-Truck.

»Das soll unser neues Büro sein?«, fragte Wesley ungläubig, und Bennet kratzte sich abwesend den Bauchansatz. Nur Annes Enthusiasmus schien ungetrübt, was eindeutig für ihre Arbeitseinstellung sprach, fand Klara und öffnete die Tür des Achtecks, um einen Blick hineinzuwerfen. Ein riesiger runder Tisch stand in der Mitte des weiß getünchten Raumes. Wie die Lagerhalle Gottes in diesem saudämlichen Film mit Morgan Freeman, dachte Swell. Die Wände schienen aus irgendeinem Hightechmaterial zu bestehen, wie rückseitig beleuchtetes Glas. Waren das Bildschirme?

»Kommt rein, es beißt nicht«, versprach Klara und winkte die anderen herbei. Wesley war der Erste, der neugierig seinen Kopf in das Achteck steckte.

»Cool«, pfiff er durch die Zähne und befühlte die Oberfläche der Wand. »Hochauflösendes Retinadisplay, krass in der Größe.«

Sam, der seinem Team inzwischen gefolgt war, antwortete: »Ja, sie haben uns wirklich alles gegeben, was wir wollten. Und einiges darüber hinaus, was mir nicht einmal in den Sinn gekommen wäre.« Er warf einen Seitenblick zu Klara, als ob sie wüsste, wer von den hohen Tieren sich derart für ihren Fall interessierte. Es war Sams zweite Unterstellung dieser Art, sie würde bei Gelegenheit ein Wörtchen mit ihm reden müssen.

Anne fackelte nicht lange und breitete den Inhalt ihres Kartons auf dem weißen Tisch aus. Ordentlich legte sie die Aktenstapel nebeneinander und setzte sich auf einen der Stühle: »Wollen wir nicht anfangen?«, fragte sie beflissen.

»Sofort, Anne«, versprach Klara. »Aber wieso dieser weiße Raum, Sam?«

»Die Idee ist ganz simpel. Er ist unser weißes Blatt Papier. Die Jungs von der Experimentellen haben herausgefunden, dass sich die Effektivität einer Ermittlungsgruppe dadurch enorm steigern lässt. Gewohnte Umgebungen fördern gewohnte Denkmuster, und dieser Raum hat nicht zufällig die Form eines Achtecks.«

Sam klappte seinen Laptop auf und drückte einige Tasten, woraufhin die Wände zum Leben erwachten. Wie Wesley bereits vermutet hatte, befanden sich hinter den Glasscheiben an den Wänden hochauflösende Displays, auf denen nun in großen Lettern Worte prangten. »Werfen wir als Erstes einen Blick auf die bisher bekannten Opfer«, sagte Sam. Auf den virtuellen Leinwänden verteilten sich Bilder der Opfer, jede der Frauen bekam eine eigene Wand, die jeweils die mageren Fakten auflistete:

Opfer 1: Jessica von Bingen
Ort der Entführung: Big Beach, Maui, Hawaii
Fundort des Autos: Start des Bamboo Trail, Maui, Hawaii
Fundort der Leiche: n.a.
Entführung: 03.06.2004, ca. 16:40 – 17:00 Uhr
Methodik: Ferngezündete Autobombe, Sprengstoff Eigenbau, Zünder Eigenbau

Opfer 2: Madison Carter
Ort der Entführung: Highway 15, Mojave Wüste, Nevada
Fundort des Autos: Olancha, Kalifornien
Fundort der Leiche: n.a.
Entführung: 28.06.2007
Methodik: Ferngezündete Autobombe, Sprengstoff Eigenbau, Zünder Eigenbau

Opfer 3: Theresa Warren
Ort der Entführung: Casper, Wyoming
Fundort des Autos: n.a.
Fundort der Leiche: Big Horn Nationalpark, Wyoming
Methodik: ?

»Okay«, begann Sam. »Ich erwarte, dass wir hier nach dem Lehrbuch vorgehen, und auch wenn ich weiß, dass wir das in den letzten Wochen schon zwanzigmal durchgekaut haben: Wesley, bitte zeig uns die Bomben.«

Wesley, der naturgemäß die Bedienung des Computers übernommen hatte, gab einige Befehle auf der Tastatur ein, woraufhin sich die Bilder auf den Bildschirmen verschoben oder verschwanden und neue Informationen hinzukamen, bis schließlich alle Informationen zu lesen waren, die sie über die Konstruktion der Sprengsätze gesammelt hatten.

Bennet, dessen Aufgabe die Koordinierung aller beteiligten Kollegen war, was die Autobomben anging, brachte es schnell auf den Punkt: »Wir haben nichts. Das Zeug, aus dem er Zünder und Bomben konstruiert hat, findet man in jedem Supermarkt, die Anleitung dazu im Internet.« Er hob die Handflächen: »Sorry, Leute, aber hier ist wirklich nichts zu holen.«

»Ich bin mir da nicht so sicher, Bennet«, sagte Sam, »aber dazu später mehr. Wesley, die Fotos aus dem Netz bitte.«

Die Wände mit ihrem seltsamen Eigenleben wechselten wieder zur Ansicht der Opfer, diesmal jedoch mit großen Versionen der Bilder, die der Computer im Internet gefunden hatte. Klara verkrampfte sich, denn es fiel ihr immer noch nicht leicht, die Bilder anzuschauen, wenn sie an die Schicksale der Frauen dachte, und vor allem Jessica von

Bingens tote Augen ließen sie in letzter Zeit schlecht einschlafen. Die Bilder des Folterwerkzeugs, der Judaswiege, die neben Theresa Warrens fröhlichem Gesicht von den Bildschirmen flirrten, ließen sie kalt schwitzen. Ihr war immer noch nicht klar, worauf Sam hinauswollte, aber der ließ sich nicht beirren: »Meine Hauptfrage ist, wieso er sich so unterschiedliche Frauentypen aussucht.« Sam sprach die Frage aus, die sich Klara seit Tagen stellte: Jessica von Bingen war eine dunkelhaarige, groß gewachsene Frau mit einer etwas zu großen Nase. Hübsch, stark, aber ganz und gar nicht der übliche Typ für Sexualverbrecher, die sich normalerweise weniger selbstbewusste Frauen aussuchten. Madison Carter war von ihrer ganzen Statur her ein vollkommen anderer Typ: helle Haut, ein rundlicher Körper, das Gesicht mondförmig und stark geschminkte Augen, wie der Familienschnappschuss verriet, der neben ihren Bildern aus dem Internet an der Wand prangte. Theresa Warren dagegen: blond, sehr schlank, ein sportlicher Frauentyp, dem die Rolle der Vorzeige-Cheerleaderin keiner im Raum abgesprochen hätte.

»Ist es nicht so, dass manchmal ein Detail entscheidet, wer zum Opfer wird? Ein blauer Rock zur falschen Zeit am falschen Ort?«, warf Bennet in die Runde.

»Kann sein«, gab Sam zurück. »Ist aber in unserem Fall sehr unwahrscheinlich. Die Autobomben sprechen gegen eine spontane Tat, eher für sorgfältige Planung. Und er wird besser, er überlegt immer genauer. Die ersten beiden Autos standen zerbombt dort, wo er sie hochgejagt hat, er hat uns das Feld überlassen. Das dritte Auto hingegen haben wir nicht mehr gefunden. Kann Zufall sein, glaube ich aber nicht. Er wird immer besser. Er. Womit ich bei der wichtigsten Frage wäre: »Wer ist unser Täter? Wesley?«

Der junge Kollege drückte eine Taste, und die Bilder an den Wänden wanderten auf eine Tafel im linken Eck des Raums. Auf den restlichen Monitoren erschienen die entscheidenden Aspekte zur Suche ihres Täters, Begriffe wie »Soziodemografie«, »Orte« und »Motivation« standen als Überschriften über den einzelnen Elementen ihrer »Übertafel«, wie Klara den Raum mittlerweile insgeheim getauft hatte. Sie fächerte sich mit einem Aktendeckel Luft zu: »Übrigens, Sam, wenn uns die Kollegen schon alle Wünsche von den Lippen ablesen, dann bestell doch bitte noch eine Klimaanlage.«

»Habe ich denen schon geschrieben«, bekannte Bennet, der ebenfalls schwitzte. Die Monitore waren zwar wirklich eine praktische Idee, fand Klara, aber sie sonderten eine mordsmäßige Hitze ab.

»Können wir jetzt weitermachen?«, fragte Sam verärgert. Alle beeilten sich, ihm zuzunicken, schließlich ging es jetzt ans Eingemachte, und das Team war gespannt auf die Persönlichkeitsanalyse, die Sam als ihr Vorgesetzter und studierter Psychologe auf der Basis der bisherigen Erkenntnisse angefertigt hatte.

»Es handelt sich allem Anschein nach um einen Mann zwischen dreißig und fünfunddreißig Jahren.« Während Sam seine Analyse vortrug, ergänzte Wesley die Monitore mit den entsprechenden Informationen. »Ich glaube, dass wir es mit einer vollkommen neuen Art von Täter zu tun haben. Die empirische Sozialforschung hat den Typus vorhergesagt. In der Theorie, wohlgemerkt. Ich glaube, nein, ich bin überzeugt«, Sam flüsterte jetzt fast, »dass wir es mit dem Ersten seiner Art zu tun haben. Der erste Serienmörder mit einer sogenannten Dreifach-Identität.«

Klara, die den Begriff noch nie gehört hatte, schaute ihn

fragend an. Auch Anne, Bennet und Wesley hingen an seinen Lippen. Offensichtlich war sie nicht die Einzige, der Triple-Identität rein gar nichts sagte. Sam, der ihre fragenden Gesichter bemerkt hatte, erklärte: »Wie gesagt, existiert dieses Phänomen in der Forschung erst seit Kurzem und ist bisher reine Theorie. Wir bezeichnen damit eine neue Form der Persönlichkeitsstörung, ausgelöst durch relativ junge Phänomene unserer Gesellschaft. Um es euch zu erklären, muss ich ein wenig ausholen: Welches Wort haben wir heute öfter gehört als jedes andere?«

»Nichts, wie in ›wir haben nichts‹?«, platzte Bennet heraus, und alle lachten, nur Sam machte ein angesäuertes Gesicht.

»Internet«, postulierte Sam. »Sowohl im Zusammenhang mit dem Bombenbau hat ihn Bennet erwähnt – die Anleitung sei spielend leicht im Netz zu finden – als auch bei der Verbreitung der Fotos in den Filesharing-Netzen. Ich denke, dass das Internet für unseren Täter zu einer Art zweiten Heimat geworden ist. Aufgrund der Tatsache, dass zwischen den Morden aber mehrere Jahre liegen, gehe ich davon aus, dass unser Täter ein normales Leben führt. Wesley, kannst du bitte drei Tafeln für die drei Identitäten anlegen?« Der Junge quittierte es mit fragendem Blick, aber seine Finger flogen blind über die Tasten.

»Identität eins«, fuhr Sam fort, »ist seine bürgerliche Existenz. Er kann verheiratet sein, obwohl ich es bezweifle. Er hat einen einfachen Job. Vielleicht ist er Mechaniker, vielleicht Nachtwächter, in jedem Fall kann er längere Zeit freinehmen, ohne dass es weiter auffällt. Er ist nicht dumm, aber es genügt ihm. Er wirkt wie ein zufriedener Nachbar, der keine Probleme macht und einem Zucker leiht, wenn welcher fehlt, auch wenn er nie selbst nach Zucker fragt. Ich tippe auf einen unauffälligen Job ohne feste Anstellung. Wenn er soziale Kontakte hat, pflegt er sie unregelmäßig, aber ohne Auffälligkeiten. Wenn er eine Freundin hat, ist er nicht sonderlich liebevoll, aber er schlägt sie nicht. Er kennt sie schon seit Schulzeiten und ist überzeugt, eine andere würde er niemals finden, denn er hat keinen Schlag bei den Frauen, dafür ist er viel zu schüchtern. Und er verbringt viel Zeit im Internet. Er ist ein Technikfreak, der vielleicht eine eigene Werkstatt hat. Er repariert Dinge, vielleicht für Freunde, vielleicht renoviert er sein Haus selbst. Oder er schraubt an einer alten Kiste herum.«

»Mit anderen Worten: Er ist ein Langweiler?«, fragte Bennet.

»Wie er im Buche steht«, antwortete Sam. »In seiner bürgerlichen Identität. Seine zweite Identität jedoch ist die digitale. Sie ist seine Zwischenwelt, die Schnittmenge, mit der es ihm gelingt, seine Mordlust für einen gewissen Zeitraum zu überbrücken. Hier hat er Sozialkontakte, hier gilt er etwas. Er ist nicht mehr schüchtern, er ist eloquent, er findet sich brillant. Ich bin überzeugt, dass er einen großen Teil seiner Freizeit im Netz verbringt.«

»Und die dritte?«, fragte Klara.

»Die dritte Identität ist der Mörder. Stellt es euch vor wie Streifzüge oder einen Urlaub. Ich bin sicher, dass ein Teil dieser Mörder-Identität auch in der digitalen Identität vorkommt, aber die Taten selbst, die lange Planung, die Entführung, die Qualen, die er seinen Opfern zufügt, die finden in dieser dritten Identität statt.«

»Und wie hängen sie zusammen?«, wollte Bennet wissen. »Schließlich trifft die Beschreibung auf die halbe Bevölkerung zu.«

»Was die erste und die zweite Identität angeht, schon, Bennet, aber die dritte, das ist die pathologische. Es wird seit Langem in der Forschung diskutiert, wie sich die Gesellschaft durch das Internet verändern wird. Viele Folgen davon kennt ihr selbst in eurem täglichen Leben: Ihr schreibt euch Mails mit Freunden, die ihr seit Jahren aus den Augen verloren habt, ihr lest durch die Links, die euch Freunde schicken, Nachrichten, die ihr sonst niemals wahrgenommen hättet. Die positiven Seiten sind weitestgehend dokumentiert, aber aufgrund der geringen Fallzahl und der niedrigen Aufklärungsquote sind die dunklen Folgen der Digitalisierung unserer Gesellschaft und die Fluchtmöglichkeiten vor der Realität bisher kaum erforscht. Es gilt als gesichert, dass aufgrund der Tatsache, dass wir Gott sei Dank immer weniger Kriege auf der Erde haben, das Potenzial an aggressiven potenziellen Gewalttätern in der Gesamtbevölkerung zunimmt.«

Klara hob eine Braue: »Du meinst, weil die zu Aggressivität neigenden Teile der Bevölkerung besonders gut auf Anwerbeversuche durch die Armee reagiert haben?«

»Exakt, Klara. Und diese Folgen sind sogar bereits messbar. Hinzu kommt, dass die Verfügbarkeit von gewalttätigem Material durch die Entwicklung des Internets rapide zugenommen hat. Bilder von Leichen, seien es ein tödlicher Verkehrsunfall, den ein Passant filmt, oder die bewusste Verbreitung von Kriegsmaterial, die Verfügbarkeit von Gewalt hat deutlich zugenommen. Genauer gesagt um einen Faktor von etwa dreitausend Prozent in den letzten zehn Jahren, Tendenz rapide steigend.«

»Aber wie soll man das verhindern, wir können doch das Internet nicht zensieren, das würde doch...«, setzte Wesley an, aber Sam unterbrach ihn erneut.

»Wesley, ich bin vollkommen gegen jede Zensur, aber darum geht es gerade nicht. Wir haben das weder zu bewerten noch einzuschätzen, wir müssen mit den Folgen zurechtkommen. Und ich denke, wir haben es tatsächlich mit dem ersten Triple-Identity-Täter zu tun.«

»Du meinst, einen braven Bürger, der durch das Internet zum Serienmörder wurde?«

»Nein, Klara, durchaus nicht. Ich meine, einen kranken Geist, der mit den Optionen, die ihm das Internet zur Flucht wovor auch immer und wohin auch immer bot, nicht zurechtkam.«

KAPITEL 17

Juli 2011
Days Inn, Gwenadele Ave, Baton Rouge, Louisiana

In dem schäbigen Hotelzimmer war es stickig, als atme man die abgestandene Luft aus einem kaputten Fahrradschlauch. Die Klimaanlage war wieder einmal ausgefallen, zum dritten Mal in den letzten vier Tagen. Direkt vor seinem Fenster lag das in dem ausgeblichenen Prospekt als »Pool Area« angepriesene Becken, das statt blauem Wasser nur Laub und Erde enthielt, was ihn aber nicht weiter störte. Seit er eingezogen war, hatte er keine Menschenseele vor seinem Fenster zu Gesicht bekommen, was ihn nicht verwunderte, im Gegenteil, es war sogar der Grund, warum er um genau dieses Zimmer gebeten hatte.

Er saß kerzengrade auf dem abgewetzten Polster des Holzstuhls und klappte seinen Laptop auf. Bevor er den Rechner startete, wischte er mit einem antiseptischen Tuch über die Tastatur und den Bildschirm, nicht, um Spuren zu verwischen, sondern aus reiner Gewohnheit. Und wegen der Hausmilben und wer weiß, was sonst noch alles kreuchte und fleuchte. Er hatte einmal gelesen, dass Computertastaturen im Haushalt die größten Bakterienherde neben der Spüle waren. Seitdem waren seine Spüle zu Hause und die Computertastatur so sauber wie ein OP-Besteck. Zumindest beinahe. Seine Freundin freute sich über eine saubere Spüle, seinen Computer hingegen würde sie aus verschiedenen Gründen niemals anrühren.

Während der Minuten, die der Rechner zum Starten brauchte, rührte sich der Mann kaum einen Millimeter, nicht einmal, als eine lästige Fliege seine Nase umschwirrte. Als das Betriebssystem ihn fragte, ob er das WLAN des Hotels nutzen wollte, lehnte er ab und wählte stattdessen das des International House of Pancake, eines Fast-Food-Restaurants links neben dem Motel, das seinen Gästen kostenloses Internet anbot. Er fragte sich, ob der Zugang für das Publikum, das hauptsächlich aus Fernfahrern und Seniorenreisegruppen bestand, tatsächlich relevant war, für ihn jedoch war es der zweite Grund für seine Zimmerwahl.

Anonymität war ihm aus verschiedenen Gründen äußerst wichtig, und ebenso wie seine Freundin ging überhaupt niemanden etwas an, welche Internetseiten er aufrief, wie lange und vor allem nicht: warum. Er startete den Browser und landete direkt auf seiner Startseite. Wollen wir doch mal sehen, was los ist, sagte sich der Mann, der immer noch unverändert kerzengerade auf seinem Stuhl saß. »Manamana« suchte einen Satanistenkult im Raum Detroit. Der Mann setzte »Manamana« auf seine Ignoreliste. Er scrollte einige Einträge weiter, bis ihm etwas Interessantes auffiel: »Abartig? Bitte helfen...« Er klickte auf den Beitrag von einem Nutzer namens »Hellbuoy«.

»Ich bin gerade siebzehn Jahre alt geworden, und seit meinem Geburtstag vor vier Wochen habe ich ein komisches Gefühl. Es war einfach da, ich weiß nicht, wo es herkam. Ich träume schreckliche Dinge, von Mädchen und so. Sie liegen vor mir, sie sind tot. Ich weiß nicht, ob ich die umgebracht habe, wenn auch nur im Traum, oder nicht. Und ich... finde sie schön. Friedlich irgendwie. Vielleicht liegt es daran, dass Jenny natürlich nichts von mir wissen will. Ich gehöre nicht dazu, das ist mir klar. Aber weh tut es trotzdem. Ich will ihr Geschenke machen. Richtige Geschenke, versteht ihr? Nicht bloß irgendwas. Und seitdem träume ich, dass sie tot vor mir liegt, und ich denke, ob das ein Geschenk wäre. Ist das normal? Ich weiß es nicht. Kann mir jemand von euch helfen? Ich weiß nicht mehr weiter. Habe ich ein ernstes Problem? Bitte meldet euch, es ist dringend.«

Mechanisch klickte sich der Mann auf seinem Stuhl in dem schäbigen Hotelzimmer durch die bisherigen Antworten. Warum half dem Jungen niemand? Das war schließlich keine Kleinigkeit – und ein Fake war es auch nicht, da war er sicher. Er wechselte in den Chat. Hellbuoy wurde zumindest als »online« angezeigt, was aber nicht allzu viel hieß, nur, dass sein Computer eingeschaltet war. Er probierte es trotzdem:

[whisper to Hellbuoy]: r u there?

Keine Reaktion. Der Mann in dem Motel wartete. Manche Dinge brauchten Zeit. Weder trommelte er mit den Fingern auf der Tischplatte, noch las er einen anderen Thread, er saß einfach nur da und genoss die Vorfreude auf einen neuen Menschen. Darum ging es hier schließlich, oder nicht? Einen neuen Menschen kennenzulernen, der sich mit all seinen Ängsten und geheimsten Wünschen hinter »Hellbuoy« verbarg und sie hier offen aussprach. Er sinnierte noch immer über die Möglichkeiten, die das Internet heute bot, als auf dem Bildschirm eine Antwort auftauchte.

[whisper to Judas_Iscariot]: Hi.
[whisper to Hellbuoy]: Hat schon jemand mit dir wegen deines Posts gesprochen?
[whisper to Judas_Iscariot]: Nein, leider.
[whisper to Hellbuoy]: Die Antwort ist: nein.
[whisper to Judas_Iscariot]: Was meinst du?
[whisper to Hellbuoy]: Du hast kein Problem.

[whisper to Judas_Iscariot]: Wirklich nicht?
[whisper to Hellbuoy]: Nein.
[whisper to Judas_Iscariot]: Aber sie sind wirklich real! Ich schwöre.
[whisper to Hellbuoy]: Ich weiß. Aber es ist kein Problem.
[whisper to Judas_Iscariot]: Bist du sicher?
[whisper to Hellbuoy]: Ja.
[whisper to Judas_Iscariot]: Woher weißt du das?
[whisper to Hellbuoy]: Du sagst, die Bilder sind schrecklich.
[whisper to Judas_Iscariot]: Ja, natürlich.
[whisper to Hellbuoy]: Na also.
[whisper to Judas_Iscariot]: ???
[whisper to Hellbuoy]: Wenn du sie schrecklich findest, ist alles kein Problem.
[whisper to Judas_Iscariot]: Ach so. Aber, ich finds schon komisch, ich meine, so was erzählt keiner von den anderen.
[whisper to Hellbuoy]: Vertrau mir.
[whisper to Judas_Iscariot]: Woher willst du das alles wissen?
[whisper to Hellbuoy]: Weil ich es weiß.
[whisper to Judas_Iscariot]: r u sure?
[whisper to Hellbuoy]: Willst du einen Beweis?
[whisper to Judas_Iscariot]: Wenn das geht ...?
[whisper to Hellbuoy]: brb

Er suchte auf seiner Festplatte nach einer bestimmten Datei. Als er sie gefunden hatte, tippte er einige Befehle in das Chatprogramm. Er wartete, bis Hellbuoy sich die Datei angesehen hatte. Als die Übertragung mit einem kurzen Ton den Empfang des Videos bestätigte, schrieb er seine Nachricht an Hellbuoy.

[whisper to Hellbuoy]: Und?
[whisper to Judas_Iscariot]: Krass.
[whisper to Hellbuoy]: Was hast du gedacht?
[whisper to Judas_Iscariot]: Nichts.
[whisper to Hellbuoy]: Wirklich nichts?
[whisper to Judas_Iscariot]: Nein, nur krass.
[whisper to Hellbuoy]: Okay. Da hast du deinen Beweis. Du hast kein Problem.
[whisper to Judas_Iscariot]: ?? Wie meinst du das?
[whisper to Hellbuoy]: Weil sonst alles ganz anders wäre.
[whisper to Judas_Iscariot]: Woher weißt du das?
[whisper to Hellbuoy]: Ich weiß es.
[whisper to Judas_Iscariot]: Wer bist du?

Zum ersten Mal seit einer halben Stunde kam Bewegung in den Mann in dem stickigen Motelzimmer. Ohne ein weiteres Wort an Hellbuoy klappte er den Laptop zu, nicht hektisch, aber bestimmt.

»Ich bin der Mann in dem Video, Hellbuoy. Deshalb weiß ich es«, flüsterte er.

KAPITEL 18

September 2011
515 Geary Street, San Francisco, Kalifornien

Vittorio stand mit dem Rücken zur Bar und beobachtete Virginia, die sich offenbar prächtig amüsierte. Es freute ihn, dass er mit den Partys offenbar einen Volltreffer gelandet hatte. Sie war eben anders als die anderen. Er hatte das von Anfang an gespürt, von der ersten Stunde an. Trotzdem war er unruhig. Was wollte Adam von ihm? Er hatte sich noch nie mit ihm vorher für den Club verabredet, und er hatte am Telefon nervös geklungen, was sonst gar nicht seine Art war. Er blickte zum Eingang, konnte ihn aber nirgends entdecken. Sein Blick wanderte über ein schwarzes Lackkomstüm, rotes Leder, glänzende Latexkleider und viel nackte Haut zu Virginia. Sie unterhielt sich mit einer jungen Frau, lachte ausgelassen und warf die Haare zurück. Ihr Lächeln erinnerte ihn daran, wie viel Glück er hatte.

Er warf einen Blick auf seine Armbanduhr. Wo blieb Adam? Am Telefon hatte es sich angehört, als ginge es um etwas wirklich Wichtiges – und jetzt tauchte er einfach nicht auf. Plötzlich spürte er eine Hand auf seiner Schulter. Er drehte sich um, und sein Blick fiel auf einen wahren Hünen von Mann. Vittorio war selbst nicht gerade klein, aber Adam war riesig, er hatte ein dünnes Ziegenbärtchen, das mittlerweile ergraut war, und kurz geschorene Haare. Seine Pranken ruhten auf Vittorios Schulter, und er grinste ihn an. Die beiden begrüßten sich herzlich, und Adam erkundigte sich nach Virginia. Vittorio deutete auf die Tanzfläche, von wo aus sie ihnen beiden mit einem bunten

Drink zuprostete. Sie tauschten eine Weile den neuesten Klatsch und Tratsch der Szene aus. Sowohl Vittorio als auch Adam waren echte Urgesteine der Undergroundszene von San Francisco. Adam hatte das Folsom Street Festival mitgegründet, jenes bunte Miteinander sexuell aufgeschlossener Menschen, die jedes Jahr gemeinsam das große Fest der Toleranz feierten, und auch Vittorio war, seit er vor fünf Jahren in die Bay Area gezogen war, ein oft gesehener Gast in den einschlägigen Bars und Clubs. Während Vittorio eher als »Vanilla« galt, als Szenemitläufer, der um der Atmosphäre willen oder warum auch immer kam, war Adam einer der bekanntesten Hardcore-Doms der Szene. Er hatte schon bei diversen Produktionen die Rolle des aktiv dominanten Mannes gegenüber Frauen gespielt, und die Frauen standen Schlange, um von ihm gedemütigt und sogar geschlagen zu werden. Vittorio war ein wenig neidisch auf Adam, aber er mochte ihn vor allem als Mensch sehr gerne.

»Also, weshalb hast du mich angerufen?«, fragte Vittorio, der fast schreien musste, um die laute Musik zu übertönen.

Als Antwort legte Adam den Zeigefinger über die Lippen und bedeutete ihm, mit in den Garten zu kommen. Vittorio gab Virginia ein Zeichen, dass er kurz verschwinden würde. Sie lachte als Antwort und zog eine Blondine zu sich heran, um anzudeuten, dass sie keineswegs unter Langeweile leiden würde, wenn er sich kurz mit Adam besprach. Sehr witzig, Schatz. Vittorio schnappte sich seinen Gin Tonic von der Bar und folgte Adam durch die Menschenmenge in den Garten.

Während er sich drinnen noch durch schwitzende und zuckende Leiber auf der Tanzfläche drücken musste, herrschte in dem »Garten« genannten Teil des Clubs eine gänzlich andere Atmosphäre. Er betrat die quadratische, mehrere Hundert Quadratmeter große Fläche, die inmitten der hoch aufgeschossenen Skyscraper lag. Die Fläche wurde von dichten Sträuchern in Reihen unterteilt und von großen Fackeln beleuchtet, die eine fast karibische Atmosphäre verbreiteten. Wären da nicht die Frauen gewesen, die Spalier standen.

Zum Garten hatten nur ausgewählte Mitglieder des Clubs Zutritt, und es brachte gewisse Privilegien mit sich. Aber auch gewisse Pflichten, und so musterte Vittorio artig die Frauen. Wie es die Regeln wollten, standen sie kerzengerade und blickten starr geradeaus. Die Erste in der Reihe trug nichts als einen Halsreif aus Metall, der in dem Schein der Fackeln glänzte. Ihre blonde Mähne fiel ihr weit in den Rücken. Vittorio lächelte ihr zu. Sie verzog keine Miene, aber ihre Blicke verrieten ihm ein freundliches Hallo. Sie kannten sich. Von früher. Aber seit Virginia hatte er sie nicht mehr getroffen, sie nahmen nur ab und zu noch einen Drink zusammen und unterhielten sich über vergangene Zeiten. Vittorio nahm sich Zeit für das Ritual, auch das war wichtig, und zollte den Frauen Respekt, eine der wichtigsten Grundregeln. Viele Außenstehende konnten das Spiel von Macht und Vertrauen, auf dem ihr eigenwilliger Lebensstil und auch ein Teil ihrer Sexualität beruhte, nicht verstehen. Die meisten erlagen dem Irrglauben, dass Menschen ihres Schlags ausschließlich nach ihren Praktiken liebten, aber das war für die große Mehrheit nicht der Fall. Es war eine Spielart von vielen, und seine Liebe zu Virginia sah neben ihren gelegentlichen Ausflügen weit mehr Zärtlichkeit vor, als die meisten Paare für sich übrig hatten, davon war Vittorio überzeugt.

Als er die letzte der Frauen, die eine Art Pferdegeschirr mit bunten Federn über dem Kopf trug, stumm begrüßt hatte, setzte er sich neben Adam an die Bar, ein schwarzes Monstrum aus Stein, hinter dem die besten Barkeeper des Clubs die Drinks mixten. Er bestellte einen Whiskey Sour und blickte Adam erwartungsvoll an. Das freundliche Grinsen war verschwunden, stattdessen sah Adam besorgt aus.

»Sag mal, du kennst dich doch mit Computern aus, oder?«

Vittorio nickte. Er arbeitete als Programmierer bei einer großen Softwarefirma. Und obwohl er überhaupt nicht aussah wie ein Computerexperte, war er einer der besten Programmierer im Valley, wie die Gegend südlich von San Francisco genannt wurde, die neben Google und Apple auch weniger bekannte, aber dafür nicht weniger erfolgreiche Firmen wie Cisco hervorgebracht hatte.

»Ich habe da etwas gefunden, das kommt mir nicht richtig vor, Vito.«

»Inwiefern nicht richtig?«

»Sagen dir die Gopher-Tapes etwas?«, fragte er.

»Meinst du die Klebestreifen oder die Filme?«, fragte Vittorio. Gopher-Tape war zum einen ein lösliches und flexibles, aber dennoch besonders starkes Klebeband aus der Filmindustrie, das sich in SM-Kreisen zur schnellen Fesselung oder als unkomplizierter Knebel großer Beliebtheit erfreute, zum anderen stand es in der Szene für eine Reihe von Filmschnipseln, von denen niemals jemand den ganzen Film gesehen hatte. Es war hartes SM-Material, und keiner wusste, woher es kam. Selbst »der Kritiker«, ebenso wie Vittorio und Adam ein Urgestein der Szene und mittlerweile über siebzig Jahre alt, der jeden Film kannte, hatte keine Ahnung, wo sie herkamen. Das war für eine so kleine Szene wie die globale SM-Community die absolute Ausnahme. Und da sie ebenso geheimnisvoll wie unvollständig waren und immer nur aus kurzen, wenige Minuten langen Sequenzen bestanden, die man aneinanderschneiden musste, um sie am Stück anschauen zu können, hatte sich der Name »The Gopher-Tapes« dafür eingebürgert.

»Sehr witzig, Vittorio. Leider ist das gar nicht komisch. Natürlich geht es um die Filme. Gestern hat mir der Kritiker den neuesten Schnipsel gezeigt. Und der ist anders.«

»Inwiefern anders?«, wollte Vittorio wissen, der mittlerweile neugierig geworden war.

»Ich glaube nicht mehr, dass die Gopher-Tapes reguläres und einfach nur besonders aufwändig produziertes Material sind, Vito.« Er seufzte und machte den Eindruck, als ob er seine Entdeckung am liebsten rückgängig machen würde. »Vito, ich glaube, sie sind nicht einvernehmlich entstanden.«

»Aua«, sagte Vittorio und rieb sich das Kinn. Das gegenseitige Einverständnis war der heilige Gral bei der Gratwanderung in der Sexualität, die sich SM nannte. Wenn es stimmte, was Adam vermutete, war das harter Tobak, und sie würden den Produzenten ausfindig machen müssen, sonst konnte die ganze Szene Schaden nehmen.

»Nicht nur das, Vittorio. Ich habe ein ganz schlechtes Gefühl bei der Sache. Mein Gott, eine Judaswiege. Hat man das jemals gehört? Ich habe mit allen Produzenten gesprochen, und keiner kann sich erklären, wie man das faken könnte. Weißt du, was eine Judaswiege ist, Vito?«

Vittorio schüttelte den Kopf und schluckte. SM-Filme, die nicht gestellt waren? Was sollte das bedeuten? Er hatte noch nie von einer Judaswiege gehört. Adam beugte den Kopf zu ihm herüber und erklärte so leise, dass ganz sicher nur er ihn hören konnte: »Die Judaswiege war ein Folterinstrument im Mittelalter. Stell dir eine spitze Pyramide oder einen Holzpflock vor. Der Delinquent wurde mit Vagina oder Anus auf die Spitze gesetzt, und den Rest besorgte die Schwerkraft. Vito, das ist kein Spaß. Alle, die ich gefragt habe, halten die Filme für echt. Echte Folter, Vito.«

Aus Adams Blick war jeder Bezug zu dem rauschenden Fest um sie herum verschwunden. Vittorio verstand ihn. SM war eine sexuelle Spielart unter zwei erwachsenen Menschen, keine Qual. Niemals. Und immer und unbedingt einvernehmlich.

»Vito«, sagte Adam. »An diesen Gopher-Tapes ist etwas faul. Oberfaul, das sage ich dir.«

»Okay«, entgegnete Vittorio und nahm einen Schluck von seinem Drink. »Und was, glaubst du, sollten wir jetzt unternehmen?«

Adam beugte sich verschwörerisch zu ihm herüber: »Darüber habe ich lange nachgedacht. Ich denke, wir sollten die Tapes öffentlich machen. Wir können uns das doch gar nicht leisten, die Hausfrauen und Waffenfreaks aus Alaska reden schon genug Schlechtes über uns.«

Vittorio nippte wieder an seinem Glas. Jetzt weiß ich, warum er damit zu mir kommt, dachte er, während er versuchte, Zeit zu gewinnen. Wenn er nicht auf einer dieser Partys stand, schraubte er in seiner Freizeit an der Datenbank vom Truthleaks mit, einem Portal, das sich absolute Pressefreiheit bei maximalem Quellenschutz auf die Fahnen geschrieben hatte. Ihr Konkurrenzprodukt Wikileaks hatte es im vergangenen Jahr groß in die Schlagzeilen geschafft mit der Veröffentlichung von über zweihundertfünfzigtausend Botschaftsdepeschen der US-Regierung. Ihrem Projekt könnte etwas Öffentlichkeit nicht schaden, und wenn Adam recht hatte, war das natürlich etwas: sadomasochistisches Filmmaterial, das ohne Einverständnis entstanden war?

Er fragte sich, was die Jungs von dem Projekt dazu sagen würden. Sie waren allesamt keine SMler, zumindest wusste er von keinem. Aber es konnte nicht schaden, wenn sie es sich mal anschauten. Außerdem wäre es ein Heidenspaß, ihre Gesichter zu sehen, wenn der zwei Meter große Adam mit seinem kahlrasierten Schädel in ihre kleine Firmenzentrale spazierte und die bleichgesichtigen Informatikstudenten etwas von der großen weiten Welt zu sehen bekamen. Er stellte sein leeres Glas auf den blank polierten Tresen und sagte: »Komm morgen um 17 Uhr zu uns ins Büro, ich trommele möglichst viele von den Jungs zusammen. Und bring die Filme mit.« Er kritzelte die Adresse auf eine Papierserviette und drückte sie seinem Freund in die Hand.

Adam nickte und schaute mit leerem Blick auf die Allee der jungen Frauen. Er blieb einen Augenblick still sitzen, und Vittorio erkannte, dass Adam ernsthaft besorgt war.

»Du glaubst, es steckt noch mehr dahinter, oder?«, fragte Vittorio, der schon aufgestanden war.

Wie auf Kommando erhob sich Adam von seinem Barhocker, warf ein großzügiges Trinkgeld für den Barkeeper auf den Tresen und legte den Arm um Vittorios Schulter: »Komm, lass uns feiern gehen. Wir reden morgen darüber, und Virginia wartet sicher schon.« Seine zweifelnde Miene war wie weggeblasen.

Am darauffolgenden Nachmittag spazierte Vittorio fröhlich pfeifend über die 18th Street in San Francisco, die nicht unweit seines Appartements lag. Es war ein sonniger Tag, der gute Laune machte, und ein nicht allzu stressiger Arbeitstag bei der Softwarefirma hatte sein Übriges dazu beigetragen. Die Gegend war nicht gerade ein mondäner Teil von San Francisco, aber einigermaßen verkehrsgünstig gelegen und die Mieten erschwinglich. Truthleaks war ein mit Spenden finanziertes Projekt, und sie hatten keinen Cent zu verschenken, fast alles ging für den Betrieb der Server und kleinere Gerichtsverfahren drauf.

Bisher hatten sie sich mit vergleichsweise unbedeutenden Dokumentationen begnügen müssen: eine Kupfermine in Lagos, die von einem korrupten Lokalpolitiker in den Ruin getrieben wurde, eine Parteispendenaffäre in Russland. Ein großer Wurf war ihnen bisher nicht gelungen, vor allem, weil ihnen die Quellen fehlten. Die meisten Informanten wandten sich lieber an das bekanntere Wikileaks, wobei Julian Assange sie sogar persönlich mit einer Spende und ein bisschen Code unterstützt hatte. Er hatte damals behauptet, es ginge ihm wirklich um die Sache, und es könne überhaupt nie genug Plattformen wie uns geben, falls es dem politischen Establishment doch einmal gelingen sollte, einen abzuschalten oder gerichtlich auszubooten. Ihr Gründer sah es genauso und betrieb es mit dem gleichen missionarischen Eifer wie Julian Assange.

Adam stand schon auf der Straße vor der ehemaligen Autowerkstatt, die jetzt ihre Zentrale in San Francisco beherbergte, und wippte in den Knien. Er trug ein dunkles Hemd, eine schwarze Lederjacke und eine ausgeblichene Jeans, die etwa die Hälfte seiner Tattoos und Piercings verdeckten. Das war gut. Seine Glatze glänzte in der Sonne wie ein riesiger roter Ball.

Vittorio grinste. Ihm sieht man die Partys auch tagsüber an, stellte er fest. Er umarmte Adam zur Begrüßung, was ihm selbst seltsam vorkam. Es liegt wohl einfach daran, dass wir uns nur aus der Nacht kennen. Vittorio war kein überaus körperlicher Typ, und er neigte nicht zu spontanen Umarmungen – weder bei Männern noch bei Frauen –, und trotzdem schien es ihm hier irgendwie angemessen. Und noch ein Unterschied fiel ihm auf: In seinem nächtlichen Umfeld strotzte Adam vor Selbstbewusstsein, worin Vittorio den Hauptgrund dafür vermutete, dass ihm die Frauen so zugetan waren, aber hier schien er leicht verunsichert. Dabei ging es doch nur um die Jungs. Oder: Die Jungs und das Mädel, korrigierte er sich.

»Lass uns reingehen«, schlug Vittorio vor und schloss die Tür auf. Sie knarzte beim Öffnen. Im Innern roch es noch immer nach Benzin und Schmieröl. Vittorio ging voraus und betrat ohne anzuklopfen die alte Werkstatt, in der sich mittlerweile statt löchriger Karosserien Computer stapelten, die den Raum in einen wahren Brutkasten verwandelten.

»Sagt mal, könnt ihr nicht mal ein Fenster aufmachen?«, fragte Vittorio und hebelte eine kleine Luke auf Kippe. »Ich weiß, es nützt nichts, aber lasst mir doch wenigstens die Illusion, okay?«

Drei Münder starrten den Hünen mit den Muskeln, den Tattoos und den Piercings an.

»Darf ich euch vorstellen? Das ist mein Freund Adam.« Er deutete auf ihren Gast wie der Showmaster von Jeopardy auf die Rubriken.

»Und das sind Susan, Stan und Richard.«

Adam gab jedem von ihnen höflich die Hand, was die angespannte Atmosphäre etwas lockerte. Susan, die selbst ein Piercing in der Unterlippe trug, musterte ihn auffällig lange.

»Susan hilft mir beim Programmieren, Stan macht die Kasse, und Richard ist für die Anwaltspost zuständig. Sie sind zwar alle noch Studenten in ihrem Fach, aber sie halten sich ganz tapfer«, zwinkerte Vittorio ihnen zu.

Susan fing sich als Erste: »Das ist unsere Quelle?«, fragte sie ungläubig.

»Jep«, antwortete Vittorio knapp.

Susan schaute ungläubig, sagte aber nichts weiter, die beiden Jungs waren ein wenig verschüchtert, aber das würde sich schon geben.

»Sind die anderen schon da?«, fragte er Susan.

»Trudeln gerade alle ein, gleich sind wir komplett.« Sie wandte sich an Adam: »Vito hat gesagt, es ginge um Filmmaterial, das Sie veröffentlichen wollen? Haben Sie es dabei?«

»Ja, genau«, antwortete Adam und reichte ihr einen USB-Stick.

»Ein Gigabyte«, murmelte Susan so leise, dass nur Vittorio es hören konnte, und knispelte an ihrem Piercing.

»Setz dich da drüben neben Stan und Richard, Adam. Es geht gleich los.«

Vittorio nahm den Stehplatz an der ramponierten Kaffeetheke, die vor allem deshalb in diesem erbärmlichen Zustand war, weil niemand von ihnen gerne sauber machte.

»Adam, ich habe bisher nur angekündigt, dass wir eine neue Quelle haben. Ob wir das Material veröffentlichen, ist eine demokratische Entscheidung. Deinen Bericht hören nicht nur die Personen hier im Raum, sondern Susan tippt ihn für sämtliche Truthleaks-Mitarbeiter auf der ganzen Welt in ein Chatprogramm. Am Ende deines Berichts schauen wir uns die Filme gemeinsam an, und dann entscheiden wir, was das Richtige ist, einverstanden?«

Adam nickte.

»Gut, dann fang am besten ganz von vorne an. Wann hast du zum ersten Mal von den Gopher-Tapes gehört?«

Adam räusperte sich und bemühte sich sichtlich um eine möglichst präzise Wiedergabe der Ereignisse: »Das erste Mal gehört habe ich von den Gopher-Tapes im Sommer letzten Jahres. In der Szene gingen Gerüchte um, dass es einen neuen Prozenten ...«

»Sorry, Adam, hätte ich sagen sollen. Fang doch bitte kurz mit deinem persönlichen Background an, damit wir das besser einordnen können«, bat Vittorio und hoffte, seinem Freund damit nicht auf den Schlips zu treten.

»Okay, klar. Die Sache ist neu für mich.«

Vittorio konnte kein Zeichen von Verstimmung erkennen und nickte ihm aufmunternd zu.

»Mein Name ist Adam Spillane, und ich bin Besitzer des O-Store, eines Privatclubs hier in San Francisco.«

Vittorio blieb der Mund offen stehen. Er hatte nicht gewusst, dass seinem Freund der Laden gehörte. Zumindest Susan schien den Namen schon einmal gehört zu haben, bei den beiden Jungs war er sich nicht so sicher. Ob Susan ahnte, dass er mit Virginia diese Partys besuchte? Wahrscheinlich. Ist aber egal, wir sind ja hier schließlich nicht in einem regulären Büro, entschied Vittorio und konzentrierte sich wieder auf Adams Vortrag.

»Der O-Store ist eine Mischung aus Disco, Privatclub und Folsom Street Festival. Eine Art Mekka der Lack-

und-Leder-Community, obwohl bei uns jeder willkommen ist, der weltoffen und wenig bis gar nicht verklemmt durchs Leben geht. Bei uns kannst du einen Abend einfach nur tanzen. Oder auch mehr. Was du tust, stört niemand, und der Club garantiert, dass wir unter uns bleiben ... Aber Verzeihung, ich schweife ab. Zurück zum Thema: Das erste Mal gehört habe ich von den Gopher-Tapes im Sommer letzten Jahres. Etwa im Juni gab es Gerüchte in der Szene über einen neuen Filmproduzenten, der besonders realistische Rollenspiele aus der Sado-Maso-Ecke inszenierte.«

Jetzt sehen sie alle drei aus wie erschrockene Gäste einer Dauerwerbesendung, stellte Vittorio fest. Er hoffte, dass keiner umkippte, wenn sie die Filme sahen. Er hatte sie heute Morgen beim Kaffee angeschaut und sich danach geweigert, das Croissant aufzuessen, ohne es Virginia gegenüber zu begründen. Das, was Adam hier als »eventuell zu realistisches Rollenspiel« verklausulierte, ging weit über seine persönliche Toleranzgrenze hinaus. Aber die war bei Menschen ja bekanntermaßen sehr unterschiedlich gesteckt, und die Sequenzen, die über Adams Schmerzgrenze lagen, hatte er noch nicht angeschaut. Vielleicht würde er mit Adam einen Drink nehmen müssen, bevor er mit diesen Eindrücken nach Hause gehen konnte.

»Die kurzen Sequenzen vom letzten Jahr sahen absolut vielversprechend aus. Ein sehr natürliches Model, keine Ballontitten, keine aufgespritzten Lippen, eine Handlung, die aussah, als wäre sie über Wochen gedreht worden. Alles sehr aufwändig, sehr teuer, obwohl die Kameraführung alles andere als professionell war, aber vielleicht war das gerade Teil des Reizes. Kurzum: Die Szene war begeistert, alle wollten mehr davon. Und es begann eine regelrechte Jagd, um herauszufinden, wer der geniale Produzent war.

Die arrivierten Studios winkten allesamt ab, versprachen aber, den Mann groß rauszubringen, wenn er denn aufzutreiben sei. Es tauchten immer mehr Minisequenzen auf – selten länger als zwanzig Sekunden. Aber es waren immer dieselben Models, sodass wir vermuteten, es muss noch mehr Material geben. Aber die Produzenten, wer auch immer das war, fütterten stets nur kleine Häppchen. Einige Fans machten sich daran, die Schnipsel aneinanderzuschneiden, um längere, zusammenhängende Szenen zu bekommen, und daher haben sie ihren Namen: die Gopher-Tapes. Versteht ihr? Wie das Klebeband.«

Susan nickte und unterdrückte ein Gähnen. Sie fragt sich, was Sado-Pornos mit uns zu tun haben, jede Wette, dachte Adam. Na warte es nur ab, Susan.

»Jedenfalls gibt es mittlerweile drei Shoots mit drei unterschiedlichen Models und davon jeweils Material von etwa zehn Minuten. Allerdings mit einigen Lücken, wie ihr gleich sehen werdet. Und der Grund, warum ich hier bin, ist der letzte Film. Die ersten Gophers, so nennen wir die Schnipsel mittlerweile, tauchten Mitte 2008 im Netz auf. Bisher sind sie nur innerhalb der Szene bekannt, und wir haben die ganze Zeit versucht, dafür zu sorgen, dass es auch so bleibt, bis wir den Produzenten gefunden haben. Aber dieser letzte Film hat bei mir einige Zweifel ausgelöst, womit wir es hier eigentlich zu tun haben.«

»Wie meinen Sie das, Adam?«, fragte Susan, die seine gesamte Aussage tippend mitprotokolliert hatte.

»Ich meine, dass ich mir nicht mehr sicher bin, ob die Aufnahmen in gegenseitigem Einvernehmen entstanden sind.«

Susan schaute ihn kritisch an.

»Was Adam damit sagen will...«, griff Vittorio erklärend ein, »... ist, dass er vermutet, die Frauen könnten gezwungen worden sein, das mit sich machen zu lassen.«

»Sie meinen, es könnte sich um ein Verbrechen handeln?«, hakte Susan bei Adam nach.

Adam und Vittorio nickten beide.

»Soll ich jetzt die Videos starten?«, fragte Susan.

KAPITEL 19

September 2011
Steins Kanzlei, Upper East Side, New York City

Pias Telefon klingelte lauter als sonst. Leicht genervt legte sie die Akte eines komplizierten Falles beiseite, die ihr Stein gestern Abend auf den Tisch gelegt hatte, und schaute auf das Display: Stein. Er rief sie sonst nie über die interne Leitung an. Pia hob ab.

»Kommen Sie bitte in mein Büro, Miss Lindt.«

Würde sie den alten Mann nicht mittlerweile seit einem halben Jahr kennen, hätte sie seine direkte Art als unhöflich empfunden, aber sie wusste, dass es einen Grund geben musste, wenn Stein kürzer angebunden war als üblich. Deshalb bestätigte sie ohne zu zögern und machte sich auf den Weg. Sie fand ihren Chef in seinem Büro, das Gesicht in den Händen begraben.

Wie immer klopfte Pia an den Türrahmen, um sich anzukündigen. »Ist etwas passiert?«, fragte sie vorsichtig.

Ihr Chef blickte auf: »Das könnte man so sagen, Miss Lindt.« Er deutete auf den Stuhl vor seinem Schreibtisch. »Bitte setzen Sie sich.«

Pia nahm auf dem bequemen, ledergepolsterten Freischwinger Platz und faltete die Hände.

»Sie müssen Adrian abfangen«, begann Stein.

Pia schaute ihn fragend an. Wieso sollte sie Adrian abfangen? Wusste Stein von ihrer aufkeimenden Beziehung? Hier war doch irgendetwas im Busch.

»Miss Lindt, haben Sie heute schon die Nachrichten gesehen?«

Hatte sie nicht. Den ganzen Morgen hatte sie mit der komplizierten Akte auf dem Schoß an ihrem Schreibtisch verbracht, und das Frühstücksfernsehen hatte sie sich abgewöhnt, weil sie die dümmlichen Werbespots nicht ertrug, in denen vermeintlich fünfzigjährige Frauen, die in Wahrheit höchstens achtunddreißig waren, ihren »Leidensgenossinnen« figurformende Unterwäsche verkauften. Oder Schlimmeres.

Stein griff zu einer Fernbedienung, die auf einem Berg Papiere lag, und schaltete den Monitor ein, der am anderen Ende seines Büros auf einem kleinen Podest stand. Das Bild flirrte, als der alte Röhrenfernseher zum Leben erwachte. Der nächste Anachronismus, Mr. Stein, dachte Pia bei sich. Als das Bild erschien, verkündete eine Sprecherin in einem knallroten Kostüm die Veröffentlichung irgendwelcher Videobänder. Ihre Miene hätte ihr auch bei der Verkündung eines nationalen Notstands gut zu Gesicht gestanden: ernst, ein klein wenig betroffen und beflissentlich darum bemüht, die Freude über die gute Einschaltquote zu verbergen.

»… hat die Enthüllungsplattform Truthleaks heute Morgen mehrere Filmaufnahmen veröffentlicht. Die unter dem Namen ›Gopher-Tapes‹ bekannten Filme zeigen die brutale Folterung mehrerer junger Frauen, die bisher nicht identifiziert werden konnten. Das FBI war zu keiner Stellungnahme bereit.«

Pia war aufgestanden und stand mit der Hand vor dem Mund in der Mitte des Raumes, ihren Blick auf den Monitor gebannt. War das möglich?

»Es ist bislang völlig unklar«, fuhr die Moderatorin fort, während der Sender im Hintergrund drei Gesichter zeigte, »ob die Frauen Opfer eines Gewaltverbrechens wurden oder nicht. Das FBI lehnte eine Stellungnahme heute Morgen ab. Vor Ort berichtet Nancy Fraser.«

Das Bild wechselte zu einer jungen Frau, die mit Mikrofon und wehendem Haar auf einem Parkplatz stand. Im Hintergrund war das Logo des Federal Bureau of Investigation zu sehen. Pia wurde schlecht. Ihr war klar, warum Stein wollte, dass sie Adrian abfing. Es hatte sicher nichts mit ihrer Beziehung zu tun.

»Danke, Sandra. Hier im nationalen Krisenzentrum für Gewaltverbrechen in Quantico wollte man zu unseren Anfragen keine Stellung nehmen. Man prüfe das Material von Truthleaks und werde Näheres bekanntgeben, sobald es die Faktenlage zulasse. Allerdings hatte ich Gelegenheit, mit dem Leiter der Behavioral Science Unit, Gil Marin, einige Worte zu wechseln.«

In dem folgenden Einspieler lief Nancy Fraser neben einem grauhaarigen Mann über den Parkplatz und bemühte sich, Schritt zu halten und gleichzeitig einige Fragen zu stellen: »Mr. Marin, wie bewerten Sie die sogenannten Gopher-Tapes? Glauben Sie, dass wir es mit einem Verbrechen zu tun haben?« Ohne seinen Schritt zu verlangsamen, antwortete der FBI-Direktor: »Ich kann zum gegenwärtigen Zeitpunkt wirklich nicht mehr dazu sagen, aber wenn Sie meine Meinung als Privatmann interessiert: Ich finde die Veröffentlichung der Bänder skandalös. Natürlich kann bei solchem Material ein Verbrechen nicht ausgeschlossen werden, aber ich möchte mir die Panik, die Sie jetzt mit ebendiesem Interview schüren, gar nicht vorstellen. Truthleaks hätte damit zu uns kommen müssen, anstatt es in der Öffentlichkeit breitzutreten, das wäre für alle Beteiligten besser gewesen.«

Mit diesem Satz verschwand Marin in der großen Drehtür, und ein Wachmann drängte die Reporterin unsanft zurück.

»Danke, Nancy. Wir melden uns in Kürze wieder mit noch mehr Details zu den schockierenden Gopher-Tapes. Bleiben Sie bei uns, wir sind gleich zurück...«

Stein drehte den Ton leiser, es folgte die unausweichliche Werbepause. Klar. Die Türme stürzen ein, we'll be right back. Hatten die TV-Sender eigentlich auch am 11. September verdient wie noch nie zuvor?, fragte sich Pia, verscheuchte den Gedanken aber gleich wieder und drehte sich zu Stein um. Der Schock über die grausigen Bilder stand ihr ins Gesicht geschrieben.

»Ist die erste Frau auf den Bildern die, die ich vermute?«, fragte sie Stein überflüssigerweise.

Ihr Chef nickte: »Kein Zweifel. Und deshalb müssen Sie Adrian abfangen, bevor er diese Bilder sieht. Beten Sie mit mir, dass sie keinen Fernseher in dieser Farce von einem Restaurant haben.«

———

Als der Taxifahrer wegen einer Einbahnstraße eine weitere Runde um den Block drehen wollte, nur um sie direkt vor der Tür absetzen zu können, klopfte Pia energisch gegen die Trennscheibe: »Lassen Sie mich an der nächsten Ecke raus, bitte.«

Der Taxifahrer quittierte es mit einem wortlosen und äußerst unsanften Einlenken Richtung Bordstein, wo das Taxi mit protestierend quietschenden Reifen zum Stehen kam. Typisch New York, Taxifahrer redeten entweder zu viel oder gar nicht und gaben sich betont mürrisch. Dieser, ein Pakistani oder Inder, schätzte Pia, war von letzterer Sorte. Während sie ihm das Geld durch das Schiebetürchen reichte, fiel ihr Blick auf die auffällig angebrachten Lüftungsschlitze. Wieder so eine Ungerechtigkeit, schimpfte sie innerlich. Wir sind ihrem Fahrstil auf Gedeih und Verderb ausgeliefert, aber die Herren können uns auf Knopfdruck eine Ladung Pfefferspray verpassen.

Als sie auf dem Gehsteig am Times Square stand, war Pia erleichtert, wieder einmal eine Fahrt in einem der gelben Selbstmordgefährte überstanden zu haben, die hier zum öffentlichen Personennahverkehr gehörten wie andernorts das Fahrrad. Wie immer war das Zentrum rund um die Häuser mit den grell blinkenden Leuchtreklamen übervoll. Sie beeilte sich, vor einer übergewichtigen Reisegruppe über die Straße zu kommen, und ging rasch die 46. hinunter. Hoffentlich erwischte sie Adrian, bevor er davon aus dem Fernsehen erfuhr.

Obschon sie sich in den letzten Wochen öfter getroffen und fast jedes Mal miteinander geschlafen hatten, kannte Pia Adrians Arbeitsplatz noch nicht. Sie hatte ihn mehrfach darum gebeten, sie mitzunehmen, aber er hatte es immer rundweg abgelehnt. »Das ist schon jetzt meine zukünftige Vergangenheit«, hatte er gesagt. »Und es soll mir immer als die Zeit ohne dich in Erinnerung bleiben.« Sie hatte ihm versprochen, sich daran zu halten. Aber dies waren besondere Umstände, oder nicht? Sie hoffte, dass er es verstehen würde. Die Gedanken an seine Reaktion verfolgten sie den gesamten Fußweg zu Nina's Trattoria: Würden ihn die Videos von der Folterung seiner Frau zurückwerfen? Würde er sich von ihr, der Überbringerin der schlechten Nachricht, abwenden? Sie wusste es nicht, aber sie wusste auch, dass sie keine Wahl hatte.

Als sie Ninas Trattoria betrat, schlug ihr ein öliger Geruch nach alten Tischdecken und ungewaschenen Gläsern entgegen. Hier sollte Adrian kochen? Na, da sollte er sich aber damit beeilen, es zur Vergangenheit werden zu lassen, dachte Pia. Einige wenige Gäste saßen an den Tischen, am Tresen herrschte gähnende Leere. Sie versuchte, einen Blick in den hinteren Teil des Restaurants zu werfen, aber eine große hölzerne Theke versperrte ihr die Sicht. Sie warf einen Blick auf die laminierte Speisekarte, die in einem lieblosen Stapel auf dem Tresen lag. Fettuccine Alfredo? Saltimbocca mit Tomatensoße? Pia runzelte die Stirn. Sie war von Adrian ganz anderes Essen gewöhnt. Wahrscheinlich hatte es mit der Lust am Kochen zu tun, wie er ihr erklärt hatte. Aber er brauchte das Geld, hatte er achselzuckend hinzugefügt. Und mit einem Grinsen: »Wenn wir nicht mehr vögeln wie die Karnickel, suche ich mir einen neuen Job, versprochen.«

»Hallo?«, rief Pia ohne große Hoffnung auf eine Antwort. Sie ging in die Richtung, in der sie die Küche vermutete. Der gefliese Gang war sauber, zumindest das. Plötzlich bog ein schwerer Mann um die Ecke, der ein Tablett mit Tellern auf der Schulter trug. Er schaute sie giftig an: »Was wollen Sie, ist gleich Mittag vorbei.« Sein Akzent war unverkennbar italienisch. Ob es sich um Ninas Mann handelte?

»Ich suche Adrian«, gab Pia verdutzt zurück. Missmutig deutete der Mann hinter sich und setzte seinen Weg fort, um die verbliebenen Mittagsgäste zu versorgen. Pia bog um eine Ecke und stand auf einmal in der Küche. Hektisch hielt sie sowohl nach einem Fernseher als auch nach Adrian Ausschau. Von beidem keine Spur. Ein junger Kerl von vielleicht siebzehn Jahren spülte die Teller an einem viel zu kleinen Becken. Als er sie sah, lächelte er.

»Wo finde ich Adrian?«, fragte Pia den Jungen. Er hatte

offenbar nur den Namen verstanden, aber machte eine Geste wie mit einer Zigarette und deutete auf einen zweiten Ausgang am Ende der Küche. Pia dankte ihm und lief durch einen zweiten gefliesten Gang, in dem die Glühbirne kaputt gegangen war. Zum Glück hatte die Tür nach hinten raus ein Fenster, sodass das Tageslicht ihr den Weg wies. Sie brauchte alle Kraft, um die verklemmte Tür aufzustemmen, und stand plötzlich vor ihm. Adrian stand rauchend auf der kleinen Feuertreppe und blickte sie erschrocken an.

»Was ...«, stammelte er, »... was machst du denn hier?«

»Ich weiß, du hast mich gebeten, nicht herzukommen, aber es handelt sich gewissermaßen um einen Notfall«, erklärte Pia.

»Was ist passiert, Pia?«, fragte er. Offensichtlich las er in ihrem Gesicht wie in einem offenen Buch, denn sein Blick wurde skeptisch, beinahe ängstlich.

»Stein möchte, dass wir bei ihm vorbeischauen.«

»Aber er hätte mich doch nur anzurufen brauchen«, meinte Adrian mit zunehmender Besorgnis.

»Er hat lieber mich geschickt, Adrian. Es ist wichtig. Lass uns gehen.«

»Was ist los, Pia? Was ist so wichtig?« Schiere Panik.

»Vertrau mir, und komm einfach mit, deine Schicht ist doch sowieso zu Ende, oder nicht?«

Adrian nickte und trat die Zigarette aus. Keine fünf Minuten später standen sie vor Ninas Trattoria und warteten auf ein Taxi, das sie anhalten konnten. Jetzt, kurz nach der Mittagszeit, war es nicht einfach, einen freien Wagen zu ergattern, zu viele Geschäftsleute waren auf dem Rückweg vom Lunch. Pia spürte, wie es in Adrian rumorte. Sie musste es ihm sagen. Und wenn sie als Überbringerin der schlechten Botschaft dafür geköpft würde, dann war das eben ihr Schicksal, aber sie kam sich vor wie ein Verräter, wenn sie ihn nicht vorwarnte. Kurzerhand zog sie ihn zur Seite und legte ihm die Arme an die Hüften.

»Sagt dir die Internetplattform Truthleaks etwas?«

»Du meinst diese Enthüllungsjournalisten?«

»Der Einfachheit halber: ja. Sie haben heute Morgen eine Reihe von Videos veröffentlicht.«

Adrian stand vor ihr, ihre Hände lagen immer noch an seinen Hüften, als sich seine Miene versteinerte. Er blickte an ihr vorbei. Sie begriff, dass er verstanden hatte.

»Was für Videos, Pia? Was sind das für Videos?« Ihr war klar, dass er es schon wusste, aber er brauchte Gewissheit. Sie flüsterte es ihm ins Ohr. Er nahm sie in die Arme, und sie spürte, wie eine Träne seine Wange hinunterlief und auf ihre Schulter tropfte. Sie hielt ihn fest inmitten der Passanten und Touristen, die sie keines Blickes würdigten, sondern an ihnen vorüberhetzten. Sie würde ihn nicht mehr loslassen. Pia hatte sich in Adrian verliebt, das wurde ihr in dieser Sekunde klar. Mitten auf der Straße vor dem schäbigen Restaurant, in dem er arbeitete. Sie würden das gemeinsam durchstehen bis zum Ende, um dann neu anzufangen.

Klara Swell war froh, dem Affenzirkus in der FBI-Zentrale entkommen zu sein. Seit die Fernsehteams ihr Büro belagerten, herrschte Ausnahmezustand, und das Team hatte sich in seinem Raum im Village verschanzt, weit weg von den Kameras und der Meute neugieriger Reporter, die vor keinem Trick zurückschreckten, um doch noch einen O-Ton von einem der Beamten zu bekommen. Sie war abkommandiert worden, um in Steins Kanzlei an der

Sitzung mit Adrian teilzunehmen. Es erinnerte sie daran, wem sie verpflichtet war und dass es ihr vordringlichstes Ziel war, Jessica von Bingens Mörder zu finden, auch wenn es mittlerweile mehr Opfer gab und sie täglich darauf warteten, der Liste einen traurigen Namen hinzufügen zu müssen.

Am anderen Ende des großen Konferenztisches in Steins Kanzlei saßen ihr der alte Anwalt, seine Assistentin Pia und ihr formaler Auftraggeber, der attraktive Adrian von Bingen, gegenüber. Stein wirkte noch blasser als sonst in seinem mausgrauen Anzug, von Bingen sah aus, als habe er ein Gespenst gesehen. Sein Gesicht war fahlgrau, und seine Augen blickten leer über den großen Tisch. Aber Klara spürte auch eine seltsame Ruhe, die von ihm ausging, und sie vermutete, dass Pia der Grund dafür war.

Vor dem Betreten des Konferenzraumes hatten sie sich eine Spur zu vertraut in die Augen geschaut, wie zwei Verbündete am Vorabend einer großen Schlacht. Klaras geschulten Instinkten entging so etwas nicht: Die beiden verband mehr als nur eine berufliche Beziehung. Sie schlief mit ihm, und Klara konnte es ihr nicht verdenken, Adrian konnte mit Fug und Recht als Frauentyp bezeichnet werden. Pia hingegen wirkte heute übermäßig streng in einem dunkelblauen Kostüm mit weißer Bluse, wahrscheinlich auch eine Ablenkungsmaßnahme gegenüber ihrem Chef. Stein würde es sicher nicht goutieren, wenn seine Mitarbeiterin mit einem Klienten ins Bett ging.

»Und Sie sind sicher, dass Sie auch den Film mit Jessica anschauen wollen, Adrian?«, fragte Klara.

Der Millionärssohn nickte: »Ich werde ihm wohl kaum entkommen können bei der Berichterstattung, dann ist es schon besser, wenn Sie ihn mir zeigen, denke ich.«

Wieder ein Seitenblick zu Pia, bemerkte Klara. Sie schaute zu Stein hinüber, der ebenfalls bestätigend nickte, bevor sie die Datei aufrief, die von Truthleaks unter dem Titel »The Gopher-Tapes #1« veröffentlicht worden war. Auf dem Bildschirm erschien ein schwarzer SUV, der vom Fahrersitz eines ihm folgenden Autos gefilmt wurde. Klara beobachtete Adrians Reaktion, um gegebenenfalls das Video anzuhalten. Er starrte ungläubig auf den Monitor, seine Hände verkrampften sich auf den Armlehnen seines Stuhls.

»Jessicas Wagen«, flüsterte er.

»Oh mein Gott«, entfuhr es Pia, sogar noch leiser.

Die Kamera folgte dem Wagen über eine gewundene Straße durch den Dschungel, bis er schließlich abrupt in einen Feldweg abbog und dort nach etwa zweihundert Metern zum Halten kam. Sie beobachteten gebannt, wie eine Frau aus dem Auto stieg, als Adrian plötzlich aufsprang und den Raum verließ. Pia folgte ihm auf dem Fuße, und Klara beobachtete Steins Reaktion. Er ließ sich nichts anmerken, obwohl die Zeichen eindeutiger kaum sein konnten. Natürlich war Adrians Reaktion verständlich, und Klara fragte sich, ob er es sich wirklich antun wollte, das ganze Video anzuschauen.

»Lassen Sie das Video laufen, Miss Swell. Wir sollten es uns zu Ende ansehen, ich denke, Adrian hat begriffen, dass er in nächster Zeit nicht auf Truthleaks schauen oder den Fernseher anschalten sollte, so lange, bis sie es nicht mehr wiederholen.«

Nachdem sie den Film zu Ende gesehen hatten, faltete Stein die Hände: »Ich denke, die Frage der Presse, ob die Filme auf Verbrechen basieren, wäre damit beantwortet, oder nicht?«

»Ja«, antwortete Klara. »Aber Sie können sich nicht vorstellen, was das für die Ermittlungen heißt. Auf der einen Seite natürlich eine sehr heiße neue Spur, aber auf der anderen Seite auch unendlich viele Komplikationen.«

»Inwiefern?«, fragte der Anwalt.

»Die Presse belagert nicht nur uns, sondern auch Truthleaks, die ohnehin nicht gerade für Kooperation mit den Behörden bekannt sind. Wenn Sam da reinmarschiert? Glauben Sie nicht, dass die Journaille dumm genug ist, keinen Zusammenhang zu einem Serienmörder herzustellen.«

»Und das wäre natürlich ein Albtraum«, stellte Thibault Stein fest und stemmte sich mithilfe seines Stocks aus dem Stuhl. Er lief um den halben Tisch, bevor er mit dem Gehstock auf Klara deutete: »Und hat Ihr Sam dazu vielleicht irgendeine Idee?«, fragte der gewiefte Anwalt, der sie natürlich längst durchschaut hatte.

»Na ja«, gab Klara zurück. »Es ist aber bisher nur eine Idee.«

Für Pia war an Schlaf nicht zu denken. Seit Stunden versuchte sie verzweifelt, Adrian zu erreichen, aber sie bekam immer nur seine Mailbox an die Strippe. Und obwohl sie wusste, dass es der größte Fehler war, hatte sie nicht nur vierzehn Nachrichten hinterlassen, sondern stand jetzt, um 00:51 Uhr, vor seiner Haustür und starrte auf das Klingelschild, hinter dessen vergilbter Plastikabdeckung »Bingen« kaum noch zu erkennen war.

Zum gefühlt tausendsten Mal an diesem Abend aktivierte sie das Display ihres Handys, um sich zu vergewissern, dass sie keinen Anruf von ihm verpasst hatte. Natürlich hatte sie das nicht, denn selbst in der U-Bahn hatte sie das Gerät wie eine Stiege rohe Eier vor sich hergetragen, um maximalen Empfang sicherzustellen. Falls er sie erreichen wollte. Es hatte nichts genützt, der erhoffte, erlösende Anruf war ausgeblieben.

Sollte sie nun klingeln? Wenn du das nicht willst, hättest du dir diese Aktion auch sparen können, Pia, schalt sie sich selbst. Der Name starrte sie an. Sie starrte noch einige Sekunden zurück und drückte dann so kurz wie möglich. Vielleicht hörte er es nicht, und sie konnte wieder gehen, ohne dass etwas passierte. Ohne dass sie ihm zu sehr auf die Pelle rückte, was ihre größte Angst war. Und tatsächlich rührte sich gar nichts, kein Summer und kein schlaftrunkenes Hallo aus der Gegensprechanlage.

Pia lief auf die andere Straßenseite und scannte den vierten Stock auf Anzeichen von Leben. Licht Fehlanzeige. Die Fenster von Adrians Wohnung waren dunkel, stockfinster. Sie lief zurück zum Klingelschild und drückte etwas fester, als sie plötzlich ein Geräusch hörte. Schritte. Jemand kam die Straße herunter, die um diese Uhrzeit komplett verlassen dalag. Zumindest während der letzten fünf Minuten hatte sie bis auf ein paar wenige nachtstreunende Autos kein Geräusch vernommen.

Pia linste aus dem Schatten des Hauseingangs auf die Straße. Eine dunkle Gestalt lief auf der anderen Straßenseite, ging langsam und leicht gebeugt. Ein betrunkener Nachtschwärmer auf der Suche nach leichter weiblicher Beute hatte ihr gerade noch gefehlt, dachte Pia und drückte sich wieder in den Schatten der Häuserwand. Aber die Gestalt lief nicht vorbei. Im Gegenteil. Hatte er sie gesehen? Er kam schnurstracks auf Adrians Haus zu, direkt in ihre Richtung. Erinnere dich an den Selbstverteidigungskurs, Pia. Nur nicht ängstlich wirken, und halt dich im Licht.

Mit einem flauen Gefühl im Magen trat sie in den Schein der Straßenlaterne, als sie plötzlich bemerkte, dass die dunkle Gestalt gar kein Unbekannter war. Adrian fummelte gerade ein Schlüsselband aus seiner Hosentasche, er hatte sie noch nicht bemerkt.

»Hallo, Adrian«, sagte sie und trat ihm entgegen. Er schien erschrocken, sie zu sehen.

»Pia«, stammelte er. »Was machst du hier?« Der Schlüssel baumelte jetzt in seiner rechten Hand.

»Ich dachte, du könntest vielleicht etwas Gesellschaft vertragen«, bemerkte sie und fand es im gleichen Augenblick das Dümmste, was ihr hätte einfallen können.

»Ich fürchte, dass ich heute keine angenehme Gesellschaft bin, Pia. Entschuldige bitte.« Er drehte sich von ihr weg und steckte den Schlüssel ins Schloss. Sie legte ihm eine Hand auf den Arm.

»Adrian, bitte«, sagte sie. Er drehte sich zu ihr um, und seine grünen Augen blitzten im warmen Kunstlicht der Hausbeleuchtung. Er sah traurig aus, unendlich traurig.

»Adrian«, begann sie einen zweiten Anlauf. »Es ist nicht wichtig für mich, ob du fröhlich bist oder traurig, ob du verzweifelt bist oder Bäume ausreißen könntest.«

Adrian beäugte sie skeptisch. War sie zu früh mit ihren Gefühlen? War sie zu schnell für ihn in dieser Situation? Aber es war nun einmal die Wahrheit, und die Wahrheit konnte doch nicht schlecht sein, das zumindest hatte ihre Großmutter immer gesagt. Seid ehrlich zueinander, dann wird sich alles finden, war eine Lebensmaxime, mit der sie lange und vor allem glücklich gelebt hatte.

»Ich bin hier, weil du, Adrian, der Mann bist, mit dem ich leben möchte. Egal ob du glücklich oder traurig bist. Ich liebe dich, Adrian von Bingen.«

Sie sah Feuchtigkeit in seinen Augen. Er sagte nichts, aber sie wusste in diesem Moment, dass es kein Fehler gewesen war, heute Nacht herzukommen. Vielleicht konnte er es noch nicht erwidern, vielleicht ging ihm alles zu schnell, aber sie spürte eine Wärme hinter der Trauerfassade. Eine Wärme für sie.

»Ich kann dich heute nicht mit zu mir nach Hause nehmen, Pia. Nicht nach dem, was wir gesehen haben. Nicht heute.« Wieder wandte er sich von ihr ab, wollte sich in sein Schneckenhaus zurückziehen. Aber Pia ließ das nicht zu. Sie legte ihm einen Zeigefinger über die Lippen und flüsterte: »Nicht zu dir, das verstehe ich. Lass uns einen Drink nehmen in einer dieser schaurigen Bars hier. Nur einen Drink, wir können ihn beide gebrauchen, oder nicht?«

KAPITEL 20

September 2011
East River Drive, New York City

Klara jagte mit Höchstgeschwindigkeit über den East River Drive. Auf der rechten Seite lag der Hudson glänzend in der Mittagssonne. Der starke V8 ihres Mittelklasse-Mercedes hatte keine Mühe mit den hundertzwanzig Sachen auf der stark befahrenen Schnellstraße, die östlich an Manhattan vorbeiführte. Wenn etwas aufgab, dann das Fahrwerk, stellte Klara fest und trat das Gaspedal noch etwas weiter durch. Während sie halsbrecherisch die Spur wechselte und ein wütendes Hupkonzert provozierte, wählte sie mit ihrer freien rechten Hand Sams Mobiltelefon. Es klingelte fünfmal, bis er endlich ranging. Im Hintergrund hörte sie die surrenden Motoren eines Düsenjets. Sam war auf dem Weg nach Louisiana, um mit Bennet die Scherben aufzusammeln, für die Truthleaks gesorgt hatte. Gopher-Tape Nummer vier zeigte ein neues Opfer, die Bilder waren grausamer als je zuvor. Ihr Täter steigerte sich, und Sam würde den Eltern einiges zu erklären haben, sie beneidete ihn nicht darum.

»Und, habt ihr euch entschieden, Sam? Ich bin gleich da.« Gleich war übertrieben, aber sie hatte die Erfahrung gemacht, dass es keinen Sinn hatte, dem bürokratischen FBI zu viel Zeit für Entscheidungen zuzugestehen. Die Entscheidung, die sie haben wollte, bekam sie entweder schnell oder gar nicht.

»Ich habe mit Marin gesprochen...«, antwortete Sam. Marin, das bedeutete nichts Gutes. Seit sie ihn mit den Bildern seiner heimlichen Liebschaften unter Druck gesetzt hatte, war er nicht mehr gut auf sie zu sprechen. Was sie zwar verstand, aber sie fand es dennoch reichlich unprofessionell.

» … und er ist unter den gegebenen Umständen einverstanden.« Das war eine echte Überraschung. Klara hätte es niemals für möglich gehalten, dass Marin dem zustimmen könnte.

»Setzt euch die Presse derart zu?«, fragte Klara.

»In der Zentrale können sie kaum aufs Klo gehen, ohne einem von der Journaille in die Arme zu laufen. Es ist nur eine Frage der Zeit, bis sie die Identität des vierten Opfers herausfinden. Bennet und ich sind auf dem Weg zu den Eltern, und Michael Paris sucht mit seinen gefiederten Freunden seit gestern Abend jeden Sumpf in Louisiana ab – bisher ohne Erfolg. Wir finden die Idee, dass du mit Stein gemeinsam die Truthleaks-Spur verfolgst, das einzig Sinnvolle in dieser Situation.«

»Okay. Dann machen wir das«, sagte sie und legte ohne ein weiteres Wort auf. Der Plan, den sie gestern mit dem Anwalt besprochen hatte, war mit heißer Nadel gestrickt, aber sie konnten die Chance nicht vertun, sie mussten es probieren: die Quelle von Truthleaks zu identifizieren. Es war ihre einzige heiße Spur im Moment, alle anderen losen Enden hatten sich im Sande verlaufen: Die Konstruktion der Autobombe? Fehlanzeige. Die Fotos im Netz? Die File-Sharing-Server waren voll davon. Und als sie Wesley gefragt hatte, warum seine Software nicht auch die Videos gefunden hatte, antwortete ihr Computerexperte mit einem herzlichen Gelächter. »Kannst du dir vorstellen, welche Rechenleistung notwendig ist, um alleine die Milliarden Fotos auf Übereinstimmungen zu scannen, Klara?«, hatte der junge Kollege gefragt. »Komm in zehn Jahren wieder, dann haben wir vielleicht was gefunden.« Ende der Diskussion. Klara nahm die Abfahrt nach der Queensborough Bridge und bog mit quietschenden Reifen links ab. Keine fünf Minuten später hielt sie vor Steins Kanzlei und hetzte die fünfstufige Steintreppe hinauf. Sie hatten keine Zeit zu verlieren, Sam rechnete jeden Tag mit dem nächsten Opfer. Während Wesleys Suchprogramm das Internet weiter nach Bildern von vermissten Mädchen absuchte, hielt sich die Geierstaffel von Michael Paris bereit. Sie mussten unbedingt das Tempo erhöhen, sonst würden sie beim nächsten Mal wieder nur eine Leiche bergen können, statt eine junge Frau zu retten. Es dauerte eine Ewigkeit, bis der Summer der Tür ertönte. Pia stand bereits an der Tür, um sie in Empfang zu nehmen.

»Wir haben grünes Licht, Pia. Kommen Sie mit«, forderte Klara und ließ sie im Eingang stehen. Mittlerweile kannte sie sich in der Kanzlei gut genug aus, um Steins Büro alleine zu finden.

»Stein, wir können los«, platzte sie in sein Büro.

Ohne sich auch nur im Mindesten aus der Ruhe bringen zu lassen, legte der Anwalt eine Akte beiseite und blickte amüsiert auf: »So, können wir das, Miss Swell? Wissen Sie, wenn Sie mir diese altkluge Bemerkung gestatten möchten, ich habe festgestellt, dass langsam manchmal schneller ist. Und, wenn Sie mir zudem den Hinweis gestatten, diese Hektik ist nicht gut für Ihr Herz.«

Klara atmete einmal tief durch. Er hatte ja recht. Mittlerweile hatte auch Pia, wie immer auf High Heels, ihren Weg in das Büro gefunden.

»Da wir nun vollzählig sind«, begrüßte Stein seine Assistentin, »kann ich Ihnen verraten, dass meine Taktik steht. Miss Lindt ist ebenso eingeweiht, wir können also in der Tat, wie Sie sich ausdrückten, ›los‹.« Der grauhaarige Anwalt genoss es sichtlich, Klara mit seiner überlegenen Rhetorik auflaufen zu lassen, und sie konnte es ihm nicht einmal verübeln.

»Na dann«, kommentierte sie schlicht und wedelte mit den Autoschlüsseln. »Aber ich fahre, Ihr Rolls ist zwar eine schöne Dschunke, aber mit Edward brauchen wir ja bis heute Mittag.«

Pia grinste, und Stein war sichtlich unwohl bei dem Gedanken, sich jemand anderem als seinem langjährigen Fahrer Edward anzuvertrauen, aber er willigte zähneknirschend ein. Gemeinsam verließen sie das Büro und stiegen in Klaras Mercedes.

———

Pia war froh, als sie endlich angekommen waren. Klara wird ihrem Ruf wirklich gerecht, das muss man ihr lassen, beruhigte sie sich, als sie mit grüner Gesichtsfarbe im Financial District aus dem Auto stieg. Ihrem Chef ging es nicht besser, denn er verkündete trotz ähnlich blasser Haut wie Pia noch einigermaßen fröhlich: »Sehen Sie, Miss Swell, langsamer wäre schneller gewesen, denn jetzt muss ich Sie um einen kleinen Spaziergang bitten, bevor wir uns die Freunde von Truthleaks vorknöpfen. Mit diesem flauen Gefühl im Magen wird es mir nicht möglich sein, Sie von unserer Sache zu überzeugen.«

Klara fluchte leise vor sich hin, während sie den Wagen abschloss und sichtlich genervt Richtung Battery Park marschierte. Stein und Pia folgten ihr in gemächlichem Tempo, sein Stock klackte auf dem Asphalt in schöner Regelmäßigkeit. Der Battery Park war eine der kleineren

Grünanlagen im geschäftigen Manhattan und wurde nicht nur von den Mitarbeitern der nahen Wall Street gerne genutzt. Wie überall in den Parks der Großstadt fanden sich auch hier Horden von Müttern auf der Suche nach frischer Luft, Touristen, die begeistert jede Kleinigkeit knipsten, junge Skateboarder und allerlei skurrile Gestalten. Als sie an einem grauhaarigen Mann vorbeiliefen, der in der Hoffnung auf ein paar Cent »Don't cry for me Argentina« gar nicht mal schlecht auf einer Klarinette intonierte, fragte Pia: »Wollen wir noch einmal die Taktik besprechen, Mr. Stein?«

»Gerne, Miss Lindt. Obwohl ich Ihnen schon heute Morgen gesagt habe: Wenn Sie nicht bereit sind, mit einem der Programmierer ins Bett zu gehen – was ich Ihnen weder zutraue noch jemals von Ihnen verlangen würde –, hilft uns nur Druck, Druck, Druck.«

»Heute keine Spitzfindigkeiten?«

»Nein. Anwälte wie ich sind der Grund, warum diese Leute ihre Plattform gegründet haben. Sie wollen dem Politischen und Journalistischen etwas Ungefiltertes, Wahres entgegensetzen. Wir sind der Feind. Und eine schnelle Niederlage erreichen wir nur über das eine: noch mehr Druck. Leider, wie ich hinzufügen möchte.«

»Und ich soll nichts weiter tun, als diese Nummer anrufen, wenn Sie mir ein Zeichen geben?«, fragte Pia. Klaras Wut schien verflogen, sie war stehen geblieben, um sich wieder zu ihnen zu gesellen.

»Korrekt, Miss Lindt«, antwortete Stein und erklärte ihr den Rest flüsternd, sodass Klara unmöglich ein Wort davon mitbekommen konnte.

»Wollen Sie mir Ihre Taktik nicht anvertrauen? Haben Sie etwa Bedenken, ich könnte Ihr anwaltliches Kartenhaus durch eine unbedachte Ermittlerinnenfrage zunichte machen?«, fragte Klara.

»Einer Autofahrerin wie Ihnen, Miss Swell, würde ich nicht einmal meine Katze anvertrauen«, sagte der alte Mann lachend. »Und ich habe nicht einmal eine Katze. Lassen Sie uns gehen, wir werden sicher schon erwartet.«

Während sich Klara und der Anwalt im malerischen Battery Park hitzige Wortgefechte lieferten, stand Sam Burke mitten im großen Mist. Nachdem ihm Truthleaks die Journaille auf den Hals gehetzt hatte, selbstverständlich ohne ihre Quellen preiszugeben, konnten er und Bennet die Folgen ausbaden. Nach einem kurzen Flug standen sie in Baton Rouge, Louisiana, einem verdammten Sumpf von Land mit mehr Fliegen als Grashalmen, und schwitzten. Er verließ den Laden mit einer übergroßen Tüte und hoffte, dass der Inhalt nicht geschmolzen wäre, bis Bennet endlich mit Tanken fertig war. Während sein Partner bezahlte, wünschte er sich nichts sehnlicher als ein großes kühles Bier bei Sam. Nun gut, vielleicht wünschte er sich noch ein wenig mehr: nicht zu den bedauernswerten Eltern fahren zu müssen.

Das Material des vierten Gopher-Tapes hatte eine neue Qualität und zeigte ein viertes Mädchen, deren Qualen nun in allen Nachrichtensendungen über die Bildschirme im ganzen Land flimmerten. Er würde den Eltern erklären, dass sie vielleicht noch lebte. Er würde den Eltern erklären, dass sie alles in ihrer Macht Stehende tun würden, um ihr Kind zu ihnen zurückzubringen. Und wenn sie ihn fragten, seit wann er von den Aufnahmen wusste? Dann würde er lügen. Denn die Bilderkennungssoftware von

Wesley hatte ihnen bereits einen halben Tag vor Veröffentlichung der Gopher-Tapes ihren Namen ausgespuckt. Und das bedeutete, dass Michael Paris und seine Geierstaffel bereits seit gestern Nachmittag über Louisiana kreisten, um Tina zu finden. Aber das würde er ihnen nicht sagen. Er würde behaupten, die Gopher-Tapes wären der erste wirkliche Beweis für einen Serientäter. Nicht -mörder, sondern -täter, das war wichtig. Wobei die Familie das, wie auch alle Einzelheiten der Tapes, bereits aus den Nachrichten wusste.

Eine Psychologin von der örtlichen Dienststelle in Baton Rouge war bereits seit heute Morgen bei den Eltern und half, so gut sie konnte, aber nach dem, was sie Sam am Telefon gesagt hatte, brachte es nicht allzu viel. Sam konnte es weder ihr noch den Eltern verdenken. Manchmal war sein Job einfach beschissen.

»Willst du einen?«, fragte er Bennet kauend, als sie wieder im Auto saßen, und hielt ihm die Tüte mit den Donuts hin. Bennet winkte ab: »Hör doch mal auf, dieses süße Zeug in dich reinzustopfen, das macht mich ganz nervös. Schon mal etwas von einem Zuckerschock gehört?«

Sam schüttelte den Kopf: »Quatsch nicht rum. Wieso haben wir kein Navigationsgerät?«

»Haben wir doch«, verkündete Bennet und warf ihm eine Karte genau auf einen wunderschönen Schokoladendonut, den er gerade aus der Tüte gefischt hatte.

»Hey«, monierte Sam. Er warf die Karte in den Fußraum, griff zum Telefon und wählte die Nummer ihres Büros beim FBI: »Hallo Anne, such uns doch bitte mal die Route zu diesen Michalskys raus, ja?... Danke, ich warte.« Hämisch zu Bennet hinübergrinsend, biss er in den

Donut, dessen geschmolzener Schokoladenüberzug an seinen Mundwinkeln hinuntertropfte.

Eine knappe Stunde später bogen sie in die Einfahrt des kleinen, freudlosen Einfamilienhauses der Michalskys. Kein Hund bellte, und eine ausgefranste Amerikaflagge wehte über dem Giebel. Kein Hund war gut, dachte Sam und wischte seine klebrigen Finger an der Mittelarmlehne ab.

»Hast du was zu trinken besorgt?«, fragte er Bennet, der ihm eine halbvolle Flasche Wasser reichte. Sam beäugte das Getränk skeptisch, aber der Durst gewann die Oberhand, und er spülte die trockenen Reste seines gehaltvollen Mittagessens mit einem großen Schluck lauwarmer Brühe hinunter: »Bringen wir es hinter uns«, schlug Sam vor und öffnete unter lautem Stöhnen die Wagentür. Es kam ihm noch heißer vor als an der Tankstelle. Und hier waren außerdem mindestens doppelt so viele Mücken.

Er überließ es Bennet zu klingeln. Der leise Ton war im Inneren des Hauses kaum zu hören. Eine Frau mittleren Alters in einem braunen Leinenkleid öffnete die Tür.

»Mrs. Michalsky?«, fragte Sam mit seinem verständnisvollsten Blick, obwohl er wusste, dass niemand verstand, was die Familien von Gewaltopfern durchmachten, am allerwenigsten die Ermittler.

»Nein«, sagte die Frau im Leinenkleid, »ich bin die Psychologin vom Bureau in Baton Rouge, Emma Lewinsky. Sie sind Sam Burke, nehme ich an?«

Heißt die wirklich so, oder habe ich mich verhört?, fragte sich Sam und antwortete: »Korrekt. Sind Mr. und Mrs. Michalsky da drin?« Er deutete auf den kurzen Flur Richtung Wohnzimmer. Im Grunde eine überflüssige

Frage, wo sollten sie in diesem Schuhkarton von Haus im verdammt noch mal heißesten Staat aller Staaten sonst sein? Er beschloss, ihre Antwort nicht abzuwarten, und stapfte los.

Sam fand die Michalskys auf einer abgesessenen Wohnzimmergarnitur in sich zusammengesunken. Sie sprachen nicht und blickten nicht auf. Sam wusste, dass dies eine harte Nuss werden würde. Er setzte sich auf die Couch gegenüber und stellte sich vor. Sie sprachen noch immer nicht.

»Wir werden Ihre Tochter finden, Mrs. Michalsky, das verspreche ich Ihnen.« Sam hoffte, dass er nicht zu viel versprach. Es hing alles von der Geierstaffel ab, die Bilder waren jetzt seit mindestens zwei Tagen im Netz, und sie hatten keine Alternative. Wenn Michael Paris und seine gefiederten Spürhunde Tina Michalsky nicht finden konnten, wer dann?

Die Michalskys antworteten immer noch nicht, während die Psychologin, die sie seit heute Morgen betreute, leise auf sie einredete. Sam machte es sich auf dem durchgesessenen Sofa so bequem wie möglich. Sie würden mit ihm reden, und dann würde er ihre Fragen mit einer Lüge beantworten müssen. Manchmal hasste er seinen Beruf. Hoffentlich hatten Klara und der skurrile Anwalt mehr Glück. Ihre zweite heiße Spur war die Quelle der Gopher-Tapes. Sam widerstand der Versuchung sie anzurufen und konzentrierte sich wieder auf die Michalskys.

―――

Die Zentrale von Truthleaks in Nordamerika lag unweit des Battery Park in einem der anonymen Hochhäuser mit weitaus mehr Firmenschildern als Stockwerken. Die bläuliche Fassade spiegelte die Kumuluswolken, die über Jersey City hingen, wie große Luftschlösser.

»Wussten Sie, dass diese Wolken so schwer werden können wie bis zu siebzehn Elefanten, Miss Lindt?«, fragte Stein während sie gemeinsam durch einen Seiteneingang das Gebäude betraten. Der Haupteingang wurde von einer Meute sensationshungriger Journalisten belagert, und obwohl sie niemand mit Truthleaks in Verbindung bringen konnte, wollten sie kein Risiko eingehen. In der Lobby war es dank überdimensionierter Klimaanlagen gefühlte zwanzig Grad kälter als draußen, und Pia fröstelte. Wenigstens haben sie einen guten Sicherheitsdienst, dachte Pia, Journalisten waren jedenfalls keine zu sehen. Offenbar vollkommen unbeeindruckt von dem jähen Temperatursturz schritt Stein energisch auf den blankpolierten Tresen zu, der die Fahrstühle bewachte.

»Mein Name ist Thibault Godfrey Stein, und wir haben einen Termin bei Mr. Stuart, dem Justitiar von Truthleaks, die…«, er warf einen Blick auf die Firmenschilder, die hinter dem Kopf des Portiers an der Wand hingen, »… wohl hier im dritten Stock residieren.«

Der junge Mann griff eilfertig zum Hörer, aber Stein setzte nach: »Und wenn Sie so gütig wären, sich etwas zu beeilen? Das wäre überaus freundlich von Ihnen.« Die Metallspitze seines Stocks tockte auf dem Fliesenboden wie ein unerbittliches Metronom, das die Zeit hinunterzählt.

Der Portier warf einen unruhigen Seitenblick zu Pia und Klara, die sich achselzuckend im Hintergrund hielten. Kein Grund, den Mann zu beruhigen. Er telefonierte diskret, Pia konnte kein Wort verstehen. Ihr Besuch war allerdings tatsächlich angekündigt, sie hatte noch auf die

Schnelle einen Termin vereinbart. Und kein Justitiar, der an einer der großen Unis Amerikas studiert hatte, würde eine freundliche Terminanfrage von Steins Büro ablehnen. Jeremy Stuart machte da keine Ausnahme, und so erschien er höchstselbst keine zwei Minuten später in der Lobby des anonymen Büroturms und begrüßte Stein, als wären sie alte Bekannte, obwohl Pia sicher war, dass Stein ihm noch nie begegnet war. Er hatte rote Haare und einen Bauchansatz, den ihm seine Frau wohl nur wegen der teuren Anzüge und der Begleichung ihrer Arztrechnungen verzieh. Pia fand ihn fürchterlich unattraktiv.

»Der legendäre Thibault Godfrey Stein, was verschafft mir die Ehre?«

Der alte Mann deutete mit seinem Stock in Richtung Aufzüge und murmelte etwas von: »Gehen wir doch vielleicht in Ihr Büro, Mr. Stuart.« Es war keine Bitte, und die für Stein wesenstypische Höflichkeit war verschwunden.

»Gerne, wenn ich vorgehen darf?«, entschuldigte sich Jeremy Stuart und lotste sie in einen der Aufzüge. Er drückte den Knopf für den dritten Stock, und als sich die Kabine mit einem laut scheppernden »Diiing« öffnete, bedeutete er ihnen, den Weg nach links einzuschlagen.

Die Büroräume von Truthleaks waren seelenlose Gänge, überall standen Kartons, es roch nach Pizza und Chop Suey. Jeremy führte sie in einen ebenso schmucklosen, aber immerhin aufgeräumten Konferenzraum.

»Bitte entschuldigen Sie, Mr. Stein, es ist alles noch etwas provisorisch bei uns. Wir sind gerade erst eingezogen.«

Stein quittierte die Bemerkung mit einem undefinierbaren Grummeln. Alle nahmen Platz. Bis auf Klara, die an der breiten Fensterfront stehen blieb und den Ausblick genoss. Ihre Hände steckten in den Taschen ihrer Lederjacke, und sie strahlte mit jeder Pore Abneigung aus. Stuart beäugte sie kritisch, ließ sich aber zu keiner Bemerkung hinreißen. Nachdem die üblichen Höflichkeitsfloskeln ausgetauscht worden waren und sie dankend die Angebote von Keksen und Kaffee abgelehnt und stattdessen um Wasser gebeten hatten, fragte Jeremy abermals nach dem Grund für ihren Besuch. Diesmal grummelte Stein nicht mehr, seine klare und überaus präzise Stimme war schneidend scharf: »Mr. Stuart, Sie vertreten Truthleaks in allen rechtlichen Fragen, Sie sind vollumfänglich handlungsbevollmächtigt, wie ich mich erkundigt habe.«

»Soweit es die Satzung unserer gemeinnützigen Organisation zulässt, ja, das ist korrekt, Mr. Stein.«

»Dann muss ich Sie hiermit in Kenntnis setzen, dass wir gemäß dem Homeland Security Act von 2002, Bill Number H.R.5710, Zugriff auf Ihre Serverdaten benötigen.«

Jeremy Stuart faltete die Hände über den Knien: »Ich befürchte, das wird nicht möglich sein, Mr. Stein.«

»Sie wissen ebenso gut wie ich, dass Sie keine Wahl haben.« Stein bedeutete Pia, einige vorbereitete Dokumente aus der kalbsledernen Aktentasche zu ziehen. Sie stand auf und überreichte ihm die offiziellen Papiere mit einem knappen Lächeln auf den Lippen.

Jeremy Stuart musterte die Dokumente, die neben dem Siegel von Steins Kanzlei auch das des FBI trugen, gründlich. Ein wenig zu gründlich, fand Pia. Ihr gefiel das Lächeln, das nun um seine Lippen spielte, gar nicht.

»Nun, Mr. Stein, das sind ja wirklich schwere Geschütze, die Sie da auffahren...« Er kratzte sich an der Nase. »... aber ich muss dennoch ablehnen, fürchte ich.«

Stein beugte sich nach vorne: »Sie wissen doch ganz genau, dass Ihnen die Gesetzesnovelle überhaupt keinen

Spielraum lässt. Warum diese Nebelkerzen, Stuart? Ich warne Sie: Führen Sie mich nicht an der Nase herum.« Stein fuchtelte mit seinem Stock gefährlich nahe vor dem Gesicht des Firmenanwalts herum.

»Sie mögen schon recht haben, Stein. Für den Fall, dass die Server auf amerikanischem Boden stünden. Das tun sie aber nicht«, erklärte Stuart und reckte den Hals. Das wird Stein nicht gefallen, seufzte Pia innerlich. Das wird ihm gar nicht gefallen. Klara fuhr die automatische Jalousie an der Fensterfront hinunter, was ihr einen bösen Blick von Stuart einbrachte. Sie beeilte sich, die Lamellen wieder zu öffnen, und schaute ihn entschuldigend an. Sie kann schon sehr unschuldig rüberkommen, wenn sie will, unsere Sissi mit ihren braunen Locken, die in der Vorabendsonne rötlich glänzen, vermerkte Pia.

»Und wo, wenn Sie mir die Frage gestatten«, fuhr Stein, der sich gefangen hatte, fort, »stehen dann Ihre Server? Auf Jamaika, oder was?«

»Nein, Mr. Stein.«

»Wo?«, bellte Stein und wedelte wieder mit seinem Stock.

»Ich muss Ihnen das nicht sagen, das wissen Sie.«

»Aber Sie *werden* es mir sagen.«

»In der Schweiz.«

Stein stöhnte. Hätten wir uns auch denken können, dass sie die Dinger nicht gerade in dem Industriegebiet neben Homeland Security untergestellt haben. Pia hatte den Sinn ihres heutigen Termins ohnehin nicht wirklich verstanden. Glaubte Stein wirklich, dass Truthleaks die Daten freiwillig herausrücken würde? Sie hatte da ihre Zweifel, während Steins Optimismus angeschlagen, aber keineswegs besiegt schien.

»Dann eben auf die harte Tour«, murmelte er und sagte dann etwas lauter: »Miss Lindt, der Anruf bitte.«

»Natürlich«, antwortete Pia und wählte von ihrem Handy die Nummer, wie sie es zuvor besprochen hatten. Während das Telefon die Verbindung herstellte, setzte Stein Jeremy Stuart weiter unter Druck: »Bin ich recht informiert, dass Sie hauptberuflich für die Anwaltskanzlei Hackmann, Baron und Wells tätig sind?« Ohne abzuwarten, ob Stuart nickte, fuhr Stein fort: »Und Sie stehen kurz davor, Partner zu werden, habe ich mir sagen lassen. Es fielen Wort wie ›bestes Pferd im Stall‹, wenn ich mich recht entsinne.«

Dieses Thema schien Jeremy wesentlich besser zu gefallen, denn er grinste selbstgefällig und richtete sich in seinem Stuhl auf wie ein übereifriger Student, der ein unerwartetes Lob von seinem Professor bekommen hat. Auf der anderen Seite von Pias Leitung klingelte es zum dritten Mal, als eine sehr helle, unangenehme Frauenstimme abnahm: »Hackmann, Baron und Wells, Mr. Hackmanns Büro, hier spricht Sally, wie kann ich Ihnen helfen?«

»Hallo Sally, hier ist Pia, die Assistentin von Thibault Stein. Er hätte gerne Mr. Hackmann gesprochen, wenn das möglich ist… Nein, sofort… Danke, wir warten.«

Sie hielt den Hörer zu und raunte Stein zu: »Sie holt ihn aus der Sitzung, wie besprochen.« Stein nickte.

»Mr. Stuart«, er sprach das Stuart mit scharfem »s«, seine Stimme klang eiskalt. »Ich wünschte, ich könnte Ihnen das ersparen, aber Sie lassen mir keine Wahl.«

Jeremy Stuarts Gesicht schien weißer als die Wand, vor der er saß. Er starrte ungläubig abwechselnd auf die Papiere in seiner Hand und zu Stein, der keine Miene verzog. In dem Moment, als Pia Stein den Hörer reichte, hätte sie schwören können, dass er aufspringen und das Telefon aus dem Fenster werfen wollte, aber nichts dergleichen geschah. Stattdessen nahm ihr Chef in aller Seelenruhe den Hörer aus ihrer Hand und begrüßte seinen alten Kollegen: »Mr. Hackmann, schön, dass Sie es einrichten konnten. Ja, danke, es geht ihr wunderbar. Wie war Ihr Ausflug nach Texas?« Stein nahm das Handy in die andere Hand und hievte sich, mit der Rechten auf seinen Stock gestützt, aus dem Stuhl. »Sie entschuldigen mich kurz?«, fragte er in die Runde, ohne auf das mechanische Nicken von Stuart zu warten.

»Natürlich, Mr. Stein«, flüsterte Stuart, als der Anwalt längst aus der Tür war.

»Was hat er vor?«, versuchte es Jeremy Stuart bei Pia. Sie zuckte die Achseln, als hätte sie keine Ahnung, was ihr Chef von Mr. Hackmann wollte. Währenddessen fuhr Klara auffällig mit dem Finger über die Kante des Fensterbretts: »Ganz schön dreckig hier, dafür, dass Sie gerade erst eingezogen sind. Ich würde mal mit dem Vermieter reden. Apropos Vermieter: Würden Sie mir verraten, wo hier bei Ihnen die Waschräume sind, ich ...«, den Rest des Satzes verschluckte sie in kokettem Schweigen.

»Gleich nach der Tür links, den Gang bis zum Ende und dann nach rechts. Können Sie nicht verfehlen.« Als Klara den Raum verlassen hatte, stellte Pia fest, dass Jeremy der Waschraum und überhaupt alles hier im Moment wahrscheinlich vollkommen egal war. Er wartete auf die Rückkehr von Thibault Stein. Sicher fragte er sich, ob sein Einfluss so weit reichen würde, dass ihm Hackmann trotz stets ordentlicher Leistungen eine Rüge erteilen oder gar die schon ausgemachte Partnerschaft verweigern würde.

Thibault kam nach einer Ewigkeit zurück, während Pia

das nervöse Getrommel von Jeremys Kugelschreiber auf der Tischplatte ertragen musste. Wahrscheinlich war er nicht einmal fünf Minuten aus dem Raum gewesen, aber ihr hatte es gereicht. Wortlos gab er Pia das Telefon zurück und setzte sich an den Tisch. Stuart schien es kaum auszuhalten, die Taktfrequenz seines Kugelschreibers hatte deutlich zugenommen, aber Stein goss sich zunächst in aller Ruhe ein Glas Wasser ein. Verdammt, das Wasser. Pia, du wirst nachlässig. Oder zählt das hier nicht? Schließlich sind wir nicht bei einem Prozess, und es heißt ja schließlich Steinsche Prozessordnung, und nicht Steinsche Meetingordnung, oder? Sie beschloss, ihn bei Gelegenheit danach zu fragen.

Genau in dem Moment, als das Kugelschreiberklopfen für einen kurzen Moment aussetzte, begann Stein ruhig und mit deutlich sanfterer Stimme als zuvor zu sprechen. Als Pia merkte, worauf er hinauswollte, wusste sie, warum er die Härte im Tonfall nicht brauchte – das Brisante war in diesem Fall der Inhalt seiner Worte.

»Mr. Stuart«, begann Stein leise, »ich bedaure, Ihnen mitteilen zu müssen, dass Sie in absehbarer Zeit kein Partner bei Hackmann, Baron und Wells werden.«

Jeremy wurde kreidebleich, der Stift blieb ruhig. An seinen rötlichen Schläfen bildeten sich dort, wo die Haare dünner werden, dicke Schweißperlen.

»Aber das können Sie doch nicht machen ...«

»Sie können gerne anrufen, wenn Sie mir nicht glauben«, forderte Stein und bedeutete Pia, Stuart das Handy zu reichen. Im Hintergrund schlüpfte Klara von Stuart unbemerkt wieder in den Raum. Sie trocknete noch ihre Hände und steckte das Papiertuch in ihre Jackentasche, bevor sie wieder ihren Platz vor der Fensterfront einnahm.

»Nein, danke«, flüsterte Jeremy.

»Genau genommen«, fuhr Stein trocken fort und sah dem Anwalt dabei direkt in die Augen, »sind Sie nicht einmal mehr Angestellter von Hackmann, Baron und Wells.«

Stuart stöhnte auf und rubbelte sich mit den Händen durchs Gesicht, als könne er so aus einem bösen Traum aufwachen, und alles wäre wieder wie immer.

Als er wieder aufblickte, war sein Gesicht beinahe so rot wie seine Haare, zur Fassungslosigkeit hatte sich eine gehörige Portion Wut gesellt: »Hören Sie, Stein, ich habe Alternativen, so ist es nicht. Sie können hier nicht einfach reinmarschieren und mit Ihren Kontakten meine Karriere zerstören. Ich bin nicht irgendein mittelmäßiger Anwalt aus der Provinz, den Sie so mir nichts dir nichts fertigmachen können, glauben Sie mir.«

»Falls Sie sich der irrigen Annahme in die Hände werfen, dass Sie das Angebot von George Forrester annehmen könnten, in seiner wirklich angesehenen Kanzlei als Partner einzusteigen, muss ich Sie enttäuschen.«

Stuart starrte ihn an. Stein hob abwehrend die Hände: »Schauen Sie mich nicht so an, Jeremy.« Stein duzte ihn, was äußerst selten vorkam. Pia notierte sich »kurz, bevor sie aufgeben, zum Du wechseln« in ihr kleines schwarzes Notizbuch, das für Steins hintersinnige Taktiken reserviert war. Sie warf einen Blick auf Klara. Obwohl ihr Gesicht vor der tief stehenden Sonne im Dunklen lag, meinte Pia ein feines Lächeln um ihre Mundwinkel beobachtet zu haben.

Der Anwalt von Truthleaks saß nun eingesunken auf seinem Stuhl. Er war fertig, resümierte Pia. Zeit, dass Stein ihm den Gnadenstoß versetzt.

»Es sei denn natürlich, Sie überdenken Ihre Haltung, was die Server von Truthleaks angeht.«

Jeremy Stuart blieb stumm.

»Kommen Sie schon, Jeremy. Es ist ein kleiner Gefallen im Vergleich zu dem, was für Sie auf dem Spiel steht. Ihre Karriere, die Raten für das Haus, Ihre Frau.«

Jeremy Stuart stand auf. Die rote Farbe war aus seinem Gesicht gewichen. Er wirkte wie ein anderer Mann, der jetzt vor ihnen stand. Mit überraschend fester Stimme sagte er zu Thibault: »Sie haben keine Ahnung, was auf dem Spiel steht, Mr. Stein. Wenn Sie glauben, mich mit Ihren Schurkenmethoden kleinzukriegen, haben Sie sich den Falschen ausgesucht. Guten Tag, Mr. Stein.«

Er hielt ihm sogar zum Abschied die Hand hin. Stein nahm sie, ohne mit der Wimper zu zucken, an: »Auf Wiedersehen, Mr. Stuart. Sie hören von mir.«

»Kommen Sie, Miss Lindt, wir gehen. Miss Swell?« Sie verließen die Büros von Truthleaks auf direktem Weg, der Anwalt geleitete sie wortlos zum Fahrstuhl und drückte die Taste für das Erdgeschoss, bevor er die Kabine wieder verließ. Er hatte sicher einige Telefongespräche zu führen, schätzte Pia. Sie bewunderte ihn dafür, dass er trotz des massiven Drucks von Stein nicht eingeknickt war. Und ein wenig verurteilte sie Steins Methoden. Er hatte zwar schon immer mit harten Bandagen gekämpft, aber bisher immer fair, soweit Pia das beurteilen konnte. Was er heute mit Jeremy Stuart angestellt hatte, war nicht nur unfair, sondern äußerst hinterhältig. Als sich die Aufzugstüren schlossen, warf Pia dem Anwalt einen Blick zu. Er sah traurig aus, traurig und müde. Aber in Pias Augen hatte er gewonnen.

»Das ist doch ganz gut gelaufen, oder nicht?«, urteilte Stein fröhlich, als sie wieder in Klaras Mercedes saßen. »Und wenn Sie wieder derart rasen, verklage ich Sie wegen gefährlicher Körperverletzung an einem Schwerbehinderten und seiner attraktiven Assistentin, und glauben Sie mir, Miss Swell, ich bekomme die Höchststrafe für Sie.«

Klara schien ihm tatsächlich zu glauben, oder sie zog zumindest in Erwägung, dass Stein verrückt geworden war, was ihr Pia nach seinem heutigen Auftritt nicht verübeln konnte. Sie konnte es selbst kaum fassen, dass ihr Chef fröhlich im Auto saß, keine fünfhundert Meter von einem Mann entfernt, dessen Leben er soeben zerstört hatte. Zumal es ja nun wirklich alles andere als gut gelaufen war. Ein zerstörtes Leben und keine einzige Antwort. Von der Truthleaks-Quelle waren sie noch genauso weit entfernt wie heute Morgen. Vielleicht sollte sie die ganze Sache mit der Assistentenstelle bei Stein doch noch einmal überdenken und mit Adrian irgendwo neu anfangen. Vielleicht ein Restaurant aufmachen in Europa, wie er vorgeschlagen hatte? Den Rest der Fahrt schwiegen sie sich an.

Nachdem sie Klara vor der Kanzlei abgesetzt hatte, zog sich Pia in ihr Büro zurück. Sie wollte nachdenken und mit Adrian telefonieren. Seit ihrem gemeinsamen Drink nach der Veröffentlichung der Gopher-Tapes hatte sich in ihrer Beziehung etwas geändert, zur körperlichen Anziehung hatte sich eine Wärme und eine gewisse Ernsthaftigkeit gesellt. Natürlich hatte Adrian nach wie vor schwer an der Situation zu tragen, aber sie hatten beschlossen, es gemeinsam durchzustehen, und er hielt sich sehr tapfer mit einem möglichst geregelten Alltag über Wasser.

Pia hoffte, dass er heute bessere Nachrichten hatte als sie, und sie wurde nicht enttäuscht: »Es gibt Tagliatelle mit Morcheln und Forelle, wenn du nichts dagegen hast«, verkündete er fröhlich. Hatte sie nicht. Sie verabredeten sich für 20:00 Uhr auf seiner Terrasse, und sie versprach, wie immer für den passenden Wein zu sorgen. Mittlerweile war sie glücklicherweise nicht mehr darauf erpicht, wie aus dem Ei gepellt bei Adrian zu erscheinen; die Jeans, die sie immer in einem Schrank im Büro aufbewahrte, würde vollkommen genügen. Sie würde sie ohnehin nicht lange genug anhaben, so dass er sie groß bemerken könnte, dachte sie lächelnd, während sie sich umzog. Obwohl sie einiges zu besprechen hatten.

Die halbstündige Fahrt hatte Pia nicht geholfen, das Handeln ihres Chefs nachzuvollziehen. Im Gegenteil. Sein Verhalten war für sie inakzeptabel und moralisch nicht zu rechtfertigen. Auch nicht zur Aufklärung einer Mordserie. Man konnte ein Leben doch nicht zerstören, wenn auch nur beruflich, um anderes Leben zu schützen. Oder doch? Heute brauchte sie Adrian mehr denn je, sowohl als Betroffenen als auch als langjährigen Freund von Stein. Sie schloss ihre Bürotür leise, denn sie hatte keine Lust, ihrem Chef noch einmal über den Weg zu laufen. Die Schuhe in der Hand, schlich sie auf Zehenspitzen über das Parkett des Raums, der zwischen ihren beiden Büros lag. Stein telefonierte, das war gut, so konnte sie unbemerkt entwischen. Aus reiner Neugier hielt sie kurz inne und lauschte.

»... nein, natürlich behältst du ihn. Ich schwöre dir, du wirst niemals einen so integren Partner finden wie ihn. Wäre er vorher nicht so fürchterlich rot angelaufen, hätte er mich wirklich beeindruckt, aber er ist ja auch noch jung...«

Nach einer kurzen Antwort seines Gesprächspartners lachte Stein herzlich, und Pia atmete erleichtert auf. Jetzt freute sie sich wirklich auf das Abendessen mit Adrian.

Um 0:38 Uhr parkte Klara den schwarzen Mercedes auf dem Randstein der Water Street, ganz in der Nähe der Truthleaks-Zentrale. Im Gegensatz zu den großen Straßen rundherum handelte es sich bei der unbekannten Seitenstraße um eine feuchte, muffige Gasse, die nur von der Müllabfuhr regelmäßig besucht wurde, und sie lag beinah komplett im Dunkeln, was der Grund war, warum Klara schon häufiger von hier aus Streifzüge durch das südliche Manhattan unternommen hatte. Als sie den Motor abstellte, ließ sie zum wiederholten Male das seltsame Gespräch zwischen dem Anwalt und seiner Assistentin Revue passieren. Konnte es wirklich sein, dass Stein Pia nicht eingeweiht hatte? Sie hatte ganz den Eindruck, so verkniffen, wie sie auf dem Rücksitz gesessen hatte. Ihre ganze Körpersprache hatte eine Ablehnung Stein gegenüber ausgestrahlt, die Klara zuvor nicht wahrgenommen hatte. Und auch bei dem Termin hatte Pia auf ihre versteckte Botschaft mit dem Papiertaschentuch, das sie in die rechte Jackentasche gestopft hatte, in keinster Weise reagiert. Wahrscheinlich hatte er sie tatsächlich nicht in ihren Plan und das geheime Signal mit dem Taschentuch eingeweiht, vermutete Klara und überlegte kurz, Pia anzurufen. Einzig ihre Professionalität hielt sie davon ab, denn sie konnte sich ab jetzt keine Ablenkung mehr leisten. Vielmehr benötigte sie alle Konzentration für das, was vor ihr lag. Es würde nicht einfach werden, zumal sie auf fremde Hilfe angewiesen war, was sie im Grunde ihres Herzens nicht leiden konnte. Aber heute ging es nicht darum, kompromittierende Fotos zu schießen oder die Steuererklärung eines Zuhälters zu entwenden, sondern um Computer, und dafür fehlte Klara jede Kompetenz. Sie wählte auf ihrem Handy einen privaten Anschluss in Quantico.

»Bist du sicher, dass du das machen willst?«, fragte sie ohne Begrüßung.

»Klar bin ich sicher, das haben wir doch alles schon diskutiert. Bist du drin?«, fragte Wesley, der beste Computerspezialist, den sie kannte.

»Sehr witzig. Du gehst ein hohes Risiko ein, das weißt du, ja?«

»Ruf mich an, wenn du einen Computer siehst«, forderte der Kollege. Junge, für dein Alter hast du Schneid. Du gefällst mir, dachte Klara bei sich und überprüfte mit einem kritischen Blick ihr Äußeres: Die blonde Perücke saß perfekt, und der auffällige rote Lippenstift wirkte ein wenig ordinär. Gut so, entschied Klara. Normalerweise bevorzugte sie es, mit ihrer Umgebung zu verschmelzen, wozu des Nachts die Anzüge und tagsüber eher unauffällige Klamotten und dunkel geschminkte Augenringe, mit denen niemand gern flirtete, geeignet waren. Zumindest galt das für Observationen, heute jedoch war es ihr bedeutend lieber, dass sich die Angestellten in dem Hotel, in das sie heute Nachmittag eingecheckt hatte, an jemanden erinnerten, der rein gar nichts mehr mit der echten Klara Swell zu tun hatte – auch wenn das bedeutete, rumzulaufen wie ein brunftiger Truthahn.

Nach einem letzten Blick, ob sie auch niemand beobachtete, öffnete sie die Wagentür und trat auf die dunkle Gasse. Sie schulterte eine troddelbehangene Handtasche, die zu ihrer Verkleidung gehörte, und lief, so schnell es ihre hohen Schuhe zuließen, in die Richtung des belebteren New York Plaza. Obwohl dieser Teil New Yorks mit der Börse und den vielen Investment-Banken einer der geschäftigsten war, lag er nachts beinahe verlassen an der Südspitze der Insel. Nur vereinzelte Fußgänger trugen Zeitungen aus oder deckten sich bei dem einzigen geöffneten Imbiss mit Proviant für die Nacht ein.

Klara winkte nach einem Taxi, von denen es zum Glück auch hier reichlich gab, was hauptsächlich an dem nahegelegenen Halt des Expresszugs nach New Jersey lag, zu dem die Nachtschwärmer mit dem Taxi fuhren, um die teure Fahrt durch den Tunnel zu sparen. Es dauerte keine fünf Minuten, bis sie einen freien Wagen ergattert hatte. Als sie dem Fahrer die Adresse nannte, zeigte er ihr einen Vogel und wollte sie vor die Tür setzen, was Klara mit dem Winken eines Zwanzig-Dollar-Scheins zu verhindern wusste. Wenige Augenblicke später hielt ihr Taxi vor einem Hotel, das schon deutlich bessere Zeiten gesehen hatte.

Niemand öffnete den Schlag, und kein Portier hielt ihr die Tür auf, als sie die kleine Lobby betrat und direkt auf den Fahrstuhl zusteuerte. Ihren Zimmerschlüssel sowie ihr »Gepäck« hatte sie schon am frühen Abend abgeliefert, jetzt war sie eine Frau nach einem misslungenen Abendessen mit einem Blind Date aus dem Internet, das wieder einmal nicht geklappt hatte. In der Lobby war niemand, der Mitleid mit ihr hätte haben können, der Nachtwächter schaute vermutlich auf dem Rechner der Rezeption nackte Mädchen im Internet an.

Als Klara die kleine Kabine des Aufzugs betrat, ertappte sie sich dabei, wie sie kurz darüber nachdachte, ob er die Bilder ihres Falles anschaute und sich an den Schmerzen der Frauen aufgeilte. Jessica oder Theresa. Klara verbot sich jeden weiteren Gedanken über die sexuellen Vorlieben des Nachtportiers und drückte den Knopf für das vierzehnte Stockwerk.

Der Teppich auf den Gängen war noch abgeranzter als der in der Lobby, stellte Klara fest, als sie die Tür zu ihrem

Zimmer aufschloss. Im Inneren roch es nach Chemikalien und Mottenspray. Ohne zu zögern, entledigte sich Klara der Perücke und der restlichen Klamotten und packte alles in eine große FedEx-Versandbox. Nur in einen Bademantel gehüllt, trug sie das Paket ein kurzes Stück über den Flur und schloss eine weitere Zimmertür auf. Sie hatte das Zimmer unter einem zweiten Namen mit anderer Kreditkarte gemietet und im Voraus bezahlt, das Paket und den Zimmerschlüssel legte sie auf den Schreibtisch. Auf einem Prepaid-Handy wählte sie die Nummer des Nachtportiers, der widerwillig antwortete.

»Smith hier«, herrschte sie in möglichst arrogantem Tonfall. »Hören Sie, ich habe 1407 und musste leider ganz dringend nach Chicago... Nein, natürlich zahle ich das Zimmer, hören Sie mir doch erst einmal zu: Der Schlüssel liegt auf dem Tisch neben einem Paket für FedEx, das holt ein Kurier nachher ab... Ja, legen Sie es einfach an die Lobby... Nein, Sie müssen wirklich niemand anrufen. Danke.«

Nachdem das erledigt war, wählte Klara die Hotline von FedEx und orderte eine Eilabholung für das Paket von Miss Smith. Sie entfernte die SIM-Karte aus dem Handy und warf sie auf die Straße. Das Handy versenkte sie im Spülkasten des Klos, hier würde es wochenlang niemand finden, und selbst wenn, hätte die Reinigungskraft sicher eine blühende Phantasie von Ehemännern, die ihre Geliebte davon überzeugen müssen, Single zu sein. Hotelangestellte hatten solche Phantasien, die öfter auf selbsterlebten Tatsachen beruhten, als man glauben konnte. So weit, so gut.

Klara löschte das Licht, hängte den Bademantel wieder an die Tür und begann mit dem mühseligen Unterfangen,

Anzug No. 75 anzulegen. Sorgfältig wie immer prüfte sie jede Falte und bestückte jede Tasche mit den Utensilien, für die sie vorgesehen war. Auch ihr richtiges Handy und ein Bluetooth-Headset gehörten zu ihrer heutigen Ausrüstung, um den Kontakt mit Wesley zu halten. Bevor sie das Zimmer verließ, überprüfte sie noch einmal beide Koffer. Außer einigen verblichenen Klamotten, die sie in einem Secondhandladen in Chinatown gekauft und nie getragen hatte, würde nichts zurückbleiben. Nachdem sie sich vergewissert hatte, dass der Flur des Hotels menschenleer war, verließ sie ihr Zimmer und spurtete Richtung Treppenhaus. Leise öffnete sie die Tür und verschwand.

Der erste Teil der Route war der schwierigste, sie musste eine kleine Gasse hinter dem Hotel überqueren, um in den Block zu gelangen, in dem die Firmenzentrale von Truthleaks lag. Was ebenerdig wenige Schritte bedeutete, sah fünfzehn Stockwerke höher schon ganz anders aus. Auf dem Dach des Hotels sondierte Klara die Lage und musste wieder einmal feststellen, wie dankbar sie der New Yorker Feuerwehr sein durfte. Indem sie die Brandschutzbestimmungen alle paar Jahre auch für alte Gebäude verschärfte, wurden oftmals kostengünstige, aber eigenwillige Konstruktionen an den Bestand angebaut. So auch hier: Wie es ihre gründlichen Recherchen vorhergesagt hatten, lagen zwischen den Feuertreppen der beiden Gebäude im obersten Stock gerade einmal zwei Meter. Klara kletterte auf ihrer Gebäudeseite auf die Außenseite des Geländers, taxierte die Reling auf der anderen Seite und stieß sich so kraftvoll wie möglich von der Treppenkante ab. Das Geländer krachte, irgendwo unter ihr schlug Metall auf Metall. Aber Klara hatte es geschafft. Sie blickte in die Tiefe. Dreißig Meter unter ihr sah sie die verlassene kleine

Straße, die hauptsächlich von Restaurantküchen als Müllkippe missbraucht wurde. Es war keine Menschenseele zu sehen. Glück gehabt. Mit einer geschmeidigen Bewegung schwang sie sich auf die andere Seite, zog sich aufs Dach und gelangte keine drei Minuten später mithilfe eines Dietrichs ins Treppenhaus.

Es handelte sich um ein Bürogebäude aus den Siebzigerjahren, dessen Schlösser kein ernsthaftes Problem darstellten. Zum Auswechseln waren die Vermieter meist zu faul, oder es fehlte schlicht jede Notwendigkeit. Klara wollte schließlich nicht in Fort Knox einbrechen, sondern nur bei Truthleaks. Deren Gebäude jedoch, das direkt an das angrenzte, in dem sie sich im Moment befand, war nicht aus den Siebziger sondern relativ neu, sodass Klara mit modernen Schließanlagen rechnen musste. Aber auch hier baute sie wieder auf die New Yorker Feuerwehr, denen sie unbedingt etwas spenden musste, sobald sie wieder zu Geld gekommen war.

Das Treppenhaus war leer, und Klara hatte keine Mühe, bis in den Keller vorzudringen. Jetzt wird es interessant, dachte sie und rief im Kopf den Plan des Gebäudes auf. Was auf dem Plan wie ein geräumiges Untergeschoss ausgesehen hatte, entpuppte sich als eine mit alten verstaubten Aktenschränken vollgestopfte, riesige Abstellkammer. Allein die Rohre, die an der Decke entlang verliefen, entsprachen dem Plan und boten ihr ein Mindestmaß an Orientierung. Sie folgte dem blauen und dem roten Rohr bis zu einer schweren, grauen Metalltür. Bingo, dachte Klara. Die Feuerwehr. Nach den katastrophalen Evakuierungserfahrungen am 11. September, als die Twin Towers eingestürzt und mehrere Tausend Menschen eingeschlossen, verbrannt oder von den Schuttmassen erdrückt worden waren, hatten Eigentümer die Pflicht, auch Fluchtwege im Keller zu den Nachbargebäuden anzulegen. Und Klara stand in diesem Moment vor der Tür, hinter der das Gebäude von Truthleaks lag. Aber ganz so einfach machten es ihr die Feuerwehrleute sicher nicht.

Sorgfältig suchte sie den Türrahmen nach versteckten Drähten ab und wurde schnell fündig. An der Mitte der beiden Flügeltüren konnte sie einen übermalten Draht erkennen, der nicht sauber in die Fuge der Tür gearbeitet worden war. Ihr habt halt nicht Fort Knox geschützt, als ihr das unter Zeitdruck und Drohungen von eurem Chef noch schnell fertiggestrichen habt, nicht wahr?, mutmaßte Klara und schabte die Farbe vom Draht. Da sie einmal den Anfang gefunden hatte, war es nicht schwer, auch die anderen Kabel zu identifizieren, und das Überbrücken mit zwei längeren Drähten, die Klara mitgebracht hatte, war auch nicht schwieriger als bei Wesleys Privatwohnung.

Nachdem sie die Alarmanlage ausgeschaltet hatte, schlüpfte sie in das Nachbargebäude. Sie war drin. Jetzt galt es. Ab hier hatte Klara keine einfache Erklärung mehr, dass sie sich in geistiger Umnachtung verlaufen hatte oder ähnliche Unsinnigkeiten, die ihr aber wohl juristisch nicht widerlegt werden konnten. Sie war heute Nachmittag bereits bei Truthleaks gewesen. Wenn sie in dem Gebäude erwischt wurde, sah es übel für sie aus. Aber sie war vorbereitet. So gut das eben in der Kürze der Zeit möglich gewesen war.

Normalerweise nahm sich Klara mehrere Wochen Zeit für die Planung eines Einbruchs und kalkulierte ihre Fluchtwege minutiös, aber in diesem Fall konnten sie einfach nicht mehr warten, und so würde ihre kurze Vorbereitung von heute Nachmittag ohne genaue Kenntnis der Wachpläne ausreichen müssen. Im Fall der Fälle würde sie eben improvisieren müssen. Klara atmete noch einmal tief durch und schlich Richtung Aufgang. Vor der Treppe, die nach oben führte, hielt sie noch einmal inne. Über den Stufen flirrten Neonröhren, Klara wäre es bedeutend lieber gewesen, im Dunkeln weiterzulaufen. Ihre Sohlen schmatzten auf dem blankpolierten falschen Granit. Auf halbem Weg ins Erdgeschoss hörte sie plötzlich ein Geräusch: Ein Schlüssel klimperte an einem großen Bund. Klara drückte sich so eng sie konnte an die Wand des Treppenhauses.

»Nein, Nina, ich hab dir doch gesagt, ich bringe das in Ordnung. Mach dir keine Sorgen, Schatz, wirklich.«

Klara atmete auf. Der Wachmann war ins Treppenhaus geflüchtet, um in Ruhe telefonieren zu können. Jede Wette, dass draußen noch ein feixender Kollege von dir steht. Trotzdem blieb ihr nichts anderes übrig, als dort zu warten, wo sie war. Klara schaute auf die Uhr. Es war mittlerweile schon nach zwei, sie lag nicht mehr im Zeitplan. Bis spätestens 4 Uhr musste sie das Gebäude wieder verlassen haben, zu groß wäre das Risiko, einer früh eingeteilten Putzkolonne, die das Büro noch vor Arbeitsbeginn zu säubern hatte, zu begegnen. Und der Mann hörte einfach nicht auf zu telefonieren. Mein Gott, Nina, glaub ihm doch endlich, mir läuft die Zeit davon. Nina tat Klara den Gefallen erst über zehn Minuten später, Klara blieben nur noch etwas über anderthalb Stunden. Und alles nur, weil der Typ Ninas Trockner nicht repariert hatte und dann auch noch mit seinen Kumpels ausgegangen war. Get a life, Nina, ärgerte sich Klara und schlich weiter.

Als sie im dritten Stock angekommen war, prüfte sie noch einmal anhand des Plans, den sie sich eingeprägt hatte, ob sie auch die richtige Tür erwischt hatte. Hatte sie.

Auf ihrem Weg zum Waschraum hatte sie heute Mittag einen kleinen Störsender an der Alarmanlage zum östlichen Treppenhaus angebracht. Klein, aber sehr effektiv. Klara drückte einen Knopf auf der dazu passenden Fernbedienung und aktivierte so den Impuls. Auf ihrem Gerät leuchtete eine grüne Diode. Die Luft war rein. Mit ihrem Dietrich öffnete Klara das Schloss und betrat die Zentrale von Truthleaks.

Glücklicherweise war das Gebäude bei Weitem nicht so gut geschützt, wie man es für eine solche Firma hätte erwarten dürfen, aber zum einen standen die Server, der wahre Schatz der Organisation, in der Schweiz, und zum anderen waren der öffentliche Ruhm und die damit verbundenen Spendengelder für Truthleaks ein recht junges Phänomen, hatten sie doch ihren Durchbruch vor gerade einmal drei Tagen mit der Veröffentlichung der Gopher-Tapes erreicht.

Klara wählte Wesleys Nummer. »Ich bin drin. Und jetzt?«

»Suchst du das Terminal oder den Computer von den Datenbankjungs.«

»Und wie soll ich das anstellen?«, fragte Klara.

»Ganz einfach: Such den Computer mit der dreckigsten Tastatur.«

»Das ist nicht dein Ernst.«

»Mein voller Ernst. Vertrau mir.« Sehr kreative Vorschläge machte er, der junge Herr Kollege. Aber wenigstens denkt er dran, keine Namen am Telefon zu nennen. Vielleicht wird ja doch noch einmal ein richtig guter Einbrecher aus dir, Wesley Crusher. Sam hatte recht, der Name war wirklich ein Fluch, gerade weil er so gut zu ihm passte.

Klara schlich systematisch durch die Büros und betrachtete die Schreibtische. Die meisten waren chaotisch, auf einigen türmten sich Akten.

»Und von Akten hältst du nichts?«, fragte Klara.

»Die sind aus der Hacker-Community, für die ist Papier so was wie Frittenfett: notwendig, aber zum Wegwerfen. Die würden niemals etwas Wichtiges auf Papier speichern, die vertrauen Bits und Bytes mehr als ihrer Mutter, glaub mir.«

»Okay«, sagte Klara und ging ins nächste Büro. Es sah aus wie ein Spielzeugladen, auf einem Regal stand sogar eine ferngesteuerte Untertasse.

»Ich glaube, ich habe es«, meldete Klara.

»Okay. Dann setz dich an einen der Rechner und starte ihn.«

Klara nahm vor einem überdimensionalen Bildschirm Platz. Ihre Silhouette spiegelte sich auf dem matten LCD-Monitor, hob sich aber nur minimal von ihrer dunklen Umgebung ab. Immer wieder faszinierend, stellte Klara fest. Als Klara den Knopf drückte, um den Computer anzuschalten, ertönte ein lautes »Bing«, das getaugt hätte, die gesamte Nachbarschaft aufzuwecken. Der Bildschirm flimmerte taghell.

»Verdammt«, fluchte Klara leise und kauerte sich instinktiv unter den Schreibtisch. Sie schaute auf die Uhr. Dreißig Sekunden. Nichts. Die Zeit verging im Schneckentempo. Bei drei Minuten konnte sie einigermaßen sicher sein, dass niemand etwas bemerkt hatte. Eine Minute. Der Bildschirm veränderte sich und tauchte den Raum jetzt in ein blaues Licht, das keinen Deut weniger auffällig war. Wenn sie nicht unter dem verfluchten Schreibtisch hocken würde, könnte sie schon anfangen, das Passwort zu knacken. So eine stümperhafte Planung konnte ja fast nur schiefgehen, schalt sich Klara. Beruhige dich und improvisiere, erinnerte sie sich selbst. Sie folgte dem Kabel, das zu dem Monitor führte, bis zur Steckdose und kappte den Strom. Der Raum lag jetzt wieder in vollkommener Dunkelheit. Eine Minute und dreißig. Da. Ein Geräusch. Sie war nicht alleine.

»Ich glaube, es kommt jemand«, flüsterte Klara.

»Hallo?«, rief eine Stimme. Noch weit weg. Jemand hatte etwas gehört. Klara fluchte.

»Klara?«, sagte Wesley in ihrem Kopfhörer.

»Jetzt nicht, Fähnrich«, flüsterte sie und versuchte zu ergründen, aus welcher Richtung die Rufe kamen. »Und keine Namen!«

»Klara«, insistierte ihr Kollege, »erinnerst du dich an den USB-Stick, den ich dir gegeben habe?«

»Klar, Fähnrich, aber jetzt ist nicht der richtige Zeitpunkt, okay?«

»Erinnerst du dich an Plan B? Den USB-Stick, den ich dir mitgegeben habe? Darauf ist eine Variante von Stuxnet. Frag mich bitte nicht, wo ich den herhabe, aber steck ihn einfach hinten an den Rechner, okay?«

Einfach anstecken?, dachte Klara und tastete in der Dunkelheit nach der Rückseite des Rechners.

»Hallo, ist da noch jemand?«, rief die Stimme. Noch vermutete der Wachmann, dass es ein einsamer Nachtarbeiter gewesen war. Das würde sich ändern, wenn er Klara in ihrer Einbrecherkluft zu Gesicht bekam. Und seine Stimme wirkte jetzt deutlich näher. Sie hatte nicht mehr viel Zeit.

»Wo soll ich das Ding ranstecken?«

»An den Rechner, irgendwo. Vollkommen egal. Mach schon.«

Klara gehorchte mechanisch. In der Dunkelheit tastete sie nach einem passenden Anschluss, aber der Stecker wollte nicht passen. Mist.

»Hallo?«, die Stimme war jetzt im Nachbarraum. Endlich hatte sie eine richtige Steckverbindung gefunden.

»Drin«, meldete sie Wesley.

Der Schein einer Taschenlampe tastete sich durch das Nachbarbüro mit den vielen Akten.

»Dann nichts wie raus«, schlug Wesley vor.

»Okay«, sagte Klara und trennte die Verbindung. Mit einer geschmeidigen Bewegung kroch sie unter dem Schreibtisch hervor und rettete sich hinter eine Schrankwand, wo sie der Schein der Taschenlampe nicht erreichen konnte. Aber sie konnte jetzt seinen Atem hören. Ein dicker Mann, er schnaufte heftig. Besser wird's nicht, Klara, sagte sie sich und drehte sich aus der Ecke der Schrankwand in den langen Flur.

»Hallo?«, rief es erneut, wenige Meter entfernt. Er musste etwas gehört haben. Klara blickte sich um und erkannte den Gang von ihrem Besuch heute Nachmittag. Sie wandte sich nach rechts, in die Richtung, aus der der Wachmann gekommen war. Das würde er am wenigsten vermuten. Das Schnaufen kam wieder näher, er stand jetzt auf dem Gang, aber er blickte nach links. In die falsche Richtung. Klara konnte ihn jetzt sogar ohne Taschenlampe deutlich erkennen. Er trug eine beige Uniform und schwitzte, obwohl es in dem Gebäude wirklich nicht warm war. Sie hatte keine Sekunde zu verlieren. Ohne dass man auch nur einen ihrer Schritte hören konnte, hastete Klara über den dunklen Gang. Jetzt dreht er sich gleich um. Sie war nur noch wenige Schritte von dem Konferenzraum entfernt. Jetzt drehte er sich um. Wenn er gute Augen hatte, würde er sie noch als entfernten Schatten erkennen können. Sie baute darauf, dass er keine guten Augen hatte. Aber Klara hatte kein Glück. Als sie die Tür zum Konferenzraum geschlossen hatte, war aus der Frage ein Befehl geworden. Er hatte sie entdeckt.

»Halt, bleiben Sie stehen!« Er rannte jetzt in ihre Richtung. Und sie saß in der Falle. Jetzt gab es nur noch ihren Plan für den absoluten Notfall, das Einzige, was als Fluchtweg auf die Schnelle umzusetzen gewesen war, auch wenn es einen Beweis dafür liefern würde, dass jemand eingebrochen war. Sie mussten darauf bauen, dass der USB-Stick nicht gefunden wurde, was in einem Büro nicht unmöglich war, zumal Wesley versprochen hatte, dass sich das Programm von selber löschte, sobald es das Netzwerk infiziert hatte. Aber erst einmal musste sie hier raus. Hastig zog Klara einen Stuhl hinter die Tür in der Hoffnung, dass er ihn zumindest ein oder zwei Sekunden aufhalten würde. Dann zog sie ein langes Seil aus einer Tasche und befestigte es am Fuß des Konferenztisches genau an der Stelle, die sie sich heute Nachmittag eingeprägt hatte. Hoffentlich war der Schnitt tief genug, dachte sie noch, während sie Anlauf nahm und sich vor dem zweiten großen Fenster von links abstieß und eine halbe Drehung seitwärts vollführte. Sie prallte mit dem Rücken gegen das Fenster, das sich dank der Bearbeitung mit dem Diamantschneider am Mittag ohne große Gegenwehr aus dem Rahmen drücken ließ. Klara gab dem Seil mehr Spiel und landete mit den Füßen sicher an der Hauswand. Ohne Zeit zu verlieren, seilte sie sich ab und verschwand in der Nacht.

KAPITEL 21

September 2011
Three Rivers, Louisiana

Michael Paris, der Leiter der Geierstaffel, lehnte lässig an seinem großen Geländewagen und rauchte. Wie gerne hätte Sam sich jetzt auch eine angesteckt und dazu ein Bier bei Jay getrunken. Obwohl es bei Weitem nicht die erste Familie war, der er schlechte Nachrichten überbringen musste, war ihm die Reaktion von Tinas Eltern besonders nahegegangen. Oder besser: ihre Nicht-Reaktion. Sie hatten sich unterwürfig verhalten, eingeschüchtert von ihren Dienstmarken und ihrem einstudiert ruhigen Tonfall und der Nüchternheit, mit der sie verkündeten, dass ihre Tochter vermutlich Opfer eines Verbrechens geworden war. Es handelte sich um eine durchschnittliche Reaktion durchschnittlich intelligenter, durchschnittlich emotionaler Durchschnittsmenschen. Einer amerikanischen Familie wie sie amerikanischer kaum sein konnte. Sam fand es trotzdem die schlimmste aller Reaktionen, weil sie so banal war. Sie akzeptierten äußerlich das Unvermeidliche, aber sie sperrten ihren Schmerz vor ihm weg. Weil sie glaubten, dass sie es mussten. Ihm waren die Mütter, die um ihre Töchter weinten, sehr viel lieber, auch wenn das niemand verstand. Bennet fand es vorbildlich, wenn Eltern regierten wie die Michalskys. Sam hingegen hätte sich jetzt gerne eine Zigarette angesteckt, aber er wollte Michael Paris nicht um eine bitten.

Sam mochte Michael Paris nicht, was in seiner jetzigen Situation durchaus unangemessen erscheinen durfte, denn er war der Einzige in seinem Team, der ihm echte Ergebnisse lieferte. Keine schönen Ergebnisse, aber immerhin Ergebnisse, Spuren, die sie auswerten konnten, zum Beispiel eine zweite Leiche, gerade heute Morgen. Tinas Leiche. Sie hatten es der Familie noch nicht gesagt, erst musste Sam sich Gewissheit verschaffen. Der rauchende Michael Paris hatte ihn hergebracht, das Zelt der Spurensicherung war direkt hinter dem schweren Geländewagen aufgebaut, und die grellen Scheinwerfer verliehen der Szene im Morgengrauen etwas Gespenstisches, wie ein hell erleuchteter Operationssaal unter freiem Himmel im Nirgendwo.

Sam ging an Michael Paris vorbei und versuchte, die Rauchschwaden seiner Zigarette zu inhalieren. Er erwischte nur einen Anflug von Tabak, bei Weitem nicht genug, aber besser als nichts. In der Jackentasche mit einer Streichholzschachtel spielend, trat er neben Bennet, der die Arbeit der Spurensicherung unter dem Zelt beobachtete.

»Schon etwas Neues?«

»Nein«, antwortete der Kollege und strich sich über den gewölbten Bauch. »Aber ich habe langsam Hunger.«

»Dein Magen ist wirklich bemerkenswert, oder liegt es einfach an deinen zwanzig Jahren im Straßensumpf von New York, dass dir wirklich gar nichts etwas ausmacht? Außerdem hast du dein Recht auf Beschwerden verwirkt. Hättest du mal von den Donuts gegessen, hättest du jetzt nicht so viel Hunger.«

»Sam, die Donuts waren gestern Mittag«, erinnerte ihn der Kollege.

Sam blickte ihn skeptisch an, als wolle er das bezweifeln. Er trat zu den Kollegen der Spurensicherung unter das Zelt, während am Horizont über den Baumwipfeln die Sonne aufging. Der Leiter der Einheit unterbrach sein fortwährendes Gemurmel in sein Diktiergerät und begrüßte Sam mit einer nicht gerade fröhlichen Nachricht: »So eine verdammte Schweinerei. Wer so etwas tut, hat doch nicht alle Tassen im Schrank.«

»Also ist sie ähnlich zugerichtet wie Theresa Warren?«

»Nach dem, was mir Ihr Büro gefaxt hat: ja. Wir haben sie aufgeknüpft an dem Baum dort hinten gefunden, nachdem Michael Paris uns informiert hatte. Sie sah beinahe friedlich aus, als wäre sie froh, dass es vorbei ist.«

Sam blickte in die Richtung, in die der Mann deutete, und sah das gelbe Absperrband des FBI, das ein weiträumiges Areal um eine einzelne Zypresse umflatterte.

»Sie hing dort etwa zwei Wochen, aber wie Ihr Opfer aus Wyoming wurde sie erst nach ihrem Tod aufgehängt. Was ihr vorher widerfahren ist, dürfte Ihnen durch die Videos ja hinlänglich bekannt sein, oder nicht?«

Sam nickte. »Sie wissen, dass ich es trotzdem aus Ihrem Mund hören muss, Doktor?«

Der Mann seufzte: »Klar, ich hatte nur gehofft, wir könnten es uns beiden ersparen. Also: Das Opfer wurde mit einem spitzen Gegenstand im Anus penetriert und ist schließlich an inneren Blutungen gestorben.«

»Eine widerliche Art zu sterben, ihre Qualen müssen unvorstellbar gewesen sein«, fügte sein jüngerer Kollege hinzu.

»Wenn Sie eine genaue Vorstellung davon bekommen möchten, wie schlimm, dann schauen Sie in die Nachrichten«, empfahl Sam ohne eine Spur Galgenhumor und fügte flüsternd hinzu: »Wieder eine Judaswiege ...«

»Eine was?«, fragte der Mediziner.

»Vergessen Sie's, so hieß diese Foltermethode im Mittelalter, nicht so wichtig. Wann ist sie gestorben?«

»Ich schätze vor sieben bis zehn Tagen.«

Verdammt, wir kommen ihm näher, aber nicht nah genug, dachte Sam.

»Haben Sie vielleicht eine Zigarette?«, fragte er den Leichenschnippler. Hatte er nicht, aber der zweite Forensiker hielt ihm eine Schachtel Marlboro vor die Nase.

»Bedienen Sie sich, ich habe mein Pensum heute Morgen schon verdreifacht«, bekannte er und gab Sam Feuer. Danach steckte er sich selbst eine an und stellte sich neben ihn, etwas abseits von Tina Michalskys Leiche.

»Haben Sie schon eine konkrete Spur, Agent Burke?«

»Konkrete Spur, was heißt das?«, fragte Sam und nahm einen tiefen Lungenzug, das Nikotin beruhigte seine Nerven. »Natürlich haben wir eine Spur, aber was heißt das schon? Wir wissen, dass er sich viel im Internet rumtreibt, wir wissen, dass er seine Taten filmt, wir wissen, dass er noch in keinem Staat zweimal zugeschlagen hat …«

Der Kollege von der Spurensicherung zog die Augenbrauen hoch: »Das ist doch schon mal was, oder nicht?«

Sam ärgerte sich über den Mann, aber immerhin hatte er ihm eine Zigarette spendiert: »Was meinen Sie? Ist das was? Ich weiß nicht. Ja, es sind konkrete Hinweise, aber sie alle machen es uns fast schwerer als leichter, den Täter tatsächlich zu schnappen. Eine Spur, bei der meine Hände eiskalt werden und sich mir der Magen zusammenzieht, haben wir noch nicht, falls Sie das mit ›heißer Spur‹ meinten. Und meine Hände haben mich noch nie im Stich gelassen.«

Der junge Mann seufzte und trat ohne ein weiteres Wort seine Kippe aus, um sich wieder seiner Arbeit zu widmen. Auch Sam hatte genug gesehen und stapfte die kleine Böschung hinauf zurück zum Wagen, mit dem Michael Paris sie binnen einer knappen Stunde zurück in die Zivilisation brachte. Als Paris sie an ihrem eigenen Auto, das nicht geländegängig genug für ihren morgendlichen Ausflug gewesen war, absetzte, rang sich Sam doch noch zu einem Dank durch, man konnte ja nie wissen, wie oft sie Michael Paris' Dienste noch brauchen würden, fügte er in Gedanken sarkastisch hinzu.

»Michael, vielen Dank. Ihre Jungs machen wirklich einen guten Job hier.«

Paris grinste arrogant und antwortete: »Danke, ich werd's weitergeben, Sam.«

Sam stand gerade im Begriff, die Tür zu öffnen, als er spürte, wie seine Hände eiskalt wurden. Er kannte dieses Gefühl und hatte es in den letzten Jahren schätzen gelernt, obwohl es durchaus unangenehm war. Es bedeutete, dass er im Begriff war, etwas zu übersehen. Etwas stimmte nicht. Was genau stimmte nicht in genau diesem Moment, als sie von einem Auto ins andere umsteigen wollten, um zu den Eltern des vierten Opfers zu fahren? Dass er einen Geländewagen besaß, vermuteten sie bereits, das konnte es nicht sein. Was war anders? Was unterschied Tina Michalsky von Theresa Warren? Sam spürte nichts außer der Kälte, die in seine Finger kroch. Er bedeutete dem Fahrer, dass er noch einen Moment benötigte, knallte die Tür des Wagens ins Schloss und lief noch einmal zu dem Baum, an dem sie Tina gefunden hatten. Bennet beeilte sich, ihm zu folgen.

Als sie vor dem Absperrband standen, sah ihn Bennet fragend an, aber Sam war nicht in der Stimmung, sein vages Gefühle mit dem Kollegen zu teilen. Er spürte, wie sich seine Finger versteiften. Langsam blickte er zurück zu dem Wagen. Was war anders? Er wusste es nicht. Möglich, dass sich seine Finger diesmal irrten, möglich, dass nicht.

Nach fünf Minuten schweigenden Starrens bedeutete er Bennet frustriert, dass sie abfahren konnten. Er hatte die Szene im Kopf gespeichert, er würde sich später um seinen vagen Verdacht kümmern müssen. Zuerst stand das Gespräch mit den Michalskys auf dem Programm.

Pia schlenderte mit Adrian durch den weniger belebten Teil des Central Park im Norden und lachte, weil er wieder einmal davon anfing, nach Europa auszuwandern.

»Oder wir gehen zurück nach Mexiko, Pia. Zu meiner alten Arbeit. Es wird dir gefallen. Ich hatte dort eine Armenküche für Bedürftige und eine kleine Wohnung über den Dächern der Stadt.«

»Und was soll ich dort tun, Adrian? Den ganzen Tag in der Sonne sitzen und faulenzen?«

»Du könntest die Leute in Rechtssachen vertreten...«

»Adrian, ich habe keine Zulassung für Mexiko, geschweige denn die juristische Ausbildung dafür. Wir können nicht einfach von einem Land in das andere wechseln wie ein Koch. Gutes Essen ist überall gleich, die Gesetze leider nicht. Obwohl sie das vielleicht sein sollten.«

Adrian grinste sie an: »Uns fällt schon etwas ein, was du tun könntest.«

»Da bin ich mir sogar sicher, dass dir dazu etwas einfällt«, gab sie lachend zurück, als plötzlich ihr Handy klingelte. Sie kramte in ihrer großen Tasche und warf einen Blick auf den riesigen Korb, den Adrian trug und von dem er ihr nicht den Inhalt verraten wollte.

»Was hast du nur in diesem Monstrum versteckt?«, fragte sie, während ihr Handy unaufhörlich in den Tiefen ihrer Handtasche bimmelte.

»Nur das Beste für dich«, versprach er.

Endlich hatte sie das Handy gefunden und antwortete nur eine Sekunde bevor die Mailbox drangegangen wäre. Es war Klara.

»Haben Sie heute schon Nachrichten gesehen?«, begrüßte sie die inoffizielle FBI-Agentin.

»Nein, wieso?«, fragte Pia.

»Die Presse hat Wind davon bekommen, dass wir Tinas Leiche gefunden haben.«

»Oha. Da werden Sam und Bennet ja ordentlich zu tun haben«, vermutete Pia.

»Das können Sie laut sagen. Und es ist auch der Grund meines Anrufs. Pia, ich brauche Ihre Hilfe.«

»Hilfe? Wo ist das Problem?« Pia kickte einen Kieselstein in die Richtung von Adrians Fuß.

»Wir haben die Quelle von Truthleaks ermittelt. Ein gewisser Adam Spillane, als Adresse ist ein Club angegeben in Downtown San Francisco, der ihm gehört. Ich würde das gerne überprüfen, aber Sam gibt mir keine Freigabe, bis er aus Louisiana zurück ist. Zumindest keine offizielle, das heißt, ich darf Spillane nur inoffiziell auf den Zahn fühlen.«

»Okay, und was habe ich damit zu tun?«

»Ich hatte mich gefragt, ob Sie vielleicht mitkommen würden?«

Pia warf einen irritierten Blick zu Adrian: »Und wieso, wenn ich fragen darf?«

»Der Club soll enorm angesagt sein, und ich kann bei einem inoffiziellen Anklopfen ja schlecht meine Dienstmarke ziehen. Und was ist Ihrer Erfahrung nach das beste Mittel gegen eine harte Tür im Nachtleben?«

»Ich weiß zwar nicht, woraus Sie schließen, dass ich mich mit harten Türen im Nachtleben auskenne, aber ich glaube, ich weiß die Antwort auch so: zwei Frauen, stimmt's?«

»Zwei attraktive, äußerst vorteilhaft angezogene Frauen, wie ich hinzufügen möchte. Sie sagen also Ja?«

»Nein, ich ...«

»Das freut mich. Mit Stein habe ich schon gesprochen, Sie haben nächste Woche frei. Wir fliegen am Montagvormittag, um die Klamotten kümmere ich mich, ich glaube nicht, dass Ihr Kleiderschrank dafür gerüstet ist. Obwohl ... man weiß ja nie.«

Pia glaubte, Klara am anderen Ende der Leitung grinsen zu sehen. Was meinte sie mit »Ihr Kleiderschrank ist für so etwas nicht gerüstet«?

»Hören Sie, Klara«, versuchte Pia zu antworten, aber sie hatte schon aufgelegt. Noch während Pia ungläubig auf das Display starrte, erhielt sie eine SMS mit den Flugdaten und einem Code für das hinterlegte Ticket. Schnell ist sie ja, das muss man ihr lassen.

Adrian wedelte mit seinem Korb vor ihrem Gesicht rum: »Was war denn das?«, fragte er neugierig.

»Ich bin nicht sicher. Ein Tsunami?«

»Wir stehen noch, also: nein.«

»Jedenfalls sieht es so aus, als flöge ich am Montag nach San Francisco, um gemeinsam mit Klara Swell einer Spur nachzugehen.«

»Was für eine Spur? Pia, ich möchte nicht, dass du da mit reingezogen wirst. Ist das gefährlich?«

»Ach wo, wir schauen uns nur inoffiziell einen Club an.«

»Was für einen Club?«

Gute Frage, dachte Pia und beschloss, sich zunächst einmal auf den Inhalt von Adrians Korb zu freuen. Sie war fast sicher, dass er eine Flasche Wein, eine Decke und ein paar Köstlichkeiten enthielt, und sie sah keinen Grund der Welt, sich das entgehen zu lassen. Genauso wenig wie einen romantischen Nachmittag auf einer Wiese im Central Park, weitab von der Hektik Manhattans.

Kapitel 22

Oktober 2011
Chicago, Illinois

An diesem Mittwochmorgen war es kalt in Chicago, und es regnete, was dem Mann in dem schwarzen Van nicht gefiel. Das hieß, dass die Mädchen lange Mäntel trugen und Mützen, sodass man sie nur schwer erkennen konnte. Die letzte Abstimmung über Fotos, die er zur Wahl gestellt hatte, war gar nicht nach seinem Gusto gelaufen, aber man konnte die Dinge nun einmal nicht ändern, Disziplin ging über alles. Er streckte sich in seinem Fahrersitz und starrte aus der regennassen Frontscheibe auf das teure Hotel, in dem sie arbeitete. Hotels, das hieß Kameras, das hieß Chauffeure vor der Tür, das hieß Zeugen. Er mochte keine Zeugen. Zumindest keine, die er nicht selbst ausgesucht hatte. Er klopfte an die Rückwand der Fahrerkabine.

»Hey, Hellbuoy! Es gibt Arbeit!«

Er hörte, wie der Junge im Laderaum aufstand, um den Wagen herumlief und sich kurz darauf neben ihn setzte. Er schaute neugierig aus dem Fenster. Der Mann drückte ihm die Kamera in die Hand und deutete auf das Hotel.

»Beobachte den Eingang, okay? Und wenn sie rauskommt, macht ein paar Bilder.«

Hellbuoy nahm die Kamera mit dem schweren Objektiv und balancierte sie auf der linken Hand aus, bis er den Eingang vor dem Sucher hatte. Folgsam war er, und gut zuhören konnte er auch. Das gefiel ihm. Fast wie seine Kinder, die er manchmal vermisste. Sie hätte er natürlich niemals mitgenommen, und neben der Tatsache, dass sie viel zu jung waren, hatte keiner seiner Söhne bisher Anzeichen gezeigt, dass eine dunkle Seite in ihm schlummerte. Bei Hellbuoy hingegen gab es diese Anzeichen. Und auch wenn er dem Jungen bisher das Gegenteil erzählt hatte, war er fest davon überzeugt, dass seine Veranlagung noch dunkler war als seine eigene.

Mit siebzehn hatte er gerade einmal entdeckt, dass ihn Schmerzen erregten. Als er Vikki den Arm gebrochen hatte auf dem Pausenhof und sie heulte, weil ein Stück Knochen aus der Haut ragte, hatte er eine Erektion bekommen. Zu dumm, dass es damals niemand gefilmt hatte, er hätte viel für dieses Tape von seinem ersten Mal gegeben. Danach hatte er entdeckt, was es für Menschen mit ihrer Disposition in den Weiten des Internet zu entdecken gab. Und dass sie nicht alleine waren.

Bei seinem ersten Mal war er siebzehn Jahre alt gewesen, so alt wie Hellbuoy heute. Und der träumte schon von toten Mädchen. Er hatte ihn genau beobachtet, als sie die Leiche in den Wald geschleppt hatten. In seinem Gesicht hatte die pure Neugier gestanden, kein Ekel und kein Schrecken. Ob er schon so weit war? Sie würden sehen, sie hatten alle Zeit der Welt. Er fischte ein Stück Beef Jerky aus der Tüte, die neben der Handbremse lag, und steckte es sich zwischen die Zähne.

Er kaute noch auf dem zähen Stück Trockenfleisch, da stand sie plötzlich da, Tammy Walker, die Auserwählte, direkt vor dem Personaleingang des Hotels. Hellbuoy rutschte nervös auf seinem Sitz herum. Er legte ihm beruhigend die Hand auf den Arm: »Mach einfach nur die Bilder, okay?« Der Junge nickte. Tammy Walker machte eine Ausbildung in dem Hotel, sie hatte wunderschönes, schwarzes glattes Haar und einen zierlichen sehnigen

Körper. Er verstand, warum sie gerade sie ausgewählt hatten. Zwar wussten sie nicht, worum es wirklich ging, aber das Durchhaltevermögen und die Zähigkeit standen ihr ins Gesicht geschrieben. Ihn störte bei der Wahl ja auch nur das Hotel, aber auch das war nur eine Komplikation, die er meistern musste.

Das zweite große Problem war die Tatsache, dass sie bei ihren Eltern wohnte in einem dieser schnieken Vororte, am Ende einer Sackgasse, wo sein Van binnen Minutenfrist auffallen würde. Sie waren misstrauisch gegenüber Fremden in diesen schnieken Vororten. Aber er hatte schon einen Plan. Ihre dunklen Augen lächelten genau in diesem Moment aus einem perfekt natürlich geschminkten Gesicht in die Kamera.

»Was denkst du?«, fragte er Hellbuoy, als das Klicken des Auslösers eine Pause einlegte.

»Sie ist perfekt«, sagte Hellbuoy. Seine Stimme klang belegt.

―――

Sam Burke landete erst nach 21 Uhr auf dem Reagan National Airport und brauchte mit seinem Wagen eine halbe Ewigkeit in die Stadt. Es nieselte und war viel kälter als in Louisiana. Dort zu warm, hier zu kalt, fluchte er, als er feststellte, dass er automatisch die Route zu Jay eingeschlagen hatte. Und er hatte nicht einmal drüber nachgedacht, schimpfte sich Sam. Aber wo ich schon einmal da bin, dachte er sich und parkte den Wagen in einer Seitenstraße. Er musste sowieso nachdenken, die nächsten Wochen waren die entscheidende Phase in ihrem Fall.

Er stieg aus dem Auto und tastete in seiner Jackentasche nach der Zigarettenschachtel, die er am Flughafen gekauft hatte. Du solltest nicht im Gehen rauchen, hörte er Klara sagen, genieß sie lieber. Sonst lass uns stehen bleiben. Ach Sissi, dachte er und zündete sie an.

Er inhalierte den Rauch in der nassfeuchten Luft und blies den Rauch gen Himmel. Trotz des Regens waren einige Sterne am Firmament zu erkennen, sie erinnerten ihn an Fähnrich Crusher. Bei dem Gedanken an seinen Kollegen musste er lächeln. Er hatte ihn fast schon vermisst, diesen vorwitzigen Jungen, der gerade erst zu seinem Team gestoßen war und sich schon unverzichtbar gemacht hatte. Er dachte an Bennet, der immer noch einigen Spuren in Louisiana nachging, vor allem dem nach ihrem Tatort. Sie gingen davon aus, dass sich der Mörder in der Nähe seiner Ziele eine Art Lagerhaus oder eine Garage mietete. Irgendetwas, wo das Geschrei der Opfer nicht zu hören wäre. Die Schreie, die ihm, seit er die Videos gesehen hatte, nicht mehr aus dem Kopf gingen.

Bei Theresa war nicht daran zu denken gewesen, aber Tina Michalskys Tod lag nur etwa einen Monat zurück, diesmal hatten sie eine echte Chance. Und deshalb klapperte Bennet alle Vermieter ab, und es waren nicht gerade wenige. Wenigstens hatten sie das Fernsehen diesmal zu etwas nützen können, der Aufruf, sich bei der Polizei zu melden, wenn man in den letzten Monaten eine Garage oder ein anderes abgelegenes Gebäude vermietet hatte, lief seit gestern Mittag über alle Kanäle.

Sam hatte die Zigarette noch nicht einmal aufgeraucht, als er Jays Bar erreichte. Wie die No-Name-Bar in New York, in der er mit Klara früher öfter gewesen war, hingen auch in Jays kleiner, aber gemütlicher Kneipe hauptsächlich Menschen am Tresen, die allein gelassen werden wollten, ohne tatsächlich den Abend alleine verbringen zu müssen. Sam ließ den Rest der Zigarette in eine Pfütze am Randstein fallen und betrat das Lokal.

Er war spät, außer ihm saß nur noch ein anderer Gast am Ende der langen Bar und las das Feuilleton der New York Times. Sam lächelte. Genau diese Mischung war der Grund, warum er den Laden so mochte. Da saß dieser Typ, den jeder Wall Street Broker in seinem peinlichen Anzug für einen Penner gehalten hätte, war in Wirklichkeit Professor für Frühgeschichte und las beim Bier das Feuilleton.

Um jeder Unterhaltung von vornherein aus dem Weg zu gehen, setzte sich Sam ans andere Ende der Theke und begrüßte Jay wortlos, was dieser ebenso stumm erwiderte. Stattdessen zeichnete er mit Daumen und Zeigefinger ein Glas und schaute fragend zu ihm herüber. Sam nickte und bekam kurz darauf ein Anchor Steam auf den Tresen gestellt inklusive einer Schale Erdnüsse, seine Spezialversion, geröstet mit viel Chili und Honig, von denen er Jay einmal im Quartal einen Zwei-Kilo-Sack vorbeibrachte. Er bedankte sich bei seinem Barkeeper mit einem Kopfnicken. Es wurde nicht viel gesprochen in Jays Bar.

Sam setzte die kleine Flasche an den Mund und trank einen großen Schluck. Er zückte sein Notizbuch, das für jeden Außenstehenden im Zeitalter von Handys mit Massenspeichern und der Fähigkeit, Kinofilme abzuspielen, seltsam altmodisch anmuten musste. Oder wunderbar altmodisch, wenn es nach Sam ging. Ohne konkretes Ziel blätterte er durch seine Einträge, die er in Louisiana gemacht hatte:

Tina Michalsky: exakter Todeszeitpunkt, 5.–8. August
Blond, extrovertiert, Typ dicke Cameron Diaz
Tatort: ???
Entführung: Heimweg von der Arbeit?

Mit einem weiteren großen Schluck hatte er das Bier beinahe ausgetrunken und bestellte ein zweites per Handzeichen bei Jay, der wie immer, wenn nichts los war, hinter der Bar stand, auf seine Zapfhähne starrte und träumte. Das Bier ließ nicht lange auf sich warten, und diesmal bedankte sich Sam artiger, nicht zuletzt, weil ihm Jay eine sogenannte Apotheke, eine Mischung aus verschiedenen Kräuterlikören und Minze, neben sein Anchor Steam gestellt hatte. Die gab es aufs Haus, wenn Jay meinte, ein Gast könne sie gebrauchen. Hilft gegen alles, pflegte er zu sagen. Offenbar hatte der Barkeeper seine Gefühlslage wieder einmal richtig eingeschätzt, denn er blieb stehen und fragte: »Du willst reden, Sam?«

»Vielleicht, Jay«, antwortete er und stürzte die Apotheke gegen alles hinunter. Es war kein starker Drink, aber er hinterließ dennoch eine leicht wohlige Wärme im Bauch. Sollte er mit ihm darüber reden? Die Meinung eines Außenstehenden, der mit der Sache gar nichts zu tun hatte, konnte nicht schaden, und Jay hatte sich stets als durchaus kompetenter Gesprächspartner erwiesen. Er sagte nicht viel, aber dafür dachte er umso mehr nach, Zeit dazu hatte er ja genug. Es war selten richtig viel los in seiner Bar.

»Ich habe eine Frage für dich, Jay: Nehmen wir einmal an, du bräuchtest einen Ort, an dem du absolut ungestört bist. Du machst einen Heidenlärm, aber niemand darf dich hören, weil das, was du tust, absolut illegal ist. Deshalb kannst du auch keine ungebetenen Gäste gebrauchen. Was würdest du mieten? Eine Garage? Eine Lagerhalle? Und vor allem: wo?«

Jay verharrte für einen Moment und nahm dann Sams leeres Bier vom Tresen. Er würde darüber nachdenken, das wusste Sam und wandte sich wieder seinem Notizbuch zu.

Fundort Leiche:
Three Rivers Nationalpark, 20 Kilometer vom Highway, 3 Kilometer von der Forststraße
Tatort: ??
Was stimmt hier nicht? !!!

Seinem Notizbuch vertraute Sam alles an, auch die vagen Vermutungen seiner kalten Finger. Schließlich waren es seine Aufzeichnungen, und sie gingen nur ihn etwas an. Er blätterte eine Seite weiter zur Truthleaks-Spur.

Klara: Truthleaks-Quelle
1. Versuch Stein, sonst wie üblich.
Ergebnis: Stuxnet-Variante installiert (Wesley), sendet (01:38)
Ergebnis2: Name der Quelle: Adam Spillane, The O-Store, 515 Geary Street, San Francisco

Wo Klara wohl gerade steckte? Sam warf einen Blick auf die Uhr. Zu dieser Zeit müsste sie gerade in diesem ominösen Club der Truthleaks-Quelle auf den Zahn fühlen. Sam hoffte inständig, dass sie diesmal nicht wieder zu weit ging. Er kannte ihr aufbrausendes Temperament und ihre absolute Skrupel- und Gewissenlosigkeit, wenn sie einem Täter auf der Spur war. Sissi Swell war gefährlich, für Ermittlungen, für einen Prozess, weil sie die Beweise wieder einmal illegal beschafft hatte, aber vor allem für sich selbst. Und Sam hatte keine Lust, sie noch einmal ans Messer eines Senators liefern zu müssen, dem sie etwas zu fest auf den Schlips getreten war. Er wollte niemals wieder durch solch eine Phase mit Klara gehen müssen. Er hatte sie beim ersten Mal als Geliebte verloren, beim zweiten Mal würde er auch noch die Freundschaft verlieren, die er langsam glaubte wieder aufkeimen zu sehen. Andererseits konnte Klara auch sehr gut auf sich alleine aufpassen, und zur Not zusätzlich auf Pia Lindt, auch wenn es Sam nicht goutierte, dass Klara sie mitgenommen hatte.

Pünktlich zum Ende seines zweiten Bieres stand Jay grinsend vor ihm und stellte ein weiteres Anchor Steam vor ihm ab. Sam griff in die Schale mit den Erdnüssen und nahm eine große Portion.

»Danke, Jay.«

»Noch interessiert?«, fragte der Barkeeper.

»Klar, also, was meinst du?« Eine weitere Hand Erdnüsse wanderte in Sams Mund, während sich der Barkeeper über das Kinn strich, als müsste er sich seine Worte erst zurechtlegen.

»Ich würde gar nichts mieten. Mieten ist Käse, wer weiß, wer dazu alles 'nen Schlüssel hat. Ich hatte da mal einen Vermieter, der stand auf einmal bei mir in der Wohnung mitten am Sonntagmorgen, als ich mit Eva, na, du weißt schon. Hatte einen Nachschlüssel, sagte, er hätte geklingelt und wollte nur mal nach dem Rechten sehen. Ich würde etwas kaufen. Etwas Altes, Verrammeltes, für das sich niemand interessiert. Aber auch nicht zu abgelegen, damit die Anfahrten nicht allzu auffällig werden. Am besten wäre, man könnte mit dem Auto direkt ins Gebäude fahren. Eine alte Fabrik vielleicht, in einem größtenteils verlassenen Industriegebiet.«

Sam nahm eine weitere Portion Nüsse und spülte sie mit einem großen Schluck Bier herunter.

»Okay. Aber wenn du nicht kaufen kannst, weil du sehr viele von diesen Räumen brauchst?«

»Hm«, überlegte Jay. »Ich glaube, dann würde ich mir eher überlegen, wie ich es hinkriege, nicht so viele zu brauchen.«

»Aber wenn wir wissen, dass es viele Räume waren?«

»Gib mir ein paar Minuten, okay?«

Fünf Minuten und vier Handvoll Chilinüsse später stand Jay triumphierend vor ihm: »Und woher wisst ihr so genau, dass es so viele Räume waren?«

»Na, hast du die Gopher-Tapes nicht gesehen?«

»Sag bloß, das ist dein Fall, Sam.«

Sam nahm den letzten Schluck Bier: »Ja, leider, und deshalb gib mir noch eins davon, bevor ich nach Hause muss.«

»Bist du mit dem Auto da?«, fragte Jay.

»Nein«, log Sam. »Nun gib mir schon endlich das Bier und sag mir, ob du nicht glaubst, dass das vier verschiedene Räume sind.«

»Klar hab ich die Nachrichten gesehen, Sam. Aber keine Ahnung. Warum sollen das vier Räume sein?«

»Weil sie alle anders aussehen, in komplett anderen Städten lagen, überhaupt ist das völlig ...«

Jay stand wieder triumphierend grinsend vor ihm.

»Was denkst du?«, fragte Sam beinah verärgert.

»Hollywood, Kumpel.« Er tippte sich an die Stirn. »Glaubst du, Titanic wurde auf 'nem Luxusliner gedreht?« Jay verschwand hinter seinen Zapfhähnen, so schnell, wie er gekommen war.

Konnte da etwas dran sein? Sie waren automatisch davon ausgegangen, dass es sich um unterschiedliche Tatorte handeln musste. Sie sahen alle anders aus, lagen Hunderte, teils Tausende Kilometer auseinander. Nein, das war undenkbar.

Oder doch nicht?

Als Sam sein Bier bezahlt hatte und bei der zweiten Zigarette des Abends zum Auto ging, schrieb er eine Bemerkung in sein Notizbuch. Es konnte ja wirklich nicht schaden, das zu überprüfen, auch wenn es in seinen Augen wirklich arg weit hergeholt war.

Kapitel 23

Oktober 2011
San Francisco, Kalifornien

Für Klara hatte es sich als weitaus schwieriger herausgestellt als erwartet, eine Einladung für den O-Store zu besorgen. Offenbar war man bei diesem Privatclub nur mit persönlicher Empfehlung eines anderen Mitglieds als Gast willkommen. Sie hatte sich mittags an der angegebenen Adresse umgeschaut, und es war ihr nur mit einer gehörigen Portion Chuzpe geglückt, als angebliche Aushilfe eines Getränkelieferanten in die Lagerräume vorzudringen. Von dort aus war das Besorgen des aktuellen Losungsworts für die Einlasskontrolle am Abend allerdings kein Problem mehr gewesen. »Götterdämmerung«, was für ein bescheuertes Wort, dachte Klara jetzt, als sie sich mit Pia in einem Taxi der Geary Street näherte.

Die Location hat schon etwas, bescheinigte Klara den Clubbesitzern: eine unscheinbare Tür mitten in der Innenstadt, eingepfercht zwischen Touristenattraktionen. Jeder, der in San Francisco lebte, musste Hunderte Male an dieser Tür vorbeigelaufen sein, ohne jemals auch nur im Geringsten zu vermuten, was sich dahinter verbarg. Es erinnerte Klara an die Prohibition, jene Zeit, in der die amerikanische Regierung ihren Bürgern den Alkoholkonsum verboten hatte und während der sich Tausende illegaler Bars in Hinterzimmern darüber hinweggesetzt hatten. Sie hatte einmal gelesen, dass auch diese Bars nach dem Sesam-Öffne-Dich-Prinzip funktionierten: Entweder, du kanntest von einem vertrauenswürdigen Bekannten das Losungswort, oder dir wurde der Zutritt verwehrt. Damals wie heute ein adäquates Mittel, um unter sich zu bleiben.

Sie musterte Pia, die neben ihr auf der Rückbank des Taxis saß, und war mit sich zufrieden. Die Anwältin, die sonst so konservativ und zugeknöpft auftrat, steckte in einem Fummel, der jedem Richter die Schamesröte ins Gesicht getrieben hätte: ein langes, dunkelrot glänzendes Latexkleid mit einem auffälligen quastenbesetzten Ausschnitt und dazu eine passende Blume im Haar. Klara selbst hatte sich für eine sehr strenge Variante entschieden, um ihrem mädchenhaften Äußeren entgegenzuwirken. Sie trug einen engen Bleistiftrock, dazu Stiefel mit unverschämt hohem Absatz und eine weiße Bluse mit Krawatte. Um ihr Outfit zu vervollkommnen, hatte sie sich in dem Laden, in dem sie das Kleid für Pia erworben hatten, eine Peitsche und eine Ledermütze besorgt. Ob sie die Leute für ein Pärchen halten würden? Klara war das egal, Hauptsache, sie fanden diesen Adam, die Quelle von Truthleaks. Sie lächelte Pia zu, die dem Abend in dem geheimnisvollen Nachtclub scheinbar vollkommen unbekümmert entgegenfieberte.

»Gar nicht nervös, meine Liebe?«, fragte Klara. Pia hatte ihr auf dem Flug hierher das Du angeboten, was Klara schon viel früher getan hätte, aber immerhin war Pias Chef ihr Auftraggeber.

»Im Gegenteil. Ich freue mich auf den Club. Ich wollte schon immer auf eine dieser Partys. Sie haben auch einen Ableger in New York, aber ich habe bisher niemand gefunden, der mich mitgenommen hätte.«

Soso, wunderte sich Klara über die sonst so geschäftsmäßige »Miss Lindt«, wie Stein sie zu nennen pflegte. Ein leises Lächeln umspielte ihre Lippen, als sie dem Taxifahrer bedeutete, an der nächsten Ecke anzuhalten. Bevor sie ausstiegen, entschied sich Klara in letzter Sekunde doch noch, das finale Detail ihrer Verkleidung auszupacken, das sie bisher in ihrer Handtasche verborgen hatte.

»Wenn Sie sich einmal zu mir herüberbeugen würden, Miss Lindt«, imitierte sie den höflichen Tonfall des alten Anwalts.

»Was soll denn das sein?«, fragte Pia, und als sie erkannte, worauf es hinauslief, fügte sie hinzu: »Das ist nicht dein Ernst, oder?«

»Mein vollkommener Ernst. Unsere Verkleidung muss perfekt sein. Keine Widerrede«, sagte Klara und legte ihr mit einem breiten Grinsen auf dem Gesicht ein schmales Halsband um, an dem eine lange Leine befestigt war.

»So, und nun, mein Pferdchen, auf in den Kampf.« Als sie Pias Blick sah, musste sie lachen, aber die junge Blondine schien nicht ernsthaft gekränkt, ihr Blick wirkte vielmehr nach wie vor eher neugierig amüsiert. Klara stieg als Erste aus und ging um das Taxi herum. Mit einer eleganten Bewegung öffnete sie den Schlag und führte Pia an der Leine auf den Gehsteig.

»Lauf gerade und halte den Blick streng geradeaus. So hat es mir jemand erklärt, der sich damit auskennt«, flüsterte sie ihr ins Ohr, während sie sich dem Eingang näherten. Als sie die Tür erreicht hatten, klingelte Klara und sagte dem Auge, das durch ein kleines Sichtfenster blickte, die Losung: »Götterdämmerung«. Die schwere Eisentür öffnete sich. Sie waren drin.

———

Pia hatte Mühe, mit Klara Schritt zu halten, das Kleid war so lang und eng, dass sie nur tippelnd kleine Schritte machen konnte, und ihre Schuhe waren selbst für ihre Verhältnisse ungewöhnlich hoch. Aber Klara nahm darauf keine Rücksicht und führte sie zielstrebig durch einen langen Gang, an dessen Wänden überall Kerzen standen. Der ganze Club roch nach Geld und Luxus. Zwar machten die Wände absichtlich einen groben Eindruck, aber Pia blieben die fein gearbeiteten Reliefs auf den Fliesen nicht verborgen, die aussahen, als habe man sie in einer uralten Kirche geklaut. Und es roch nicht nach muffigem Club, sondern nach Zedernholz und teuren Parfums. Sie verstand langsam, warum der Laden einen so legendären Ruf genoss, und er war ganz offensichtlich eher etwas für die oberen Zehntausend.

Als ein livrierter Mann einen raumhohen Samtvorhang zur Seite schob, traute Pia kaum ihren Augen: Der große Saal war riesig und erinnerte eher an eine Bibliothek. In der Mitte hing ein gigantischer Kandelaber von der gläsernen Decke, der glitzernde Lichteffekte in alle Ecken des Raumes warf. Durch die hohe Kuppel konnte man den Sternenhimmel sehen. Pia schluckte, so stellte sie sich die europäischen Königshäuser vor: prachtvoll und allein durch ihre verschwenderische Größe ehrfurchtgebietend. Den Boden bedeckte edles Parkett, die Wände waren stuckverziert und zeigten Jagdszenen oder Porträts. Dies musste einmal ein Festsaal eines sehr, sehr reichen Unternehmens oder einer unermesslich reichen Privatperson gewesen sein, bemerkte Pia.

Die harten Beats bildeten einen krassen Kontrast zu der klassischen Kulisse, ebenso wie die ausgelassen feiernden Gäste, die sich zu Hunderten auf der Tanzfläche drängten. Entgegen ihrem ursprünglichen Gefühl fielen sie mit den Klamotten, die sie trugen, hier kaum auf. Die Kleiderordnung war gemischt, von Abendgarderobe, vor allem bei den Männern, bis hin zum ausgefallenen Fetischoutfit war hier so ziemlich alles dabei. Allerdings ausgesprochen stylish, fand Pia. Sie stolperte weiter hinter Klara her, die sich einen Weg durch die tanzende Menge zur großen Bar an der Kopfseite des Raumes bahnte. Und obwohl viele der Anwesenden deutlich auffälligere Kleidung trugen als sie, ernteten sie einige bewundernde Blicke. Seltsam, dass sie einem gar nicht anzüglich vorkamen, dachte Pia. Es schien sogar so, als hätte die offene Freizügigkeit einen gegenteiligen Effekt und würde zu mehr Respekt statt zu Geringschätzung führen. Pia kam sich bei Weitem nicht wie in anderen Diskotheken vor, wo der Alkohol die Männer sie wie Freiwild anstarren ließ und die Blicke unverhohlen und umso unangenehmer in ihre Ausschnitte lenkten.

Als Klara an der Bar zwei Gläser Champagner bestellte und dafür fünfzig Dollar hinblättern musste, wurde ihr klar, dass die Zurückhaltung zumindest auch an den Getränkepreisen liegen musste. Und sie konnte abschätzen, wie sich der O-Store rechnete trotz dieses atemberaubenden und sicher ein Vermögen verschlingenden Raumes. Klara hielt ihr den schlanken Kelch hin, und sie stießen an.

»Auf einen schönen Abend«, zwinkerte Klara ihr zu.

»Und wie willst du hier drin jemals diesen Adam finden?«, fragte Pia direkt in ihr Ohr, um die Beats zu übertönen.

»Geduld, Pia. Vielleicht haben wir Glück, und er kommt zu uns«, antwortete Klara und musterte einen attraktiven jungen Mann, der lässig an der Bar lehnte und die Tanzfläche beobachtete. Er war Anfang dreißig, sein Haar bereits leicht ergraut, und er hatte ein umwerfendes Lächeln. Pia, du bist so gut wie vergeben, vergiss das nicht, erinnerte sie sich selbst.

Vittorio lehnte mit einem Whiskey Sour an der Bar und betrachtete die Tanzfläche, als ihm zwei neue Gesichter auffielen. Eine atemberaubend gut aussehende Blondine wurde von einer sehr zierlichen, strengen Lady an einer Leine herumgeführt. Anfänger, wusste Vittorio, aber zumindest was euer Outfit angeht, habt ihr schon vieles richtig gemacht, dachte er lächelnd. Er rückte ein Stück nach links, um die beiden dazu zu verleiten, sich neben ihn zu stellen. Zu seiner Freude klappte der Trick bestens. Der Lockenkopf bestellte Champagner. Sehr nobel, dachte Vittorio. Er hob das Glas in ihre Richtung und erntete einen geraden, abschätzenden Blick, der ihn irritierte. Er hatte nichts von einem Flirt, im Gegenteil. Jetzt war Vittorio doppelt interessiert, und er beschloss, mehr über die beiden herauszufinden.

Die gelockte Brünette war ihm zu dünn, aber die Blondine sah umwerfend aus in ihrem hautengen roten Kleid. Und sie wirkte weniger distanziert, bei Weitem nicht so unnahbar wie ihre Freundin. Er besorgte an der Bar eine Flasche Champagner, die er anschreiben ließ und die er sich eigentlich nicht leisten konnte, aber leider fiel ihm keine günstigere Methode ein, die beiden kennenzulernen. Das war der große Nachteil des O-Store: Er ging tierisch ins Geld. Sparen können wir auch später noch, wenn wir Kinder kriegen, zitierte er Virginia. Wo ist sie überhaupt?, fragte er sich und suchte die Tanzfläche nach ihr ab, während der Barkeeper seine Flasche entkorkte. Er konnte sie nirgends entdecken, aber er wusste, dass sie gegen einen kleinen Flirt nichts einzuwenden hätte, im Gegenteil.

Er nahm die Flasche entgegen und goss sich selbst ein Glas ein. Er trank langsam und beobachtete dabei die beiden Frauen, um den richtigen Moment abzupassen. Als die Blondine ihr Glas leer getrunken hatte und sich nach einer Möglichkeit umsah, es abzustellen, ergriff er die Gelegenheit und trat neben die beiden: »Darf ich nachschenken?«, fragte er galant. Die Blondine schaute überrascht, aber ihre Freundin lächelte: »Aber gerne.«

»Du bist Stammgast hier?«, fragte die Schönheit im roten Kleid ihn nach dem ersten Schluck.

»So etwas in der Art«, grinste Vittorio zurück. »Wie kommst du darauf?«

»Weil du die Flasche anschreiben lassen konntest, und bei den Preisen machen sie das sicher nicht bei jedem X-beliebigen«, analysierte die Brünette und setzte wieder ihren durchdringenden Blick auf, der ihn zu durchleuchten schien wie Röntgenstrahlen.

»Gut im Kombinieren!«

Sie zuckte mit den Schultern. In den nächsten fünfzehn Minuten erfuhr Vittorio, dass die beiden Klara und Pia hießen, und wie er vermutet hatte, zum ersten Mal im O-Store waren. Sie fanden es nach eigenem Bekunden aufregend, was er zumindest Pia glaubte. Klara schien ihm abwesend, aber da die Anwältin – auch ihren Beruf hatte sie ihm mittlerweile verraten – bereitwillig mit ihm flirtete, sah er gerne darüber hinweg.

»Über wen seid ihr eigentlich hier reingekommen?«, fragte er.

»Adam Spillane«, antwortete Klara wie aus der Pistole geschossen und schien auf einmal gar nicht mehr desinteressiert. Bei Vittorio läuteten sämtliche Alarmglocken. Was wollten die beiden wirklich hier?

»Kennst du ihn?«, fragte die Blondine.

»Adam wer? ... Nein«, log Vittorio und schaute in sein Glas.

»Du lügst«, bemerkte Pia beiläufig, ohne die Stimme zu erheben.

»Warum sollte ich lügen?«, fragte er mit Unschuldsmiene.

»Keine Ahnung, aber wer in sein Glas schaut, lügt. § 12 der Steinschen Prozessordnung.«

»Was?« Vittorio hatte keine Ahnung, wovon sie da redete.

»Egal«, meinte wiederum die Brünette und tippte ihm mit dem Zeigefinger auf die Brust: »Wo finden wir Adam?«

Vittorio seufzte. Er musste herausfinden, was die beiden von Adam wollten. Und da sie seine erste Lüge direkt durchschaut hatten, blieb ihm wohl nichts anderes übrig, als ihr Spiel mitzuspielen. Zumindest vorerst. Er bedeutete ihnen, ihm zu folgen, schnappte sich die Champagnerflasche aus dem Kühler und ging vor in Richtung Garten. Die beiden Frauen folgten ihm, ohne zu zögern, wurden aber am Durchgang zum Garten aufgehalten. Erst nachdem Vittorio den beiden Jungs, die den Eingang zum Gartenbereich überwachten, deutlich gemacht hatte, dass sie zu ihm gehörten, ließen sie die beiden passieren.

Vittorio nahm auf einer Sitzgruppe in der linken Ecke des Gartens Platz. Hier war die Musik gedämpfter, und er konnte in Ruhe herausfinden, was die beiden im Schilde führten. Vittorio überlegte fieberhaft, warum die beiden ausgerechnet heute hier aufkreuzten. Offenbar kannten sie Adam gar nicht. Aber wie waren sie dann hier hereingekommen? War die Blonde vielleicht gar keine Anwältin sondern Journalistin? War es möglich, dass die beiden wegen der Tapes hier waren? Nein, unmöglich, der Quellenschutz von Truthleaks ist wasserdicht. Aber wenn doch, steckte er selbst in der Bredouille, denn er hatte Adam hoch und heilig versprochen, dass Truthleaks seine Quellen schütze. Absolut und ohne jede Ausnahme. Das war ihr Prinzip. Also, was wollten die beiden, vor allem diese Klara mit ihrem analytischen Blick?

Er goss Champagner nach und stellte die Flasche auf den Tisch in der Mitte der weißen Rattanmöbel. Die Blondine, Pia, blickte sich neugierig um, während sich Klara nur auf ihn konzentrierte.

»Noch einmal: Was wollt ihr von Adam?«, fragte er jetzt mit etwas schärferer Stimme.

»Wir möchten nur mit ihm reden«, versprach Klara und taxierte ihn aufs Neue. Die Blondine trank einen großen Schluck Champagner und schenkte sich selbst übertrieben langsam nach. Dann blickte Pia ihm plötzlich geradewegs ins Gesicht, ihre blauen Augen blitzten ihn an, und sie fragte: »Was wissen Sie über Truthleaks, Vito?«

Ihm blieb fast das Herz stehen. Wie konnte das sein? Erst die Frage nach Adam und jetzt die Frage nach ihm und Truthleaks? Er begann zu schwitzen, und sie hatte es bemerkt, denn sie blickte triumphierend zu Klara. Vittorio wurde klar, dass sie einen Schuss ins Blaue abgegeben und damit ins Schwarze getroffen hatte.

»Sag ich doch, Klara. Er weiß etwas.«

»Ich weiß gar nichts«, stammelte Vittorio, aber es war zu spät.

Pia schaute zu ihrer Kollegin und fragte, ohne ihn eines Blickes zu würdigen: »Was meinst du, sollen wir noch ein Risiko eingehen?« Die Blondine nickte.

»Also gut, Vito. Quid pro quo. Ich beantworte Ihnen in aller Offenheit eine Frage, auch wenn ich Ihnen die Antwort nicht geben dürfte, und Sie beantworten eine meiner

Fragen, auch wenn sie für Sie unangenehm ist, in Ordnung? Hört sich das für Sie nach einem fairen Deal an?«

Vittorio überlegte einen Moment. Was sie vorschlug, klang tatsächlich nicht unfair, und was hatte er schon zu verlieren? Er musste schließlich auch an die Interessen von Truthleaks denken. Wenn es einen Verräter in ihren Reihen gab, dann mussten sie ihn identifizieren. Quellenschutz über alles. Und früher oder später würden sie Adam auch ohne seine Hilfe finden, er war ja schließlich schwerlich zu übersehen.

»Okay, aber Sie fangen an mit den Antworten.«

Klara nickte. Während Pia ihnen ein weiteres Glas Champagner einschenkte, formulierte Vito seine erste Frage. Er trug sie langsam, fast ängstlich vor: »Sind Sie Journalistin?«

Die Brünette lachte: »Ich merke schon, Sie sind das Spiel nicht gewohnt. Was machen Sie, wenn ich jetzt einfach ›Nein‹ sage? Ich hätte Ihre Frage wahrheitsgemäß beantwortet, und Sie wüssten immer noch nicht, wer wir sind. Aber ich mache bei der ersten Frage eine Ausnahme und gebe Ihnen die Antwort auf die weitaus klügere Frage, wer uns hergeschickt hat: das FBI, Vito.«

Vittorio blieb der Mund offen stehen. FBI? In diesem Aufzug? Das konnte er kaum glauben, aber sie ließ ihm keine Zeit zum Nachdenken.

»Meine Frage lautet, Vito: Wo finden wir Adam Spillane?«

»Ich weiß es nicht. Ehrlich. Ich habe ihn das letzte Mal vor etwa zwei Stunden gesehen. Es gibt ein Büro im ersten Stock, aber meistens mischt er sich unter die Gäste.«

Die FBI-Agentin tauschte einen Blick mit der Blondine, die nickte. Danach beugte sie sich vor und flüsterte:

»Vittorio, was ich Ihnen jetzt sage, dürfen Sie niemals veröffentlichen, zumindest noch nicht. Können wir auf Sie zählen?«

Vittorio dachte darüber nach. Er war Gründungsmitglied von Truthleaks; es war ihr Credo, ihr Mantra, nichts unter den Teppich zu kehren. Alles, wirklich alles öffentlich zu machen war für die globale Informationsgesellschaft der beste Garant für Demokratie. Und ausgerechnet er sollte einer FBI-Agentin zusagen, etwas geheim zu halten? Jetzt beugte sich auch Pia zu ihm vor und raunte ihm verschwörerisch zu: »Vertrauen Sie uns, Vito. Vertrauen Sie mir. Es ist wichtig, und es geht hier nicht um die kurzfristige Pressefreiheit, sondern um Menschenleben.«

Mit staubtrockener Kehle nickte Vittorio.

»Die Gopher-Tapes«, flüsterte Klara, »sie zeigen nicht nur Folter, wie Sie glauben, Vito. Sie zeigen Morde. Alle diese Frauen sind tot. Und Adam ist der Einzige, der mehr über die Quelle weiß. Es ist ein Serienmörder, Vito. Sie müssen uns helfen, ihn zu stoppen. Und jetzt holen Sie diesen Adam her.«

Kreidebleich erhob sich Vittorio aus dem Korbsessel. Das änderte alles. Die Filme zeigten nicht nur echte Qualen, sondern ein reales Ringen mit dem Tod. Mord? Mein Gott. Er musste Adam finden.

Keine halbe Stunde später standen sie in Adams Büro, das über dem großen Saal lag. Durch eine verspiegelte Glasscheibe hatte man einen spektakulären Blick auf die Tanzfläche und den Garten, auf dem riesigen schwarzen Schreibtisch stand ein moderner Computer.

Ganz im Gegensatz zu dem vorsichtigen und geheimniskrämerischen Vito hatte sich Adam Spillane von Anfang an sichtlich schockiert und danach ohne alle Vorbehalte kooperativ gezeigt. Wäre Pia ihm des Nachts in einer dunklen Gasse begegnet, hätte sie sich vor dem Hünen mit den Drachen- und sonstwelchen Tattoos auf dem massigen Körper wahrscheinlich gefürchtet oder zumindest ein mulmiges Gefühl im Magen gehabt. Vollkommen zu Unrecht, denn Adam hatte sich als äußerst höflicher, zurückhaltender Mann entpuppt. Da sieht man mal wieder, wie der erste Eindruck täuschen kann, schalt sich Pia für ihre engstirnigen Vorurteile.

Jetzt standen sie in einem Halbkreis um seinen Computer. Adam war selbst auf dem Schreibtischstuhl sitzend noch fast so groß wie Klara mit ihren hohen Absätzen, lächelte Pia. Nachdem Klara Adam erklärt hatte, dass sie unbedingt mehr über die Hintergründe der Gopher-Tapes herausfinden mussten, rief Adam eine schwarz-rot gehaltene Webseite auf, die fast ausschließlich aus Text bestand, und erklärte: »Hier, das ist die Website, auf der die Filme immer als Erstes kursierten. Allerdings glaube ich nicht, dass Sie damit groß weiterkommen. Es ist ein in unseren Kreisen sehr bekanntes Online-Forum, so eine Art ›Lost and Found‹ für seelische Dispositionen aller Art. Klicken Sie mal auf die Rubrik ›Suche‹.«

Klara, die vor dem Rechner saß, rief die entsprechende Seite auf.

»Ist das Ihr Ernst, Adam?«, fragte Klara, als sie die ersten Einträge gelesen hatten.

»Na ja, wie ich schon sagte: seelische Dispositionen aller Art. Sie dürfen ›aller Art‹ wörtlich nehmen.«

»Lady Anastasia sucht einen ›Haussklaven für Rundum-die-Uhr-Erziehung‹? Das ist doch vollkommen durchgeknallt«, meinte Klara.

»Wie man's nimmt«, antwortete Adam. »Dies ist gewissermaßen das Ende des Internets, hier finden Sie wirklich alles und jede Phantasie. Die meisten sind vollkommen normale Leute mit vielleicht minimal abseitigen Phantasien, aber es sind auch immer wieder echte Härtefälle dabei. Letztes Jahr gab es einen Typen aus Deutschland, der jemand dafür suchte, mit ihm gemeinsam seine Genitalien zu kochen und zu verspeisen.«

»Nicht Ihr Ernst«, fiel ihm Pia ins Wort.

»Mein voller Ernst. Und er hat sogar jemand gefunden. Aber die Selbstregulierung funktioniert hier besser als in den meisten Foren, die Aktion konnte dank einiger Mitleser von der Polizei in letzter Minute verhindert werden.«

»Na, Gott sei Dank«, rief Klara.

»Und was ist aus denen geworden?«, interessierte sich Pia.

»Hören Sie, Pia. Wir sind nicht alle vollkommen verrückt geworden. Leider werden die Foren von solchen Leuten für so etwas missbraucht, aber es ist nicht Sinn und Zweck der Sache. Viele der Stammgäste in diesem Club sind auch in dem Forum aktiv, und ich kann Ihnen versichern, dass das keine Spinner sind. Natürlich sind die beiden Möchtegernkannibalen eingewandert, und sie werden die Geschlossene wohl auch so schnell nicht mehr verlassen. Aber wie gesagt, das sind Einzelfälle.«

»Sie gehen also davon aus, dass unser Mörder hier in diesem Forum aktiv ist?«, versuchte Klara wieder zum eigentlichen Zweck ihres Treffens zurückzukehren. Pia schüttelte sich innerlich bei dem Gedanken an die kranken Phantasien, die hier verbreitet wurden. Der Thread mit dem aussagekräftigen Titel »Unfall-Pics – Todesfolge« hatte über dreihundert Einträge. Langsam bekam sie eine Vorstellung davon, was Sam Burke mit seiner Theorie über die Folgen drastischer Internetinhalte für psychisch anfällige Persönlichkeiten meinte. Nicht auszudenken, was derartige Fotos im Kopf eines fünfzehnjährigen Jungen anstellen würden.

»Ja, ich denke, davon sollten Sie ausgehen. Oder dass er Kontakt zu jemand aus diesem Forum hatte. Warum sonst hätten die Filme allesamt hier zuerst auftauchen sollen?«

»Gibt es eine Userliste?«

»Nicht direkt, es sei denn, man würde alle Diskussionen durchforsten, aber das kann Tage dauern.«

Klara nahm ihr Handy aus ihrer Handtasche und stand auf. Die Klamotten stehen ihr tatsächlich richtig gut, dachte Pia bewundernd. Vor allem ihre Figur hätte sie auch gerne. Eine Minute später hatte Klara ihren Gesprächspartner erreicht.

»Wesley, ich weiß, es ist spät, aber wir haben etwas. Schau dir doch folgende Seite einmal genauer an ... Nein, jetzt ... Gut, ich warte.«

»Unser Computerexperte schaut sich die Seite an«, bemerkte sie zu den anderen. »Ich denke, wir werden unsere Liste bekommen.«

Keine Minute später zeigte Klara mit einem »Daumen hoch«, dass Wesley Erfolg gehabt hatte. Sie gab ihm Adams E-Mail-Adresse durch. Damit alle mithören konnten, stellte sie ihr Handy neben den Bildschirm und schaltete den Lautsprecher ein. Während das E-Mail-Programm startete, kommentierte Wesley: »Die Liste war nicht weiter kompliziert, aber da habt ihr euch ja wirklich mal eine Seite ausgesucht. Mein lieber Mann, Sachen gibt's ...«

»Halt die Luft an, Wesley«, bemerkte Klara. Adam scrollte durch die Liste. Allein unter dem Buchstaben »A« gab es Hunderte von Einträgen. Pia blickte in die Runde. Klara sah ebenso ratlos aus wie sie, und den anderen schien es nicht besser zu gehen.

»Hat irgendjemand noch eine zündende Idee?«, fragte Klara nach kurzem Schweigen. »Sonst brechen wir hier ab und machen in der Zentrale weiter.«

»Na ja«, bemerkte Vito, den Pia beinah vergessen hätte. »Normalerweise suchen sich die Leute doch irgendeinen Namen mit Bezug, oder nicht? Sie sagten doch, er würde die Frauen immer mit Autobomben entführen, wie wäre es damit?«

»Gute Idee«, bemerkte Wesley durchs Telefon. »Ich schreib schnell eine Suche, Moment.«

Wenige Sekunden später vermeldete er einen ersten Treffer: »Hier haben wir einen: ›Bomber_1975‹, und hier noch einen: ›Bombshell‹.«

»Adam, gibt es irgendeine Möglichkeit, mehr über diese User herauszufinden?«, erkundigte sich Klara.

»Nun, man kann sich das Profil anzeigen lassen ...«

»Klara«, schimpfte Wesley dazwischen. »Halt mich doch bitte nicht für einen Anfänger. Ich bin schon dran.«

»Wenn wir davon ausgehen, dass es sich bei der 1975 um sein Geburtsjahr handelt, könnte das hinkommen«, warf Klara ein.

»Sie sind es nicht«, verkündete Wesley blechern aus dem Lautsprecher. »Der eine ist ein Satanist aus New York, der andere ein Schuhfreak aus Vermont. Und beide waren vor zwei Jahren das letzte Mal online.«

Pia überlegte fieberhaft, welche Namen sonst noch infrage kämen. Plötzlich hatte sie einen Einfall: »Wir reden doch von einem sexuell motivierten Täter, oder nicht? Wie hieß noch dieses Folterinstrument, das er verwendet? Aus den Videos? Dieses Pyramidending?«

»Judaswiege«, flüsterte Adam.

»Es gibt nur einen Treffer mit ›Judas‹«, bemerkte Wesley aufgeregt. Im Hintergrund hörte man ihn schneller tippen, als es Pia jemals für möglich gehalten hätte. »Judas_Iscariot. Das könnte unser Mann sein. Das Profil hat keinerlei private Informationen hinterlegt, nicht einmal einen Bundesstaat. Und: Er ist online.«

Pia hielt die Luft an. Sollte das heißen, ihr Mörder saß in diesem Moment an seinem Rechner und surfte auf derselben Internetseite wie sie?

»Kannst du ihn lokalisieren, Wesley?«

»Nur, wenn wir mit ihm direkt in Kontakt treten. Und auch dann nur sehr grob, vielleicht bis zu einer Stadt oder einem County. Für alles Nähere brauchen wir die Providerdaten, und die kriegen wir kaum so schnell.«

Die Stimmung in dem großen Büro war schlagartig umgeschlagen. Während sie zuvor noch einigermaßen amüsiert über die sexuellen Neigungen bestimmter User gelächelt hatten, lag jetzt eine knisternde Spannung im Raum, alle starrten mit gebannten Augen auf den großen Bildschirm.

»Kannst du alle Nachrichten aufrufen, die Judas_Iscariot geschrieben hat?«

»Die Forenbeiträge schon, die Chats natürlich nicht. Wartet mal eine Sekunde. Adam, gleich öffnet sich auf Ihrem Rechner ein Fenster, bitte klicken Sie auf ›Okay‹.«

Sekunden später erschien ein Systemdialog, den Klara bestätigte.

»Ihr seht jetzt eine Kopie von meinem Bildschirm. Ich zeige euch jetzt seine Forenbeiträge.«

++ Im Forum: Sex > BDSM > Ab 18 > Neue Hardcore-Varianten ... ++
Datum: 27.08.2009
Betr.: @ Blackangel
Hört sich interessant an. Habe da auch einige Ideen, die ich gerne mal ausprobieren möchte. Näheres per PM.

++ Im Forum: Psychologie > Fragen und Antworten > Abartig? Bitte helfen ... ++
Datum: 05.07.2011
Betr.: Hilfe
Hat schon jemand mit dir wegen deines Problems gesprochen?

++ Im Forum: Allgemein > Rollenspiele > Real Time Filme ohne Schnitt ... ++
Datum: 25.06.2006
Betr.: Gibt es schon ...
... ist aber selten. Leider. Kann mir jemand sagen, wo ich welche auftreiben kann, respektive wer mir so etwas besorgen kann?

In Adams Büro herrschte betretene Stille, selbst Wesley kommentierte nichts mehr. Erst Klara brach das Schweigen: »Was meint ihr? Könnte das unser Mann sein? Judas_Iscariot, der Name ist schon auffällig. Andererseits auch nicht vollkommen ungewöhnlich, wenn ich mir die anderen Usernamen so anschaue. Aber er schreibt über Filme, verlagert dann aber die Konversation auf den persönlichen Chat, wahrscheinlich, um sich nicht öffentlich im Forum zu verraten. Was meinst du, Wesley?«

»Ja, Klara, ich glaube, du könntest recht haben«, sagte Wesley leise. »Ich habe hier noch etwa hundert Einträge, alle ähnlich gelagert: Er redet mit Leuten, die außergewöhnlich gewaltaffin zu sein scheinen. Er spricht sie gezielt in Forenbeiträgen an und lockt sie in den Chat. Wenn du mich fragst, ja: Das könnte unser Täter sein. Ich bin gespannt, was Sam dazu sagt ...«

»Und was machen wir jetzt?«, fragte Pia mit einem flauen Gefühl im Magen. »Sollen wir versuchen, ihn anzusprechen?«

»Das können wir auf keinen Fall mit dem Account machen, den ich gerade angelegt habe«, bemerkte Wesley. »Der riecht den Braten sofort, wenn das jemand ohne Historie ist.«

»Okay, dann packen wir für heute zusammen«, entschied Klara. »Sam hätte mich ohnehin in der Luft zerrissen, wenn ich das ohne sein Okay und ihn als ausgebildeten Psychologen probiert hätte.«

»Was den Account angeht«, mischte sich Vito ein, »könnte ich vielleicht helfen. Ich habe seit Ewigkeiten einen, den ich aber kaum benutze. Aber er ist zumindest alt, und es gibt einige, aber nicht sehr aussagekräftige Forenbeiträge über die letzten Jahre.«

Pia beobachtete Klara, die intensiv nachdachte. Sie konnte den inneren Streit, den sie mit sich ausfocht, beinah körperlich spüren. Auf der einen Seite die Chance, möglicherweise mehr über ihren Täter zu erfahren, vielleicht sogar seinen momentanen Aufenthaltsort, auf der anderen Seite das Wissen darum, dass es absolut unprofessionell, wenn nicht vielleicht sogar gefährlich war, es ohne Sam aufs Geratewohl zu versuchen.

»Haben Sie jemals irgendwelche persönlichen Informationen mit diesem Account veröffentlicht? Eine Adresse, auch nur die Stadt, in der Sie wohnen, Vito?« Klara schien sich entschieden zu haben. Pia war jedoch ganz und gar nicht wohl in ihrer Haut.

»Nein, nichts. Ich habe ihn nur angelegt, weder mein Name noch meine Adresse noch sonst was.«

»Okay, dann probieren wir es«, entschied Klara. Wesley, du machst das und lässt uns hier über den Bildschirm mitlesen. Wir borgen uns ein ähnliches Problem wie dieser Hellbuoy aus der zweiten Diskussion, mit ihm scheint er ja persönlich gesprochen zu haben. Du mimst also einen Mann Anfang zwanzig, der Gewaltphantasien hat und nicht mit ihnen zurechtkommt. Kriegst du das hin?«

»Kein Problem«, antwortete Wesley. »Ich habe doch schon immer diese Gewaltphantasien, vor allem meinen Kolleginnen gegenüber.«

Klara rollte mit den Augen.

»Kleiner Scherz, nein. Ich denke, ich werde das hinbekommen.«

Nachdem Vittorio ihm die Logindaten gegeben hatte, verfolgten sie live am Bildschirm, wie Wesley versuchte, per Chat Kontakt zu ihrem Killer aufzunehmen:

[whisper to Judas_Iscariot]: Hallo. Darf ich dich was fragen?

Alle standen hinter dem großen Bildschirm und starrten auf die Lettern. Es kam keine Antwort.

»Ist er noch online?«, wollte Klara nach zwei Minuten wissen.

»Ist er«, versprach Wesley. Es verging mindestens eine weitere Minute, die sich anfühlte wie eine Stunde, als plötzlich in roten Lettern auf der schwarzen Seite eine Antwort erschien:

[whisper to Thunder]: Ja. Wer bist du?

Pia krallte sich in die Lehne von Adams Stuhl. Waren

das die Worte eines Mannes, der vier Frauen bestialisch ermordet hatte? Sie starrte auf die Buchstaben, bis sie vor ihren Augen verschwammen.

»Was soll ich antworten?«, fragte Wesley hektisch.

Niemand sagte etwas, vielleicht hatten sie sich das doch etwas zu einfach vorgestellt?

»Schreib: Ich bin ein Bekannter von Hellbuoy«, sagte Pia, die hoffte, damit das Richtige zu tun.

[whisper to Judas_Iscariot]: Ich bin ein Bekannter von
    Hellbuoy ...

Die nächste Antwort kam wesentlich schneller. Offenbar hatte Pia in ihrer Unbedarftheit den Nagel auf den Kopf getroffen. Ab jetzt war Wesley auf sich alleine gestellt.

[whisper to Thunder]: Was kann ich für dich tun?
[whisper to Judas_Iscariot]: Ich habe ein ähnliches
    Problem. Ich träume davon, jemand umzubringen. Er
    hat gesagt, du weißt Rat.

»Das war aber ein weiter Schuss ins Blaue, Wesley«, rügte Klara. »Ich hoffe, dass er uns nicht abspringt.«

[whisper to Thunder]: Vielleicht. Was träumst du?

»Es war gar nicht so ins Blaue, Klara. Ich habe einen Post von diesem Hellbuoy gefunden, der richtiggehend von Judas_Iscariot schwärmt und ihn als seinen ›Mentor‹ bezeichnet.«

[whisper to Judas_Iscariot]: Ich träume, dass ich einer
    Frau die Pulsadern aufschneide und sie vor meinen
    Augen verblutet. Wie sie immer schwächer wird, das
    Leben aus ihr weicht.
[whisper to Thunder]: Thunder, du bist ja ein richtiger
    Poet. Kennst du die Frau?
[whisper to Judas_Iscariot]: Nein. Einmal war es eine

Frau, die ich im Supermarkt getroffen habe. Aber meistens sind es bloß irgendwelche Frauen.

[whisper to Thunder]: Befriedigt es dich?

[whisper to Judas_Iscariot]: Wie meinst du das?

[whisper to Thunder]: Na, ob du danach Befriedigung empfindest, entweder körperlich oder seelisch? Wenn sie tot sind, meine ich.

[whisper to Judas_Iscariot]: Weiß nicht ...

[whisper to Thunder]: Wie, das weißt du nicht, das musst du wissen. Das ist wichtig.

[whisper to Judas_Iscariot]: Ich denke schon ...

[whisper to Thunder]: Willst du es herausfinden?

[whisper to Judas_Iscariot]: Ja, klar. Deswegen frage ich dich ja ...

[whisper to Thunder]: Warte einen Moment.

»Yessss! Das war gut, oder?«, fragte Wesley durchs Telefon.

»Wir werden sehen«, mahnte Klara zur Skepsis. Pia fand, dass er seine Sache wirklich gut gemacht hatte. Zwischendrin war es einmal knapp gewesen, aber er hatte Judas bei der Stange gehalten.

»Was passiert jetzt?«, fragte Pia.

»Er schickt uns eine Datei«, meinte Wesley.

»Hast du daran gedacht, seinen Standort ausfindig zu machen? Wie weit bist du damit?«, fragte Klara, die von Minute zu Minute nervöser zu werden schien. Wahrscheinlich hat sie Angst vor der eigenen Courage, vermutete Pia.

»Bitte, Klara, nicht schon wieder. Natürlich habe ich daran gedacht, der Tracer läuft längst. Moment, er ist wieder da.«

[whisper to Thunder]: Hast du das Video angeschaut?

[whisper to Judas_Iscariot]: Noch nicht. Soll ich?
[whisper to Thunder]: Ja.

Wesley startete das Video, das Judas ihnen mit dem Chat-Client geschickt hatte. Pia erstarrte. Es war eines der Gopher-Tapes, eine Sequenz aus der Ermordung des letzten Opfers. Und es war Material, das sie bisher noch nicht zu Gesicht bekommen hatten. Bei der momentanen Popularität würden sich neue Sequenzen binnen Minuten im Internet verbreiten, die sozialen Netze waren schneller als jeder Nachrichtenkanal. Pia schluckte. Sie chatteten mit einem Serienmörder. An den Gesichtern der anderen konnte sie ablesen, dass sie mit ihrer Meinung nicht alleine war.

»Schalt es ab, Wesley«, forderte Klara.

»Nein«, entgegnete der Kollege. »Vielleicht merkt er das, entweder weil wir zu früh wieder online sind, oder weil er irgendeinen Code mitgeschickt hat. Wir müssen da durch.«

Pia drehte sich weg, sie hatte nicht die Absicht, sich jemals wieder einen dieser Filme anzusehen. Der Hüne Adam warf ihr einen aufmunternden Blick zu, als hätte er gespürt, wie sehr sie die Filme mitnahmen. Was gäbe sie dafür, wenn Adrian jetzt bei ihr sein könnte … Als die dreiminütige Sequenz zu Ende gelaufen war, wechselte Wesley zurück in den Chat:

[whisper to Judas_Iscariot]: Fertig.
[whisper to Thunder]: Und?
[whisper to Judas_Iscariot]: Wie, und?
[whisper to Thunder]: Was hast du gefühlt?
[whisper to Judas_Iscariot]: Ich fand es …

Mitten im Satz hörte Wesley auf zu tippen. Was sollte er darauf auch antworten?, fragte sich Pia. Was war die richtige Antwort für einen mehrfachen Mörder auf diese Frage? Wesley musste sich entscheiden. Er tippte ein weiteres Wort und drückte die Return-Taste.

[whisper to Judas_Iscariot]: Ich fand es scharf.

Plötzlich ebbte der Antwortstrom ab. Während sie vorher alle paar Sekunden hin- und hergeschrieben hatten, kam jetzt auf einmal gar nichts mehr. Sie warteten zehn Sekunden, zwanzig, dreißig. Dann sprach Wesley aus, was sie alle schon wussten.

»Wir haben ihn verloren, glaube ich. Ich habe einen Fehler gemacht.«

Er startete einen letzten Versuch, Judas_Iscariot zurückzuholen:

[whisper to Judas_Iscariot]: Was ist los?

[whisper to Thunder]: Du bist ein Fake, sonst nichts. Bye.

»Das war's, schätze ich.«

»Lass gut sein, Wesley«, pflichtete ihm Klara bei. »Wir haben, was wir brauchen. Er ist unser Mann, und er hat ab heute einen Namen. Jetzt kriegen wir ihn. Was macht der Trace?«

»Ich habe eine Stadt, mehr nicht, aber das hatte ich euch ja schon angekündigt.«

»Jetzt lass dir nicht alles aus der Nase ziehen, Fähnrich«, mahnte Klara. »Wo ist er?«

»Irgendwo im Großraum Chicago.«

KAPITEL 24

Oktober 2011
Washington D.C.

Beim Aufwachen stieß sich Sam Burke den Kopf an der Nachttischlampe, die er wohl vergessen hatte auszuschalten, und es roch ein klein wenig nach verbrannten Haaren, als er ungläubig auf seinen Wecker schaute: 5:24 Uhr. Das konnte nichts Gutes bedeuten. Er versuchte, die Hosenbeine seines Anzugs glattzustreichen, während er das Büro zurückrief.

»Was gibt's, Wesley?«

Sam gab enttäuscht auf und pfefferte die Hose in die Ecke für die Schmutzwäsche. Im selben Augenblick erstarrte er und richtete sich auf.

»Ihr habt was…?«, fragte er entgeistert. »Das ist nicht dein Ernst, Fähnrich.« Nein, natürlich war es nicht sein Ernst. Aber dafür Klaras. Typisch, schimpfte er und trat vor den Schrank, in dem noch neun weitere Anzughosen desselben Typs hingen. Nachdem ihm der Kollege die ganze Geschichte erzählt hatte, packte er drei davon in eine lederne Reisetasche, dazu fünf Hemden, zwei Krawatten und zwei Paar Schuhe auf Leisten. Er hasste es, zwei Tage hintereinander dieselben Schuhe tragen zu müssen. Als er zwei Minuten später den Startknopf der Kaffeemaschine drückte, hatte er das Handy noch immer am Ohr.

»Gut, Wesley. Trommel alle zusammen, ich möchte das gesamte Team in einer Dreiviertelstunde im Büro sehen, und zwar vollzählig«, knurrte er in den Hörer und legte auf, bevor der Jungspund etwas erwidern konnte.

Da er schon fertig gepackt hatte, putzte er Schuhe, bis der Kaffee fertig war, dabei konnte er am besten nachdenken. Über der ersten Tasse Koffein legte er sich den Schlachtplan für die nächsten Tage zurecht. Was Klara letzte Nacht riskiert hatte, spottete jeder Vorschrift, aber sie hatte, wie meistens, herausragende Ergebnisse erzielt. Sam konnte damit leben, auch wenn er manchmal nicht genau wusste, wie er das anstellte.

Zwanzig Minuten später stellte er die Kaffeetasse in die Spüle und schaltete die Maschine aus. Bevor er die Haustür erreicht hatte, überprüfte er noch dreimal, ob die kleine Leuchtdiode auch wirklich aus war. Er konnte keinesfalls riskieren, dass ihm in seiner Abwesenheit sein geliebtes Haus abfackelte, bloß weil er vergessen hatte, die Kaffeemaschine auszustellen. An der Haustür setzte er sein zwanghaftes Ritual fort, das vor jeder Flugreise gleich ablief: Nachdem er abgeschlossen hatte, rüttelte er in einem bestimmten Rhythmus an der Tür. Einbrecher konnte er ganz und gar nicht brauchen. Dass dort, wo er hinfahren würde, weit größere Gefahren lauerten, kam ihm nicht in den Sinn.

―――

Sein Team wartete bereits im achteckigen Raum, als Sam knappe fünf Minuten nach seiner eigenen Zeitvorgabe im Büro auftauchte. Zu seiner Freude hatte jemand – er verdächtigte Anne – Donuts besorgt. Ob die zu dieser Uhrzeit frisch sein konnten? Oder waren die etwa von gestern? Sam beschnupperte einen der Teigringe und legte ihn auf eine Serviette.

Wesley hatte die Bildschirme um sie herum mit den neuesten Informationen ergänzt, was Sam einigen Respekt abnötigte. Neugierig betrachtete er den Chat, den der junge Wesley alias »Thunder« mit ihrem vermeintlichen Täter geführt hatte. Die junge Anwältin hatte ihnen einmal den Arsch gerettet, aber sonst hatten sie ihre Sache recht gut gemacht, bemerkte Sam und nahm ein Stück Gebäck. Wo kriegt Anne nur um diese Uhrzeit frische Donuts her?, freute sich Sam über die wohltuende Ration Zucker am Morgen.

»Also gut, Leute«, begann er mit vollem Mund. »Ihr wisst, dass ich euch im Grunde dafür übers Knie legen müsste, oder? Wie konntet ihr nur so ein Risiko eingehen.«

»Ach Sam«, schaltete sich Klara ein.

Klara? Wieso Klara? Die war doch noch in San Francisco, oder nicht? Sam entdeckte ihr Porträt an einer der Videoleinwände. Sie sah sehr zufrieden aus. Und sie saß in einem Flugzeug. Er blickte ihr tadelnd in die virtuellen Augen.

»Es hat doch funktioniert, oder nicht?«, fragte sie aus ihrem Flugzeug.

»Nur, weil etwas funktioniert hat, ist es noch lange nicht richtig«, antwortete Sam. »Was, wenn ihr aufgeflogen wärt? Wenn er euch irgendeine technische Falle gestellt hätte?«

Wesley meldete sich zu Wort: »Aber Chef, haben Sie nicht gesagt ... ja, hier steht es sogar im Täterprofil: ›Internetaffin, aber kein technisch versierter Profi‹?«

Das hatte Sam tatsächlich gesagt, und der vorbildliche Einsatz des Kollegen hatte ihn schon auf der Autofahrt ein wenig milder gestimmt.

»Also gut, vergessen wir das für eine Weile. Was nicht heißen soll, dass wir es zu den Akten legen, damit ihr das richtig versteht. Aber ihr habt uns mit eurer Aktion natürlich meilenweit vorangebracht, daran besteht kein Zweifel.«

Klara, die hinter Wesley gewissermaßen an der Wand hing, und ihr junger Kollege grinsten um die Wette.

»Für uns heißt das jetzt: Wir haben eine Menge zu tun. Wir haben ihn am Schlafittchen, Leute, und wir müssen ihn uns schnappen.«

Sam wartete, bis er allgemeine Zustimmung spürte. Dann fügte er flüsternd hinzu: »Und ich erwarte von euch, dass ihr euer Bestes gebt. Ich weiß, wir können es schaffen.«

In diesem Moment platzte Marin, ihr aller Chef und politischster aller Politiker innerhalb des FBI, in die Sitzung: »Ich habe gehört, Sie machen Fortschritte, Burke. Gratuliere!« Er ließ seinen Blick über die Anwesenden streichen, blieb einen Moment zu lange an Klaras Porträt auf der Wand hängen und kniff dabei die Augen zusammen. Sam spürte genau, dass er es mit dem Kompliment nicht ernst meinte. Listig wie eine Klapperschlange, und er hatte Klara längst nicht vergessen, dass sie ihn mit den Bildern seiner Geliebten erpresst hatte. Bloß, dass wir ohne sie nicht wüssten, dass der Täter als Nächstes im Großraum Chicago zuschlagen wird, und auch nicht, dass er in diesem Onlineforum aktiv ist. Er hoffte inständig, dass er Klara in Ruhe ließ. Sie brauchten sie. Er brauchte sie. Marin setzte sich, wie es seine herablassende Art war, auf einen der Schreibtische und schlug die Beine lässig übereinander.

»Also, was haben wir?«, fragte er, als könne er durch schiere Präsenz das Kommando übernehmen. Sam wusste es dennoch besser, als offen zu rebellieren. Er musste ihm ein paar Brocken hinwerfen.

»Wir wissen, dass er heute Nacht in Chicago war, vielleicht dort sein nächstes Opfer sucht. Wir werden alle verfügbaren Kräfte mobilisieren und parallel versuchen, seinen Standort über den Forenchat weiter zu verfolgen. Sobald wir ausreichend vorbereitet sind, schlagen wir zu.« Sam verschwieg dabei große Teile seines Schlachtplans, denn er wusste, dass Marin als Politiker einfache Pläne liebte, die jedoch nie funktionierten. Er erwähnte weder seine Vermutung, dass ihr Täter mittlerweile einen Komplizen hatte, noch erzählte er von der psychologischen Falle, die er ihm mit Wesleys Hilfe stellen wollte.

Marin nickte: »Das klingt doch schon einmal ganz vernünftig, Burke. Ich kümmere mich um die Mobilisierung der Einheiten in Chicago. Werd denen mal ein bisschen Druck machen.«

Sam stöhnte innerlich auf. Da war er wieder, der politische FBI-Vorgesetzte, der sich immer genau so weit einmischte, dass er Lorbeeren einheimsen konnte, aber bei einem Fehlschlag niemals verantwortlich wäre. Sam verabscheute diese Beamten mit ihren einfachen Plänen und ihrer Schwarz-Weiß-Sicht, die niemals zu ordentlichen Ergebnissen führte. Er lächelte: »Das wäre uns eine große Hilfe.«

»Dann will ich Sie mal nicht weiter aufhalten. Machen Sie weiter, und holen Sie uns den Kerl, ja?« Marin schwang sich vom Tisch und klopfte auf die Holzplatte. Beim Rausgehen warf er noch einmal einen etwas zu langen, finsteren Blick Richtung Klara Swell.

Frustriert biss Sam in den zweiten Donut des Tages und erklärte seinem Team, wie sie vorgehen würden: »Bennet, du übernimmst die Leitung des Teams hier in der Zentrale. Wir brauchen ab jetzt jede Vermisstenmeldung, die in Chicago eingeht, auf unserem Schreibtisch, und ich will binnen fünf Minuten nach Eingang des Anrufs eine entsprechende Datei auf meinem Handy. Mein Vorschlag wäre, diese Aufgabe Anne anzuvertrauen, aber die Entscheidung liegt bei dir. Zweitens möchte ich versuchen, dass Wesley als ›Thunder‹ den Kontakt zu unserem Täter hält, wenn möglich sogar noch etwas intensiviert. Überzeugt ihn, dass ›Thunder‹ kein Fake ist. Wenn es uns gelingt, wird ihn der direkte Kontakt irgendwann verraten. Dieses Forum ist die Heimat seiner Online-Persönlichkeit, sein Zuhause. Und dieser Teil seiner Psyche ist ebenso real wie die anderen beiden. Versucht, alles über ihn herauszukriegen: Wie oft ist er online, was schreibt er, wie oft überprüft er die Foren, wie süchtig ist er nach Updates? Und wenn ihr euch einigermaßen sicher fühlt, zu wissen, was er braucht, dann sprecht ihn noch einmal an. Wir bleiben in Kontakt, ich werde mir die Sachen genau anschauen und euch dann eine Empfehlung geben, wie wir ihn ködern können.«

»Und womit genau sollen wir ihn ködern?«, fragte Bennet.

»Wenn ich euren Chat gestern und die Foreneinträge, die ich bis jetzt studieren konnte, richtig interpretiere, dann pflegt er zu einigen Leuten aus dem Forum eine Art ›Lehrer-Schüler‹-Verhältnis. Hier könnte er anfällig sein. Er ist überzeugt, einen kontrollierten Umgang mit seinen Neigungen gefunden zu haben, er glaubt, er hat es im Griff. Vielleicht sucht er nur dafür Anerkennung, vielleicht glaubt er, seinen virtuellen Freunden damit zu helfen, das weiß ich noch nicht. Aber es passt auch dazu, dass er die Videos macht und sie über das Forum zur Verfügung stellt. Ich bin überzeugt, dass sie genauso verbreitet wurden: über persönliche Nachrichten und zunächst gar nicht gezielt. Erst die Filesharing-Netze haben die Dateien massenweise im Internet verteilt. Sucht nach dem Schlüssel zu seinem Vertrauen. Falls wir ihn in Chicago nicht schnappen, ist das vielleicht der einzige Weg, um noch einmal an ihn heranzukommen.«

Wesley machte eifrig Notizen auf den Bildschirmen, während Bennet mit verschränkten Armen auf seinem Stuhl saß. »Mir gefällt dein Plan nicht«, sagte er schließlich und rieb sich die Nase. »Aber ich weiß leider noch nicht, warum. Du fliegst nach Chicago?«

Sam nickte: »Ja, ach, und Klara. Du fliegst auch direkt weiter, Anne kann dir einen Flug buchen.«

Klara blickte ihn spöttisch an: »Ach ja? Sam, Sam, Sam, wie lange kennen wir uns jetzt?«

Sam schaute auf. Sie hielt eine Bordkarte mit dem Ziel Chicago O'Hare in die Kamera. Ja, Klara, dachte Sam, aber ich hatte lange nicht mehr das Vergnügen, mit dir zusammenzuarbeiten.

―――

Klara erreichte den riesigen Washington O'Hare International eine Stunde früher als Sam, was ihr die Zeit ließ, noch einige wichtige Einkäufe zu erledigen: zwei Sonnenbrillen, eine Baseballmütze, ein dicker Pullover, eine blaue Daunenjacke und eine Mütze. Als sie die fabrikneue Kleidung in einer Ecke der Ankunftshalle über den Boden schleifte, schaute eine ältere Dame, die nach der Anzahl ihrer Koffer zu urteilen, von einer Weltreise zurückkehrte, pikiert über ihren Gepäckwagen. Nachdem die Klamotten ihren leuchtenden Glanz verloren hatten, stopfte Klara alles in zwei Plastiktüten und machte sich auf den Weg zu dem Terminal, an dem die Privatjets des FBI abgefertigt wurden. Sie erreichte die schmucklose Halle beinah zeitgleich mit Sam, der telefonierte und ihr mit hektischem Winken zu verstehen gab, dass sie gleich los mussten. Ihr Empfangskomitee, zwei Kollegen vom Chicagoer Büro, warteten mit laufendem Motor vor dem Ausgang. Es muss etwas passiert sein, dämmerte es Klara.

Erst als die Tür zugeschlagen war, beendete Sam das Telefonat.

»Das Büro in der Stadtmitte, aber schnell, wenn ich bitten darf«, bellte Sam und ließ sich in die weichen Polster der Sitze fallen. Ihr Fahrer reagierte, ohne zu antworten, und fädelte sich auf die Zufahrt zum Freeway ein.

»Was ist los, Sam?«, fragte Klara besorgt. »Wieder ein entführtes Mädchen?«

»Nein, noch nicht.« Sam reichte ihr sein Handy. »Lies das, so geht es schneller.«

Klara erkannte die Grafiken sofort wieder: Es war das Forum, in dem sie gestern Abend Judas_Iscariot aufgestöbert hatten. Es war ein Foreneintrag mit acht Fotos von jungen Frauen. Was hatte es damit auf sich? Sam hatte gesagt, dass es keine weitere Entführung gegeben hatte. Klara schwante Übles.

»Wesley, also ›Thunder‹, hat heute Morgen eine Nachricht bekommen, dass ›Judas_Iscariot‹ ein neues Thema erstellt hat, das nur für bestimmte Leute sichtbar ist. Offenbar war er trotz seines schnellen Abgangs neulich Nacht neugierig genug, um ›Thunder‹ zumindest auf die Probe zu stellen.«

Klara scrollte auf dem Telefon zurück zum Anfang des Eintrags:

Started by: Judas_Iscariot

Vote (PRIVATE): # 5

Klara scrollte weiter nach unten, als ihr neben den Fotos kleine Kästchen auffielen. Das war unmöglich, oder? So etwas Krankes konnte sich niemand wirklich ausdenken, oder? Und doch hatte es Judas_Iscariot zu seiner Realität werden lassen: Er ließ im Internet über sein nächstes Opfer abstimmen. Nicht öffentlich zwar, aber nach der Anzahl der Stimmen zu urteilen, beteiligten sich über dreihundert Menschen an der Hatz.

»Glaubst du, die User wissen, bei was sie da mitmachen?«, fragte Klara schockiert.

Sam schüttelte den Kopf: »Nein, wir glauben, dass sie größtenteils ahnungslos sind – wie es Wesley ja auch wäre. Wir vermuten, dass er mit diesen Einladungen relativ offen umgeht, schließlich handelt es sich ja um eine geschlossene Benutzergruppe, und er versorgt dieselben Leute hinterher mit den Filmen. Da wir außer bei Jessica von Bingen nie wieder Bildmaterial gefunden haben, das eine tote Person zeigt, müssen wir davon ausgehen, dass die Leute denken, sie beteiligten sich an einer Art Castingshow für SM-Filme.«

»Du hältst das für möglich?«

»Durchaus«, meinte Sam. »Natürlich gehört eine gehörige Portion Augen-Zu ebenso dazu, aber ja: Ich halte es durchaus für möglich, dass es sich bei dem Großteil der Leute um reine Voyeure handelt, die von den grausamen Taten keine Ahnung haben. Voyeure verstecken sich oft ähnlich verschämt wie Täter, da sie sich – obwohl sie das nie zugeben würden – innerlich doch als Teil der Tat sehen.«

Klara atmete tief ein: »Und was machen wir jetzt? Hast du die Bilder schon an die Polizeistationen und die Fernsehsender geschickt?«

Sam wirkte traurig, aber bestimmt, als er sagte: »Nein, Klara. Das können wir nicht.«

»Was meinst du mit, das können wir nicht? Das müssen wir! Wir können diese Mädchen warnen!«

»Ja, aber damit riskieren wir unsere Quelle: Wesley. Und warnen gleichzeitig unseren Täter – und so nah kommen wir nie wieder an ihn ran. Wir müssen ihn jetzt schnappen, sonst riskieren wir noch viel mehr tote Frauen. Und leider haben wir zu dem Foto keinen Treffer in den Datenbanken. Sie ist ein unbeschriebenes Blatt.«

Resigniert schlug Klara mit der Faust auf die Armlehne, die zwischen Sam und ihr heruntergeklappt war. Natürlich hatte er recht, aber das machte die ganze Angelegenheit nicht besser. Sie scrollte noch einmal zu dem Bild, das die meisten Stimmen bekommen hatte. Es zeigte eine unbekümmerte junge Frau beim Einkaufen in einem Schuhgeschäft. Schwarze lange Haare, zierlich, sie war bildhübsch. Die Aufnahme war von außerhalb des Geschäfts gemacht worden, sie probierte gerade eine Sommersandale und hielt sich an der Schulter einer Verkäuferin fest, als habe sie das Gleichgewicht verloren. Sie hatte keine Chance, es sei denn, sie fanden Judas_Iscariot, bevor er sie entführte. In diesem Moment klingelte Sams Handy. Er hörte ein paar Sekunden zu, dann sagte er zu Klara: »Wesley hat ihn im Chat. Drück die Daumen, dass es uns gelingt, ihn zu lokalisieren.«

[whisper to Judas_Ichariot]: Bist du da?
[whisper to Thunder]: Ja, aber ich habe wenig Zeit.
[whisper to Judas_Iscariot]: Okay. Ich dachte nur, weil ...
[whisper to Thunder]: Weil was?

[whisper to Judas_Iscariot]: Ich muss immerzu an das Video denken.
[whisper to Thunder]: Und was denkst du, wenn du an das Video denkst?
[whisper to Judas_Iscariot]: Sie ist ... so schön.
[whisper to Thunder]: Du findest sie schön?
[whisper to Judas_Iscariot]: Ja.
[whisper to Thunder]: Warum findest du sie schön, Thunder?
[whisper to Judas_Iscariot]: Weil sie Angst hat.
[whisper to Thunder]: Nur deshalb?
[whisper to Judas_Iscariot]: Nein.
[whisper to Thunder]: Warum noch?
[whisper to Judas_Iscariot]: brb (tel)

Wesley Brown saß vor dem Computer und schwitzte. Er hatte sich bisher strikt an Sams Anweisungen gehalten, die ihn dem Täter näherbringen sollten. »Du musst versuchen, zu denken wie ein Serienmörder, Wesley«, hatte sein Chef gesagt. Aber das war einfacher gesagt als getan. Mit dem Hinweis auf ein Telefonat und dem online-typischen ›brb‹ für ›be right back‹ hatte er wenigstens etwas Zeit gewonnen, und das Suchprogramm auf dem Server des Forenbetreibers lief, wie er mit einem Seitenblick auf einen der Monitore feststellte. Außerdem hatte er nicht einmal gelogen, als er im Chat von einem Telefonat geschrieben hatte.

»Liest du mit, Sam?«, fragte er ins Telefon. »Was soll ich machen?«

»Versucht, ihn davon zu überzeugen, dass du tickst wie er. Denk daran, er ist ein Sadist, der sich am Schmerz anderer Menschen bis zu ihrem Tod ergötzt. Das Leiden in ihren Augen ist wie Sex für ihn; wenn ihre Lebensgeister erlöschen, ist das für ihn der Höhepunkt einer Tat, die er wochenlang vorbereitet hat.«

»... okay«, stammelte Wesley. »Ich probiers.«

»Aber übertreibst auch nicht«, ermahnte ihn der Psychologe.

Mit zitternden Händen tippte Wesley die nächste Antwort.

[whisper to Judas_Iscariot]: Weil sie aussieht wie das pure Verlangen. Sie verlangt so sehr nach etwas, das sie nicht haben kann.

[whisper to Thunder]: Und was ist es, nach dem sie verlangt?

Wesley überlegte eine Weile, als ihm die leise Stimme seines Chefs am Telefon die Antwort ins Ohr flüsterte. Er tippte sehr langsam und zögerte, bevor er die Nachricht mit »Enter« abschickte.

[whisper to Judas_Iscariot]: Sie sehnt sich nach dem Tod.

Hier wurde der schnelle Rhythmus, in dem sie bisher Nachrichten ausgetauscht hatten, jäh unterbrochen. Auf einmal kam keine Antwort mehr. Hatte er ihn verloren? Er überprüfte das Suchprogramm, aber der Tracer war noch nicht bis zu dem konkreten Anschluss vorgedrungen, er lokalisierte den Mörder nach wie vor im Großraum Chicago.

»Sam, was ist, wenn er nicht antwortet?«

»Gib ihm Zeit.«

Aber Judas_Iscariot antwortete nicht.

»Warum schreibt er nicht, verdammt?«, fragte Wesley mit lauter Stimme.

»Vertrau mir, Wesley«, flüsterte Sam. »Diese Erkenntnis braucht Zeit. Und sie ist die wichtigste für uns. Wenn er dich als seinesgleichen akzeptiert, werden wir ihn schnappen – früher oder später.«

Wesley stand der Schweiß auf der Stirn. Bennet, der ihm gegenübersaß, kratzte die Lackschicht von einem Bleistift, und die fleißige Anne starrte wie versteinert in ihre Akten. Nur das Surren der Belüftung für die Prozessoren der riesigen Bildschirme lag in der Luft ihrer kleinen Zentrale. Da, endlich kam eine Antwort. Wesley hoffte inständig, dass er den Mörder nicht verloren hatte.

[whisper to Thunder]: Ja. Ihre Augen schreien nach dem
   Tod. Deshalb habe ich dir das Video geschickt.

Plötzlich gab das Suchprogramm einen Warnton von sich. Wesley blickte nach links und schrie: »Wir haben ihn. 420 Cicero Avenue, Chicago.«

»Okay«, bestätigte Sam. »Wir sind auf dem Weg. Halt ihn hin, Junge, du packst das!«

Wesley hörte noch, wie Sam seinem Fahrer die Adresse durchgab, dann war die Leitung tot. Er war auf sich alleine gestellt. Wie sollte er diesen Kranken hinhalten? Bis Sam und Klara bei der Adresse ankamen, vergingen mindestens dreißig Minuten.

[whisper to Judas_Iscariot]: Was meinst du damit?

———

Sam Burke brüllte die Adresse beinahe, obwohl ihr Fahrer direkt vor ihm saß, und wählte gleich darauf die Nummer des nächsten SWAT-Teams, von denen er mehrere in voller Alarmbereitschaft über die Stadt verteilt hatte warten lassen. Der Fahrer machte eine Hundertachtzig-Grad-Wendung bei voller Fahrt und schaltete das Blaulicht ein.

»Wie lange brauchen wir?«, fragte Sam, während das Handy die Verbindung aufbaute.

»Eine halbe Stunde, höchstens«, sagte der Agent auf dem Fahrersitz, ein kurzhaariger Mann, der aussah, als hätten sie ihn geradewegs aus einem Camp der Marines rekrutiert. Na, wenigstens etwas, dachte Sam. Nachdem er dem SWAT-Team die Anweisung gegeben hatte, in der Nähe der Adresse Stellung zu beziehen, sich aber keinesfalls zu zeigen, rief er auf einem PDA die Pläne der Gebäude auf, die ihm Anne geschickt hatte. Sie war nicht nur zuverlässig, sondern auch wirklich schnell, vermerkte Sam und nahm sich vor, ihr endlich die Gehaltserhöhung zu geben, die sie schon seit einem Jahr einforderte. Wenn das hier glimpflich ausgeht, kriegt ihr alle eine Gehaltserhöhung, dachte Sam und konzentrierte sich auf die Karten. Den PDA legte er zwischen sich und Klara auf den Sitz, damit sie sich beide auf den Einsatz vorbereiten konnten. Natürlich würde Klara die Vorhut spielen, das stand für Sam außer Frage, deshalb hatte er sie nach Chicago beordert. Niemand war besser fürs Ausspähen geeignet als Klara Sissi Swell, und Sam war nicht nur deshalb froh, sie dabeizuhaben.

Laut Wesleys Daten befand sich der Täter in einem großen Einkaufszentrum im Norden der Stadt. Das waren keine guten Nachrichten, dort gab es Tausende Fluchtwege, Hunderte Winkel, um sich zu verstecken. Und das SWAT-Team würde bei einem Einsatz höchstwahrscheinlich eine Massenpanik auslösen, in der es noch einfacher war, unterzutauchen. Vor seinem geistigen Auge sah Sam flüchtende Menschen, die auf den Rolltreppen übereinanderfielen wie Dominosteine, und Panik in den Gesichtern unschuldiger Kinder.

Dem Tracer zufolge befand sich ihr Mann in einem Internetcafé im dritten Stock, das über dreihundertfünfzig

Quadratmeter hatte: die zweite schlechte Nachricht. Aber zumindest war es laut Bebauungsplan einigermaßen übersichtlich aufgeteilt: ein großer Raum mit acht Säulen. Wenn die Innenarchitekten ihnen keinen Strich durch die Rechnung gemacht hatten, würde Klara ihn identifizieren können. Sam blickte zu Klara hinüber, die bereits ahnte, dass sie wie früher die Vorhut spielen würde, und bestätigend nickte.

»Könnte klappen«, meinte sie. »Ich gehe hier rein«, sie deutete auf den Osteingang des Lokals, »und mache eine Runde, als ob ich einen mir angenehmen Platz suche. Wenn ich scheu genug auftrete, müsste ich an ihm vorbeikommen, ohne dass er etwas bemerkt.«

»Okay.« Sam musterte sie kritisch.

Klara griff zu den Tüten, die sie im Fußraum verstaut hatte, und tauschte ihr übliches Jackett gegen die blaue Daunenjacke, die sie am Flughafen gekauft hatte und mit der sie zehn Kilo schwerer und sehr viel gewöhnlicher aussah.

»Besser«, kommentierte Sam, der sich vor allem Sorgen darüber machte, dass Klara trotz ihrer fünfunddreißig Jahre in sein Beuteschema passen konnte.

»Wieso, hast du etwa Angst um mich?«, fragte Klara amüsiert. Sie schien seine Gedanken erraten zu haben.

»Ehrlich gesagt: nein, Klara.« Jetzt musste sogar Sam trotz der Anspannung lachen. »Du kannst schon auf dich aufpassen. Aber er wird dich bemerken, wenn du zu gut in sein Beuteschema passt, und das müssen wir verhindern.«

»Danke, Sam, ich finde deine Fürsorge wirklich beruhigend«, bemerkte Klara sarkastisch. Jetzt, da ihr Plan feststand, gab es nicht mehr viel zu bereden. Sie nutzten die letzten fünf Minuten, um sich den Sprechfunk anzulegen und die Verbindung zwischen allen Beteiligten herzustellen. Auch Wesley, Bennet und Anne in der Zentrale wurden dazugeschaltet, sodass sich alle am Einsatz Beteiligten gegenseitig hören konnten.

Als sich ihr Wagen dem Einkaufszentrum näherte, versteifte sich Klara auf ihrem Sitz. Sam wies den Fahrer an, die Sirene auszuschalten, und als sie auf den riesigen Parkplatz rollten, fragte er über sein Einsatzmikrofon: »SWAT-Team vor Ort?«

»Ready«, kam postwendend die knisternde Antwort aus Klaras Ohrstöpsel. Ihr Fahrer stellte den Wagen ein Stück abseits des Haupteingangs auf einem regulären Parkplatz ab.

»Ich gehe jetzt rein«, sagte Klara, als sie die Autotür öffnete und auf die Glasfront zulief.

»Viel Glück«, flüsterte Sam in den Sprechfunk, was ihm, wäre er nicht der Einsatzleiter, einen bissigen Kommentar über die Funkdisziplin eingebracht hätte. Klara antwortete mit einem ebenso undisziplinierten »Danke« und wusste, dass sie ihm damit ein Lächeln abringen konnte.

Als sie durch die großen automatischen Schiebetüren des Einkaufszentrums trat, hatten sich ihr Gang und ihre Haltung denen einer shoppingwütigen Hausfrau angepasst. Sie lief routiniert genug, als habe sie alles hier schon hundertmal gesehen, aber sie reckte den Kopf wie eine Schnäppchenjägerin auf der Pirsch. Im Erdgeschoss kaufte sie in einem Schuhgeschäft wahllos ein paar Sneakers in ihrer Größe, nur, um die Tüte eines hiesigen Geschäfts in der Hand zu haben. Frauen ohne Tüten wirkten in Einkaufszentren auffälliger als solche mit, und das galt besonders in einem Internetcafé, das man normalerweise eher am Ende einer Einkaufstour aufsuchte. Sie nahm die Rolltreppe in den ersten Stock und fragte auf halber Höhe, als niemand in Hörweite war: »Hast du ihn noch dran, Wesley?«

»Positiv«, krächzte es aus dem Ohrstöpsel. Na, wenigstens etwas. Gut gemacht, mein Junge. Klara musste, wie es in diesen Shoppingtempeln üblich war, beinahe das gesamte Stockwerk ablaufen, um zur nächsten Rolltreppe zu gelangen. Die konsumerfahrenen Architekten planten die Gebäude absichtlich so ineffizient, um den Ladenbesitzern möglichst viele Passanten versprechen zu können. Mehr Passanten, mehr Geld. Clevere Marketingleute hatten festgestellt, dass Menschen auch Dinge kauften, die sie gar nicht brauchten, und deshalb funktionierte der Trick ganz wunderbar. Aus demselben Grund lagen die teuren Geschäfte immer oben, sinnierte Klara, als sie sich durch den zweiten Stock kämpfte. Erst zu den unerreichbaren Träumen und auf dem Weg nach unten das mitnehmen, was eher zum eigenen Geldbeutel passt. Als sie die Rolltreppe zur dritten Etage betrat, stieg ihre Anspannung, und sie hörte auf, über die Kaufhausarchitektur nachzudenken. Jetzt galt es sich zu konzentrieren.

»Ich bin oben«, flüsterte sie auf den letzten Metern.

Das Café, das seinen Kunden freien Internetzugang anbot, lag am Kopfende des Einkaufszentrums, genau über der riesigen Glaswand des Eingangs. Und die Innenarchitekten hatten ihnen keinen Strich durch die Rechnung gemacht, vermerkte Klara, sie hatte freie Sicht durch das gesamte Lokal bis auf den Parkplatz. Sie ignorierte das »Bitte warten Sie hier, wir suchen einen Platz für Sie«-Schild, das neben einer Kunstpalme stand, und startete ihre

Runde. Die Tische waren um einen riesigen Steinbrunnen angeordnet, der wie ein Monolith in der Raummitte stand und furchtbar geschmacklos aussah. Er sollte wohl das Motto des Cafés unterstreichen, das der Besitzer aus unerfindlichen Gründen »Jungle Café« getauft hatte. Ringsherum standen niedrige Caféhausstühle um Bistrotische in gemütlichen Sitzecken. An einigen Tischen standen Computer, aber die meisten Gäste brachten wohl eigene Laptops mit. Langsam schritt Klara die spärlich besetzten Nischen ab und rief sich dabei das Profil ihres Täters ins Gedächtnis: Anfang bis Mitte dreißig, männlich, im realen Leben schüchtern, im Internet ein Held. So oder so ähnlich hatte Sam es formuliert. Und es gab in dem gesamten Café niemanden, auf den diese Beschreibung passte. Sie war schon halb um den Brunnen herumgelaufen, als sie einen einzelnen Mann bemerkte, der an seinem Laptop saß und konzentriert tippte. Aber er war etwas zu alt. Ihr Herz schlug bis zur Brust, als sie an seinem Tisch vorbeilief und versuchte, etwas auf seinem Bildschirm zu erkennen. Leider schaute er auf, als sie gerade vorbeiging, sodass sie nur einen ganz flüchtigen Blick auf seinen Monitor werfen konnte, aber es hätte ein Chatprogramm sein können. Eventuell.

Ohne dem Mann weitere Beachtung zu schenken, komplettierte sie ihre Runde und holte sich an der Bar einen großen Milchkaffee. Bepackt mit ihrer Tüte in der rechten und den Kaffee in der linken Hand balancierend, ging sie mit für Klara gänzlich untypisch schwankenden Schritten zurück zu dem einzigen Gast, der ihr Mann sein konnte. Sein musste. Sie setzte sich ein paar Tische entfernt von ihm in eine Nische und schlürfte den Kaffee. Als Nächstes packte sie die Schuhe aus dem Karton und stellte sie auf den Tisch, als wolle sie sie noch einmal begutachten. Männer wussten, dass Frauen Schuhe immer gerne umtauschten. Deshalb würde es auch nicht auffallen, wenn sie eine Freundin anrief und sich noch einmal zu ihrem letzten Kauf beriet.

Klara zückte ein Mobiltelefon und machte ein Handyfoto, das sie einer Freundin mailte. In Wahrheit hatte sie genau darauf geachtet, dass anstatt der Sneaker der Mann im Hintergrund scharf abgebildet wurde, und sie schickte das Foto nicht etwa an eine Freundin, sondern an Sam. Keine fünfzehn Sekunden später hörte sie bei einem großen Schluck Kaffee, während sie munter mit der imaginären Freundin über die Farbe plapperte, Sams Stimme in ihrem Ohrstöpsel: »Ich weiß nicht, Klara. Er ist ein wenig zu alt, aber natürlich ist das keine exakte Wissenschaft. Was sagt dein Gefühl?«

»Meinst du wirklich? Ich weiß nicht. Ist die Farbe nicht zu düster? Nein, ich glaube, ich bringe sie zurück.«

Sam würde schon etwas damit anfangen können, sie machten so etwas schließlich nicht zum ersten Mal, auch wenn er mittlerweile vielleicht etwas eingerostet war.

»Okay, Klara, hast du irgendeine Idee?«

»Das Problem ist doch, wenn ich die einmal getragen habe, dann kann ich sie nicht mehr zurückgeben, oder?«

Es dauerte nur einen Augenblick, bis Sam begriffen hatte: »Ja, das sehe ich auch so. Wenn wir einen Fehler machen, merkt er vielleicht, dass ›Thunder‹ uns auf seine Spur gebracht hat, und wenn der nette Bursche da nicht unser Mann ist, haben wir ein noch größeres Problem. Was schlägst du vor?«

»Du meinst, wenn ich sie mit nach Hause nehme und nur im Haus trage, kann ich sie trotzdem zurückgeben? Komm, Pia, das ist doch Bulimieshopping!«

Das war eine härtere Nuss für Sam. Es dauerte ein weiteres Drittel ihres Kaffees, bis Sam begriffen hatte, was sie meinte.

»Okay. Jetzt habe ich verstanden. Du meinst, wenn wir ihn nicht finden können, müssen wir dafür sorgen, dass er Wesley weiterhin vertraut. Wir opfern also lieber deine Aktion vor Ort als seine Beziehung zu ›Thunder‹ und scheuchen ihn auf. Einverstanden. Halt dich bereit, okay?«

Klara beendete das Telefonat mit ihrer Freundin und probierte nacheinander beide Schuhe an, immer darauf bedacht, ihren Gesichtsausdruck zwischen kritisch und kauffreudig wechseln zu lassen, während sie darauf wartete, dass Wesley ihren Plan in die Tat umsetzte. Ihr Kaffee neigte sich fast dem Ende zu, lange konnte sie ihre Rolle nicht mehr spielen. Und wenn er wirklich ihr Mörder war, konnte es schnell verdammt ungemütlich werden. Sie wechselte wieder zu ihren normalen Schuhen und verstaute ihren Einkauf umständlich in der Tüte, als in ihrem Ohr das erlösende Knacken ertönte. Es war Sam: »Okay, Klara, jetzt.«

Der Mann an dem Laptop kratzte sich hinter dem Ohr. Eine erschreckte Geste? Eher nicht. Er setzte den rechten Fuß vor den linken. Dann stand er auf. Klara folgte ihm unauffällig mit ihren Blicken. Er hatte seinen Laptop stehen lassen. Reine Taktik? Ihr Mann lief Richtung Selbstbedienungstheke. Klaras Muskeln waren angespannt, jederzeit bereit, aufzuspringen und ihn zu stellen. Der Mann holte sich eine Cola und trat seelenruhig den Rückweg zu seinem Laptop an. Dann setzte er sich, nippte an seinem Glas und fing wieder an zu tippen. Er war nicht ihr Mann.

Verzweifelt blickte Klara sich nochmals in dem Raum um, ob sie jemand übersehen hatte, aber sie konnte beim besten Willen niemanden entdecken, der auch nur im Entferntesten ihr Mörder sein könnte. Als sie aufstand, fiel ihr Blick aus dem Fenster auf das Gebäude, das neben dem Einkaufszentrum stand: ein Motel. In dem Moment wusste Klara, wo der Mörder gewesen war. Und sie hatte dafür gesorgt, dass Wesley ihn warnte. Sie stolperte aus dem Café und schleuderte die Tüte mit den Turnschuhen wütend in einen riesigen Papierkorb. Auf dem Weg nach draußen rannte sie über die Rolltreppen, aber sie wusste bereits, dass sie zu spät kommen würde.

KAPITEL 25

Oktober 2011
Chicago, Illinois

Ungläubig starrte er auf die letzten Zeilen des Chats.
 [whisper to Judas_Iscariot]: Achtung. Du musst weg, wo du bist. Sie sind hinter dir her.
 [whisper to Thunder]: Woher weißt du das?
 [whisper to Judas_Iscariot]: Erinnerst du dich? Ich bin gut mit Computern.
 [whisper to Thunder]: Wer ist hinter mir her?
 [whisper to Judas_Iscariot]: Die Polizei. Sie haben dich über deine IP-Adresse aufgespürt. Und jetzt mach, dass du wegkommst.

Er wusste nicht, ob er Thunder glauben sollte. Das stand nicht in seinem Plan. Konnte es tatsächlich sein, dass sie ihn aufgespürt hatten? Er konnte sich nicht vorstellen, wie die Polizei auf das Forum kommen könnte, und zufällig kam hier bestimmt niemand vorbei.

Aber was, wenn Thunder recht hatte? Er klappte den Laptop zu und warf ihn in seine Reisetasche zu dem Fotoapparat. Schnell wischte er noch einmal über die Armaturen im Bad und alle Flächen, die er sonst angefasst haben könnte. War er unvorsichtig geworden? Zu unvorsichtig? Er würde es herausfinden.

Die schwere Reisetasche mit all seinen Sachen über der Schulter verließ er das Zimmer und machte sich auf den Weg zum Parkplatz, wo er seinen Van abgestellt hatte. Wenn es wirklich stimmte, was Thunder behauptete, würden sie in dem Café des Einkaufszentrums nach ihm suchen, nicht in dem Hotel. Er hatte also Zeit, er konnte in Ruhe überlegen. Er warf die Reisetasche in den Gepäckraum, nahm die Kamera mit dem starken Teleobjektiv hinaus und schlüpfte hinters Steuer. Langsam rollte er über den Parkplatz des Motels und bog nach rechts ab. An der nächsten Ampel reihte er sich in die Schlange zum Einkaufszentrum, die sich im Schneckentempo bewegte. Als die Ampel für seine Spur auf Gelb schaltete, nahm er den Fuß vom Gas, um sie nicht mehr zu erwischen. Er nahm die Kamera vors Auge und zoomte die Eingangstür heran. Es war nichts Auffälliges zu sehen, keine Polizeiwagen, keine Sirenen. Vielleicht hatte sich Thunder getäuscht? Als die Ampel auf Grün wechselte, gab er vorsichtig Gas und fuhr die Rampe zum Parkplatz hinauf. Es war immer noch nichts zu sehen, trotzdem wollte er ganz sicher gehen und parkte am hinteren Ende der endlosen Reihen neben einem roten Ford.

Wieder hob er die Linse vors Auge und beobachtete den Eingang, als ihm plötzlich eine Frau in einer blauen Daunenjacke auffiel. Sie rannte, nein, sie hetzte die Betonstufen hinunter und weiter quer über den Parkplatz zu einer schwarzen Limousine, die etwas zu teuer aussah, als dass ihre Besitzer hier einkaufen würden. Sie stand am Fenster des Beifahrers und gestikulierte. Scheiße, Thunder hatte doch recht gehabt. Sie waren hinter ihm her, und sie hätten ihn fast erwischt. Und die Frau mit den braunen Locken zeigte direkt auf sein Hotel, in dem er noch vor ein paar Minuten seelenruhig gesessen hatte.

Er schoss ein paar Bilder. Sie blickte sorgenvoll, verärgert, wütend. Sie hatte ein Gesicht wie ein Püppchen. Lass dich nicht ablenken, sonst fällst du noch auf, ermahnte er sich. Ich brauche einen Plan, dachte er, als er den Gang einlegte. Einen noch besseren Plan. Den Blick starr auf den schwarzen Wagen gerichtet, fuhr er Richtung Ausfahrt. Als er die letzte Temposchwelle, die das Rasen auf dem Gelände des Zentrums verhindern sollte, hinter sich gelassen hatte, gab er Gas.

KAPITEL 26

Oktober 2011
Chicago, Illinois

Sam hielt den vier Kollegen von der Chicagoer Spurensicherung die Tür zu dem Motelzimmer auf, in dem der Täter gesessen haben musste. Es hatte sich als nicht weiter schwierig herausgestellt, das Zimmer zu identifizieren, denn laut der Aussage des Portiers wohnten in dem Motel zur Zeit nur zwei alleinreisende Männer seit mehr als zwei Tagen, und der andere war ein rüstiger Rentner, der seine Enkeltochter besuchte und ihnen fröhlich Auskunft über seine diversen Freizeitaktivitäten gegeben hatte.

Leider hatten weder der Rentner noch der Portier ein überaus gutes Personengedächtnis, und Sam hatte wenig Hoffnung, dass der Zeichner ein sinnvolles Phantombild aus beiden Aussagen zusammenschustern konnte. Während sich der Portier an einen »durchschnittlich großen Mann mit rötlichen Haaren erinnerte«, bezeichnete der Rentner ihn als »braun gebrannten und trainierten Athleten«. Zeugen, seufzte Sam, den die Erfahrung gelehrt hatte, nicht auf sie zu bauen.

Durch die geöffnete Tür betrachtete er die Spurensicherer, die mit ihren weißen Schutzanzügen und den Plastikgamaschen über den Schuhen ein wenig aussahen wie Astronauten. Sie schienen ein eingespieltes Team zu sein und erledigten ihre Aufgabe methodisch und professionell. Sam hoffte inständig, dass sie etwas finden würden, das sie weiterbrachte, während er durch das Fenster auf das Einkaufszentrum blickte. Das Internetcafé, dessen offenes Funknetzwerk er verwendet hatte, war keinen Steinwurf von dem Zimmer entfernt. »Mist«, rief Sam und haute mit der Hand gegen den Türrahmen. Der Astronaut, der mit einem kleinen Sauger Partikel in dem winzigen Flur des schäbigen Zimmers sammelte, schaute irritiert zu ihm auf. Sam beachtete ihn nicht weiter. Er brauchte dringend frische Luft.

Vor dem Motel, das zu einer der großen Ketten gehörte, setzte er sich auf einen Betonpoller, der an der Zufahrt zum Parkplatz stand, und wartete. Worauf, darüber war er sich selbst nicht ganz im Klaren. Als sich Klara mit einer verheißungsvollen Tüte und zwei Bechern Kaffee neben ihn setzte, wurde es ihm klar. Und er freute sich umso mehr, dass es Klara war, die ihm seine heißgeliebten Süßigkeiten brachte – wie früher. Er lächelte sie dankbar an und nippte an dem wie immer viel zu heißen Getränk.

»Haben sie schon etwas gefunden?«, fragte Klara.

Sam schüttelte den Kopf: »Nein, aber eine DNA-Spur sollte schon drin sein, denke ich. Er wird sich ja kaum die ganze Zeit in ein Ganzkörperkondom gewickelt haben, wie du das gerne mal machst.«

»Hey«, sagte Klara mit erhobenem Zeigefinger. »Kein Wort über meine Anzüge, okay? Sie haben dir oft genug den Arsch gerettet. Früher.«

»Ich weiß, ich weiß«, seufzte Sam.

»Und was jetzt?«

Sam dachte darüber nach, aber es gelang ihm kaum. Er war müde, und um auch nur einen klaren Gedanken fassen zu können, brauchte er dringend Schlaf. Überhaupt hatte er davon in letzter Zeit viel zu wenig bekommen, stellte er fest.

»Wir schlafen drüber. Sorry, Klara, aber ich bin wirklich hundemüde«, gestand er, als schon wieder sein Handy klingelte. Bevor er dranging, versicherte er sich auf dem Display, dass es nicht Marin war, den konnte er jetzt gerade noch gebrauchen.

»Wesley, was gibt's?«

»Ich habe einen Namen«, verkündete eine aufgeregte Stimme am anderen Ende der Leitung.

»Was für einen Namen, Wesley?«, fragte Sam, dessen Müdigkeit auf einmal wie weggeblasen schien.

»Ihren Namen, Sam. Den von der Frau auf dem Foto. Den Namen des nächsten Opfers. Ihr Name ist Tammy Walker.«

»Und woher, Fähnrich Neunmalklug, wollen Sie das nun wieder wissen?«

»Na ja«, begann Wesley leicht verunsichert, »die Bildabgleichmethode funktioniert natürlich nicht nur bei illegalem Material, sondern auch ganz regulär. Die Software hat Tammy Walker anhand ihres Facebook-Profils identifiziert.«

»Kann man das glauben?«, sagte Sam zu Klara. »Er hat sie in Facebook gefunden.« Und, wieder ans Telefon gewandt: »Adresse?«

»437 Camelot Lane, Libertyville. Das ist ein reicher Vorort bei euch ganz in der Nähe, ihr braucht mit dem Auto etwa fünfzehn Minuten.«

»Wenn Klara fährt, zehn«, bemerkte Sam. »Dann machen wir es selbst, danke, Wesley.«

Sam warf Klara den Autoschlüssel zu: »Du fährst, so schnell du kannst. Aber lass mich gerade noch am Leben, wenn das möglich ist.«

Klara grinste und öffnete mit der Funkfernbedienung den Wagen. Sorgsam auf den Kaffee und die Donuts bedacht, hievte sich Sam auf den Beifahrersitz. Er hatte gerade den Sitzgurt geschlossen, da gab Klara Gas. Das war ein Fehler, dachte Sam, als er, von der Beschleunigung in den Sitz gepresst, die Sirene einschaltete. Gott, oder wer immer sich für dieses Auto verantwortlich fühlen mag, stehe uns bei.

Sie erreichten das noble Libertyville zwölf Minuten später. Wie Wesley versprochen hatte, lag das Haus von Tammys Eltern in unmittelbarer Nähe des Einkaufszentrums. Zufall?, fragte sich Sam. Sicher nicht, entschied er und versuchte, den Kaffeepegel in einer Rechtskurve gerade zu halten, um danach sofort die Beschleunigung auf der Geraden auszugleichen. Mit quietschenden Reifen bog Klara in eine asphaltierte Einfahrt, die unmittelbar in eine elegante Kiesauffahrt mündete. Am Ende der kurzen, stilvollen, aber keineswegs übermäßig protzigen Vorfahrt hielt Klara vor einer großen Villa im viktorianischen Stil.

»437 Camelot, Sir«, verkündete Klara wie ein Chauffeur, der zu diesem Anwesen gepasst hätte, aber dafür natürlich mit einem spöttischen, ganz und gar unenglischen Grinsen um die Mundwinkel. Sam drückte ihr als kleine Geste der Vergeltung die Donuts und die beiden Kaffeebecher in die Hand und stieg aus dem Wagen.

Nachdem Klara ihr Mittagessen auf dem Armaturenbrett zwischengelagert hatte, schloss sie zu ihm auf. Das rote Backsteinhaus hatte ein graues Schieferdach, das es beinah europäisch wirken ließ. Die verbauten Materialien wirkten hochwertig, neben der kleinen Treppe lag ein umgeschmissenes Kinderfahrrad. Dies war das Haus eines reichen Mannes, der es nicht nötig hatte, mit schierer Größe zu protzen, und stattdessen auf Understatement für Kenner setzte, und das Fahrrad verriet Sam, dass Tammy

Geschwister hatte. Der Hausbesitzer war Sam schon jetzt sympathisch, auch wenn er sich selbst ein solches Schmuckstück natürlich niemals leisten könnte. Der Klingelknopf war schlicht und aus Messing, »Walker Family« stand in elegant geschwungenen Lettern darauf. Kurz darauf ertönte im Inneren des Hauses eine angenehme Glocke, die Sam noch stärker hoffen ließ, dass ihm Tammy Walker die Tür öffnen würde, als sei nichts gewesen. Bitte, lass sie einfach dastehen, lachend und fröhlich, wie Zwanzigjährige aussehen sollen, das Leben noch vor sich und voller Zuversicht.

Er tauschte einen Blick mit Klara, die sich daraufhin auf den Weg machte, die Rückseite des Hauses zu erkunden, und tappte nervös mit dem Fuß. Aus dem Inneren des Hauses rief eine Frauenstimme: »Kleinen Moment, bitte, ich bin gleich da.« War das Tammy? Eine knappe Minute später kannte Sam die Antwort, als eine fröhliche, aber mindestens doppelt so alte Frau aus dem Haus stürmte. Sie hätte Sam fast über den Haufen gerannt, aber Sam wich ihr mit einer eleganten Drehung aus. Sie sah ihn entgeistert an, offenbar hatte sie jemand gänzlich anderen erwartet. Doch nicht etwa ihre Tochter Tammy?

»Miss Walker?«, fragte Sam mit seiner Ich-bin-die-Staatsgewalt-haben-Sie-keine-Angst-Stimme.

Sie streckte ihm höflich die Hand hin: »Ja, Audrey Walker. Und Sie sind?«

»Sam Burke, FBI«, er hielt ihr seinen Dienstausweis vor die Nase, dessen blank poliertes Emblem in der Sonne funkelte.

»FBI?«, fragte Miss Walker erstaunt.

»Es geht um Ihre Tochter Tammy, Miss Walker.«

In diesem Moment bog Klara um die Ecke und schüttelte den Kopf, bevor die Hausherrin sie sehen konnte. Danach stellte auch sie sich höflich vor, aber Audrey Walker wirkte jetzt ernsthaft beunruhigt und wandte sich wieder an Sam.

»Was will das FBI von meiner Tochter? Hat sie etwas ausgefressen? Doch wohl schwerlich etwas, das die Bundesbehörden interessieren würde. Ich weiß, sie hat manchmal einen etwas rüden Fahrstil, aber …«

»Nein, Miss Walker, Tammy hat sich nichts zuschulden kommen lassen«, unterbrach sie Sam. »Könnten wir das vielleicht im Haus besprechen?«

Audrey Walker fuhr sich nervös durch die Haare, schien aber ihre Fassung wiedergewonnen zu haben. Sie nickte und bat sie mit einer freundlichen Geste hinein. Sie setzten sich in das Wohnzimmer, in dessen Mitte ein beigefarbenes Sofa stand, die Wände waren dunkelrot gestrichen. Miss Walker nahm auf einem Ledersessel Platz, Sam und Klara saßen steif auf dem beigen Ungetüm. Der Raum war freundlich, warm und hätte auch in einer Landhausstil-Zeitschrift eine gute Figur gemacht. Ebenso wie die Hausherrin, die ihnen Kaffee oder Wasser anbot, was Sam dankend ablehnte. Er wollte so schnell wie möglich zur Sache kommen, aber es war ebenso wichtig, dass die Mutter von ihrer schrecklichen Vermutung in ihrer gewohnten Umgebung erfuhr. Das steigerte ihre Chancen auf eine vernünftige Antwort, wie Sam nur zu gut wusste.

»Miss Walker, wir müssen leider davon ausgehen, dass Tammy in Gefahr schwebt. Wo hält sich Ihre Tochter im Moment auf?«

»Was meinen Sie mit ›in Gefahr‹?« Ihre Stimme überschlug sich in der aufsteigenden Panik.

»Wir befürchten, dass ihr jemand etwas antun könnte.

Sie ist ins Visier eines Verbrechers geraten, Miss Walker. Bitte sagen Sie uns, wo sie ist«, sprach Sam mit ruhiger, aber eindringlicher Stimme.

»Sie ist in einem Sommercamp, Zelten mit zwei Freundinnen.«

Sam zückte sein Notizbuch. Indem er eifrig notierte, versuchte er, seine Enttäuschung so gut es ging zu verbergen: »Wo genau campieren die Mädchen?«

»Nicht weit von hier, am State Park Beach.«

»Hat sie ein Handy dabei, Miss Walker?«

»Ja, natürlich…«, bestätigte die Mutter.

»Würden Sie sie bitte anrufen?«, bat Sam.

»Aber wieso…«

»Jetzt«, unterbrach sie Sam und hielt ihr sein Handy hin. »Bitte.«

Audrey Walker nahm mit zitternden Händen das Telefon entgegen und wählte ihre Nummer. Sam starrte auf die Tapete, innerlich zerfressen vor Unruhe.

»Es klingelt«, sagte sie nach ein paar Sekunden. Sam presste die Lippen aufeinander. Einige weitere Sekunden später, die Sam wie eine Ewigkeit vorkamen, schüttelte sie den Kopf: »Jetzt ist die Mailbox dran.«

Seufzend nahm er das Telefon zurück.

»Wie heißen die Freundinnen, mit denen Tammy unterwegs ist?«

Sam konnte jetzt keine Rücksicht mehr auf Audrey Walker nehmen, er brauchte die Informationen so schnell wie möglich. Sie mussten sie finden, bevor er sie fand. Wenn es nicht schon zu spät war.

Audrey Walker stotterte jetzt, da sie begriff, dass Sam und Klara sich ernsthaft Sorgen um ihre Tochter machten, aber sie behielt die Nerven für eine präzise Antwort. Sam bewunderte sie dafür, sie war eine starke Frau, die versuchte, das Richtige zu tun.

»Lisa und Lindsay ... Galloway. Sie sind Zwillinge.«

Sam bedeutete Klara, sich um die dringendsten Anrufe zu kümmern. Sie verabschiedete sich mit knappen Worten, die aber durchaus zuversichtlich klangen. Sam wusste, dass er sich auf sie verlassen konnte. Sie würde die Kollegen der nächsten Polizeidienststelle alarmieren und dann die Zentrale auf die drei Mädchen und den Campingplatz ansetzen. Außerdem würde sie es weiter auf Tammys Handy probieren, er hatte beobachtet, dass sie die Nummer mitgeschrieben hatte. Sam brauchte noch ein paar Minuten, um der Mutter wenigstens die nötigste Unterstützung zuteil werden zu lassen, auch wenn es nicht viel war, was er ihr in dieser Situation anbieten konnte.

»Mrs. Walker, wir werden alles daransetzen, Ihre Tochter heil zu Ihnen zurückzubringen, das verspreche ich Ihnen.« Sam hoffte, dass es nicht wie die Phrase klang, die es de facto war. »Ich schicke Ihnen ein paar Kollegen, die Ihnen weitere Fragen stellen, und auch eine Psychologin, die Sie, Ihren Mann und Tammys Geschwister betreuen wird in den nächsten Stunden, wobei ich zuversichtlich bin, dass wir sie nicht allzu lange brauchen werden. Dennoch hielte ich es für das Beste, wenn Sie Ihre Kinder zunächst bei Verwandten oder Freunden unterbringen.«

Audrey Walker schluckte ein paar Tränen herunter und starrte auf den dunklen Couchtisch vor Sam. Nach ein paar Augenblicken nickte sie tapfer.

»Wie viele Geschwister hat Tammy?«, fragte er.

»Zwei. Einen kleinen Bruder und eine kleine Schwester, zwölf und neun Jahre alt. Wir haben es langsam angehen lassen, wissen Sie? Mein Mann und ich.« Bei dem Gedanken an ihre Kinder hatte sie beinah kurz gelächelt, was der Grund war, weshalb Sam sie danach gefragt hatte.

»Und Ihr Mann? Ist er in der Stadt, können Sie ihn anrufen?«

»Ja, natürlich«, sagte Audrey.

»Dann tun Sie das, Mrs. Walker«, forderte sie Sam auf, ging zu ihr hinüber und berührte sie beschwichtigend am Arm, während er ihr die Hand schüttelte. Er musste ihre Tochter suchen. Und er sah an ihren sorgenvollen Augen, dass sie es verstand. Die Kollegen waren sicher schon unterwegs, sie würden sie nicht allzu lange alleine lassen in diesem schrecklichen Vakuum nach einer schlechten Nachricht. Sam hoffte inständig, dass er ihr heute keine weitaus schlimmere mehr würde überbringen müssen.

―――

Sie erreichten den Campingplatz am Ufer des Lake Michigan, des fünftgrößten Sees der Welt, nur zehn Minuten nach dem ersten Streifenwagen der lokalen Polizei. Zum Glück führte eine asphaltierte Straße quer durch den lichten Wald, auf dessen Rasenflächen etliche Zelte standen. Klara parkte direkt hinter den Kollegen und folgte Sam durch das bunte Treiben der meist jungen Sommergäste vorbei an aufblasbaren Palmen und dröhnenden Ghettoblastern. Etwa auf halber Strecke zum Strand konnte sie die Streifenpolizisten erkennen, die mit einer Gruppe Jugendlicher sprachen. Sie hatte Mühe, Sam zu folgen, der eilig durch die Zeltreihen schritt und keine Rücksicht auf Handtücher oder ihre Besitzer nahm. Als sie die Gruppe erreicht hatten, drehte sich einer der Streifenpolizisten um. Bevor Sam sich vorstellen konnte, schüttelte er den Kopf. Klara sah, wie sich Sams Hoffnung in nichts auflöste.

»Sie ist nicht da«, sagte der junge Polizist. »Ihre Freundinnen sagen, sie ist zum Einkaufen gefahren.«

»Alleine?«, fragte Klara.

»Ja«, entgegnete eines der Mädchen aus der Gruppe, die ein buntes Tuch um die Hüften gebunden und eine Bierflasche in der linken Hand hatte. Ihre sonnengebräunte Haut, um die sie Klara beneidete, glänzte in der Sonne. »Wieso, was ist mit Tammy?«

»Wir vermuten, dass sie«, setzte Sam an, aber Klara unterbrach ihn jäh: »Wir haben nur ein paar Fragen an sie. Als Zeugin bei einem Autodiebstahl, nichts Wichtiges.« Das Mädchen beäugte sie kritisch, schien ihr die zugegebenermaßen recht dünne Geschichte nicht abzukaufen. Aber es hatte keinen Sinn, die beiden Mädchen verrückt zu machen, vielleicht war Tammy ja wirklich nur einkaufen. Zumindest waren die anderen nach Klaras Einschätzung nicht in Gefahr. Ihr Täter suchte sich seine Opfer gezielt vorher aus, fuhr ihnen hinterher, spähte sie wochenlang aus, bevor er mit einer Autobombe zuschlug. Klara schluckte.

»Ist sie mit dem Auto unterwegs?«

»Ja«, antwortete die Braungebrannte. »Wie immer. Bis zum Supermarkt sind es gute fünf Meilen.«

Klara zog sich der Magen zusammen, und sie sah, dass es Sam nicht anders ging.

»Wo ist dieser Supermarkt?«, knurrte Sam.

»Fünf Meilen, die Straße runter.« Sie deutete mit ausgestrecktem Finger in die Richtung, aus der sie gekommen waren.

»Ich zeige es Ihnen«, versprach der junge Polizist und ließ seinen Kollegen alleine mit den Jugendlichen weitermachen. Du wirst es noch einmal zu etwas bringen, dachte

Klara, als sie hinter dem Streifenwagen herfuhren, der mit Blaulicht und Sirene die Sherdian Road hinunterjagte. Eine gehörige Portion Cleverness und ein guter Fahrstil sind ordentliche Grundlagen für eine Polizeikarriere, dachte Klara, auch wenn Sam das natürlich anders sehen würde.

»Steht endlich die Peilung für ihr Handy?«, bellte Sam auf dem Beifahrersitz in sein Handy. »Das kann doch nicht so lange dauern, Anne. Mach denen mal ordentlich Druck auf dem Kessel.« An der nächsten Straßenecke vermeldete Sam endlich Erfolg.

»Sie ist nicht mehr beim Supermarkt, das Handysignal kommt von einem Waldparkplatz ein ganzes Stück westlich von hier.«

Wieder drückte Sam die Taste für Wahlwiederholung und wartete die frustrierenden Sekunden ab, um doch wieder nur die Ansage ihrer Mailbox zu hören. Klara sah zu ihm herüber, aber er konnte nur den Kopf schütteln. Ab der nächsten Querstraße fuhren sie nach Westen, und Klara bemerkte befriedigt im Rückspiegel, dass der junge Kollege ihr Abbiegen bemerkt hatte und ihnen in einigem Abstand folgte.

»Ein Waldparkplatz, Sam?«, fragte sie ihren Kollegen und warf ihm einen skeptischen Blick zu.

»Ich weiß, verdammte Scheiße!« Sam hieb mit der Faust auf das Armaturenbrett. Als sie die Abzweigung zu dem Waldparkplatz nahm, auf dem Tammys Handy zuletzt geortet worden war, klammerte sie sich immer fester ans Lenkrad. Sam starrte durch die Windschutzscheibe nach vorne, sie spürte, wie er vor Anspannung zitterte. Erst als sie die letzte Kurve nahm, sahen sie Tammys Kleinwagen am anderen Ende des Parkplatzes. Hätte Sam sie nicht davon abgehalten, hätte sie direkt dahinter geparkt, aber Sam erinnerte sie gerade noch rechtzeitig daran, dass sich mit hoher Wahrscheinlichkeit eine Bombe in dem Auto befand. Klara bremste jäh, und sie näherten sich dem Auto vorsichtig und mit ihren Pistolen im Anschlag. Von beiden Seiten spähten sie in die Fenster, aber sie konnten kaum etwas erkennen, da die Scheiben zu sehr spiegelten. Verdammt noch mal, dachte Klara. Regeln sind dazu da, gebrochen zu werden. Klara ließ jede Vorsicht fahren und stürmte die letzten Meter zum Wagen.

»Vorsicht«, rief Sam von der anderen Seite. »Nichts anfassen!«

Sie wollte nur wissen, ob Tammy in dem Auto war oder nicht. Alles andere zählte nicht. Klara achtete nicht darauf, dass ihre Waffe gen Himmel zeigte. Mit den Händen schirmte sie das Sonnenlicht ab und blickte ins Innere des Wagens: Er war leer.

»Sie ist nicht drin, Sam«, rief sie.

»Weg von dem Wagen, Klara. Das ist ein Befehl!«

Klara brachte ihre Waffe in Anschlag und zog sich zurück. Sie streifte mit der Kimme über den Wald und bewegte sich seitwärts, weg von dem Auto.

»Wie lange ist das Signal ihres Handys schon hier?«, fragte Sam in sein Handy, so laut, als müsse er Klara immer noch davon abhalten, sich dem Auto zu nähern.

»Du kannst die Waffe runternehmen, Klara«, sagte Sam enttäuscht. »Das Signal hat sich schon seit einer halben Stunde keinen Zentimeter mehr bewegt. Tammy ist weg, Klara.«

Frustriert ließ Klara die Waffe sinken. Wenigstens hatte sie den Kampfmittelräumdienst in weiser Voraussicht gleich mit angefordert, sie müssten jeden Augenblick aus

Chicago hier eintreffen. Wenn sie Glück hatten, verriet ihnen vielleicht das Innere des Wagens etwas darüber, wohin er Tammy entführt hatte. Klara beobachtete, wie der junge Kollege ein gelbes Absperrband quer über die Zufahrt des Parkplatzes spannte. Er sicherte den Tatort, das war eine gute Idee, jede Reifenspur konnte wichtig sein. Sie hatte keine Lust, noch einmal die Geierstaffel anfordern zu müssen, weil in diesem widerlichen Forum ein Video mit Tammy auftauchte.

Sie waren ihm dicht auf den Fersen, so dicht wie noch nie. Er hatte Tammy erst vor einer halben Stunde entführt. Sie hörte Sam im Hintergrund Anweisungen ins Telefon bellen. Straßensperren, Satellit, das volle Programm. Klara hockte sich neben ihr Auto und betrachtete das Absperrband, das im Wind flatterte. Sie hatten eine Chance. Er war ihnen immer noch einen Schritt voraus, aber jetzt hatten sie zumindest eine Chance.

KAPITEL 27

Oktober 2011
U.S. Route 14, nordwestlich von Chicago, Illinois

Kurz nachdem er die Ortschaft Roselawn passiert hatte, hörte er Klopfzeichen aus dem hinteren Teil seines Vans. Ruhig suchte er nach einer Möglichkeit anzuhalten, ohne dass man aus vorbeifahrenden Autos in seine geöffnete Heckklappe schauen konnte. Hinter einer Abzweigung fand er eine Reihe dichter Büsche, die für sein akutes Problem ausreichen mussten. Er war jetzt schon so viele Tausend Kilometer über die Highways Amerikas gefahren, und es hatte ihn noch niemals jemand angehalten. Wenn man sich an die Geschwindigkeitsbegrenzung hielt und dafür sorgte, dass keine Lampen defekt oder die Reifen abgefahren waren, lautete die Dienstanweisung für Polizisten im Land der Freiheit, einen nicht zu behelligen. Er war froh darum. Und dank seiner Checklisten für alle möglichen Situationen vermied er leichtsinnige Fehler.

Als der Wagen sanft ausgerollt war, zog er eine der Klarsichthüllen unter den Comics hervor. Das karierte Schreibpapier war akkurat beschriftet, kein Rechtschreibfehler auf der ganzen Seite, und die Linien waren mit Lineal gezogen, fein säuberlich, wie es sein sollte. Er lächelte dünn und schob den pappsüßen ChupaChups-Lolly, den er sich irgendwo in Roselawn aus der Packung in der Mittelkonsole genehmigt hatte, im Mund hin und her, während er die Checkliste für ein Aufwachen während der Fahrt durchging:

Handschuhe vorne im Wagen anziehen.

Spritze mit 30 ml aus Ampulle 4 (Handschuhfach) aufziehen.

Wagenschlüssel abziehen und in die Hosentasche stecken.

Warnblinker ausgeschaltet?

Neue Wasserflasche mitnehmen.

Checkliste Innenraum beendet.

Er lächelte und war froh, dass sich einige seiner früheren Sicherheitsmaßnahmen erledigt hatten. Vor allem die Gasmaske hatte er gehasst, diese Barriere zwischen ihm und den Mädchen. Viel wichtiger als die überschätzten DNA-Spuren war es, gar nicht erst aufzufallen und: die Kontrolle zu behalten. Deshalb verhielt er sich disziplinierter als früher, und seine Listen lieferten ihm jetzt selbst ein plausibles Argument für den Halt am Rand des Highways. Im Fall der Fälle einfach mit der Wasserflasche wedeln und behaupten, man habe Durst bekommen. Amerikaner glaubten einem immer, dass man Durst hatte, und waren bereit, dafür jederzeit zu akzeptieren, dass man auch am Rand einer Schnellstraße kurz pausierte. Schade um den schönen Lolly, dachte er und warf die süße Bombe aus dem Fenster, bevor er die Latexhandschuhe anzog. Punkt für Punkt arbeitete er die Liste ab, Spontaneität oder Improvisation kamen nicht infrage, das lag ihm nicht.

In dem dunklen Laderaum zog er vorsichtig die Türen zu und drehte sich zu ihr um. Er konnte nur knien, es war eng, und er lauschte auf ihren Atem. Ha! Sie hielt die Luft an vor Furcht. Dabei würde sie bald das Schönste erleben, was es zu erleben gab, den Schmerz, den nichts übertreffen konnte. Ihre Brust bewegte sich nicht, aber er wusste natürlich, dass sie noch putzmunter war, er dosierte die Drogen vorsichtig, alleine schon, um sich nicht den Spaß zu verderben. Er bemerkte ein Zittern an den Gesichtsmuskeln ihres linken Auges, die sie nicht bewusst kontrollieren konnte. Sie sah wunderschön aus im schwachen Schein der Leuchte. Er streichelte ihr glattes, schwarzes Haar, wollte etwas zu ihr sagen, aber er wusste nicht was. Sie würde es erst viel später verstehen, jetzt hatte sie noch viel zu viel Furcht. Furcht, ob er sie vergewaltigen würde, was natürlich nicht infrage kam. Furcht, ob sie ihre Familie je wiedersehen würde, was natürlich ebenso wenig infrage kam. Er griff nach ihrem Arm, sie spielte immer noch die Bewusstlose, der Arm lag schlaff in seiner Hand. Aber die Finger wurden immer noch von einem menschlichen Gehirn kontrolliert. Tot sahen sie anders aus, das wusste er. Friedlicher. Er packte ihren Arm fester und legte ihn zwischen seine Beine wie in einen Schraubstock. Als Tammy begriff, hatte er die Vene längst gefunden, und die Droge tat Minuten später ihre Wirkung. Er strich ihr die Haare aus dem Gesicht, und bevor er die Türen wieder öffnete, verstaute er die Handschuhe in seiner Hosentasche. Als er wieder vor seiner Fahrertür stand, schraubte er die Wasserflasche auf und nahm einen großen Schluck, die Spritze für Tammy hielt er versteckt in der linken Hand.

Er hatte kaum die Flasche angesetzt, als er ein vertrautes Geräusch hörte, das ihm durch Mark und Bein ging, seine Knie begannen zu zittern. Langsam setzte er die Wasserflasche ab. Fast direkt hinter ihm hatte er das kurze Signal einer Polizeisirene gehört. Ein kurzes Aufheulen, das mehr Aufmerksamkeit erzeugen als eine Warnung aussprechen sollte. Der Streifenwagen rollte mit abgeschaltetem Motor heran, und der Officer stieg aus dem Wagen. Er schirmte seine Augen gegen die tiefstehende Sonne mit der flachen Hand ab und ging auf den Polizisten zu, wie es in dem entsprechenden Plan stand.

»Guten Tag, Officer. Wie geht es Ihnen?«

Der stämmige Mann im beigen Dress des County Sheriff Department legte zum Gruß eine Hand an den Cowboyhut.

»Gut, danke, Sir. Warum halten Sie hier?«

»Entschuldigung, Sir. Ich hatte nur etwas Durst bekommen, ich fahre sofort weiter. Die Hitze, wissen Sie. Ich bin aus Nebraska, da sind wir so etwas nicht gewohnt.«

Der Mann hatte die Hände in die Hüften gestemmt und schien ihn abzuschätzen. Zum Glück hatte Tammy ihre Drogenration gerade neu bekommen, nur wenige Minuten früher, und ihr Klopfen hätte ihn unweigerlich verraten. Bewahr die Ruhe, sagte sich der Mann. Sie kontrollieren einen niemals.

»Haben Sie etwas dagegen, wenn ich einen Blick in Ihren Wagen werfe?«, fragte der Polizist. Zum Glück fuhr Hellbuoy mit seinem Wagen auf einer eigenen Route. Wieder einmal dankte er der weisen Voraussicht seiner Listen, ohne sie hätte er sich niemals im Eifer des Gefechts all diese Vorsichtsmaßnahmen merken können, ohne die er sicher schon viermal in den letzten Jahren aufgeflogen wäre.

»Aber nein, überhaupt nicht. Machen Sie nur.«

Der Polizist lief um seinen Van herum, die Hand in der Nähe des Colts, aber ohne den Griff zu berühren. Er hatte noch keinen Verdacht geschöpft. Trotzdem kämpfte er mit der Angst, dass gleich alles vorbei wäre. Er würde die Tür aufmachen, das Innere seines Wagens durchsuchen. Er würde seine Waffe ziehen, und dann wäre alles vorbei.

»Aber ich muss Sie warnen, Officer«, sagte er, als der

Polizist im Begriff war, die Türen zum Laderaum zu öffnen. »Ich habe den Müll meines Schwagers da drin. Ein echter Messie kann ich Ihnen sagen. Bin grade auf dem Weg zur Deponie.«

Der Mann runzelte die Stirn: »Da sind Sie aber in der falschen Richtung unterwegs«, stellte er fest. Er hatte jetzt die Hand am Türgriff. Noch vier Sekunden. Die Tür klemmte, wie immer. Der Polizist riss an dem Griff, und schließlich gab das Scharnier nach.

»Puh, ist das ein Gestank«, kommentierte der Polizist und hielt sich die Armbeuge seines Hemds vor den Mund. »Was hat Ihr Schwager da drin?«

Er machte keine Anstalten, die Müllsäcke, die er nur locker über Tammys reglosen Körper gezogen hatte, wegzuräumen.

»Geschätzte achtzig Dosen Hundefutter«, zählte er auf, »die älteste etwa zwei Jahre alt, etwa vierzig Flaschen Jim Beam ... Was wollen Sie noch wissen? Mein Schwager ist nicht gerade das, was man einen perfekten Ehemann nennt. Wenn Sie vielleicht mal mit meiner Schwester reden würden? Auf mich hört sie ja nicht«, fügte er pflichtschuldig hinzu.

»Nein, danke«, sagte der Polizist und knallte die Türen wieder zu. »Mit dem Schlamassel müssen Sie schon selbst fertigwerden.«

Er gab ihm zum Abschied die Hand.

»Zur Deponie geht es drei Meilen zurück und dann nach rechts.«

»Danke, Officer. Sie haben mir wirklich geholfen«, sagte der Mann. Er winkte aus dem geöffneten Seitenfenster, als er den Van wendete.

KAPITEL 28

Oktober 2011
Zentrale des NCAVC, Quantico, Virginia

Sam Burke erwachte auf einer Pritsche in seinem alten Büro. Er fühlte sich noch müder als am Abend zuvor, es war die zweite Nacht, die er neben seinem Schreibtisch verbrachte. Seit der Entführung von Tammy Walker hatten sie keine ruhige Minute mehr gehabt. Er schälte sich unter der dünnen Decke hervor und ging zu seinem Kleiderschrank, den er für solche Fälle eingerichtet hatte: drei gleiche Anzüge, drei Paar gleiche Socken, drei Paar Schuhe, ein brauner und zwei schwarze Gürtel. Ein Sechstel seiner Garderobe befand sich hier statt zu Hause, und das Austauschen der Notfallration gehörte für ihn zum Abschluss eines jeden Falles wie für andere das Aufräumen ihres Schreibtisches, was bei Sam, der peinlich genau darauf achtete, dass sich keine Aktenberge bei ihm stapelten, nicht nötig war.

Mit dem frischen Anzug auf dem Arm machte er sich auf den Weg zur Schwimmhalle, die normalerweise dem Training der Rekruten vorbehalten war, aber es sollte nur einer versuchen, ihn aufzuhalten. Für Sam war die morgendliche Dusche ebenso unverzichtbar wie der Kaffee, den er sich auf dem Rückweg aus einem der grausigen Automaten ziehen würde, bis Anne oder Klara ihn mit einem mitgebrachten extragroßen Becher mit viel Muskat ohne Zucker erlösen würde.

Immer noch nicht weniger müde, aber zumindest wach genug für seine erste Besprechung und vor allem mit frischen Schuhen ausgestattet, betrat Sam um 08:04 Uhr ihren neuen Hightech-Besprechungsraum. Trotz der Monitore sah der große Tisch in der Mitte aus wie ein Schlachtfeld: Überall lagen Berge von Papier, Ausdrucke von möglichen Routen, Berichte der Spurensicherung, Aussagen der Freundinnen, der Familie, aller möglichen Bekannten.

Das FBI hatte beinah das gesamte Chicagoer Büro mobilisiert, über hundertfünfzig Beamte sammelten Informationen und verfolgten sämtliche Spuren, die zu Tammy führen könnten. Ihre Uni wurde durchforstet ebenso wie ihr Sportverein, das gesamte Waldgebiet rund um das Auto war systematisch durchkämmt worden – ohne Ergebnis. Wenigstens ist die verdammte Karre nicht in die Luft geflogen, dachte Sam und setzte sich auf einen Stuhl vor das Chaos, das ihm beinahe körperliche Schmerzen bereitete. Für einen Schreibtischminimalisten wie ihn waren die unordentlichen Haufen Monster aus einem Albtraum, am liebsten hätte er alles in einen großen Papierkorb gefegt, aber er wusste, dass Bennet, Anne und Wesley jeweils ein eigenes System hatten und dass die Haufen für sie so sortiert wirkten wie für ihn säuberlich aufgereihte Aktenordner.

Sam legte die Füße auf den Tisch und nippte an seinem Kaffee, der lasch und säuerlich schmeckte. Die Bildschirme waren dunkel, nur die Lüftungen surrten leise. Das Geräusch beruhigte Sam, und es half ihm beim Nachdenken. Bis spät in die Nacht hatten sie den Einsatz der Kollegen koordiniert und verzweifelt auf das Ergebnis der Spurensicherung an der Bombe gewartet, die viel zu lange auf sich warten ließ. Schließlich hatte Sam sie nach Hause geschickt.

Ob der Bericht schon da war? Sam hätte den Computer

einschalten können, um es herauszufinden, aber er wollte die Ruhe vor dem Sturm nutzen, um noch einmal gründlich über den Fall nachzudenken. Sozusagen mit einem leeren Schreibtisch im Gehirn, auch wenn das in diesem Chaos nicht ganz einfach sein würde. Sam schloss die Augen und lehnte sich zurück. Hatten sie irgendetwas übersehen? Er suchte nach den Randnotizen ihrer Ermittlungen. Jene wenig ausgetretenen Pfade, die sich ihnen aufgetan hatten, aber die sie vielleicht nicht weiter verfolgten. Bei jeder Ermittlung gab es diese Abzweigungen, an denen man vorbeihechelte, weil es schnell gehen musste oder weil eine andere Spur zu dem Zeitpunkt noch verheißungsvoller erschien.

Was hatten seine Hände an dem Fundort von Tinas Leiche eiskalt werden lassen? Diese Frage konnte er noch immer nicht beantworten. Vor seinem geistigen Auge tauchten chronologisch Fragmente auf: das Video von Jessica von Bingen, die Leiche von Theresa Warren im Wald, das Licht zwischen den Baumwipfeln. Sam hatte für diesen fast meditativen Zustand lange geübt, sein Verstand arbeitete jetzt nicht mehr rein analytisch, sondern ebenso intuitiv. Für jeden Außenstehenden würde es wirken, als ob er schlief. Er verarbeitete die Routenpläne, glich sie mit seinen Erinnerungen ab. Was hatte Jay gemutmaßt? Er sah einen Mann in ein Haus gehen, gerader Gang, er trug ein schweres Paket. Das Haus war aus Beton, dicke Mauern, vielleicht aus Stein. Die Gegend war abgelegen, keine Menschenseele zu sehen. Es war Nacht. Ein Auto fuhr über einen löchrigen Parkplatz, Unkraut wuchs aus den Betonfugen. Vielleicht auch nur festgefahrener Lehm? Ein Mann stieg aus dem Auto, aus einem dunkelblauen Bus mit getönten Scheiben. Er war hager und kantig, seine Bewegungen wirkten kontrolliert und präzise. Ein Handwerker. Vielleicht. Der Mann stieg wieder in das Auto und manövrierte es in die Garage. Es war stockdunkel, als er die Tür mit einem lauten Rasseln hinunterzog. Erst dann schaltete er das Licht ein. Er öffnete die Tür zu seinem Van, dort lagen mehrere Matratzen übereinandergestapelt. Er hievte eine nach der anderen aus dem Auto und stapelte sie an der unverputzten Wand. Sams Gedanken flackerten, er sah die Mädchen. Jessica von Bingen. Nein, die war ein Sonderfall. Aber Tina, aus Louisiana. Und Tammy aus Chicago. Und Theresa. Die Orte wurden zu einer Karte, der Maßstab der Karte wurde kleiner, er zog… nein, er roch frischen Kaffee. Gerade erst gebrüht, sehr heiß und mit einer Spur Muskat.

Langsam öffnete Sam die Augen. Klara stand neben ihm, den dampfenden Becher in der Hand. Daher also der Geruch, schloss Sam.

»Wie lange stehst du schon da?«, fragte er irritiert.

»Fünf Minuten«, bekannte Klara. »Aber ich erinnere mich noch daran, dass es besser ist, dich bei deinen seltsamen Kopfübungen nicht zu stören, Sam. Langsam gewöhnen wir uns wieder aneinander, was?«

Sam nahm ihr dankbar den Becher aus der Hand und atmete den heißen Kaffeedampf ein. Es hatte fast den Anschein. Und dass selbst Klara das mittlerweile einsah, musste doch als gutes Omen gewertet werden, oder nicht?

»Danke für den Kaffee. Mit Muskat und ohne Milch. Es scheint tatsächlich ein wenig wie in alten Zeiten«, lachte Sam hoffnungsvoller, als es ihm zustand, und bekam gleich darauf von Klara einen Dämpfer verpasst, den er sich aber selbst zuschrieb.

»Keine Eile, Sam. Und? Hat dein Nachdenken etwas gebracht?«

»Ich weiß noch nicht genau. Warten wir es ab, du weißt ja, dass es nicht unbedingt die linearste Art zu denken ist.«

Bevor Klara etwas erwidern konnte, stürmte Wesley in den Besprechungsraum, wie immer mit einem weiteren Laptop unter dem Arm, obwohl sie sich hier drinnen nun wirklich nicht über zu wenig Rechenleistung beklagen konnten. Kurz darauf erschienen auch Anne und Bennet, der reichlich abgekämpft aussah. Wenn wir nach den Ringen unter unseren Augen gehen, müssten wir ihn bald haben, dachte Sam verbittert, denn er wusste genau, dass dies nicht im Mindesten ihrer Spurenlage entsprach.

Er war weg. Alle Straßensperren hatten nichts genützt, der Fisch war entkommen. Und seine Beute mit ihm. Die Polizei hatte bis hinauf in die entlegenen Countys Hunderte Fahrzeuge kontrolliert, aber nichts gefunden. Zweimal hatten die Beamten ihre Schusswaffen gezogen, aber in einem Fall war es nur ein verwirrter Jugendlicher gewesen, der außer einer teuren Kamera ohne Beleg nichts Auffälliges in seinem Auto hatte, und ein anderes Mal hatte ein bärtiges Raubein wohl etwas überreagiert, als er von der Staatsmacht zum Anhalten gezwungen worden war. In beiden Fällen hatten die Typen sich als harmlose Spinner entpuppt, und sie hatten sie ziehen lassen müssen. Von Tammy fehlte weiter jede Spur.

Vier Stunden später waren die Ringe unter ihren Augen nicht heller geworden, und die Truppe versammelte sich um die Sandwiches, die ihnen die fürsorgliche Anne besorgt hatte. Bennet biss gierig in ein Tomate-Thunfisch-Ciabatta, ohne seinen Bericht der Spurensicherung von Tammys Wagen zu unterbrechen.

»Die Bombe ist ein Internetnachbau. Einfach, aber effektiv, dieselbe Konstruktion wie bei den anderen.« Er schob sich mit den Fingern ein großes Tomatenstück in den Mund, das seinem Schlingen erbitterten Widerstand geleistet hatte.

Sam konzentrierte sich auf den Lachs-Frischkäse-Bagel, der vor ihm auf einem Teller lag. Natürlich war es dieselbe Bauart, schließlich war ihr Typ kein Genie, bisher hatte er alle technischen Kenntnisse aus dem Netz. Vielleicht war er geschickt, aber eine Bombe zu konstruieren, die sie auf seine Spur führte, traute er ihm wirklich nicht zu. Leider. Und natürlich würden sie keine Fingerabdrücke finden, dafür war er zu vorsichtig.

»Fingerabdrücke?«, fragte Sam zwischen zwei Bissen der Vollständigkeit halber.

»Nein«, erwiderte Bennet, über den Bericht gebeugt. »Aber ...«, er schluckte einen Bissen hinunter und legte das Sandwich mit der Tüte auf einen Aktenstapel. Sam horchte auf. Wenn Bennet das Sandwich ablegte, gab es etwas Interessantes.

»... sie haben ein Haar gefunden. Es war in der untersten Schicht Gopher-Tape mit verklebt. Bei einer Explosion wäre es unweigerlich zerstört worden.«

»Aber so könnten wir vielleicht Glück haben«, resümierte Sam. Lass uns einmal etwas Glück haben bei diesem Fall, betete Sam im Stillen.

Sam biss erneut in den Hefekranz. Bagels waren die einzige Alternative zu Donuts, wenn auch eine, die er sich selbst nur durch rationales Kalorienvorrechnen schmackhaft machen konnte: »Ergebnis?«

»Noch nicht. Zwei Stunden, haben sie geschrieben«, antwortete Bennet.

»Mach Druck.«

Bennet nickte und leckte sich die Fingerspitzen, bevor er zum Hörer griff. Sam erhob sich aus seinem Stuhl, um an die Bagels zu kommen, die in der Tischmitte standen. Mit einem zufriedenen Grunzen und einem weiteren Lachs-Frischkäse-Bagel als Beutestück ließ er sich zurück in den Sessel sinken. Das Essen wirkte wie ein Wunder auf seinen ausgezehrten Kreislauf, auch wenn er wusste, dass er das Tempo, das sie in den letzten Tagen vorgelegt hatten, kaum mehr als eine Woche durchhalten würde. Wenn sie länger brauchten, gab es für Tammy ohnehin kaum noch eine Chance, ohne schwerwiegende körperliche Schäden aus der Sache herauszukommen. Verdammte Judaswiege, Teufelszeug. Und im Mittelalter hatte die Inquisition damit sogar den Teufel bekämpfen wollen. Dass ich nicht lache, dachte Sam.

»Hast du die Analyse fertig, um die ich dich heute Morgen gebeten habe, Wesley?«, fragte er ihren Computerspezialisten. Nachdem er seine Eindrücke aus der Meditation sortiert hatte, war ihm ein Einfall gekommen, der sie vielleicht weiterbrachte.

»Du meinst die Schnittpunkte, oder?«, fragte Wesley.

Sam nickte. Was, wenn Jay doch recht hatte? Wenn ihr Mörder trotz der riesigen Entfernungen zwischen den einzelnen Morden doch ein zentrales Lager hatte. Wenn alle diese Filme wirklich in demselben Raum entstanden waren, nur vor anderen Kulissen, wie Jay vermutete.

Sam ärgerte sich beinahe, dass er nicht selbst auf diese Idee gekommen war, denn es passte zu seiner Persönlichkeit. Seit der Nummer mit dem an das WLAN des Cafés angrenzenden Hotel war er sich absolut sicher, es mit einem akribisch planenden Menschen zu tun zu haben.

Einem mathematisch begabten Kopf, der seine irren Pläne mit ungeheurer Präzision plante und dann minutiös genau ausführte. Vielleicht hatte er ausgerechnet, dass es immer noch sicherer wäre, mit den entführten Mädchen quer durchs Land zu fahren, als ständig neue Verstecke mieten zu müssen, die dann vielleicht seinen Ansprüchen nicht genügten. Und die waren, wie Sam schätzte, enorm hoch. Abgelegen musste es sein, eine integrierte Garage war Pflicht.

Vielleicht eine verlassene Fabrik oder eine Lagerhalle, die aber dennoch zuverlässig und langfristig zu pachten oder zu kaufen war, was Sam mittlerweile für wahrscheinlicher hielt, als dass er einfach etwas gemietet hatte. Dagegen sprach zwar, dass er überzeugt war, dass der Täter nur über ein durchschnittliches Einkommen verfügte. Aber für Geld gab es viele Quellen: Erbschaften, Schwarzarbeit oder etwas Illegales. Sam vermutete Letzteres, oder der Täter hatte einfach nur lange genug gewartet.

Nach dem Mord an Jessica von Bingen waren Jahre vergangen, bevor er wieder zugeschlagen hatte. Sam war sicher, dass er diese Jahre genutzt hatte, um exakt zu planen, wie er es wieder tun konnte, ohne dabei erwischt zu werden. Und ein ganz wesentlicher Aspekt davon war seine Zuflucht. Sie war der Schlüssel zu ihrem Fall. Fanden sie diese Zuflucht, dann fanden sie auch ihren Täter.

Wesley hatte inzwischen die Berechnung auf einem der großen Bildschirme aufgerufen und kommentierte, wie er vorgegangen war: »Ausgehend von den Tatorten, den Fundorten und einer angenommenen mittleren Entfernung ergibt sich eine Strecke von knapp unter zehntausend Meilen, die er mit den jeweiligen Entführten zurückgelegt haben muss.«

Sam pfiff durch die Zähne: »Das ist eine ganze Menge.«

»Ja«, stimmte ihm Wesley zu, »aber ich habe mir auch die durchschnittliche Statistik für die großen transnationalen Highways angeschaut. Wenn wir einberechnen, dass unser Täter, der, wie wir ja annehmen, äußerst geplant vorgeht, sich keine kleinen Fehler zuschulden kommen lässt wie etwa ein defektes Bremslicht oder zu schnelles Fahren ...«

Sam trieb ihn mit einer ungeduldigen Geste zur Eile an. Das wussten sie ja alles bereits.

Fähnrich Crusher hob beschwichtigend die Arme und dozierte weiter, als wäre nichts gewesen: »... dann kommt nur eine Kontrolle auf 545.433 gefahrene Meilen.«

»Mit anderen Worten«, mischte sich Klara ein, »liegt seine Chance, von einer zufälligen Kontrolle erwischt zu werden, unter zwei Prozent.«

»Das ist korrekt«, bestätigte Wesley. »Und: Dann müsste der Officer auch noch misstrauisch werden und seinen Laderaum überprüfen, wozu er in aller Regel keine Veranlassung hat, es sei denn, der Täter gibt ihm eine.«

»Wie viel, Wesley?«, stöhnte Sam.

»0,325 Prozent.«

»Und wo befindet sich dann deinen Berechnungen nach seine Zuflucht? Rein statistisch natürlich«, ätzte Sam, der wusste, dass sie sich ihm mit Statistik zwar annähern konnten, ihn aber niemals tatsächlich aufspüren würden.

»Irgendwo im Mittleren Westen, Nebraska, Kansas, Iowa, so etwas in der Richtung.«

»Geht das nicht etwas genauer?«, fragte Sam verärgert, bedeutete aber Bennet mit einer Handbewegung, dass es seine Aufgabe sein würde, der Spur nach seiner Zuflucht weiter nachzugehen.

Plötzlich gab der Computer, den Wesley unter dem Arm getragen hatte, einen lauten Warnton von sich. Ohne auf Sams Frage zu antworten, stöpselte Wesley hektisch einige Kabel an den Rechner.

»Was ist los, Fähnrich?«

»Er ist wieder da.«

»Wer ist wieder da?«, fragten Klara und Bennet nahezu unisono.

»Judas_Iscariot«, flüsterte Wesley und tippte hektisch. Auf dem Bildschirm hinter seinem Kopf erschien das Chatprotokoll.

[whisper to Thunder]: Danke, dass du mich gewarnt hast, das war nett von dir.

Sam warf einen warnenden Blick zu Wesley, der ihn vorwurfsvoll erwiderte: »Bevor du fragst: Ja, der Tracer läuft. Natürlich versuche ich, ihn aufzuspüren.« Dann tippte er seine Antwort:

[whisper to Judas_Iscariot]: Ach, hallo. Da bist du ja wieder. np – war mir ein Vergnügen. Wie geht es dir?

[whisper to Thunder]: Es ist mir nie besser gegangen.

[whisper to Judas_Iscariot]: Wie kommt's?

[whisper to Thunder]: Ich habe ein wundervolles Wochenende vor mir.

Sam zog sich der Magen zusammen. Er sprach von Tammy. Er hatte seine Zuflucht erreicht, er fühlte sich in Sicherheit, absolut geborgen. Er kannte jetzt keine Angst mehr, nur noch Gier und Verlangen. Und er wirkte sehr abgebrüht, was ein ganz schlechtes Zeichen war. Für Sam hieß das, es würde zum einen schwieriger, ihn zu fassen, und zum anderen würde er nicht aufhören. Wer so weit war, dass er angesichts des nächsten Opfers derart abgeklärt redete, hörte nicht mehr auf. Niemals. Sam hoffte so inständig, dass Wesley ihn mit seinem Programm aufspüren würde, dass er regelrecht körperliche Schmerzen verspürte.

[whisper to Judas_Iscariot]: Klingt nach einer Frau.
[whisper to Thunder]: +
[whisper to Judas_Iscariot]: Ist sie schön?
[whisper to Thunder]: Oh ja. Willst du sie sehen?
[whisper to Judas_Iscariot]: Klar.
[whisper to Thunder]: Warte einen Moment.

Kurze Zeit später erschien ein Bild von Tammy auf dem Bildschirm. Die junge Frau lag rücklings auf einem nackten Bettgestell, ihre Arme und Beine waren mit Kabelbindern an den Federn festgezurrt. Selbst auf dem Foto konnte man erkennen, wie sie sich in ihren Fesseln wand und dass sie Schmerzen hatte. Und dass sie Angst hatte.

[whisper to Thunder]: Und? Findest du sie schön?

Wesley schaute hektisch zu Sam herüber: »Was soll ich jetzt schreiben, Sam?«

Sam überlegte: »Wie weit ist dein Suchprogramm?«

Wesley warf einen Blick auf einen anderen Monitor, auf dem eine virtuelle Linie im Sekundentakt Haken schlug.

»Scheiße, ich glaube, er verwendet eine Daisy-Chain.«

»Was für ein Ding?«, fragte Sam, als sich Judas_Iscariot wieder meldete:

[whisper to Thunder]: Habe ich mich etwa in dir getäuscht?

Für Chatter ist ein dreißigsekündiges Schweigen eine ebenso lange Pause wie am Telefon oder beim Familiendinner: eine verdammt lange Zeit. Sie waren im Begriff, ihn zu verlieren.

»Das heißt, du kriegst ihn nicht, oder?«

»Nein, er routet sein Signal über anonyme Server und davon gleich mehrere.«

»Lass mich raten: Steht alles ganz einfach im Internet, oder nicht?«, mutmaßte Sam.

»Dauert mit Google keine fünf Sekunden, das rauszukriegen, die genaue Anleitung gleich mit dabei. Ist wirklich kein Hexenwerk und benutzen fast alle für zwielichtige Aktivitäten im Netz – sei es für illegale Musikdownloads oder für Schlimmeres«, bestätigte Wesley seine Vermutung.

»Okay, dann müssen wir ihn bei der Stange halten. Lass mich mal an die Tastatur.«

Sam übernahm den Platz vor dem Laptop. Er knackte mit den Fingern und brachte sich in Positur. Er konnte zwar nicht so schnell tippen wie Wesley, aber es kam hier auch nicht auf das Zehn-Finger-System an, sondern auf die Inhalte an. Und wenn sie ihn schon nicht mit technischen Mitteln stellen konnten, dann musste es halt die gute alte Psychologie richten. Er tippte eine schnelle Antwort, um die Konversation nicht einschlafen zu lassen.

[whisper to Judas_Iscariot]: Nein nein, sie ist wirklich wunderschön.

[whisper to Thunder]: Und dafür hast du so lange gebraucht?

[whisper to Judas_Iscariot]: Nein, natürlich nicht. Aber ich …

[whisper to Thunder]: ?

Sam wusste, dass er ihm die Kontrolle über die Konversation überlassen musste. Es musste so aussehen, als antworte er widerwillig, zögerlich, wie ein Anfänger. Wie ein Schüler.

[whisper to Judas_Iscariot]: Egal, vergiss es. Ist nicht so wichtig...
[whisper to Thunder]: Nein, sag. Was ist mit ihr?
[whisper to Judas_Iscariot]: Das Schönste an ihr...

Der nächste Satz war der entscheidende, aber Sam wollte ihn noch etwas zappeln lassen.

[whisper to Thunder]: Was ist das Schönste an ihr?
[whisper to Judas_Iscariot]: Ihre Angst.

Sam lehnte sich zurück. Jetzt galt es. Ob er mit seiner Vermutung richtig lag? Hatte er seine kranke Psyche zumindest im Ansatz verstanden? War es tatsächlich der Unterschied zwischen gespielter Angst und echtem Entsetzen, echten Schmerzen, echtem Leid, das ihn dazu getrieben hatte, die Frauen derart bestialisch zu quälen? Sam war sich nicht ganz sicher, aber jetzt konnten sie nur warten. Und die Minuten zogen sich in die Länge. Die Atmosphäre im Raum war gespannt, niemand traute sich zu atmen, als könnten sie den Moment konservieren, in dem sie ihn noch nicht verloren hatten. Aber wo hatte er einen Fehler gemacht? Es passte alles zusammen: Die Gopher-Tapes, das Veröffentlichen in einem SM-Forum, das ihm wahrscheinlich in seinen Jugendjahren zur virtuellen Heimat geworden war, das ihm Seiten gezeigt hatte, die ihn verstanden, mit Menschen, von denen er glaubte, sie tickten wie er. Nur, dass er krank war, aber das wusste er nicht.

[whisper to Thunder]: Ja, da hast du recht.

Sam atmete auf, machte aber keine Anstalten, ihm zu antworten. Wesley arbeitete an seinem Traceprogramm, das immer noch wirre Linien anzeigte. Sam blickte zu ihm herüber, aber der junge Kollege schüttelte den Kopf.

Klara sah ihn verwundert an: »Willst du nicht antworten?«

»Worauf? Er hat keine Frage gestellt. Warte es ab, er kommt schon zurück.«

Erst zwei Minuten später kam eine weitere Nachricht. Offenbar hatte er sich gut überlegt, ob er die Frage stellen sollte.

[whisper to Thunder]: Du hast gesagt, du bist gut mit
 Computern, oder?
[whisper to Judas_Iscariot]: Ja, ganz okay. Wieso?
[whisper to Thunder]: Wenn ich dir ein Foto schicke,
 kannst du rauskriegen, wer das ist?

Sam warf einen Blick zu Wesley, der mit den Schultern zuckte.

[whisper to Judas_Iscariot]: Kommt drauf an.
[whisper to Thunder]: Es ist eine Polizistin.

Jetzt war Sam alarmiert, was hatte das zu bedeuten? Er tippte seine Antwort schnell, um ihn ja nicht zu verlieren. Was für eine Polizistin?

[whisper to Judas_Iscariot]: Dann wahrschienlich schon.

Sam ignorierte den Tippfehler und schickte die Nachricht ab. Kurz darauf zeigte ein kleiner grauer Balken an, dass er ihnen ein Bild schickte. Mit zitternden Fingern griff Sam zur Maus und klickte auf die Datei. Sie blickten auf ein Bild, das mit einem starken Teleobjektiv aus großer Entfernung aufgenommen worden war und das eine zierliche Frau von der Seite zeigte. Ihre Locken wehten im Wind, und sie sah wütend aus. Sam erkannte im Hintergrund das Einkaufszentrum aus Chicago. Und die Polizistin war ihm nur zu gut bekannt, sie stand neben ihm. Die Frau auf dem Bild war Klara Swell.

KAPITEL 29

Oktober 2011
New Jersey Turnpike

In einem Buch hatte Pia einmal gelesen, der berühmteste Werbeslogan für Rolls Royce lautete: »Das lauteste Geräusch bei hundertzwanzig Stundenkilometern ist das Ticken der Uhr.« Es stimmt. Der Wagen glitt wie eine Sänfte über den sechzig Jahre alten Highway Richtung Philadelphia. Sie fragte sich dennoch, wieso sie nicht in den Flieger gesprungen waren, statt eine fünfstündige Autofahrt auf sich zu nehmen. Ja, Thibault Stein hasste das Fliegen, aber musste er deshalb ihren Fahrer Edward, einen über achtzigjährigen Mann, quer durch drei Bundesstaaten jagen? Obwohl sie zugeben musste, dass es ihm nichts auszumachen schien. Die beiden alten Herren waren bester Dinge. Und entgegen seinen sonstigen Gewohnheiten las Stein keine Akten oder ließ sich von ihr Telefonate durchstellen, stattdessen unterhielten sich die beiden unablässig über Freizeitaktivitäten außerhalb der Stadt. Als würden sie in ihrem Alter noch mit dem Fliegenfischen anfangen, amüsierte sich Pia und nahm einen Schluck Wasser aus dem dickwandigen Kristallglas, das in einem wurzelnussbaumvertäfelten Cupholder stand und in das wesentlich besser ein rauchiger Single Malt gepasst hätte.

Aus dem Augenwinkel beobachtete sie ihren Chef, dessen Knollennase bei seiner Konversation über die Vorzüge des Landlebens aufgeregt zuckte. Sie hatte ihn selten so entspannt erlebt, fast kam es ihr vor, als unternähmen sie eine heitere Landpartie statt einer Fahrt zum FBI-Hauptquartier auf Einladung von Sam Burke, der sehr dringlich geklungen hatte.

———

Um kurz vor halb drei rollte der schwere Wagen an die Schranke des NCAVAC, und Edward legte zum Gruß die Hand an die Schirmmütze. Der mit einem Maschinengewehr bewaffnete Beamte starrte unverhohlen in den Fond des Wagens, der viel zu alt war, um schon verdunkelte Scheiben zu besitzen. Vermutlich hätte Stein eine solch affektierte Neureichenschnöselei auch niemals geduldet, schätzte Pia.

Edward streckte ihm ihre Ausweise entgegen und verwies auf einen angekündigten Termin mit Sam Burke. Der Beamte nahm sich Zeit, die Papiere zu studieren, und glich sie mit den Daten auf dem Computer ab, der in einem kleinen Häuschen neben der Schranke stand. Es schien Probleme zu geben, er telefonierte offenbar mit einem Vorgesetzten, bevor er ihnen die Papiere wieder aushändigte.

Edward nahm sie mit der Gelassenheit eines englischen Butlers entgegen, ignorierte den hinter ihm drängelnden Mittelklasse-Ford und glitt unter der Schranke hindurch. Der schwer bewaffnete Schrankenwärter hatte ihm einen Plan des Geländes in die Hand gedrückt, zusammen mit dem Hinweis, auf keinen Fall die roten Linien zu überfahren, wie Pia selbst im Fond deutlich hatte vernehmen können. Stein öffnete die Scheibe zu ihrem Fahrer: »Was wollte dieser Rowdy, Edward?«

»Er sprach von großen Gefahren, denen man sich in den rot markierten Gebieten aussetzen würde. Unser Fahrziel liegt übrigens mittendrin – aber offenbar ist diese grün markierte Route hier«, er hielt den Plan gegen die Scheibe und bemühte sich, dabei die Spur zu halten, »ein sicherer Weg.«

»Na ja«, kommentierte Stein und lehnte sich wieder in seinen Sitz zurück. Er wirkte amüsiert. »Wenigstens kriegen wir dafür vielleicht etwas geboten. Fahren Sie so nah am Rand wie möglich, Edward. Und wenn Sie ein wenig von der Linie abkommen, soll es mich auch nicht weiter stören.«

»In Ordnung, Sir«, sagte Edward und schaltete einen Gang hoch. Der Rolls schnurrte eine kleine Anhöhe hinauf, auf deren Kuppe einige unmissverständliche Warnschilder angebracht waren. Sie waren offensichtlich im Begriff, in die rote Zone zu fahren. Pia schaute neugierig aus dem Fenster. Rechter Hand lief eine Gruppe Jogger in schnellem Tempo durch den Wald. Ansonsten wirkte die Szenerie erstaunlich ruhig für eine derart verbotene Zone, bemerkte Pia, als sie plötzlich von einem Auto mit Vollgas überholt wurden. Der Wagen sah aus, als stammte er direkt von einem Schrottplatz, die Kotflügel waren verbeult, und der Lack schälte sich in großen Blättern von der Karosserie. Stein blickte ihm verwundert hinterher. Er lächelte immer noch, als betrachtete er seine Nichte beim Spielen im Sandkasten.

Kurz hinter dem Schrotthaufen raste eine Gruppe schwarzer Vans heran, in den Seitenfenstern hingen dunkel vermummte Gestalten mit Maschinenpistolen. Die Sirenen waren echt, so viel stand fest, dachte Pia und hielt sich die Ohren zu, als die Wagen an ihnen vorbeirasten. Edward gab sich gänzlich unbeeindruckt und ließ den Rolls schnurgerade und ohne die Geschwindigkeit zu ändern weiterrollen. Zweihundert Meter vor ihnen fielen plötzlich Schüsse, woraufhin die Klapperkiste ins Schleudern geriet.

»Besser als jede Safari, was, Edward?«, kommentierte Stein trocken.

Die Verfolger blockierten inzwischen mit ihren Autos die Straße vor ihnen, sodass Edward anhalten musste. Stein erhob sich von seinem Sitz und öffnete das Fenster. Beide Seiten lieferten sich jetzt ein hitziges Feuergefecht, offenbar trainierten sie gerade eine Verfolgungsjagd mit einem vollkommen hirnverbrannten Idioten, der sich selbst einer Übermacht von sechs gegen einen nicht ergeben wollte. Zwei der vermummten Beamten, die wohl eine Art Spezialeinheit darstellen sollten, schauten zu ihrem Auto herüber, und Stein rief ihnen durch das geöffnete Fenster zu: »Wer keine Munition hat, nimmt besser das Stilett, meine Herren.« Die Männer starrten ihn an, als sei er von allen guten Geistern verlassen. Stein schloss das Fenster und tockte mit seinem Stock gegen die Scheibe. Das Zeichen für Edward, loszufahren. Sehr sachte manövrierte er den Rolls Royce an den Rand des hohen Bordsteins und hob ihn auf die Kante. Erst als die beiden äußeren Räder sicheren Halt auf der Grasfläche gefunden hatten, fuhr Edward an den schwarzen Vans vorbei direkt in die Schusslinie. Die Beamten winkten und versuchten, ihn davon abzubringen. Pia grinste: »Wer keine Munition hat, nimmt besser das Stilett: § 8 der Steinschen Prozessordnung.«

Ihr Chef grinste zurück. Als Edward den Wagen wieder in die richtige Spur gelenkt hatte, hörten die Verfolger plötzlich auf zu schießen. Nur der vermeintliche Gangster in dem ramponierten Crown Victoria feuerte vereinzelt aus seiner Pistole. Plötzlich hörten sie einen lauten Knall, als einer ihrer vorderen Scheinwerfer zerbarst. Edward duckte sich. »Runter«, schrie er.

Stein und Pia kauerten sich so tief sie konnten hinter die Vordersitze, während Edward den Wagen geradeaus hielt, ohne etwas zu sehen. Im Fußraum zog Pia die Augenbrauen hoch: »Keine echte Munition, ja?« Stein zuckte mit den Schultern. Aber mit dem letzten Schuss, der sie getroffen hatte, wurde das Feuer eingestellt. Stein und Pia setzten sich wieder auf.

»Was für eine Safari«, war Steins einziger Kommentar.

———

Zehn Minuten später setzte sie Edward vor einem grauen Flachdachbau direkt vor einer riesigen Laderampe ab. Pia kletterte aus dem Wagen und stellte sich neben Stein, der, auf seinen Stock gestützt, den kargen Industriebau beobachtete.

»Aus und vorbei die Safari, Miss Lindt. Wie überaus bedauerlich. Dann wollen wir mal«, sagte der Anwalt und stakste auf seinen Stock gestützt die steile Betontreppe hinauf. Als sie die Plattform erreicht hatten, blickten sie in das Innere der Halle. In der Mitte des ansonsten fast leeren Raumes stand eine Art Kapsel, von der allerlei Kabel in dicken Strängen herunterhingen.

»Haben Sie eine Ahnung, was das sein soll?«, fragte Stein, doch bevor Pia den Kopf schütteln konnte, öffnete sich eine Tür an der Seite der Kapsel, und Klara Swell trat heraus. Sie begrüßte sie herzlich und schien voller Tatendrang. Pia kam es so vor, als wäre sie noch ein wenig temperamentvoller als sonst und als drehten sich ihre Locken noch ein wenig adretter um ihr mädchenhaftes Gesicht. Sie trug dunkleren Lippenstift als sonst, fiel Pia auf. Klara bat sie in das Innere der Kapsel: »Das Büro war Sams Idee. Fragen Sie mich nicht, wieso, aber es funktioniert ganz gut.«

Pia staunte nicht schlecht, als sie den Raum betrat: Die Wände bestanden aus riesigen, hochauflösenden Bildschirmen, an denen Informationen über die Suche nach Tammy prangten. Sie warf einen Blick zu Stein hinüber, der milde interessiert die Augenbrauen hob. Nachdem Sam ihnen sein Team vorgestellt hatte und alle Hände geschüttelt waren, setzten sich Pia und Stein auf die beiden Stühle, die dem Eingang am nächsten standen. Auch im Inneren kam sie sich vor wie in einer Raumkapsel. Man konnte leicht Platzangst kriegen in solchen engen Dingern, vor allem, wenn sie sich vorstellte, dass einer der Bildschirme gleich ein rot waberndes Licht zeigte, das mit krächzender Stimme »Hello, Dave« zu ihr sagte.

»Warum haben Sie uns hergebeten, Sam?«, fragte Pia, die nach Absprache mit Stein das Gespräch führen sollte.

»Lassen Sie mich kurz die Entwicklungen der letzten Tage zusammenfassen«, begann Sam. »Wie Sie wissen, hatten wir dank Klaras und Pias Einsatz in den letzten Wochen mehrfach Kontakt zu unserem Täter, der nach wie vor mit Tammy in seiner Gewalt flüchtig ist. Wesley, würdest du …«

Der junge Kollege, der aussah wie ein Teenager, ergriff das Wort: »Wir konnten ihn zunächst mit einem Suchprogramm in einem Einkaufszentrum im Norden von Chicago ausfindig machen, aber er ist uns entwischt. Seitdem verwendete er jedes Mal eine sogenannte Daisy-Chain, eine Kette von Anonymisierungsservern, die es uns unmöglich machen, ihn aufzuspüren.«

Pia verstand nur Bahnhof, aber das Wichtigste war wohl, dass die Chatprotokolle, auf die sie so große Hoffnungen gesetzt hatten, nunmehr wertlos waren. Da es für sie nicht entscheidend war, warum dies der Fall war, nickte sie artig.

»In seinem letzten Gespräch mit ›Thunder‹, Wesleys Decknamen, hat er uns ein Foto geschickt, mit der Bitte, die Frau darauf zu identifizieren.«

Sam bedeutete dem jungen Kollegen mit einer Geste, das Bild der Frau aufzurufen. Auf einem der raumhohen Bildschirme erschien ein Foto von Klara. Pia hielt die Luft an, während Sam unbeirrt weiterredete.

»Zunächst hielten wir es für eine weitere schlechte Nachricht, dass er uns bei dem Zugriff am Einkaufszentrum fotografiert hat, aber mittlerweile bin ich anderer Ansicht.«

Pia blickte zu Klara hinüber, die mit verschränkten Armen am anderen Ende des Tisches stand. Sie wirkte gelassen wie immer.

»Mittlerweile«, fuhr Sam fort, »bin ich überzeugt davon, dass es sogar ein außerordentlicher Glücksfall ist.«

Stein sah ihn verständnislos an: »Und weshalb glauben Sie das, Burke? Er könnte sie ebenso gut als nächstes Opfer auswählen, oder nicht?«

»Da muss ich Ihnen recht geben. Aber ich will nicht vorgreifen. Bennet, würdest du bitte ...«

»Die Bombe, die Tammys Auto vollständig zerstört hätte, konnte dank Klaras Voraussicht, frühzeitig das Bombenkommando zu alarmieren, entschärft werden. Und: Wir haben eine DNA-Spur unseres Täters gefunden.«

Bedeutete das, sie hatten ihn bereits identifiziert? Das wären sensationelle Neuigkeiten, überlegte Pia. Aber warum sollte Burke sie deshalb extra nach Quantico bestellen?

»Leider hat die Datenbank keinen Treffer für die DNA gespeichert. Was übrigens für über neunundneunzig Prozent aller Einwohner Amerikas gilt. DNA-Spuren sind das perfekte Mittel, um einem Täter, den man gefasst hat, eine Tat nachzuweisen, aber sie taugen in den seltensten Fällen dazu, ihn aufzuspüren, sämtlichen Fernsehserien zum Trotz«, zerstreute der Schwarze mit dem gemütlichen Bauch ihre Hoffnungen. »Aber die DNA-Analyse ist mittlerweile sehr viel weiter als noch vor fünf Jahren. Heute können wir anhand einer guten Probe sogar die ungefähre Größe und Merkmale wie die Haarfarbe eines Täters bestimmen.«

Stein kratzte sich am Kinn. Sicher überlegt er, was für Möglichkeiten sich damit im Gerichtssaal ergeben und welche der Steinschen Paragraphen er umschreiben muss, sinnierte Pia, als Sam wieder das Wort ergriff: »Für uns bedeutet das, wir können eine ungefähre Personenbeschreibung erstellen. Und wir haben noch etwas Zweites, viel Wichtigeres gegen ihn in der Hand: Wir wissen, wofür er sich interessiert.«

»Worauf wollen Sie hinaus, Sam?«, fragte der Alte irritiert. Pia blickte zu Klara, die noch immer mit unveränderter Haltung in der Ecke des Raumes stand und zu ihr hinüberlächelte.

»Ich denke«, fuhr Sam fort, »dass unsere einzige Chance darin besteht, ihn zu provozieren. Unsere Berechnungen haben ergeben, dass er sich irgendwo im Mittleren Westen aufhalten muss.« Agent Burke deutete auf eine Karte an der Wand. Das markierte Gebiet umfasste mehrere Bundesstaaten im nördlichen Zentrum der USA.

»Aber ich halte es nicht für realistisch, dass wir sein Versteck finden, bevor Tammy zu Schaden kommt. Es sei denn...«

Pia und Stein blickten ihn gespannt an.

»Es sei denn, wir provozieren ihn. Wir müssen ihn persönlich treffen, dort, wo er am verwundbarsten ist. Bei seiner Familie.«

»Sie gehen davon aus, dass er Familie hat?«, fragte Pia erstaunt. In ihrer Vorstellung war der Täter immer ein widerlicher, verlotterter Einzelkämpfer gewesen. Die Idee, dass dieses Monstrum eine Frau oder gar Kinder hatte, war ganz und gar absurd.

»Oder zumindest bis vor ein paar Jahren hatte«, bestätigte Sam. »Ja, davon gehe ich aus. Die lange Zeit, die er anscheinend ohne Morde ausgekommen ist, spricht dafür. Ebenso seine dreifach gespaltene Persönlichkeit, die wir ganz eindeutig in den Chats dokumentieren konnten. Ist es ein Risiko? Ja, aber ein vergleichsweise kleines.«

»Vergleichsweise im Vergleich zu was?«, fragte Stein scharf.

»Vergleichsweise klein im Vergleich zu dem Vorschlag, den ich Ihnen jetzt unterbreiten werde. Er ist der Grund dafür, dass ich Sie persönlich sprechen musste. Denn er betrifft eine Mitarbeiterin von Ihnen.« Sam Burke blickte zu Klara Swell. Sissi lächelte leise.

Der Anwalt, dem offenbar schwante, in welche Richtung Sams Vorschlag gehen würde, winkte ab: »Das kommt überhaupt nicht infrage. Wir können doch nicht das Leben eines anderen Menschen riskieren. Quid pro quo, das kann doch hier im Leben nicht funktionieren. Und außerdem haben Sie gesagt, er ist clever. Wie können Sie sicher sein, dass er Sie nicht austrickst, Sam?«

»Natürlich gibt es keine absolute Sicherheit, Mr. Stein. Aber wir werden Vorkehrungen treffen. Bitte hören Sie sich doch erst einmal an, was ich zu sagen habe.«

Noch am selben Abend lag Pia wieder im Bett neben Adrian und kuschelte sich an seine Brust. Sie roch an seiner Haut, ihre Fingerkuppe wanderte um die spärlichen Brusthaare herum. Er lachte: »Hör auf, Pia. Du benimmst dich wie ein Teenager.«

»Das sagt ja gerade einmal der Richtige«, schoss Pia zurück und setzte sich auf. Sie schob sich ein Kissen in den Rücken, um bequemer zu sitzen, und streichelte ihm über den lockigen Wuschelkopf, der einigermaßen zerzaust in alle Richtungen ragte.

»Was ist jetzt eigentlich mit Mexiko, Pia? Du hast mir immer noch keine Antwort gegeben.«

»Psst«, mahnte ihn Pia zur Ruhe und griff eilig nach der Fernbedienung. »Sei mal leise, da ist Klara.«

Sie drehte den Ton lauter. Auf dem Bildschirm erschien eine Reporterin, die von einer Pressekonferenz des FBI zu den Gopher-Tapes berichtete.

»… hat sich erstmals heute das FBI in einer offiziellen Stellungnahme zu den schrecklichen Videos geäußert, die heftige Spekulationen und Proteste in den USA ausgelöst haben. Wir schalten live zur Pressekonferenz, bei der die FBI-Agentin Klara Swell eine offizielle Erklärung verliest.«

Das Bild von Klara nahm jetzt den ganzen Bildschirm ein. Sie stand an einem Rednerpult aus Holz, auf dessen Front das blau-goldene FBI-Logo prangte. Sie trug ein streng geschnittenes Kostüm und sah viel geschäftsmäßiger aus als sonst, nur ihre porzellanweiße Haut strahlte vor dem dunklen Hintergrund. Sie sah aus wie die Kronprinzessin von Schweden und Österreich zusammen, die eine Trauerrede hielt. Auch Adrian starrte wie gebannt auf den Monitor.

»Was zum Teufel macht sie da?«, fragte Adrian mitten in Klaras erste Sätze. Pia drückte seine Hand.

»Sei leise und hör zu, Adrian«, bat Pia und konzentrierte sich wieder auf Klara.

»... und deshalb müssen wir entgegen anderslautenden Vermutungen davon ausgehen, dass wir es mit einem brutalen Serienmörder zu tun haben. Der Täter ist mittlerweile vollkommen außer Kontrolle geraten, er hat sich nicht mehr im Griff, und deshalb brauchen wir Ihre Hilfe...«

Auf dem Monitor erschien ein Phantombild, das in Pias Augen ungefähr jedem dritten weißen Amerikaner gehören konnte.

»... wissen wir, dass es sich um einen weißen Mann Mitte dreißig handelt. Er hat rotbraunes Haar, grüne Augen und ist etwa 1 Meter 70 groß. Wir glauben, dass der Mann eine Familie hat, die er vor etwa vier Jahren verlassen haben muss. Wenn Sie eine Frau sind, deren Mann Sie vor vier Jahren verließ und der in den Jahren davor auffällige Verhaltensmuster gezeigt hat, bitte melden Sie sich bei uns. Jeder Hinweis kann wichtig sein. Genaue Informationen über mögliche auffällige Handlungsmuster finden Sie auf unserer Homepage...«

Der Fernsehsender zoomte wieder zurück auf die Reporterin, die für die bekanntermaßen geringe Aufmerksamkeitsspanne des Nachrichtenpublikums noch einmal die wichtigsten Punkte von Klaras Aufruf wiederholte. Pia drehte den Ton leiser und sah Adrian an, der noch immer reglos neben ihr lag.

»Aber: Bringt sie sich damit nicht selbst in Gefahr? Sie begibt sich doch geradewegs in die Schusslinie! Hast du nicht etwas von einer gespaltenen Dreifach-Persönlichkeit erzählt, die mit ihrem anderen Ich diese Familie tatsächlich zu lieben glaubt? Ich meine, sie ruft seine Familie dazu auf, sein Leben zu ruinieren ... da wird er ...«

»Genau das ... ist Sams Kalkül«, bekannte Pia mit einem dicken Kloß im Hals.

Kapitel 30

10. Oktober 2011, 12:55
Papillion, Nebraska

Tammy Walker spürte einen Luftzug und wusste, dass sie zurückkamen. Kurz darauf hörte sie das vertraute Geräusch einer zufallenden Tür irgendwo über ihr, das Schloss wurde doppelt abgesperrt. Danach etwas Schweres, das über einen rauen Boden geschoben wurde. Sie kamen zurück. Immer wenn sie zurückkamen, wurde ihr noch ein wenig kälter in ihrem dunklen Verlies. Sie kauerte sich in die Ecke des weiß gekachelten Raumes, schlang die Arme um die Beine und versuchte, an etwas Schönes zu denken. Die ersten Tage hatten nur aus Angst bestanden, irgendwann hatte sie erkannt, dass es so nicht weiterging. Sie würde verrückt werden vor Angst, wenn sie nicht etwas dagegen unternahm. Und so hatte sie begonnen, Fluchtpläne zu schmieden.

Seit sie nicht mehr an das unbequeme Bettgestell gefesselt wurde, stellte sie sich immer wieder vor, ihm mit der Eisenstange aufzulauern und ihm den Schädel einzuschlagen, wenn er ihr Essen brachte. Aber sie hatte keine Eisenstange, und auch sonst nichts, mit dem sie ihm den Schädel hätte demolieren können. So verwarf sie Fluchtplan um Fluchtplan. Als ihr kein neuer mehr einfiel, begann sie, in ihrer Erinnerung zu leben. Sie dachte an das Licht der Sonne, einen Tag im Mai, einen Ausflug mit ihren Eltern, als sie fünf Jahre alt gewesen war. Manchmal kehrte die Angst schleichend zurück, dann wurde ihr bewusst, dass sie nackt im Verlies eines Wahnsinnigen saß.

Ob die Polizei schon nach ihr suchte? Sicher hatten sie ihr Auto gefunden, oder nicht? Aber wie weit war sie von zu Hause weg? Wer war der schreckliche Mann, der penetrant nach getrocknetem Rindfleisch roch? Er brachte ihr Essen, zweimal am Tag. Manchmal streichelte er ihr über die Haare, dann bewegte sie sich nicht. Vielleicht zitterte sie, aber sie wusste es nicht so genau. Wenn er sie streichelte, lief sie über eine taubehangene Wiese und sammelte Gänseblümchen und Pusteblumen. Wenn er den Raum wieder verließ, blies sie die Samen in den Wind und sah zu, wie sie davonschwebten. Sie waren frei. Das fand Tammy schön, und sie stellte sich vor, wie auch sie bald davonschweben würde, weg von diesem schrecklichen Ort.

Das Schlimmste aber war nicht der Mann, der so ekelhaft nach Beef Jerky stank, das Schlimmste war, wenn der Jüngere von beiden kam. Er glotzte sie an. Tammy sah nicht hin, aber sie wusste, dass er sie musterte, manchmal minutenlang. Das waren die Momente, in denen sie die Wiese in ihren Gedanken nicht fand. Sie saß in ihrem Verlies an der Wand und fragte sich, wozu der Abfluss war, den sie in der Mitte des Raumes ertastet hatte, eingelassen in die sauber verputzten Fugen. Das machte Tammy noch mehr Angst.

Sie hörte Stimmengemurmel direkt vor ihrer Tür. *Meine* Tür, dachte Tammy erschrocken. Sie gewöhnte sich daran, das musste aufhören. Das Gemurmel wurde lauter, und sie konnte einzelne Wortfetzen verstehen.

»… bald, hab noch ein wenig Geduld …« – der Ältere.

»Worauf warten wir noch? Du hast es doch versprochen …« – der junge Widerling.

Sie hörte, wie einer der beiden etwas Schweres abstellte, direkt vor ihrer Tür. Dann ging der Fernseher an, wie immer. Der Junge sah gerne fern, aber der Ältere schien sich mit etwas anderem zu beschäftigen. Tammy freute sich darüber, dass er fernsah, statt zu ihr zu kommen und sie anzustarren. Sie zitterte, aber sie wusste auch, dass dies einer der wenigen Momente war, in denen sie mehr über ihre beiden Entführer herausbekommen konnte. Etwas, das ihr vielleicht zur Flucht verhalf, eine Kleinigkeit, die sie übersehen hatten. Ein Eisenrohr zum Beispiel. Tammy wünschte sich nichts sehnlicher als ein verdammtes Rohr. Damit die beiden sie nicht wieder auf das Bettgestell schnallen konnten. Niemals wieder. Hol dir das Eisenrohr, Tammy. Im Dunkeln tastete sie sich zentimeterweise vor, immer in Richtung des laufenden Fernsehers, den sie dumpf aus dem anderen Zimmer vernahm. Sie kroch auf allen vieren, um bloß kein Geräusch zu machen, setzte eine Hand vor die andere. Plötzlich spürte sie, wie ihr Atem zu ihrem Gesicht zurückfand. Sie hatte die gegenüberliegende Wand erreicht. Jetzt zwei Meter nach links. Sie versetzte ihr linkes Knie ein Stückchen und zog die Hände nach, vorsichtig, als balancierte sie am Rand einer tiefen Schlucht. Die dumpfen Geräusche wurden lauter. Im Fernsehen lief eine Talkshow. Vor der Tür hielt Tammy inne, versuchte zu verstehen, was gesprochen wurde. Endlich keine Stille mehr. Er wechselte das Programm: ein Musiksender. Das nächste: eine Nachrichtensendung. Plötzlich drehte er den Ton lauter. Tammy konnte jetzt ganz deutlich verstehen, über was die Reporterin sprach: Sie sprach von ihr, dämmerte es ihr nach ein paar Sekunden. Von ihr.

»... sucht das FBI nach wie vor fieberhaft nach der jungen Tammy Walker, die vor mehr als vier Tagen aus einem Camp am Lake Michigan verschwand. Heute trat das FBI erstmals vor die Presse, und Agent Klara Swell ...«

»Hey«, schrie der Junge. Tammy blieb beinahe das Herz stehen, seine Stimme war so laut, als brüllte er direkt in ihr Ohr. »Das musst du dir ansehen, die Schlampe ist im Fernsehen!«

Tammy hörte langsame Schritte. Von rechts. Noch ein Zimmer, es waren zwei Zimmer. Und das FBI suchte nach ihr, vielleicht konnte sie doch noch entkommen.

»Was für eine Schlampe?«, fragte der Ältere der Entführer mit der kalten Stimme. Der, der nach Beef Jerky stank. Die Schritte liefen jetzt direkt auf der anderen Seite der Tür vorbei. Kein Meter lag zwischen Tammy und dem Mann. Er blieb stehen, als überlege er, kurz nach ihr zu sehen.

»Komm schon, sie reden über dich«, die Stimme des Jungen war jetzt eindringlicher. Die Schritte liefen weiter. Tammy atmete aus.

»… mittlerweile vollkommen außer Kontrolle geraten …« Eine Frauenstimme, nicht die Reporterin. Eine angenehme, selbstbewusste Stimme. Diese Stimme würde sie retten, oder nicht?

»Siehst du, sie reden über dich«, sagte der Junge.

»Halt die Klappe!«, herrschte der Ältere. Tammys Herz machte einen Satz, er war bisher immer der Ruhige gewesen. Der, dem man nichts wirklich Schlimmes zutraute. Ein Mann von nebenan, er sah aus wie ihr Nachbar: spießig, korrekt, nur irgendwie unheimlicher. Wegen seiner Augen. Im Fernsehen redete immer noch die Stimme, die sie retten würde.

»… eine Familie hat, die er vor etwa vier Jahren verlassen haben muss. Wenn Sie eine Frau sind, deren Mann Sie vor vier Jahren verließ und der in den Jahren davor auffällige Verhaltensmuster gezeigt hat, bitte melden Sie sich bei …«

Draußen wurde der Fernseher umgeschmissen, die Bildröhre zerbrach mit einem lauten Scheppern, und der Ton war auf einmal weg. Dann hämmerte eine Faust von außen gegen die Tür, hinter der Tammy saß, was sie beinahe umgebracht hätte. Ihr Herz stockte, entschloss sich dann aber doch, weiterzuschlagen. Panik stieg in ihr auf. Bitte, bitte, das nicht auch noch, dachte Tammy. Du hast gesagt, es dauert noch. Was immer das ist, bitte lass es noch ein bisschen dauern. Gib ihm nicht nach, ihm, dem sie alles zutraute.

»Diese elende FBI-Drecksau!«, schrie der Spießer. Wieder drei Schläge gegen die Tür. Tammy hielt den Atem an.

»Hey, Mann, das ist doch kein Problem. Sie haben keine Ahnung. Sie stochern im Nebel.«

Auf einmal herrschte Stille. Totenstille. Tammy hörte nur noch ihren eigenen Atem und ein Schnaufen. Er stand immer noch vor der Tür. Dann sprach der Mann, der eben noch ausgerastet war, so leise, dass Tammy ihn kaum verstehen konnte.

»Das hätten sie nicht tun dürfen. Das nicht. Nicht meine Familie.«

Wieder Stille. Das Schnaufen wurde leiser. Seine Stimme war jetzt kaum noch ein Flüstern: »Ich brauche einen Plan. Einen verdammt guten Plan.«

Dann stapfte er aus dem Raum.

»Und was wird mit der Kleinen?«, fragte der Junge.

»Die ist nicht mehr wichtig«, antwortete die Stimme aus dem Zimmer auf der rechten Seite.

»Aber ...«, protestierte der andere.

»Ach, mach meinetwegen mit ihr, was du willst«, kam zurück. Tammy wurde schlecht. So schnell es die Vorsicht erlaubte, krabbelte sie zurück in ihre Ecke und schlang die

Arme um die Beine. Sie musste zurück auf die Wiese. Bevor der Junge kam. Sie drückte sich so fest sie konnte in die Ecke und wiegte vor und zurück, wie im Wind auf einer schönen Maiwiese. Die Stimme würde sie auf diese Maiwiese begleiten, oder nicht?

Kapitel 31

Oktober 2011
Omaha, Nebraska

Vier Tage nachdem ihr Fernsehaufruf zum ersten Mal gesendet worden war, standen Klara und Sam vor einem äußerst gepflegten, wenn auch kleinen weißen Holzhaus in der Camden Street, das inmitten lauter Zwillingsbauten auf einer winzigen, fast quadratischen Parzelle stand. Der Rasen war frisch gemäht.

»Und du bist sicher, dass sie echt ist?«, fragte Klara, die von Anfang an am Sinn ihres Fernsehauftritts gezweifelt hatte, auch wenn sie sich das dem Team gegenüber niemals hätte anmerken lassen.

»Sie hat alle Vorabtests bestanden, Sissi«, antwortete Sam. »Ich bin mir sicher, dass wir es uns nicht leisten konnten, sie zu ignorieren.« Sam blätterte durch die Briefe, die zusammen mit einer Zeitung aus dem Postkasten ragten. »Außerdem sind wir jetzt schon einmal da, also können wir auch mit ihr reden.« Er läutete. Sie wurden erwartet. Die Frau, die ihnen die Tür öffnete, sah ausgemergelt aus. Ihre Augen waren verweint, und sie hielt einen etwa sechsjährigen Jungen auf dem Arm, der viel zu schwer dafür war. Er protestierte mit einem Plastiklastwagen, den er gegen ihre Schulter schlug.

»Guten Tag, Miss Hill, ich bin Special Agent Sam Burke«, er deutete auf Klara, »und das ist meine Kollegin Klara Swell. Dürfen wir hereinkommen?«

Bei Klaras Anblick erhellte sich ihre Miene. Typisch, dachte Sam, das war bei Menschen, die sie aus dem Fernsehen kannten, fast immer so. Sie wurde automatisch als alte Bekannte eingestuft, obwohl ihr Gegenüber sie noch nie zuvor gesehen hatte. Frau Hill reichte Klara zuerst die Hand: »Natürlich. Ich bin Rebecca Hill.«

»Darf ich Ihnen ein Glas Wasser anbieten oder einen Orangensaft?«, fragte sie, nachdem Klara und Sam am Küchentisch Platz genommen hatten.

»Gerne einen Orangensaft«, bat Sam.

»Für mich ein Wasser, das wäre toll«, antwortete Klara. Mrs. Hill setzte den Jungen auf dem Boden ab, der, den Lastwagen vor sich herschiebend, im Wohnzimmer verschwand. Sam blickte ihm gedankenverloren hinterher und musterte dabei möglichst unauffällig die Inneneinrichtung. Der Familie Hill ging es nicht besonders gut. Und obwohl die Häuser in dieser Gegend nicht mehr als fünfzigtausend Dollar kosteten, wartete Post vom Gerichtsvollzieher auf sie. Vermutlich konnte sie die Raten nicht mehr begleichen, und seit ihr Mann sie verlassen hatte, wuchsen ihr die Kindererziehung und der Haushalt über den Kopf.

Sam blickte zu Klara hinüber, die ungeduldig wirkte. Er warf ihr einen tadelnden Blick zu. Wenn sie herausfinden wollten, ob die Hills ihre Kandidaten waren, brauchten sie Zeit, auch wenn sie die nicht hatten. Tammy war jetzt seit über einer Woche in der Gewalt des Täters, oder der Täter, dachte Sam grimmig. Sie hatten nicht mehr viel Zeit – sofern sie überhaupt noch am Leben war.

Mrs. Hill unterbrach mit den beiden Gläsern seine Gedanken. Sie legte kleine gehäkelte Deckchen bereit, bevor sie ihre Getränke auf dem laminierten Holztisch abstellte. Ein pedantischer Freak, dachte Sam. War dein Ehemann ein pedantischer Freak? Für diese Frage war es eindeutig zu früh.

»Wieso haben Sie uns angerufen, Mrs. Hill?«, fragte Sam.

Rebecca Hill antwortete Klara statt ihm: »Wegen Ihres Aufrufs.«

»Sie glauben, dass Ihr Mann etwas damit zu tun haben könnte?«, erkundigte sich Klara für ihn. Sie hatte recht, es hatte wenig Sinn, dass er versuchte, das Gespräch mit Gewalt an sich zu reißen.

Rebecca Hill nickte stumm.

»Und wieso glauben Sie das, Mrs. Hill?«, bohrte Klara nach.

»Weil er ... also, auf Ihrer Internetseite stand, dass man sich melden soll, wenn er sich in den Jahren vor seinem Verschwinden seltsam verhalten hat, wenn er lange im Internet gesurft hat, wenn er oft über Wochen unterwegs war ...«

»Mrs. Hill«, unterbrach sie Sam. »Warum erzählen Sie uns nicht alles der Reihe nach? Okay?«

Wieder ein stummes Nicken.

»Wann hat Ihr Mann angefangen, sich ungewöhnlich zu verhalten?«

Rebecca Hill kämpfte mit den Tränen: »Angefangen hat es vor etwa sechs Jahren ...«

Ein Jahr nach dem Mord an Jessica von Bingen. Das passte ins Bild. Sam war schon immer davon ausgegangen, dass der erste Mord eine Art Test für ihn gewesen war, deshalb hatte er auch weit weg auf Maui getötet und noch nicht in unmittelbarer Nähe seiner Familie.

»... er hatte sich verändert. In dem Sommer wurde er abweisend. Mir gegenüber, aber auch den Kindern. Ich glaube, es hat mit diesem Urlaub zu tun. Im Jahr davor war er das erste Mal alleine in Urlaub gefahren, er hatte gesagt, er brauche Abstand. Zum Fischen in die Berge, er hatte sich dort eine Hütte gemietet und blieb sechs Wochen. Ohne Telefon, ohne alles. Und im Jahr darauf fing alles an, den Bach runterzugehen«, schluchzte Rebecca. Klara bot ihr ein Taschentuch an, das sie dankbar annahm und sich damit schnäuzte.

»Im Sommer 2005 nahm er einen neuen Job an, als Fernfahrer. Er sagte, es ginge nicht anders, seine alte Firma hätte geschlossen. Er hat nie gerne darüber geredet, und ich habe ihn in Ruhe gelassen. Das habe ich schon immer. Es war besser so. Aber die vielen Reisen entfernten ihn noch mehr von uns. Er war wochenlang unterwegs, ist aber immer zurückgekommen. Anfangs dachte ich noch, es ginge vorbei. Als mir klarwurde, dass es so nicht weiterging, verließ er mich. Das war vor vier Jahren.«

»Hatte Ihr Mann einen Computer, Miss Hill?«

»Ja. Im Arbeitszimmer«, sagte die Frau.

»Können wir uns den mal ansehen?«, fragte Klara.

»Nein, leider nicht. Ich habe ihn verkauft.«

»Bei eBay?«

»Nein, auf einem Wochenflohmarkt in der Stadt.«

Klara fluchte leise. Sam hob mahnend die Augenbrauen und wandte sich wieder an Mrs. Hill: »Okay, Mrs. Hill. War Ihr Mann damit oft im Internet unterwegs?«

Die rotgeränderten Augen der Frau sprachen Bände. Von durchwachten Nächten im einsamen Ehebett, von unbeantworteten Fragen nach dem Warum. Ihr stummes Nicken bestätigte Sams Verdacht.

»War Ihr Mann gewalttätig, Mrs. Hill? Hat er Sie oder die Kinder jemals geschlagen oder misshandelt?«

Sie schüttelte den Kopf. Sam war sich jetzt beinahe sicher, dass die hagere Frau mit dem traurigen Gesicht einen

Serienmörder zum Ehemann hatte. Aber er brauchte Gewissheit. Die sie ihm nicht würde liefern können, zu eng war ihre eigene Geschichte mit der seinen verknüpft. Ihm blieb nur ein letzter Ausweg, auch wenn der ein hohes Risiko bedeutete.

»Mrs. Hill, ich würde gerne mit Ihren Kindern reden, wenn das möglich ist.«

Sie sah ihn ängstlich an.

»Keine Sorge, es geht nur um ein paar harmlose Fragen«, beruhigte sie Sam.

»Judy? Andre? Kommt ihr bitte mal?«

Sam fuhr es eiskalt den Rücken hinunter. Beinah panisch versuchte er, Klara zu verstehen zu geben, dass sie kurz davor waren, aber sie schien es nicht bemerkt zu haben. Judy und Andre. Judas und Andrej.

Judy und Andre liefen auf ihre Mutter zu und blieben mit fragendem Blick vor ihr stehen. Sie streichelte ihnen über die Köpfe und drehte sie zu Sam herum.

»Der Herr vom FBI hat ein paar Fragen an euch«, kündigte sie an.

Sam lächelte.

»Bist du wirklich vom FBI?«, fragte Andre. Judy, ein schüchternes Mädchen, stand mit hinter dem Rücken verschränkten Armen vor ihm und blickte zu Boden.

»Sagt mal«, begann Sam so sanft wie möglich. »Euer Papa, der hat doch früher bestimmt viel mit euch unternommen, oder?«

Das Mädchen zuckte mit den Achseln, aber der Junge nickte begeistert: »Ja, an den Wochenenden schon.«

»Und was war das Tollste, was ihr unternommen habt?«

»Die Kanufahrt«, rief das Mädchen.

»Nein, Disneyland!«, quakte Andre dazwischen.

Da Sam beide Antworten nicht wirklich interessierten, lächelte er nur und sagte: »Das sind sicher beides ganz tolle Tage gewesen. Und was hat euch nicht so gut gefallen? Da gab es doch bestimmt auch oft Sachen, die ihr machen musstet, oder nicht?«

Die ältere Judy starrte ihren Bruder an, als wolle sie ihm verbieten, etwas zu sagen. Jetzt war Sam interessiert. Er wandte sich an das schwächere Glied der Kette und beruhigte den Jungen: »Ihr solltet wirklich alles sagen, was ihr denkt, wisst ihr? Dem FBI muss man immer alles sagen, und es erfährt auch sonst niemand davon ... außer vielleicht der liebe Gott«, fügte Sam hinzu, der unter der Bluse der Mutter ein kleines Kreuz bemerkt hatte. Außerdem stand eine Marienfigur auf dem Sims im Wohnzimmer.

Der Junge schien zu überlegen und trat verlegen von einem Fuß auf den anderen. Dann sah er seine Schwester an, aber Sam unterband das, indem er sich räusperte. Als sich der Junge wieder auf ihn konzentrierte, sah er ihn fragend an.

»Na ja«, ein Seitenblick zur Schwester, die frustriert seufzte, »mir haben die Mutproben nicht so gefallen.«

»Welche Mutproben?«, fragte Sam so beiläufig wie möglich. Er wusste jetzt, dass er auf der richtigen Spur war.

»Manchmal mussten wir mit ihm zu seiner alten Firma fahren, wo er früher Hausmeister war. Da ist es gruselig, weil alles verlassen ist seitdem. Und dann wollte er, dass wir die Mäuse totschlagen. Weil sie eine Plage sind, hat er gesagt ...«

Sam konnte jetzt auf die Psyche der Kinder keine Rücksicht mehr nehmen. Er würde dafür sorgen, dass die Schuldner der Familie einen Zahlungsaufschub gewährten und dass sich jemand um die Kleinen kümmerte, der davon etwas verstand. Er sprang auf.

»Wo ist diese Firma?«

»Keine Ahnung«, sagte die Frau. »Wir haben nie über seine Arbeit gesprochen. Er war da immer sehr schweigsam.«

»Reston Pharma Services«, verkündete der Junge stolz. »Das stand über dem Eingang.«

Sam sprang auf: »Danke, mein Junge, du hast uns sehr geholfen.« Klara war schon auf dem Weg zum Auto.

»Wir melden uns bei Ihnen, Mrs. Hill.«

Die junge Familie stand verloren im Eingang ihres kleinen Hauses und blickte hinter ihnen her, als Klara mit quietschenden Reifen wendete.

»Was war mit den Namen, Sam?«, fragte Klara, während sein Mobiltelefon die Zentrale wählte.

»Judy für Judas und Andre für Andrej Chikatilo. Klingelts?«

Andrej Chikatilo war einer der grausamsten Serienmörder der Welt. Er hatte in Russland zwischen 1978 und 1990 über fünfzig Menschen ermordet. Und die Polizei hatte zwölf Jahre gebraucht, ihn zu fassen. Aber so viel Zeit hast du nicht, dachte Sam, du nicht, und wartete auf das Läuten des Telefons.

Kapitel 32

Oktober 2011
Papillion, Nebraska

Rascal Hill saß kerzengerade auf einem kantigen Holzstuhl und tüftelte an einem neuen Plan. Obwohl er sich wieder unter Kontrolle hatte, konnte er an dem Druck, den er mit dem Stift auf das karierte Papier ausübte, erkennen, dass seine Wut noch nicht verflogen war. Er zerknüllte das oberste Blatt und fing von Neuem an. Sie hatte die Pressekonferenz in New York gegeben. Wohnte sie auch dort? Er malte ein Fragezeichen neben die Ortsangabe. Verdammt, er musste sich konzentrieren. Ausgerechnet in diesem Moment platzte Hellbuoy herein.

»Wie geht es jetzt weiter, Jude? Ich meine, was hast du vor?«

Rascal überlegte einen Moment. Ja, was wollte er eigentlich machen? Er wusste, dass er sie hasste. Sie und das FBI.

»Ich werde sie vernichten«, stellte er mit ruhiger Stimme fest. »Sie wird sterben, dafür, dass sie meine Familie in die Sache mit reingezogen hat.«

»Okay. Das verstehe ich.«

»Wirst du mir dabei helfen?«, fragte er vorsichtig. Er durfte den Jungen nicht überfordern.

Hellbuoy nickte: »Natürlich. Und was machen wir mit ihr?« Er deutete Richtung Tür, hinter der Tammy Walker auf ihr unausweichliches Schicksal wartete.

»Sie ist erst mal nicht wichtig, um sie können wir uns später noch kümmern. Erst muss diese Frau weg. Oder hältst du es nicht mehr aus?«

Hellbuoy knackte mit den Gelenken seiner Finger. »Doch, schon, es ist nur ...«

Das Klingeln eines Handys unterbrach sein Geständnis. Rascal erschrak heftig, dieses Handy dürfte nicht klingeln. Es lag seit Jahren in der Schublade des Schreibtisches, und obwohl er es jeden Tag auflud, hatte er seit mehr als vier Jahren kein Gespräch mehr damit geführt. Mit zitternden Fingern öffnete er die Schublade und hob es ans Ohr.

»Hallo?«, sagte er leise.

»Ich bin es, Rascal«, sagte eine vom Weinen brüchige Stimme. »Ich bin es, Rebecca.«

»Hallo, Rebecca, schön, dass du anrufst«, sagte er mit seltsam veränderter Stimme. »Wie geht es den Kindern?«

»Rascal, ich muss einfach wissen, ob da etwas dran ist. Die Polizei war eben bei mir. Sie glauben, dass du ganz schreckliche Dinge getan hast.« Sie redete wie ein Wasserfall. Er ballte krampfhaft die Fäuste, sodass seine Nägel in die weiche Haut der Handinnenflächen schnitten. »Bitte, Rascal, sag mir, dass das nicht wahr ist. Du bist kein Mörder, oder, Rascal?«

»Nein, Rebecca, natürlich nicht. Da muss ein schreckliches Missverständnis vorliegen.«

Sie weinte noch heftiger als zuvor. Glaubte sie ihm? Nein, sicher noch nicht. So einfach war es nicht. Seine Wut auf Klara Swell schwoll weiter an. Hass, blanker Hass. Sie hatten ihn vor seiner Familie verunglimpft. Vor seiner eigenen Familie. Das durfte niemand, nicht einmal das FBI. Aber natürlich taten sie es, weil sie nichts davon verstanden. Nichts. Fuck you, Klara Swell. Rebecca schluchzte.

»Du musst mir glauben, Rebecca. Weißt du noch, als wir bei der Kajaktour den Himmel angeschaut haben und ich dir gesagt habe, dass du mein Stern bist, der heller leuchtet als alle anderen?« Er schluchzte ins Telefon. »Rebecca, ich liebe dich immer noch, bitte glaube mir. Ich liebe euch …« Er hörte ihr noch zwanzig Sekunden beim Weinen zu, bevor er fortfuhr: »Es wird sich alles aufklären, Rebecca. Das FBI ist jetzt hier, sie haben gerade geläutet. Ich werde ihnen alles erklären, und dann reden wir noch einmal, ja, Rebecca? Ich muss jetzt auflegen.«

Fünf Sekunden später drückte er ruhig die rote Taste, um das Gespräch zu beenden. Er fuhr zu Hellbuoy herum: »Pack das Nötigste zusammen. Und denk daran, die Fesseln ordentlich festzuziehen.«

Hellbuoy begann, ohne Fragen zu stellen, den Computer abzubauen: »Soll ich ihr auch die Medikamente geben?«

»Kommt nicht infrage, das mache ich selbst«, sagte Rascal scharf. »Und beeil dich, wir haben nicht mehr viel Zeit.«

KAPITEL 33

Oktober 2011
Interstate 680, Nebraska

»Das Firmengebäude steht seit über sechs Jahren leer«, plärrte Bennets tiefe Stimme aus dem Lautsprecher von Sams Handy, während Klara wütend die Lichthupe betätigte, um einen langsam fahrenden Lastwagen von der linken Spur zu vertreiben. »Die Immobilienfirma bestätigt, dass sie einzelne Teile davon vermietet haben – ein komplettes Lagerhaus tatsächlich an den ehemaligen Hausmeister; und dreimal dürft ihr raten, wie der heißt.«

»Lass die Spielchen, Bennet«, brüllte Sam verärgert. »Dafür haben wir keine Zeit. Klara, wie lange noch?«

»Fünfzehn Minuten, wenn der Penner vor uns endlich die Straße räumt«, sagte sie und betätigte erneut das Fernlicht.

»Bennet, wie lange braucht das SWAT-Team?«

»Mindestens eine Stunde«, schätzte ihr Kollege, der in der Zentrale alle an der Aktion beteiligten Einheiten koordinierte.

»Darauf können wir nicht warten«, bemerkte Sam zu Klara. »Ich habe keine Lust, im Nachhinein festzustellen, dass sie die letzten zwanzig Minuten nicht überlebt hat. Wir gehen rein, sobald wir vor Ort sind, okay?«

Klara wusste, worauf sie sich einließen: Es war gegen die Vorschriften, und mit seiner Frage wollte Sam wissen, ob sie bereit war, die Konsequenzen zu tragen, wenn irgendetwas schiefging.

»Als ob ich jemals auf die Vorschriften gepocht hätte,

Sam«, tadelte ihn Klara und trat aufs Gas, da die linke Spur endlich frei geworden war. Sie warf einen Blick auf die Uhr in der Mittelkonsole des Wagens: 13:36 Uhr – sie waren vor nicht einmal sieben Minuten losgefahren.

Um 13:49 Uhr näherten sie sich auf der 85. Straße der angegebenen Adresse. Während Klara mit über siebzig Meilen in der Stunde und eingeschalteter Sirene die letzte Ampel überquerte, streckte sie Sam ihre Waffe hin. Dann stellte sie die Sirene ab und bremste. Die nächste Querstraße war bereits der Olson Drive, der direkt zu der alten Fabrik führte. Sam überprüfte ohne ein Wort das Magazin und machte die Springfield Professional schussbereit. Klara nahm die Waffe zurück und steckte sie in ihr Schulterholster. Normalerweise galt es unter Profis als großes Sicherheitsrisiko, die Schussbereitschaft nicht selbst zu prüfen, aber sie hatten keine Zeit mehr, und sie vertraute Sam hundertprozentig. Tat sie das wirklich? Ja, entschied sie. Zwar hatte er sie damals mit abserviert, aber sie spürte, wie ihre innere Mauer bröckelte. Vielleicht hatte er persönlich ja gar nicht ... Klara verdrängte den Gedanken und konzentrierte sich wieder auf die Straße und den bevorstehenden Einsatz. Gegenüber einer McDonald's-Filiale bog sie in den Olson Drive, eine schmale Straße am Rand eines Industriegebiets. Zu ihrer Rechten lag eine grüne Wiese, linker Hand Firmen, die keinen Wert auf einen repräsentativen Bau legten: ein Reifenwechselservice, die Filiale einer lokalen Bank, deren Namen Klara noch niemals gehört hatte. Die Straße führte in einer sanften Kurve an riesigen Parkplätzen vorbei, und auf der aus einfachen Betonplatten zusammengesetzten Fahrbahn rumpelte der Wagen unruhig dahin. Das Industriegebiet lag direkt hinter dem Highway 370, und je weiter sie den Olson Drive hinunterfuhren, desto einsamer wurde die Gegend, und aus den Firmen wurden schlichte Lagerhallen. Der Olson Drive verlief jetzt direkt parallel zur Schnellstraße, und links von ihnen donnerten Lkws vorbei.

»Noch zweihundert Meter«, sagte Klara leise. Die Anspannung zwischen ihr und Sam war jetzt beinahe körperlich spürbar. Sam nickte und starrte aus dem Fenster. Plötzlich sagte er: »Hier rechts. Das muss es sein.«

Klara stieg in die Eisen und riss das Steuer herum, der schwere Wagen folgte ihrem Befehl, indem er beinahe mit dem Heck ausbrach. Sam deutete auf einen halb verfallenen Industriekomplex zu ihrer Linken. Er sah verlassen aus, nichts deutete auf irgendwelche Aktivitäten im Inneren. Klara ließ den Wagen im Standgas an der Westfassade vorbeirollen. Beide starrten konzentriert aus dem Fenster, suchten nach etwas Verdächtigem. Irgendetwas. Plötzlich schoss wie aus dem Nichts ein schwarzer Lieferwagen um die Ecke und beschleunigte. Er kam direkt auf sie zu. Klara ließ sich nicht davon beirren und blieb auf ihrer Spur. Als der Lieferwagen an ihnen vorbeibrauste, keimten Zweifel in ihr auf.

Ein Lieferwagen genau jetzt, genau hier?, fragte sich Klara. Zufall? Sie sah kritisch zu Sam hinüber, dessen Blick hektisch von der Lagerhalle zu dem Auto wechselte, das sich rasch entfernte. Er musste eine Entscheidung treffen, und Klara beneidete ihn nicht darum. Entweder, es war ihr Mann, dann riskierten sie, dass er ihnen für immer entwischte. Andererseits war nicht sicher, dass er das Mädchen dabeihätte. Was, wenn sie in diesem Moment Qualen litt und in der Lagerhalle auf einer dieser widerlichen Judaswiegen starb, während sie einem ominösen Lieferwagen folgten? Und selbst wenn ihr Täter tatsächlich darin saß: Das Leben der Geisel ging vor. Allerdings war ebenso wenig klar, ob Tammy Walker überhaupt noch am Leben war. Und dann setzten sie das Leben seines nächsten Opfers aufs Spiel, indem sie dem Lieferwagen nicht folgten. Sie befanden sich in einer klassischen Zwickmühle. Einer tödlichen Zwickmühle. Klara legte beide Hände ans Steuer und sah Sam fragend an.

»Fahr ihm nach«, entschied Sam, ohne sonderlich überzeugt zu klingen. Klara, die mit dieser Entscheidung gerechnet hatte, riss ohne zu zögern das Steuer herum und beschleunigte, noch während der Wagen versuchte, die geforderte Hundertachtzig-Grad-Kehre zu bewältigen. Das Fahrwerk ächzte, während der schwere Motor alle Mühen unternahm, dem Lieferwagen zu folgen.

»Ich hätte genauso entschieden, Sam«, versuchte Klara ihm beizustehen, so gut sie konnte.

»Ich weiß«, sagte Sam. »Aber wie immer sind es genau diese Entscheidungen, die diesen Job so unmöglich machen. Überlassen wir die Lagerhalle dem SWAT-Team, sie kann wenigstens nicht davonfahren. Und jetzt gib Gas, Klara, gib Gas, sonst war vielleicht alles umsonst.«

Witzbold, dachte Klara und lenkte den Wagen auf den Highway, der quer durch die Stadt führte. Per Handy beorderte Sam einen Hubschrauber der County Police in die Luft. Die angebotene Unterstützung weiterer Einsatzkräfte am Boden lehnte Sam ab. Er wollte Rascal Hill nicht mit der Nase darauf stoßen, dass er verfolgt wurde. Der Polizeihubschrauber war schneller in der Luft, als es Klara für möglich gehalten hatte, und er gab ihnen die Möglichkeit, sich etwas weiter zurückfallen zu lassen. Hill fuhr jetzt Richtung Innenstadt. Omaha war die größte Stadt im Bundesstaat Nebraska, aber im Kontrast zu vielen anderen

Metropolen Amerikas wirkte sie mit ihren knapp fünfhunderttausend Einwohnern eher wie eine Kleinstadt. Während Klara mit ruhigen fünfundsechzig Meilen dem Lieferwagen folgte, der sich peinlich genau an die Geschwindigkeitsbegrenzung hielt, fragte sie sich, was der Mann vorhatte.

———

Rascal Hill saß angespannt hinter dem Steuer seines Lieferwagens. Natürlich hatte er bemerkt, dass ihm ein Hubschrauber folgte, seit er auf den Highway eingebogen war. Er hatte nach dem Anruf seiner Exfrau davon ausgehen müssen, dass sie ihm dicht auf den Fersen waren, und das immer wieder auftauchende vernehmbare Schrapp-Schrapp der Rotorblätter hatte es ihm bestätigt.

Aber noch ist nicht aller Tage Abend, dachte er grimmig. Auch für diese Situation gab es einen Plan, auch wenn er gehofft hatte, ihn niemals zu brauchen. Aber war es nicht Andrej Chikatilo auch mehrmals gelungen, seine Verfolger abzuschütteln, ohne gefasst zu werden? Daraus schöpfte er neue Hoffnung.

Er schaute auf die Tachonadel. Es war absolut entscheidend, dass er nicht schneller als die erlaubten fünfundsechzig Meilen fuhr. Eine Verfolgungsjagd auf dem Highway konnte er nur verlieren, das war ihm klar. Er musste es in die Stadt schaffen. Bedächtig setzte er den Blinker und fädelte sich hinter einem Lastwagen auf der rechten Spur ein. Noch einmal nahm er das handgeschriebene Blatt mit dem Fluchtplan zur Hand und prägte sich die einzelnen Schritte sorgsam ein. Er durfte keinen Fehler machen, dann hatte er eine gute Chance. Sie hatten Angst davor, die Fracht zu beschädigen, das ist mein entscheidender Vorteil, lächelte Rascal dünn. Nach einer weiteren Viertelstunde drögen Highway-Verkehrs und immer noch keinen auffälligen Wagen, die ihm folgten, wechselte er den Highway und fuhr Richtung Norden.

———

»Er fährt Richtung Norden«, funkte der Hubschrauberpilot an Sam, der den Weg von Rascal Hill parallel auf seinem Mobiltelefon verfolgte. Wesley versorgte ihn mit den Satellitendaten aus der Zentrale, und Sam fragte sich, wie sie das eigentlich früher gemacht hatten, ohne die moderne Technik. Wahrscheinlich hätte er fluchend vor einem Faltplan gesessen, oder sie hätten ihn gleich auf dem Highway hochgenommen. Mit einer großen Gefahr für das Leben der Geisel.

»Als Nächstes auf den 480«, wies Sam Klara an, die sich sofort nach rechts orientierte, um ja nicht die Ausfahrt zu verpassen.

»Hm«, bemerkte Klara. »Für mich sieht das nach Innenstadt aus. Innerhalb eines Umkreises von etwa dreihundert Kilometern der dämlichste Ort, um eine Geiselnahme unblutig zu beenden.«

»Ich weiß«, seufzte Sam. »Aber hast du eine bessere Idee?«

»Glaubst du, er ahnt, dass er verfolgt wird?«

»Ehrlich gesagt: Ich weiß es nicht. Möglich, aber nicht sehr wahrscheinlich.«

»Hm«, bemerkte Klara und nahm die Ausfahrt.

»Wieso sagst du ständig ›Hm‹?«, monierte Sam. »Es klingt genau nach dem Klara-Swell-Hm, das heißt: Ich habe eine bessere Idee.«

Klara gab vor, sich auf den Verkehr konzentrieren zu

müssen. Erst nach zwei weiteren Minuten im ruhigen Verkehr des 480ers rückte sie mit einer Antwort heraus: »Nein, keine bessere Idee. Aber einen Vorschlag.«

Rascal Hill nahm die Ausfahrt Richtung Old Market und reihte sich in den dichten Nachmittagsverkehr auf der 17. Straße ein. Während des Stop-and-Go beobachtete er die Autos hinter sich. Wenn sein Plan aufging, würden sie etwa ab hier die Verfolgung per Hubschrauber einstellen und sich auf Fahrzeuge am Boden verlegen. Dabei war die wichtigste Information für ihn der Wagentyp, sie reichten von State-Trooper-Streifenwagen – Glück gehabt – über unauffällige Mittelklassefahrzeuge der lokalen Kriminalpolizei – schlecht – bis hin zu den dunklen Limousinen des FBI – sehr schlecht. Das erste Mal verfluchte er, dass er einen Van gekauft hatte, denn ihm fehlte der Rückspiegel. Sein Sichtfeld war durch die beiden Außenspiegel stark eingeschränkt, und er ärgerte sich am meisten über seine eigene Nachlässigkeit bei der Erstellung der Liste.

Was war nur mit ihm los?, sinnierte er, als er plötzlich bemerkte, dass ein Wagen zum dritten Mal hinter ihm die Spur wechselte, aber anscheinend nicht die Absicht hatte zu überholen. Rascal machte die Probe aufs Exempel und bog an der nächsten Ampel links ab. Gebannt beobachtete er abwechselnd die beiden Rückspiegel und wartete auf den dunklen Lincoln. Falls sich sein Verdacht bestätigte, wurde sein schlimmster Albtraum Wirklichkeit: das FBI war ihm auf den Fersen. Das verdammte FBI. Vielleicht sogar diese Oberschlampe aus dem Fernsehen. Wie hatten sie das nur so schnell geschafft? Wahrscheinlich war seine kommunikationssüchtige Exfrau dran schuld. Rebecca. Er wollte gerade an der grünen Ampel Gas geben, als das bekannte Scheinwerferpaar auffällig langsam in seine Straße bog. Fuck. Immerhin sind sie mir aufgefallen, und an seinem Plan war ohnehin nichts mehr zu ändern.

———

»Er fährt in ein Parkhaus an der 17. Ecke Douglas«, kommentierte Sam für alle Einsatzkräfte und hielt am Bordstein vor der Einfahrt, um ihm einen kleinen Vorsprung zu geben. »Kein Zugriff, ich wiederhole, kein Zugriff, bis wir die Sicherheit der Geiseln gewährleisten können.«

Er schaute auf seine Armbanduhr. Noch fünfzehn Minuten, bis das SWAT-Team bei der Lagerhalle eintraf. Fünfzehn verdammt lange Minuten, fluchte Sam und fuhr an die Schranke. Er zog ein Ticket und fuhr die Schnecke des riesigen Parkhauses hinauf. Anderthalb Stockwerke über sich sah er, wie der Mann im dritten Stock auf das Parkdeck bog. Sam folgte ihm vorsichtig, seine Reifen quietschten auf dem glattgeschliffenen Betonboden.

Als Sam den dritten Stock erreichte, sah er den Van am anderen Ende der Etage stehen. Seine Rücklichter leuchteten hell, der Mann stand noch auf der Bremse. Also langsam und vorsichtig, mahnte sich Sam und zog seine Waffe. Er stoppte den Motor und ließ den Wagen einfach stehen. Vorsicht war jetzt nicht mehr geboten, er musste verhindern, dass der Mann aus dem Auto stieg. Er durfte nur die hintere Tür nicht erreichen. Sam rannte auf den Wagen zu, er näherte sich von der Seite, um einen besseren Blick auf den Fahrersitz zu haben. Der Motor lief, und immer noch stand der Mann mit dem Fuß auf der Bremse. Sams Nase juckte, aber er ignorierte es. Das sollte er nicht.

Was war hier faul?, fragte sich Sam, während er auf den schwarzen Van zulief.

»FBI. Steigen Sie aus dem Auto, und ich will Ihre Hände sehen!,« brüllte er so laut, dass es durch alle vier Parkdecks hallen musste. Er bekam keine Antwort. Weiterhin pustete der Wagen eine kleine Abgaswolke durch den Auspuff, der Motor lief noch. Was stimmte hier nicht. Instinktiv ging Sam etwas langsamer.

»Dies ist meine letzte Warnung, steigen Sie aus dem ...«

Die gewaltige Explosion riss Sam von den Füßen und drückte ihm die Luft aus den Lungen. Er flog mit dem Rücken gegen die Heckscheibe eines Kleinwagens und landete bäuchlings auf dem Betonboden. »Scheiße«, murmelte er, als er sich aufrichtete und das brennende Wrack sah. »Das hat also nicht gestimmt.«

Klara Swell riss jede Tür auf der Damentoilette im ersten Stock des Quest Center einzeln auf. Erst bei der dritten hatte sie Erfolg: abgeschlossen. Sie klopfte, wie auch an die fünfte und die achte.

»Mein Name ist Klara Swell, FBI, und dies ist ein Notfall. Bitte kommen Sie raus, es ist zu Ihrer eigenen Sicherheit.«

Da sieht man einmal wieder, was Angst bewirken kann, dachte Klara amüsiert, als ihr keine zehn Sekunden später drei dem Anlass entsprechend gekleidete Damen zitternd gegenüberstanden. Sie schätzte Gewicht und Größe ab und deutete dann auf eine zierliche Frau mittleren Alters, die ein sündhaft teuer aussehendes Abendkleid trug.

»Ihr Kleid bitte, Madam.«

»Wie bitte?«, fragte die Frau entgeistert.

»Sie haben schon verstanden. Ziehen Sie Ihr Kleid aus, Sie bekommen meine Sachen.«

Die grauhaarige Frau starrte sie ungläubig an. Klara kramte ihren Ausweis hervor und gewährte ihrem Gegenüber dabei einen großzügigen Blick auf ihre Dienstwaffe.

»Jetzt!«, fügte sie noch hinzu und begann ihre Schuhe auszuziehen. Wie so oft, wenn Menschen mit Autoritäten konfrontiert werden, wirken Ausweise und Waffen Wunder. Formulare helfen gar nicht, aber eine Waffe überzeugt noch fast jeden Amerikaner, dass es besser ist, seinerseits selbige umgehend zu strecken. Die Frau zog den Reißverschluss ihres Kleides auf und hielt es Sissi schneller hin, als sie selbst aus ihren Klamotten kam.

»Danke«, sagte Klara und stieg in die aufwendige Chiffonkonstruktion. Sie drückte der Frau ihren eigenen unordentlichen Kleiderstapel in die Hand und deutete dann mit einem Nicken auf ihre Füße: »Die Schuhe auch. Bitte«, sagte Klara.

Seufzend trat die Frau aus ihren farblich perfekt zu dem korallenfarbenen Kleid abgestimmten Schuhen und reichte sie Klara. Sie machte keine Anstalten, sich wieder anzuziehen. Klara steckte die Dienstwaffe und ihren Ausweis in die Handtasche der Frau. Dann nickte sie den drei verängstigen Besucherinnen des heutigen Konzerts zu und verschwand durch die Tür. Sie hatte keine Zeit zu verlieren.

Nach dem Verlassen der Waschräume nahm Klara ihren Platz auf der Balustrade des Foyers ein, den sie sich beim Hineingehen ausgesucht hatte. Von hier aus hatte sie eine perfekte Sicht auf den gesamten Vorraum des großen Konzertsaals. Sie hatte Sam noch auf dem Highway vorgeschlagen, eine von ihr entwickelte Methode zur Observierung besonders heikler Ziele einzusetzen. Die sogenannte »Predictive Observation« machte sich die Wahrscheinlichkeitsrechnung zunutze, und sie hatte sogar aus dem Gefängnis einen Artikel dazu in einer Fachzeitschrift veröffentlicht, für den sie große Resonanz erhalten hatte. Den zu verfolgenden Personen wurde dabei jeweils ein Psychoraster zugrunde gelegt, und zusammen mit den Umgebungsdaten konnte das Modell relativ genau errechnen, wohin sich eine flüchtige Person orientieren würde.

Relativ, das war genau der Punkt, dachte Klara, während sie den Eingang im Auge behielt. Normalerweise wurden mindestens fünf Personen benötigt, um mit dem Modell gute Erfolgsaussichten zu garantieren und gleichzeitig das Risiko einer Entdeckung zu minimieren. Einer folgte dem Verdächtigen und versuchte, ihn in die Enge zu treiben. Die vier anderen verteilten sich auf die wahrscheinlichsten nächsten Ziele. So wurde bei exakten Berechnungen eine Genauigkeit von über sechsundneunzig Prozent erreicht. Da sie nur zu zweit waren, sank der Wert auf etwas über fünfzig Prozent, aber Klara baute darauf, dass ihr Psychogramm viel genauer war als diejenigen, die sie üblicherweise bei der Personenverfolgung verwendeten. Und es war ihr nicht schwergefallen, das Ziel mit der höchsten Wahrscheinlichkeit zu berechnen. Das zweitwahrscheinlichste war eine Kirche, die direkt neben dem Parkhaus lag, aber zur Zeit waren dort nur Touristen und Gelegenheitsbesucher zu erwarten. Die Festhalle, das mit 58,23 Prozent wahrscheinlichste Ziel von Rascal Hill war hingegen voller Menschen, die sich auf ein Konzert freuen. Es wurde gelacht, mit Sekt angestoßen, die Stimmung war ausgelassen, über der riesigen Vorhalle lag das konstante Gemurmel Dutzender sich überlagernder Gespräche. Wenn ihr wüsstet, dass mit einer Wahrscheinlichkeit von 58,23 Prozent gleich ein Massenmörder mit einer geladenen Pistole hier auftaucht, wärt ihr nicht mehr so entspannt, wollen wir wetten?, dachte Klara und kniff die Augen zusammen. Es dürfte gar nicht mal schwer sein, ihn hier zu identifizieren, stellte sie fest.

Die meisten Anwesenden reden mit Bekannten oder blicken sich suchend nach solchen um – sie ging jede Wette ein, dass er daran nicht gedacht hatte. Als sie ihren Blick erneut über die acht Drehtüren streifen ließ, bemerkte sie ihn. Viel zu gerade Haltung, unentspannter Gang. Ein etwas zu billiges taubenblaues Jackett, um sich die Achtzig-Dollar-Tickets leisten zu können. Rötlich-braune Haare. Es passte alles. Sie konnte ihn von hier oben nicht genau erkennen, sie musste sichergehen. Er blieb stehen und schaute sich um. Nicht suchend, ängstlich. Klara wechselte ihre Position, um sein Gesicht erkennen zu können. Plötzlich klingelte ihr Handy. Sie wandte nur einen Moment den Blick ab, um es aus der Tasche zu kramen, danach war der Mann verschwunden. Fluchend ging sie dran, es war Sam.

»Klara«, hustete ihr Partner ins Telefon, »er ist allein.«

»Was ist passiert?«, fragte Klara erschrocken und suchte verzweifelt nach dem Mann in dem taubenblauen Anzug.

»Nicht jetzt. Hol ihn dir, Klara. Ich zähl auf dich.«

Klara legte auf und stellte das Handy auf lautlos, ein Klingeln genau zum falschen Zeitpunkt war das Letzte, was sie gebrauchen konnte. Was war nur mit Sam passiert?, fragte sie sich, während sie panisch von Gruppe zu Gruppe jagte. Dann sah sie ihn wieder: Er ging mit demselben aufrechten Gang Richtung Garderobe. Klara wusste von einer vorherigen Runde, dass dort auch ein Notausgang lag. Sie warf einen kurzen Blick über das Geländer nach unten und sondierte das Terrain. Der Mann lief immer noch geradewegs durch das Foyer, mit dem Rücken zu ihr. Sie zog die Schuhe aus und schwang sich mit einer geschmeidigen Bewegung über die Balustrade, als wäre es ein Turnreck. Nach einem einfachen Salto landete sie sicher auf beiden Füßen zwischen zwei Gruppen von Konzertbesuchern, die sie fassungslos anstarrten. Ein kurzes Raunen ging durch den Saal, das aber zum Glück auf ihre unmittelbare Umgebung beschränkt blieb. Klara duckte sich hinter einen groß gewachsenen Mann in Marineuniform, zerrte den Ausweis aus der Tasche und legte einen Finger auf die Lippen. Der Offizier reagierte sofort und begann wieder wie zuvor mit den anderen zu plaudern. Mit rotierenden Armen bedeutete er den anderen, mitzumachen, wofür Klara ihm mehr als dankbar war. Sie wand sich zwischen zwei Frauen hindurch und hielt nach Rascal Hill Ausschau. Sie konnte ihn nirgends entdecken. Er musste schon fast am Ausgang sein. Klara hoffte inständig, dass er ihr nicht entkam. Sie lief an der Garderobe vorbei, das Konzert würde in wenigen Augenblicken beginnen, die Gänge im unteren Stock lagen bereits wie ausgestorben.

Klara zog die Springfield Professional. Hinter der nächsten Ecke musste der Notausgang West liegen. Sie spitzte die Ohren. Da war nichts außer dem Summen der Klimaanlage. Ein lauter Gong kündigte den Beginn der Vorstellung an. Die Waffe im Anschlag und jederzeit bereit abzudrücken, falls ihr der Täter vor die Kimme lief, drehte sie sich ruckartig um die Ecke. Und spürte, wie ihr der Lauf einer Pistole in die Magengrube geschoben wurde.

»Beweg dich nicht, FBI-Schlampe, oder ich puste dich weg.«

Die Gedanken rasten durch Klaras Kopf, sie spürte das kalte Metall des Laufs durch das leichte Chiffonkleid. Was für einen Fehler hatte sie gemacht?, fragte sich Klara. Der verdammte Fehler war, das hier mit zwei Leuten durchzuziehen.

»Und jetzt gehen wir spielen, Klara. Du stehst längst auf meiner Liste«, flüsterte die Stimme.

Fieberhaft kalkulierte Klara ihre Optionen. Verdammt, Klara, er drückt eine Waffe direkt gegen deinen Bauch, da bleiben keine Optionen. Es sei denn, es gelänge ihr, ihn abzulenken. Würde sie ihn in ein Gespräch verwickeln können? Sie beschloss, ein Risiko einzugehen, alles auf eine Karte zu setzen. Wenn es nicht funktionierte und er sie entführte, senkte sie die Chancen auf ihre eigene Befreiung erheblich, aber sie wollte, dass es jetzt und hier endete. Es musste ihr einfach gelingen, ihn aus der Reserve zu locken, wenn sie auch nur den Hauch einer Chance haben wollte, ihm die Waffe aus der Hand zu schlagen.

»Leg die Waffe hin«, forderte Rascal Hill.

Klara streckte die Mündung der Waffe zur Decke und bückte sich sehr langsam. Seine Pistole glitt an dem engen Chiffonkleid hinauf, über ihre Brust. Je tiefer sie sich bückte, umso höher zielte er. Das war eindeutig die falsche Richtung.

»Hat es dir gefallen, mit Thunder zu plaudern, Rascal?« Klara spielte ihre einzige Karte aus. Und sie spürte an einem leichten Zittern des Laufs, dass sie einen Treffer gelandet hatte. Ebenso langsam, wie sie sich gebückt hatte, stand sie wieder auf. Ohne Waffe. Sie spürte, wie ihr rechtes Knie zu zittern begann, der Stress wirkte sich bereits auf ihre Muskeln aus. Stress, Klara? Du hast Angst, mach dir nichts vor. Kaum dass sie sich vollends aufgerichtet hatte, spürte sie erneut den Lauf der Waffe suchend auf dem Chiffon des Kleides. Als er ihren Bauchnabel gefunden hatte, drückte Rascal Hill zu. Reflexartig wollte Klara auf die Zehenspitzen steigen und konnte sich im letzten Moment beherrschen.

»Wie war das mit Thunder?«, fragte Klara erneut. Ihre Stimme kam ihr brüchig vor, viel zu deutlich war aus ihr die Furcht zu hören. Rascal Hill lachte leise.

»Scheiß auf Thunder«, spie er. »Und jetzt lass uns zusehen, dass wir hier verschwinden.« Mit einer Kraft, die sie ihm nicht zugetraut hätte, drehte er sie einmal um die eigene Achse und schob sie zurück in Richtung Foyer.

―――――

Ächzend versuchte Sam, sich aufzurichten. Das Telefon noch in der linken Hand, stemmte er sich nach oben, seine Schulter schmerzte höllisch, und sein Kopf dröhnte, als wäre Rascal Hills Autobombe direkt neben seinem Ohr explodiert statt zwanzig Meter von ihm entfernt. Sam schüttelte den Kopf, Staub rieselte ihm aus dem Haar. So sanft wie möglich klopfte er ihn von seinem Anzug und tastete seinen rechten Rippenbogen ab. Als er seine Hand zurückzog, bemerkte er eine dunkle Flüssigkeit: Blut. Vorsichtig bedacht, seine mindestens lädierte Schulter so wenig wie möglich zu verdrehen, zog er Jackett und Hemd aus. Glück gehabt, dachte Sam, als er die großflächige Schürfwunde begutachtete. Nur ein Kratzer. Noch während er sein Hemd zuknöpfte, wählte er Wesleys Nummer in Quantico.

»Ortung für Klaras Handy, sofort!«, bellte er ins Telefon

und verkniff sich ein lautes Aufjaulen, als er in den Ärmel seines Jacketts schlüpfte.

»Was ist passiert, Sam?«, fragte der Kollege besorgt. »Du hörst dich nicht gerade …«

»Die Peilung, Junge«, schnitt ihm Sam barsch das Wort ab. »Ich brauche diese Peilung, alles andere ist im Moment nicht wichtig.«

Sam hörte, wie der Kollege endlich zu tippen begann. Die Geschwindigkeit, mit der er die Tasten klicken hörte, gab ihm das Gefühl, etwas zu tun. Er hatte Klara mit seinem Anruf in ernste Gefahr gebracht, das wusste er. Er hörte Sirenen, die sich die Parkdecks hinaufschraubten. Die Kavallerie war im Anmarsch, und sie würden eine Menge Fragen im Gepäck haben. Sam presste das Handy ans Ohr und langte an seinen Gürtel. Während Wesley versuchte, Klaras Handysignal aufzuspüren, streckte er seine Dienstmarke in die Luft, den näher kommenden Sirenen entgegen. Stoßstange an Stoßstange schossen vier Streifenwagen mit quietschenden Reifen über den Asphalt und kamen etwa zehn Meter von ihm entfernt zum Stehen. Die Beamten zückten ihre Waffen und verschanzten sich hinter den Türen ihrer Fahrzeuge. Streng nach Vorschrift.

»Wie lange noch, Wesley?«, knurrte Sam ins Telefon und erhob gleich darauf seine Stimme. Er sprach laut, aber ohne zu schreien, mit möglichst viel natürlicher Autorität: »Agent Sam Burke, FBI, Quantico. Hier ist meine Dienstmarke.«

Er spürte, dass die Männer zweifelten. Genau nach Vorschrift, er würde auch zweifeln. Aber ihm blieb keine Zeit, er musste ihre Bedenken so schnell wie möglich zerstreuen. »Ich hab sie gleich«, drang es aus dem Telefon an sein Ohr.

»Wer ist der ranghöchste Beamte?«, fragte Sam. Das würden sie nicht erwarten. Der Psychologe in Sam hoffte, dass es reichte.

»Hier spricht Officer Bruce Chapman«, kam die prompte Antwort von einer befehlsgewohnten Stimme. »Legen Sie sich flach auf den Boden, wir werden das aufklären.«

Und wieder die Vorschrift, die Sam zu ignorieren gedachte. »Können Sie meine Dienstmarke sehen, Bruce?«, fragte Sam eindringlich. Dabei machte er einen vorsichtigen Schritt nach vorne. »Sehen Sie meine Marke, Bruce?« Wieder ein Schritt.

»Legen Sie sich flach auf den Boden«, wiederholte der Officer seine Forderung. Sam dachte nicht daran. Klara war womöglich in Gefahr, und er hatte keine Lust, sich von einem Provinzsheriff an der Ausübung seiner verdammten Pflicht hindern zu lassen.

»Ich wiederhole noch einmal, Bruce: Können Sie meine Dienstmarke erkennen?« Mit dem nächsten Schritt war er bis auf knapp über fünf Meter an die Männer herangekommen. Er musste weiterreden: »Wir verfolgen einen Flüchtigen, dem mehrere Morde zur Last gelegt werden, Bruce. Und wir haben keine Zeit mehr.« Noch vier Meter. Jetzt wusste Sam, dass er gewonnen hatte. Keiner der Beamten würde auf einen vermeintlichen FBI-Beamten aus nächster Nähe schießen, um später schwören zu müssen, dass er die Marke nicht erkannt hatte. Das FBI galt nicht als zimperlich, was den Umgang mit lokalen Polizisten anging, die seine Kompetenz infrage stellten. Sam trat an das Auto des Officers, der ihn direkt angesprochen hatte, und hielt ihm seine Marke vor die Nase. Sichtlich erleichtert atmete Bruce auf und steckte seine Waffe in das Holster am Gürtel.

»Agent Burke...« Er schüttelte ihm die Hand. Sam nickte abwesend und horchte in sein Telefon.

»Ich hab sie, Sam. Sie scheint sich noch immer in der Festhalle aufzuhalten. Im Westflügel, ganz in der Nähe eines Notausgangs.«

»Bruce«, wandte sich Sam an den Beamten, dessen Kollegen schon begonnen hatten, das Parkdeck weiträumig mit gelbem Absperrband zu sichern. »Sie müssen mir helfen. Ich brauche die beiden besten Beamten, die Sie im Gepäck haben.«

Bruce Chapman nickte: »Und welche Fähigkeiten hatten Sie da genau im Blick, Agent Burke?«

»Dann will ich mich mal etwas präziser ausdrücken, Officer Chapman. Geben Sie mir die beiden besten Schützen dieser vier Streifenwagen, und Sie sind mich fürs Erste los.«

Eins muss man ihm lassen, er fackelt nicht lange, dachte Sam, als er beobachtete, wie sich zwei der Beamten auf einen scharfen Befehl hin von den Absperrbändern verabschiedeten und vor ihm aufreihten. Er blickte ihnen in die Augen und erklärte ihnen, was sie zu tun hatten.

Rascal Hill spürte, dass er sie in seiner Macht hatte. Die FBI-Schlampe stolperte vor ihm her durch die Halle des Konzertsaals. Er lief ganz dicht hinter ihr, von außen mussten sie wie ein Liebespaar wirken. Was sie ja gewissermaßen auch waren, obwohl die Waffe in ihrem Rücken den meisten dabei seltsam vorgekommen wäre. Für Rascal Hill bedeutete sie keinerlei Störfaktor, im Gegenteil.

»Bleib ganz locker, meine Kleine. Gleich sind wir unter uns«, flüsterte er ihr ins Ohr und roch dabei an den blonden Locken, die ihr püppchenhaftes Gesicht umspielten.

Sie roch nach Pfirsich und Pfeffer, ein wenig herb für seinen Geschmack. Normalerweise bevorzugte er die billigen, blumig-süßen Parfums jüngerer Frauen, diese Supermarktware in grellpinken Plastikflaschen. Aber dafür war sie hübsch. Und gefährlich, erinnerte sich Rascal Hill. Es erregte ihn umso mehr. Das Einzige, was ihm im Moment Sorgen bereitete, war die Tatsache, dass er sich auf diese Situation nicht hatte vorbereiten können. Er hatte keine Liste für ihre Flucht anlegen können, schließlich hatte niemand ahnen können, dass sie seine Familie missbrauchen würden, um ihn zu finden. Nur um ihn zu finden, das musste man sich mal vorstellen. Der Zorn stieg wieder in ihm auf, und mit ihm kam die Lust, es der FBI-Schlampe heimzuzahlen. Jetzt und hier.

Kurz bevor er sein Ziel, eine unscheinbare Tür in einem der während einer Vorstellung menschenleeren Seitengänge, erreichte, roch er noch einmal an ihrem Hals. Und flüsterte: »Freust du dich auch so wie ich?«

Sie drehte den Kopf zu ihm, und ihre Augen funkelten ihn böse an.

»Na na«, wies er sie zurecht und drückte den Lauf der Pistole gegen ihre Wirbelsäule. Mit der Mündung konnte er sogar die einzelnen Knochen ertasten. Und wie er sich auf sie freute. Er würde nicht mehr lange warten müssen. Ohne die Hand von der Schusswaffe zu nehmen, kniete er sich vor das Türschloss und zog einen Universaldietrich aus der Tasche.

———

Gefolgt von den beiden jungen Beamten der Omaha Police stürmte Sam Burke an der Häuserwand des Konzerthauses entlang bis zum Notausgang des Westflügels.

»Sie bewegt sich, Sam.«

»Was soll das heißen, sie bewegt sich?«, keuchte Sam und hielt sich mit der rechten Hand beim Laufen die rechte Seite. »Verdammt noch mal, sag mir, *wohin* sie sich bewegt, Wesley.«

»Leichter gesagt als getan, Sam«, er hörte ihn im Hintergrund hektisch tippen. »Die Zellen sind alle auf dem Dach und strahlen kegelförmig nach unten. Ihr Handy wechselt ständig den Mast.«

Sam fluchte und stieß die Tür zum Westflügel auf. Er überlegte fieberhaft, was sie noch tun konnten. War Klara ihm immer noch auf der Spur? Und wenn ja, warum ging sie dann nicht an ihr Handy? Noch einmal wählte er ihre Nummer, erreichte aber nach einem kurzen Klingeln wieder nur die Mailbox. Was war hier los? Mit einem Handzeichen bedeutete er den Männern hinter ihm, stehen zu bleiben. Wenn Wesley keine genaue Peilung von ihrem Telefon bekam, konnte sie ebenso gut hinter der nächsten Ecke auf ihn warten. Oder hatte er etwa doch Tickets für den heutigen Abend gekauft, war dies sein geplanter Fluchtweg? Hatte Sam Klara geradewegs in seine Falle geschickt? Aber nein, woher hätte Rascal Hill wissen sollen, an welchem Tag sie in seinem Versteck aufkreuzten? Das konnte nicht sein.

Dennoch wurde Sam das Gefühl nicht los, dass hier etwas nicht stimmte. Und er spürte tief in seinem Inneren, dass Klara in Gefahr war. Behaupteten nicht Geschwister oft, dass sie spürten, wenn dem anderen etwas zustieß? Warum sollte das nicht auch für Liebende gelten? Und Gott ja, er liebte sie. Ich liebe Klara Swell, gestand er sich ein.

Während Sam seine Waffe zog, schluckte er. Sie bewegten sich jetzt zu dritt durch die einsamen Gänge, über ihnen konnte man ganz leise den Klang von Streichern vernehmen, und der dicke Teppich schluckte ihre Schritte beinah vollständig. Aber er würde die Schritte ihres Gegners ebenso gut dämpfen, dachte Sam grimmig, als er mit einer schnellen Bewegung um die nächste Ecke bog. Sein Blick erfasste den leeren Gang sofort, keine Gefahr. Er hörte den Atem der beiden Polizisten hinter sich, als ihm auf dem roten Teppich ein schwarzes Objekt auffiel. Sam überkam ein schrecklicher Verdacht. Er ließ die Waffe sinken und rannte zu der Stelle, und dort lag, eilig in den Schatten eines Papierkorbs geschoben, eine Pistole.

»Wesley, gib mit die Seriennummer von Klaras Waffe, und keine Fragen bitte.«

Mit zitternden Händen und entgegen jeglicher Regel zur Sicherung von Beweisstücken hielt Sam den matt schimmernden Lauf ins künstliche Licht der Deckenlampen. Als Wesley die ersten vier Ziffern vorgelesen hatte, sackte Sam in sich zusammen. Es handelte sich um Klaras Waffe, und sie hatte keinen Schuss abgegeben. Das ließ nur einen Schluss zu: Rascal Hill hatte Klara in seiner Gewalt.

Klara stolperte die Betontreppe hinunter, ihre Füße spürten den kalten Steinboden von Kellerräumen, die nicht beheizt wurden, weil sie nur dazu dienten, die schöne Kulisse des Festspielhauses aufrechtzuerhalten. Und obwohl es dafür keinen Grund mehr gab, spürte sie bei jedem Schritt die gewollten Berührungen von Rascal Hill und seinen Atem in ihren Haaren.

Bei dem Gedanken, was er mit Jessica und Theresa gemacht hatte, wurde ihr speiübel. Du musst dich zusammenreißen, Klara, schalt sie sich selbst. Denk nicht an die

Judaswiege, denk einfach nur an den nächsten Moment. Seine kräftige Hand an ihrer Schulter und die Pistole im Rücken, dirigierte er sie einen langen Gang hinunter, immer tiefer in die Eingeweide des Gebäudes.

Hör auf damit, Klara. Nur den nächsten Moment. Dann spürte sie plötzlich einen Ruck: Er wollte, dass sie stehen blieb. Mit zitternden Knien befolgte sie seinen Befehl und überlegte fieberhaft, wie sie sich befreien könnte. Aber gegen eine Schusswaffe, die direkt auf ihren Rücken gerichtet war, konnte selbst sie nichts ausrichten. Und die Regisseure sämtlicher Kinofilme, die etwas anderes behaupteten, hätte sie in diesem Moment am liebsten dabeigehabt. Habt ihr gehört? Es gibt nichts, aber auch gar nichts, was man dagegen tun kann, okay?

Rascal Hill öffnete eine Tür und drückte sie in einen dunklen Raum. Sie hörte, wie hinter ihr eine schwere Eisentür geschlossen wurde. Flackernd und mit einem leisen Surren erwachte eine Neonröhre zum Leben: Der Raum war leer, der lackierte Betonboden glänzte speckig. Sie hörte seinen Atem hinter sich, er ging jetzt schneller. Klara ahnte, dass ihr nicht mehr viel Zeit blieb. Sam, wo bist du?, fragte sie sich. Aber sie wusste, dass er ihr nicht würde helfen können. Sie hatte sich selbst in diese Lage gebracht, sie war unvorsichtig geworden und hatte sich von einem verdammten Psychopathen reinlegen lassen. Und jetzt stand ein Massenmörder, der sich an den Leiden junger Frauen ergötzte, hinter ihr und flüsterte: »Endlich sind wir alleine.«

Er drängte sich von hinten an sie heran, eine ekelhafte, aggressive Berührung. Sein Becken schob sich ihr in den unteren Rücken, weil er einen Kopf größer war als sie, seine Pistole presste er jetzt gegen ihre Schläfe. Er riss an ihren Haaren und zog ihren Kopf zu sich heran. Sein Mund war jetzt genau neben ihrem, er lächelte. Dann schob er sie weiter nach vorne und trieb sie an die gegenüberliegende Wand.

Klaras Angst wurde zur Panik. Sie spürte, dass er jede Kontrolle fallengelassen hatte. Er wusste, dass er nicht mehr entkommen konnte, aber er konnte sie mitreißen, sie wäre seine letzte Trophäe. Plötzlich erkannte Klara, welchen verhängnisvollen Fehler sie begangen hatten. Es ging ihm schon längst nicht mehr um Flucht. Seit seiner Enttarnung musste ihm klar sein, dass er niemals auf Dauer vor ihnen würde weglaufen können. Rascal Hill hatte seinen Plan geändert. Wie zum Zeichen der Bestätigung riss er sie von der Wand los und warf sie auf den Boden. Er kniete sich auf sie und hielt ihr die Waffe mit gestrecktem Arm in den Mund, während er an dem dünnen Chiffonkleid zerrte.

Klara suchte in seinen Augen nach einem Funken Verstand, aber da war nur Gier, grenzenlose Gier nach Gewalt und Tod. In diesem Moment begriff Klara, dass es keine Hoffnung mehr gab. Eine einzelne Träne rann ihr über die Wange. Für Sam. Als sich seine zweite Hand wie ein Schraubstock um ihren Hals legte, bat sie Gott oder wen auch immer darum, dass es schnell gehen würde. In einem letzten Reflex von Widerstand versuchte sie, die todbringende Hand zu lösen, und würgte nach Luft.

―――

»Ich wusste, dass du es schaffen kannst, Junge!«, rief Sam ins Telefon, nachdem ihm Wesley verkündet hatte, dass er die Berechnung, wohin sich Rascal Hill orientieren würde, abgeschlossen hatte. Diesmal waren sie zu dritt, und Sam betete, dass es diesmal reichen würde. Das letzte Mal, als sie sich auf Klaras neue Methode verlassen hatten, war es gründlich schiefgegangen. Zwar hatte sich Rascal tatsächlich das Festspielhaus ausgesucht, aber es war ihm dennoch gelungen, Klara zu überwältigen.

Sams Verstand arbeitete auf Hochtouren. Laut Wesleys Berechnungen sprach eine Wahrscheinlichkeit von knapp vierzig Prozent für die benachbarte Kirche, etwas über dreißig Prozent für den Keller des Konzertsaals und wenig darunter für einen zuvor abgestellten Fluchtwagen. Sam kramte in den Erinnerungen an seine Notizen nach etwas Brauchbarem. Er glaubte nicht an die Theorie des Fluchtwagens. Sie waren in der Innenstadt. Wenn er wirklich hätte fliehen wollen, hätte er das im Parkhaus tun können. Nein, Rascal Hill ging es nicht mehr um Flucht. Er war aufgeflogen, sie hatten ihm seine Familie genommen. Sam trat gedankenverloren gegen den Mülleimer, neben dem er Klaras Pistole gefunden hatte. Das Metall glänzte, noch einmal trat er dagegen. Etwas fester. Sein Unterbewusstsein versuchte, ihm etwas zu sagen. Noch ein Tritt. Seine Wut. Das war es. Nein, Rascal Hill würde nicht mehr fliehen. Er würde nur noch zerstören, hier und jetzt. Plötzlich wusste Sam, was zu tun war. Er hoffte inständig, dass er recht behielt.

Mit knappen Worten teilte er den beiden Officers der Omaha Police die Kirche und die Parkplätze in der näheren Umgebung zu, ohne selber richtig hinzuhören. Dann machte er sich auf den Weg in den Keller. Dort würde er ihn finden, da war sich Sam sicher. Und einer von ihnen beiden würde dieses Gebäude nicht lebend verlassen. Er hoffte nur, dass er nicht zu spät kam, um Klara zu retten. Sonst würden sie vielleicht alle drei diesen Tag nicht überleben.

Als der Druck auf ihren Hals nachließ, schnappte Klara nach Luft. Sie hatte kurz das Bewusstsein verloren. Mit dem Reflex einer Ertrinkenden sogen ihre Lungen den Sauerstoff ein, es dauerte einen Moment, bis sie wieder denken konnte. War dies ein Teil seines Spiels? Wollte er sie absichtlich lange leiden lassen? Noch während Klara versuchte zu ergründen, was mit ihr geschah, drang leise eine vertraute Stimme an ihr Ohr. Spielte ihr der Sauerstoffmangel einen Streich, oder war das tatsächlich Sams Stimme? Er sprach so ruhig wie mit einem Kind. Als beruhige er ein kleines Kind. Wer war dieses Kind?

»Du hast dein Leben verwirkt, und das weißt du.«

»Du wirst mich nicht töten, das weiß ich.« Das war die andere Stimme. Die Flüsterstimme. Rascal Hill, erinnerte sich Klara. Sie schlug die Augen auf. Der Mörder saß immer noch rittlings auf ihrem Becken, aber er hatte von ihr abgelassen. Sie sah ihr Kleid, das in Fetzen über ihren Brüsten hing. Sie versuchte, die Arme zu heben, um es zusammenzuziehen, aber es gelang ihr nicht. Sie konnte nur zuhören.

»Ich werde dich töten. In Notwehr.«

Rascal Hill lachte.

»Du hast sie ermordet«, hörte Klara Sam flüstern. »Junge Frauen mit einer Zukunft, du hast sie auf Judaswiegen verrecken lassen, sie über Wochen gequält. Du hast ihre Familien zerstört, du hast kein Recht mehr zu leben.«

»Ja, ich habe gemordet«, sagte die Flüsterstimme. »Und ich werde es wieder tun.«

Klara spürte, wie eine Hand langsam über ihre Brust in Richtung ihres Halses wanderte. Die Sekunde kam Klara vor wie eine Ewigkeit, aber bevor sie vorüber war, krachte ein ohrenbetäubender Knall durch den Raum, und die

Hand erschlaffte. Klara spürte noch, wie jemand den Körper zur Seite kippte. Dann war ein anderes Gesicht über ihrem und strich ihr über die Wange. Während er sie vorsichtig aufrichtete, zog er das Chiffonkleid über ihren Brüsten zusammen und drückte sie an sich. Sam.

»Was ist mit dem SWAT-Team?«, fragte sie, als sie glaubte, ihre Stimmbänder wieder benutzen zu können. Die Worte klangen gequält und halb erstickt.

»In der Lagerhalle haben sie jede Menge Beweise gefunden«, berichtete Sam, während er ihre Wange streichelte. »Aber von Tammy fehlt jede Spur. Wir müssen davon ausgehen, dass sie tot ist und dass er sie irgendwo im Wald abgelegt hat – wie die anderen.«

Klara schloss die Augen.

KAPITEL 34

Oktober 2011
Vermilion, Ohio

Drei Tage später fuhr der Junge, der sich Hellbuoy nannte, mit seinem Wagen auf einen Parkplatz am Ufer des Eriesees. Er stellte den Motor ab und betrachtete Tammy Walkers nackte Beine. Sein Blick glitt von den Turnschuhen über die samtweiche Haut ihrer Oberschenkel, verharrte bei ihren Brüsten und blieb schließlich an ihrem Haaransatz hängen. Er schaute ihr nicht in die Augen, das tat er niemals wieder.

Wie schon während der letzten beiden Tage blickte Tammy zu Boden und blieb stumm. Seit er ihr vorgeschlagen hatte, die Medikamente wegzulassen, wenn sie nicht mehr schrie und keine Anstalten machte zu fliehen, verhielt sie sich ruhig wie eine Laborratte, die sich in ihr unausweichliches Schicksal gefügt hatte. Er mochte das, vor allem das Niederschlagen der Augen gefiel ihm, es gab ihm ein Gefühl von Macht. Macht über ihren Körper, aber vor allem über ihre Seele, wenn er ihr ungeniert zwischen die Schenkel starren konnte.

Er mochte ihr viel lieber zwischen die Schenkel starren als die dämlichen Listen lesen, die ihm Jude hinterlassen hatte. Die waren verwirrend und überhaupt nicht logisch. Zwar waren sie fein säuberlich auf kariertem Papier notiert, und jede einzelne Linie war mit dem Lineal gezogen, aber sie kamen ihm dennoch seltsam und nicht gerade konsequent vor. Zum Beispiel stand unter der Rubrik »Fahrt nach New York« und dort unter einem dreimal unterstrichenen »Alle halbe Stunde: An einem nicht einsehbaren Ort anhalten. Handschuhe aus HSF nehmen und anlegen. Wasserflasche mitnehmen. Verkehr beobachten. Laderaum überprüfen. Bei Erwachen: 5 ml spritzen. Nach Aussteigen Wasser trinken.«

Warum sollte er Wasser trinken? Außerdem hatte er keinen Lieferwagen, also auch keinen verdammten Laderaum. Es war nicht so, wie es hätte sein sollen. Was würde er von ihm erwarten? Disziplin war wichtig, hatte er immer gepredigt. Die Listen waren wichtig. Ja, schimpfte Hellbuoy, die Scheißlisten waren wichtig, aber die Scheißlisten waren nun einmal nicht korrekt. So sah es aus. Und nun, Jude? Außerdem ist doch nicht einzusehen, warum er die Kleine den ganzen Weg nach New York im Kofferraum transportieren sollte, wenn er hier vorne mit ihr so viel Spaß haben konnte.

Er beugte sich über ihren drahtigen Körper und prüfte, ob die Handschelle, mit der sie an die Tür gekettet war, noch fest genug saß. Dabei hielt sie die Luft an. Er konnte ihre Angst riechen. Gierig schnüffelte er an ihrem Hals. Wie roch die Angst? Süßlich und ein klein wenig nach Schweiß. Er fasste ihr an die Brust, um herauszufinden, ob sie dann wieder anfangen würde zu atmen. Sie tat es, schnell und schwer. Und ihr Herz klopfte dazu. Er grinste sie von unter ihren Brüsten an, sie drehte den Kopf weg, und ihr Herz raste noch ein wenig schneller.

Kurz überlegte er, ob er ihr zwischen die Beine fassen sollte, aber er wollte auch nicht alles auf einmal verschwenden. Sie wird deine Jungfrau, hatte Jude versprochen. Deine erste, die du niemals vergisst, hatte er gesagt. Und ihm eingebläut, es zu genießen. Er selbst hätte seine erste verschwendet, weil er es falsch angegangen sei, aber dafür habe er ja ihn. Jetzt war er nicht mehr da, der ihm alles hatte beibringen wollen, und ihm blieben nur noch die Listen.

Bei dem Gedanken an das, was er verloren hatte, verging ihm die Lust an dem Spiel mit Tammy, und er stieg aus dem Wagen. Hinter lichten Laubbäumen lag der Eriesee im Halbdunkel eines frühen Abends. Es war kalt, wahrscheinlich waren deshalb so wenige Leute unterwegs, nur ein Jogger mit seinem Hund rannte eine einsame Runde am Strand, etwa hundert Meter entfernt. Nach einem kurzen Blick zu Tammy, die eingesunken auf dem Beifahrersitz saß, lief er zum Strand. Er musste nachdenken, wie er das mit den Listen weitermachen sollte.

Klar war nur, dass er ihm seinen letzten Willen erfüllen musste, bevor er Tammy nahm. Das hatte er ihm versprochen. »Wenn wir getrennt werden, dann nimm die Listen. Es ist alles genau verzeichnet.« Hellbuoy setzte sich am Ufer in den Sand und warf ein paar herumliegende Steine ins Wasser. Hoffentlich kam er noch. Seit gestern Abend saß er hier von fünf bis um sieben, genau, wie es in der Liste gestanden hatte. Und wenn er heute nicht kam, sollte er den Umschlag öffnen.

Er betrachtete den See, auf dessen spiegelglatter Oberfläche sich die Abendsonne brach, eine Gruppe Enten trieb mit den Köpfen aufeinander zu, eine schlug mit den Flügeln. Hellbuoy drehte den Umschlag in der Hand. Was, wenn er nicht kam? Dann würde Tammy warten müssen, dachte er wehmütig.

Während die Sonne erst langsam und dann scheinbar immer schneller hinter dem Horizont verschwand, saß er still und beobachtete die Enten. Um sieben Uhr war das rötliche Abendlicht verschwunden, und er gestand sich ein, dass Jude nicht mehr kommen würde. Nicht heute, nicht morgen, nie mehr. Er warf für ihn einen weiteren Stein ins Wasser und sah zu, wie sich die Kreise konzentrisch ausbreiteten, um schließlich wieder eine pechschwarze Oberfläche zu hinterlassen, die sich erst am Strand kräuselte.

Hatte ein See Ebbe und Flut? Jude hätte das gewusst. Jude hatte auf alles eine Antwort, er fehlte ihm. Seufzend öffnete er den Umschlag. Zuoberst lag ein Foto, sorgfältig im rechten Winkel mit einer Büroklammer an das karierte Blatt geklemmt: die FBI-Schlampe aus dem Fernsehen. Hellbuoy entfernte das Foto sorgsam und begann, Judes letzte Liste zu lesen. Judas letzter Wille, wie treffend, dachte der Junge.

KAPITEL 35

Oktober 2011
New York City

Pia Lindt goss Champagner in die Gläser auf dem Konferenztisch in Steins altehrwürdiger Kanzlei und warf Adrian einen verstohlenen Blick zu. Er stand lässig auf der anderen Seite des Raums und redete mit Thibault, dessen Stock lebhafter als sonst auf dem Boden zu tanzen schien. Sie lachten über irgendeine gelungene Pointe, und Pia war glücklich darüber, dass es endlich vorbei war. Jeden Moment erwarteten sie Sam und Klara, um auf den Abschluss des Falles anzustoßen.

Trotz aller Grausamkeiten, die der Mann begangen hatte, mutete es Pia seltsam an, auf den Tod eines Menschen zu trinken. Aber wenn man es genau nahm, stießen sie ja nicht auf sein Ableben an, sondern auf Adrians Neubeginn. Den Neubeginn mit ihr, und sie freute sich wahnsinnig darauf.

Kurz darauf hörte sie Schritte im Treppenhaus, und sie erreichte die Tür in dem Moment, in dem geklingelt wurde. Erleichtert fiel sie Klara in die Arme. Sie hatten sich seit ihrer Rückkehr aus Omaha nicht mehr gesehen, und sie freute sich aufrichtig, dass der hübschen Ermittlerin nichts Ernsthaftes zugestoßen war. Nach allem, was ihr Klara am Telefon erzählt hatte, war es nicht ungefährlich, ja sogar richtig knapp gewesen, und wenn Sam nicht genau im richtigen Moment aufgetaucht wäre, könnten sie heute keinen Champagner zusammen trinken. Pia verdrückte sogar eine Freudenträne, die ihr Klara mit einem aufmunternden »Na aber« aus dem Gesicht wischte. Sam Burke gab ihr eigentümlich steif die Hand. Klara hatte angedeutet, dass sie früher seine Liebhaberin gewesen war, und sie verstand, warum: Seine Anzüge waren erstklassig, und seine Augen sahen, wenn auch sehr müde, klug und charmant aus.

Im Konferenzraum herrschte eine ausgelassene Stimmung. Klara und Sam wirkten abgekämpft, aber fröhlich. Nur bei Sam war sie sich nicht ganz sicher. Irgendetwas schien ihn noch zu beschäftigen, er wirkte nicht wie jemand, der den Fall gänzlich abgeschlossen hatte. Irgendetwas stimmte mit ihm nicht. Im Fernsehen lief eine Nachrichtensendung; sie wollten sich die Abschlusspressekonferenz anschauen, die für heute Nachmittag anberaumt worden war. In einer kurzen Gesprächspause ergriff Pia die Gelegenheit, Sam danach zu fragen: »Sagen Sie, Sam: Wieso sind Sie eigentlich nicht auf der Pressekonferenz, sondern hier bei uns? Ich meine, wäre das nicht Ihre Show?«

Sam lachte: »Glauben Sie im Ernst, dass sich Marin so etwas entgehen lässt? Nein, meine Liebe. Das ist *seine* Show.«

Pia zog eine Augenbraue hoch und dachte sich ihren Teil über Politik und Presse, die bereitwillig alle Brocken aufgriff, die ihr von wem auch immer hingeworfen wurden.

»Und ich bin ganz froh drum«, fügte Sam leise hinzu.

»Und was genau wäre der Grund dafür?«, fragte Stein spitz, dem Sams kleiner Seitenhieb und der bittere Unterton nicht entgangen waren.

»Ich habe ein schlechtes Gefühl bei der Sache«, bekannte Sam. »Ich kann es nicht begründen, ich kann es nicht erklären, aber meine Finger werden immer noch eiskalt, wenn ich daran denke, dass wir dabei sind, das Kapitel Rascal Hill abzuschließen.«

Stein lächelte: »Das mit dem Bauchgefühl kenne ich nur zu gut, Sam. Bei mir ist es die Nase.« Er tippte gegen seine Ingwerknolle im Gesicht. »Und leider hat sie in den allermeisten Fällen recht.«

»Eben«, bestätigte Sam und deutete auf den Fernseher. »Es geht los.«

Pia parkte ihren Champagnerkelch auf dem Konferenztisch und griff nach der Fernbedienung, um den Ton lauter zu stellen.

»… schalten wir jetzt live zur Pressekonferenz des FBI, bei der Direktor Gil Marin eine Erklärung zum Gopher-Tape-Fall abgibt.«

Das Bild wechselte zu einem Podest mit dem Emblem des FBI, das diesmal allerdings nicht, wie bei Klaras Aufruf, vor einem einfachen blauen Vorhang stand. Marin hatte sich die große Inszenierung aufbauen lassen: vor dem FBI-Gebäude, sodass hinter ihm Mitarbeiter kamen und gingen. Es sollte ihn wohl geschäftig, aktiv, als Leiter aller Aktion inszenieren. Marin sprach ruhig, aber mit übertriebenem Pathos. Klara konnte ihn schon jetzt nicht mehr leiden.

»Im Fall des sogenannten Gopher-Tape-Mörders kann ich Ihnen heute die Ermittlungsergebnisse präsentieren. Der Täter war ein vierunddreißigjähriger Mann aus Omaha, Nebraska.«

Der Fernsehsender blendete ein Bild des Mannes ein, das wahrscheinlich seine Frau dem FBI zur Verfügung gestellt hatte, die es wiederum den Sendern vorab weitergeleitet hatten. Es sah aus wie ein Bewerbungsfoto, und der Mann wirkte so normal, dass er in jedem x-beliebigen

Werbespot den Durchschnittsamerikaner hätte geben können: braunrote Haare, ordentlicher Seitenscheitel, ein drahtiger gestutzter Oberlippenbart, ein Buchhaltertyp.

»Sein Name ist Rascal Hill, und wir können ihm die Morde an allen vier Frauen, die auf den Gopher-Tapes zu sehen sind, zweifelsfrei nachweisen. Rascal Hill leistete bei seiner Verhaftung Widerstand und bedrohte eine FBI-Beamtin, sodass dem Leiter der Sonderkommission keine Wahl blieb: Rascal Hill erlag einer Schussverletzung aus Notwehr.«

Marin machte eine Kunstpause, um danach mit betretener Stimme fortzufahren: »Leider habe ich Ihnen, bei aller Genugtuung über die schnelle Aufklärung dieses Falles auch eine schlechte Nachricht zu überbringen: Was das Schicksal von Tammy Walker angeht, müssen wir leider vom Schlimmsten ausgehen, wir haben kaum noch Anlass zu der Hoffnung, sie lebend zu finden. Dennoch werden wir natürlich alles in unserer Macht Stehende…«

Sam Burke nahm Pia die Fernbedienung aus der Hand und schaltete den Monitor aus. Stein beobachtete ihn aus dem Augenwinkel: »Was ist los, Sam?«, fragte er nach ein paar Sekunden in das betretene Schweigen. »Geht Ihnen nun doch auf die Nerven, dass er den ganzen Ruhm einheimst?«

»Überhaupt nicht«, flüsterte Sam. »Ich bin mit Marins Ruhm einverstanden, mir liegt nichts an Öffentlichkeit.«

Er kippte den Rest des Champagners hinunter und bat Pia um Nachschub. »Aber ich werde das Gefühl nicht los«, fügte er leise hinzu, »dass er mit seinen guten Nachrichten etwas voreilig dran ist.«

»Wie meinen Sie das?«, fragte Adrian. »Glauben Sie, dass Sie den falschen Mann erschossen haben?«

»Nein«, antwortete Sam. »Rascal Hill war der Mörder Ihrer Frau, das steht nach den sichergestellten weiteren Videobändern auch ganz zweifelsfrei fest. Nein, ich habe nicht den falschen Mann erschossen.«

»Sondern?«, fragte der alte Anwalt und rümpfte die Knollennase.

»Ich befürchte, dass ich nicht den einzigen Täter erschossen habe. Seit ich den Fundort von Tina Michalskys Leiche gesehen habe, wollen meine Finger einfach nicht mehr warm werden. Und ich glaube, ich weiß, warum: Es fehlten Schleifspuren. Es sah so aus, als habe Rascal Hill die Leiche nicht alleine beseitigt, sie muss getragen worden sein.«

Stein wäre fast vorne über seinen Stock gekippt, und auch Pia und Adrian konnten ihre Verwunderung schwerlich verbergen, nur Klara stand gelassen neben Sam und war offenbar über alles informiert.

»Sie glauben, es gibt einen zweiten Täter?«, fragte der Anwalt entgeistert. »Ist das Ihr Ernst?«

»Nicht direkt einen zweiten Täter …«

»Raus damit, Junge«, forderte der Anwalt, »was ist Ihr Verdacht?«

»Ich vermute«, sagte Sam und senkte dabei die Stimme, als dürfe er diesen Verdacht nicht zu laut äußern, er flüsterte beinahe, »dass er einen Komplizen haben könnte. Seine auffälligen Konversationen in dem Onlineforum, die Tatsache, dass er seine Familie komplett raushält, obwohl er in der ersten Dimension seines Charakters durchaus auch ein Familienmensch ist … Es könnte einen Sinn ergeben. Leider hat Marin mich komplett ignoriert. Für ihn ist der Fall erledigt. Täter tot, abgehakt.«

»Und Sie glauben«, der Anwalt atmete schwer, »dass das Mädchen noch leben könnte?«

»Tot ist sie für mich erst dann, wenn Marin ihre Leiche gefunden hat. Und das wird er nicht«, sprach Sam aus, was alle längst dachten.

―――――

Das Treffen bei Stein ging langsam dem Ende zu, und Sam hatte nach vier Gläsern Champagner einen trüben Kopf. Als sie sich vor der Tür verabschiedeten, stellte er fest, dass Adrian von Bingen und Pia Lindt ein hübsches Paar abgaben. Klara hatte ihm von ihrem Verdacht erzählt, und nachdem er sie während der letzten anderthalb Stunden beobachtet hatte, war er sicher, dass sie recht hatte. Die beiden waren weit mehr als die Assistentin seines Anwalts und der reiche Klient. Ehemals reiche Klient, vermerkte Sam, und freute sich einmal mehr, dass er den kauzigen Anwalt kennengelernt hatte. Er hatte nicht nur Stil, sondern auch Klasse und vor allem Anstand, eine Kombination, die man bei seinem Berufsstand nicht allzu häufig antraf.

Gerade als er mit Klara die Treppenstufen vor dem Haus hinunterstieg, bremste vor ihnen mit quietschenden Reifen ein Streifenwagen der New Yorker Polizei. Kurz darauf ein zweiter, dem direkt eine dunkle Limousine folgte. Marins Limousine. Sam schwante Schreckliches. Der Anwalt und Pia traten neben sie und betrachteten ungläubig das Schauspiel, von dem Sam wusste, dass es sich in den nächsten Minuten live und in Farbe vor ihren Augen abspielen würde. Die Beamten aus dem ersten Streifenwagen blieben in ihren geöffneten Wagentüren stehen, die zweite Crew baute sich direkt vor ihnen auf.

»Miss Klara Swell?«, fragten die Beamten überflüssigerweise, denn natürlich kannten auch sie ihr Bild aus dem

Fernsehen, aber so verlangte es nun einmal das Protokoll. Klara nickte. Im Hintergrund sah Sam Marin aus dem Auto steigen. Er grinste selbstgefällig. An der Beifahrertür lehnte ein zweiter Mann im dunklen Anzug, den Sam nicht kannte. Er hatte einen Bauchansatz und rote Haare, und seine Pose stand der von Marin an Selbstgefälligkeit in nichts nach. Klara drehte sich zu ihm um, und Sam erkannte neben einem Vorwurf vor allem eine tiefe Traurigkeit in ihren Augen. Auch sie wusste, was jetzt kommen musste.

»Klara Swell, wir verhaften Sie wegen Einbruchs in Tateinheit mit schwerer Sachbeschädigung und Computersabotage zu Lasten der Truthleaks Foundation. Wir müssen Sie leider bitten, mit uns zu kommen.«

Wenigstens hat er genug Respekt, es so zu formulieren, dachte Sam zähneknirschend. Er warf einen wütenden Blick zu Marin und drohte ihm mit der Faust. Es würde nichts nützen. Marin hatte Rache gewollt, und er würde sie bekommen. Er wusste das, Klara wusste das, und selbst der alte Anwalt konnte nichts dagegen ausrichten.

Sam legte Klara eine Hand auf die Schulter. Als sie ins Auto stieg, warf sie einen letzten Blick zurück, traurig, dann einen zu Marin, verachtend. Keine zwei Minuten später waren die Streifenwagen abgefahren, und Sam stand ratlos mit Pia und dem Anwalt vor der Kanzlei. Der alte Mann gab ihm die Hand und versprach ihm, sich um die Sache zu kümmern.

Keiner der drei bemerkte den Wagen, aus dem ein Mann die Szene fotografiert hatte.

KAPITEL 36

Oktober 2011
Rikers Island, New York City

Klara Swell lag auf einer harten Pritsche in einer zu kalten Zelle und versuchte, sich mit Sit-ups abzulenken. Vierundvierzig. Wenigstens hatten sie ihr die stinkende Massenverwahrung erspart, die in solchen Fällen üblich war, dachte sie und kämpfte mit ihren übersäuerten Bauchmuskeln. Fünfundvierzig. Wie Sam wohl damit klarkam?, fragte sie sich. Sechsundvierzig. Er würde sich die Schuld geben, zum zweiten Mal. Siebenundvierzig. Aber diesmal würde sie nicht den gleichen Fehler machen wie er. Achtundvierzig. Nicht dieses Mal, sie war sicher, dass Sam nichts dafür konnte. Neunundvierzig. Nicht nach der vorletzten Nacht. Fünfzig. Nicht nach dem, was wieder zwischen ihnen war. Einundfünfzig. Was waren ihre Optionen? Zweiundfünfzig. Sie würde nicht noch einmal vier Jahre in den Knast gehen. Dreiundfünfzig. Das stand für Klara so fest, als wäre es in den Betonboden ihrer Zelle gemeißelt. Vierundfünfzig. Wie hatten sie ihr den Einbruch bei Truthleaks überhaupt nachweisen können? Fünfundfünfzig. Wo war ihr ein Fehler unterlaufen?

Sie sank zurück auf die zentimeterdünne Matratze, die andere wohl eher als Decke bezeichnet hätten. Ihr Herz pumpte von der Anstrengung, vor ihren Augen tanzten kleine Sterne der Anstrengung, dahinter die karge Wand. Sie zählte noch die Sterne, was sich als sinnloses Unterfangen herausstellte, als die Zellentür mit einem lauten Krachen zur Seite geschoben wurde und ein mürrisch dreinblickender Vollzugsbeamter sie aufforderte aufzustehen.

»Miss Swell, Besuch für Sie«, sagte der Mann mit viel zu lauter Stimme und machte ihr mit seiner Körperhaltung unmissverständlich klar, dass er nicht gerne wartete.

Klara nahm eines der Handtücher, die neben dem winzigen Waschbecken lagen, und trocknete sich das Gesicht. Die lasch sitzende Gefängniskleidung war trocken geblieben, aufgrund des jahrelangen Trainings kam Klara nicht leicht ins Schwitzen. Sie folgte dem Mann durch den langen Gang vorbei an immergleichen Zellen, in die oftmals sogar zwei Insassen gepfercht waren.

Der Richter hatte sie nach Rikers Island verlegen lassen, jene Insel mitten im Hudson River, auf der sich der größte Gefängniskomplex der Welt befand. Zu den berühmtesten Insassen hatten Rap-Stars, Schauspieler sowie ein französischer Politiker gehört, dem man vorgeworfen hatte, ein Zimmermädchen vergewaltigt zu haben. Und jetzt Klara Sissi Swell.

Nach einem kurzen Fußmarsch führte sie der Beamte in einen kleinen Raum, der als Besprechungszimmer diente. Er klopfte an eine zweite Tür und postierte sich an der Wand, sodass er Klara im Blick behalten konnte. Die Tür, an die er geklopft hatte, öffnete sich, und Klara erblickte den Besucher, den sie am wenigsten erwartet hätte. Es war der Einzige, der ihr noch lieber war als Sam in dieser Situation.

Thibault Godfrey Stein setzte zunächst den Stock und dann einen Fuß durch die Tür. Sein fröhliches »Guten Morgen, Miss Swell« ließ Klara zum ersten Mal seit ihrer Verhaftung lächeln.

Pia Lindt betrachtete das Steak, das bei nur siebzig Grad auf dem Rost im Ofen ruhte, mit wachsender Skepsis.

»Und das soll gar werden?«, fragte sie Adrian, der gerade fein geschnittene Chilis, Knoblauch und Kerbel unter die frisch aufgeschlagene Mayonnaise rührte.

»Mach dir keine Sorgen, Pia«, antwortete Adrian. »Es wird nicht nur perfekt medium-rare, sondern auch noch butterzart.«

Sie starrte auf das dunkelrote Fleisch, dem die Hitze gar nichts anzuhaben schien, und zog eine Augenbraue nach oben. Adrian schwenkte Kartoffelviertel in einer Pfanne mit wenig Olivenöl und reichlich grobem Meersalz. Er bemerkte ihren skeptischen Blick und fügte hinzu: »Weißt du, mit dem Fleisch ist es wie mit Frauen. Man darf sie nicht erschrecken, dann bleiben sie schön flauschig und anschmiegsam.«

Pia knuffte ihn in die Seite und holte zwei Teller und Besteck aus dem Schrank: »Ein Jammer, dass wir nicht mehr draußen essen können«, sagte sie. »Ich hatte mich schon fast an deine Terrasse gewöhnt.«

Adrian zuckte mit den Schultern und widmete sich wieder seiner Mayonnaise. Pia deckte den japanischen Couchtisch, einen anderen Ort zum Essen gab Adrians Wohnung nicht her. Immer noch besser als meine schicke Schuhbox an der Upper West, dachte Pia und rückte die Blumen, die Adrian jede Woche mitbrachte, in die Tischmitte. Als sie in die Küche zurückkehrte, bekam das Fleisch endlich das, was es in Pias Augen längst verdient hatte. In einer schweren Edelstahlpfanne briet es Adrian von allen Seiten scharf an.

Als sie keine zwei Minuten später beim Essen saßen, musste Pia zugeben, dass Adrian recht hatte: Sie hatte noch niemals in ihrem Leben ein so zartes Steak gegessen.

»Und es ist nicht mal Filet, dafür reicht mein Gehalt momentan nämlich leider nicht.«

»Es schmeckt göttlich«, bekannte Pia kauend und schob eine Kartoffelspalte mit Chili-Mayonnaise hinterher.

»Apropos gutes Essen: Hast du etwas von Klara gehört?«, fragte Adrian. »Ist sie immer noch in Haft?«

»Ja«, antwortete Pia. »Leider. Und Stein sieht auch wenig Chancen, sie schnell rauszuholen. Sie haben ein Video aufgetrieben, wie sie nach ihrem spektakulären Sprung aus dem Fenster vom Tatort flieht.«

»Wo wollen die das denn herhaben?«, fragte Adrian erstaunt. »Das wird doch wohl kaum Zufall gewesen sein.«

»Offiziell hat das Video ein Tourist gedreht, der ›zufällig‹ mitten in der Nacht in der Gegend war.«

»Das glauben die doch selber nicht«, lachte Adrian.

»Nein, aber wir können es ihnen nicht nachweisen. Stein geht davon aus, dass Marin Klara die ganze Zeit über auf dem Kieker hatte und wahrscheinlich sogar dafür gesorgt hat, dass dieser angebliche Tourist mit der Videokamera vor Ort war. Sie haben Klara reingelegt, Adrian. Und wir können ihr nicht helfen.«

»Verdammt«, murmelte Adrian und legte Messer und Gabel beiseite. »Es ist unsere Schuld, oder?«, fragte er.

»Stein gibt sich eine Mitschuld und ich auch«, bekannte Pia. »Schließlich waren wir es, die Klara mit unserem unmoralischen Angebot ihrer Rehabilitation dazu verlockt haben, deinen Fall neu aufzurollen.«

Adrian schwieg.

»Und jetzt haben wir das Gegenteil erreicht«, sagte Pia verbittert. »Sie ist schlechter dran als jemals zuvor.«

Am nächsten Morgen verließ Pia wie jeden Tag um kurz vor acht Adrians Wohnung. Es war ein sonniger Herbsttag in New York, selbst die Taxifahrer schienen besser gelaunt, und das wollte etwas heißen. Ihren Aktenkoffer in der Hand, lief Pia beschwingt die steile Treppe zur U-Bahn hinunter und wartete auf den L-Train, der sie mit nur einmal Umsteigen fast bis zur Kanzlei bringen würde. Wie jeden Morgen stand sie mit anderen New Yorkern in dem Verkehrsmittel, das an der Oberfläche kaum sichtbar, aber für New York so etwas wie die wahre Lebensader war. Und wie immer bemühten sich alle Berufspendler, der dunklen, unangenehm warmen und vom Bremsstaub schwarzen Umgebung so gut es ging zu entfliehen.

Ein junger Mann, der neben ihr an einer der Säulen lehnte, hörte Musik mit riesigen Kopfhörern, die kein Geräusch von außen an sein Ohr dringen ließen. Eine Asiatin las im Stehen einen Liebesroman. Manche kannte sie vom Sehen, aber niemals kam jemand auf die Idee, zu grüßen. Die U-Bahn war ein auszublendender Zeitabschnitt, der mit der steilen Treppe begann und mit einer ebenso steilen Treppe wieder endete.

Als der Zug mit laut quietschenden Bremsen einfuhr, quetschte sich Klara neben der Asiatin in den schon vor ihrer Station übervollen Zug. Der junge Mann, der sich hinter ihr ins Abteil schob, fiel ihr gar nicht auf.

Im Büro angekommen, musste Pia feststellen, dass Stein nicht da war. Stattdessen fand sie eine handschriftliche Notiz, die mit einem gelben Klebezettel auf ihrer Tastatur angebracht war: »Recherchieren Sie Binx 1986. Danke und Gruss Gruß Stein.« Pia setzte sich an ihren Computer und schaltete ihn ein. Sie vermutete, dass es mit Klaras Fall zu tun hatte, Steins Obsession der letzten drei Wochen. Seit Klara verhaftet worden war, hatte er zwei Klienten abgelehnt, die der Kanzlei sicherlich mehrere Hunderttausend Doller über die nächsten Jahre eingebracht hätten. Aber das war nicht Thibault Steins Stil. Aus seiner Sicht hatte er sich schuldig gemacht, und es war daher eine Ehrensache für ihn, alles zu unternehmen, um sie da rauszuboxen. Während der Computer hochfuhr, goss sich Pia in der kleinen Kanzleiküche eine Tasse Kaffee ein und wanderte in den Konferenzraum, in dem Stein seinen Schatz, eine sehr gut bestückte juristische Bibliothek, hütete.

Sie suchte den passenden Band aus dem Regal und nahm ihn mit in ihr Büro. Während sie wartete, dass der Kaffee eine trinkbare Temperatur erreichte, beantwortete sie die dringendsten E-Mails und widmete sich dann dem Fall, den ihr Stein zu recherchieren aufgetragen hatte.

Es handelte sich um ein Verfahren, das ein reicher Unternehmer 1992 gegen seinen Sohn angestrengt hatte. Der junge Mann wurde beschuldigt, Unterlagen aus dem Safe seines Vaters gestohlen und an eine Konkurrenzfirma verkauft zu haben. Pia wunderte sich, was ihr Stein damit sagen wollte. Der Sohn war verurteilt worden, ein ganz und gar unspektakuläres Verfahren. Der Grund, warum es in dem Gesetzeskommentar erwähnt wurde, lag lediglich darin, dass vom Gericht die Frage diskutiert worden war, inwieweit ein Einbruch innerhalb eines gemeinschaftlich genutzten Wohnraums dennoch Teil des Strafmaßes werden kann, obwohl dem Sohn die Kombination des Safes nach Angaben des Vaters seit Jahren bekannt war. Was wollte ihr Stein damit sagen?, fragte sich Pia erneut. Sie legte den dicken Wälzer beiseite und starrte auf die Bleistiftzeichnungen an der Wand. Vater und Sohn. Einbruch und Diebstahl. Gemeinschaftlich genutzter Wohnraum. Pia ging die Elemente des Falls Schritt für Schritt durch, aber ihr wollte einfach kein Zusammenhang zu Klara einfallen. Sie grübelte eine Viertelstunde, bevor sie auf die Idee kam, die Namen des Beschuldigten im Internet zu recherchieren. Der Vater, Besitzer einer mittelständischen, aber sehr profitablen Werkzeugmaschinenfabrik, hatte es sogar zu einem eigenen Wikipedia-Eintrag gebracht.

Als Pia den Artikel vollständig gelesen hatte, dämmerte ihr, was Stein ihr sagen wollte: Der Vater hatte nach dem Prozess jeden Kontakt zu seinem Sohn abgebrochen, und erst Jahre später, auf Initiative der mittlerweile angeheirateten Schwiegertochter, hatten die beiden wieder zueinander gefunden. Also ahnte der alte Mann doch, dass Adrian und sie mehr verband, als es den Anschein haben sollte. Womit hatten sie sich verraten? Im Grunde bist du selbst schuld, dass du gedacht hast, du könntest etwas vor dem cleveren alten Herrn verbergen, tadelte sich Pia.

Stein schlug also vor, Adrians Eltern zu kontaktieren. Darauf lief es doch hinaus, oder? Aber was sollte sie ihnen sagen: »Hallo, ich bin Pia Lindt, ich bin die Geliebte Ihres Sohnes, und ich wollte Sie fragen, ob wir uns nicht mal alle treffen können?« Wohl kaum. Pia lehnte sich zurück und dachte darüber nach. Oder gab es eine weniger plumpe Möglichkeit? Es kostete sie über eine halbe Stunde, die unterschiedlichen Fürs und Widers abzuwägen, und am Schluss war sie immer noch nicht sicher, was sie von Steins Vorschlag halten sollte. Wie sollte sie überhaupt an die Adresse kommen? Zumindest das könnte man ja probieren, anrufen muss ich dann ja noch nicht gleich, überlegte sich Pia und rief das Programm auf, in dem die Kanzlei die

Kontaktdaten ihrer Klienten speicherte. Und tatsächlich gab es unter dem Namen von Bingen mehrere Einträge:

von Bingen, Adrian; 557 N 5th Street; New York; NY;
    Telefon: +1 (212) 237 6 1558
von Bingen, Ferdinand; Leutfresserweg 4; Würzburg;
    Deutschland; Telefon: +49 (0931) 3180185
von Bingen, Adele; Leutfresserweg 4; Würzburg;
    Deutschland; Telefon: +49 (0931) 3182646

Pia stöhnte. Theoretisch könnte sie also anrufen. Sie starrte auf die Nummern seiner Eltern. Offenbar hatten Frau und Herr von Bingen dieselbe Adresse, aber unterschiedliche Telefonnummern. Es käme wohl ohnehin nur die Frau in Betracht. Pia wog noch einmal alle Möglichkeiten ab und traf schließlich eine Entscheidung. Mit zitternden Fingern wählte sie eine Telefonnummer in Deutschland. Als sie nur einen Anrufbeantworter erreichte, legte sie wieder auf. Andererseits war es vielleicht gar nicht schlecht, wenn sie Zeit hatte, darüber nachzudenken, was sie ihnen zu sagen hatte.

    Pia notierte sich auf einem Schmierzettel die wichtigsten Eckpunkte und drückte die Taste für Wahlwiederholung. Sie hinterließ eine längere Nachricht, von der sie hoffte, dass ihr Tonfall bei den von Bingens so ankam, wie sie ihn beabsichtigte. Im Kopf ließ sie noch einmal Revue passieren, welchen Wortlaut sie gewählt hatte und ob man ihn missverstehen konnte, als es an der Tür klingelte.

    Pia lief durch den langen Flur und öffnete: Es war nur ein Paketbote, wahrscheinlich mit irgendwelchen Akten aus dem Gericht, vermutete Pia und quittierte ohne hinzusehen den Empfang. Erst als sie das große Paket auf Steins

Schreibtisch deponieren wollte, fiel ihr auf, dass es an sie adressiert war. Immer noch in Gedanken bei den von Bingens, nahm sie das Paket mit in ihr Zimmer und stellte es auf ihren Schreibtisch. Sie hatte später noch genügend Zeit, es zu öffnen. Sie schaute auf die Uhr. Mittlerweile war es Viertel nach drei, und langsam wurde es Zeit, dass Stein zurückkam. Sie wollte seinen Rat, wollte ihm erzählen, warum sie ihm die Beziehung zu Adrian verheimlicht hatte. Ob er es verstehen würde, überlegte sie noch, als ihr Handy klingelte.

Eine fistelige Stimme sagte leise: »Schau in das Paket, Pia.«

Bei diesem Satz lief Pia ein eiskalter Schauer den Rücken hinunter, und sie ahnte das Schreckliche, noch bevor sie das Paket geöffnet hatte.

KAPITEL 37

Oktober 2011
New York City

Der Wärter, der sie diesmal in das Anwaltszimmer führte, roch nach billigem Deodorant und Zwiebeln, eine Mischung, die Klara Swell als Zumutung empfand. Mittlerweile kannte sie den Weg und das Zimmer fast besser als ihre Zelle, denn Stein kam täglich und schöpfte die Besuchszeiten bis auf das tolerierbare Maximum aus.

Sie war froh darüber und freute sich jedes Mal, den alten Mann zu sehen, denn es zeigte ihr auch, dass er sie noch nicht aufgegeben hatte. Und ihr Entschluss, auf keinen Fall weitere vier Jahre im Gefängnis zu verbringen, stand unweigerlich fest. Nur hatte sie noch keine Ahnung, wie sie das anstellen sollte. Sie nahm auf dem Stuhl an dem billigen Resopaltisch Platz, denn sie wusste, dass man den Anwalt erst dann hineinlassen würde. Müde streckte sie die Beine aus, ihre Sehnen zollten dem immer verbisseneren Training mittlerweile Tribut.

Als der alte Mann, wie immer auf seinen Stock gestützt, hereinkam, erschrak Klara. Er sah schrecklich aus, irgendetwas musste passiert sein. Der Mann mit dem billigen Deo verließ den Raum, ein Zugeständnis, das der Anwalt vor dem Haftrichter durchgesetzt hatte. Er setzte sich und legte einen braunen Aktenkoffer auf den Tisch.

»Was ist passiert, Thibault?«, fragte Klara beunruhigt.

»Pia ist entführt worden.«

»Was?«, rief Klara ungläubig und erkannte kurz darauf,

was das in Wahrheit bedeutete. »Sam hatte also doch recht. Es gibt einen zweiten Mann.«

»Davon müssen wir ausgehen, Klara. Sie war noch im Büro, tätigte einen Anruf, und keine zwanzig Minuten später war sie verschwunden. Sam hat den Fall übernommen und herausgefunden, dass unmittelbar vor ihrem Verschwinden ein Kurierfahrer ein Paket in der Kanzlei abgegeben hat. Da war sie noch bei bester Gesundheit.«

Und ein paar Minuten später war sie verschwunden?, fragte sich Klara. Plötzlich traf sie die Erkenntnis wie ein Schlag ins Gesicht: »In dem Paket war eine Bombe.«

»Man merkt, dass Sie früher Burkes Partnerin waren, Klara.« Stein rang sich zum Anflug eines Lächelns durch. »Das ist auch seine Vermutung.«

Klara haute so laut mit der Faust auf den Tisch, dass der Anwalt zusammenzuckte.

»Und ich hänge hier in diesem gottverdammten Knast«, rief Klara. »Sam braucht mich, Thibault. Gerade dafür.«

»Das hat er auch gesagt«, meinte der Anwalt ruhig. Er schien seine Fassung, so gut es in dieser Situation möglich war, wiedergefunden zu haben. »Er hat sogar gesagt, mit Ihnen stiege seine Chance, Pia zu finden, um über zweihundert Prozent.«

»Er übertreibt maßlos.«

»Vielleicht«, sagte der Anwalt, »aber ich habe Ihnen noch nicht erzählt, dass es Pia gelungen ist, einen Anruf abzusetzen.«

Klara schöpfte einen Funken Hoffnung: »Das ist doch mal eine Spur. Hat Sam …«

»… natürlich hat er alle Hebel in Bewegung gesetzt, aber er ist trotzdem überzeugt, dass er Sie braucht. Und deshalb hat er mich gebeten, die Sache mit Ihnen zu regeln.«

Klara starrte ihn an. Was sollte denn das nun wieder?, fragte sie sich. »Sie hatten doch gesagt, dass Sie keine Chance sehen, mich hier schnell rauszubekommen.«

»Das ist nicht ganz korrekt, Miss Swell. Ich hatte gesagt, ich sehe keinen legalen Weg, Sie hier schnell rauszubekommen.«

»Sie meinen, ich soll ausbrechen? Das kann nicht Ihr Ernst sein. Damit lade ich mir doch nur ein weiteres Jahr auf, und die Bewährungsstrafe kann ich gleich vergessen.«

»Unter Umständen habe ich eine Möglichkeit, das zu verhindern«, sagte der alte Mann und rieb sich die Nase. »Miss Lindt hat nämlich, bevor sie sich entschloss, sich entführen zu lassen, noch einen wichtigen Anruf getätigt.«

In der nächsten halben Stunde erklärte er ihr seinen Plan und übergab ihr ein kleines Päckchen, das Klara in ihrer Unterwäsche versteckte. Entgegen der landläufigen Meinung, die durch Hollywood-Filme verbreitet wurde, konnten die Gefängnisaufseher in der Regel keine Untersuchungen des Intimbereichs vornehmen, und der Anwalt gab ihr zum Abschied noch einmal die entsprechenden Gesetzespassagen mit auf den Weg.

Klara lag seit zweieinhalb Stunden wie die Mumie eines Pharaos auf der harten Pritsche ihrer Zelle und zeichnete in Gedanken den Grundriss des Gefängnisses an die Zimmerdecke. Stein hatte die Pläne in seiner Aktentasche gehabt, und sie hatte sich in der verbleibenden Dreiviertelstunde ihres »Anwaltsgesprächs« bemüht, sie so präzise wie möglich auswendig zu lernen. Zwölf Zellen auf jeder

Seite des Ganges, beginnend bei der flirrenden Leuchtstoffröhre. Am kleinen Stockwasserfleck nach links in den Ostflügel, Richtung Kantine, die einen Stock tiefer lag. Am Riss ins Kühlhaus.

Klara hatte eine relativ genaue Vorstellung davon, wie sie von der Insel fliehen konnte, diesen Teil des Plans hatte sie mit Stein minutiös ausgearbeitet, aber noch hatte sie keine Idee, wie es ihr gelingen sollte, ihre Zelle zu verlassen. Sie hatte über eine halbe Stunde darauf verschwendet zu versuchen, das Schloss mit dem Draht zu knacken, den ihr Stein mitgegeben hatte, aber offensichtlich hatten die Konstrukteure daran gedacht, dass Drähte unter Strafgefangenen nicht gerade Mangelware sein würden. Es war ja auch nicht weit hergeholt, wenn man etwa an den Drogenumschlag über den Wäschedienst dachte, gestand sich Klara ein und spielte mit dem zweiten Gegenstand, den der Anwalt ihr mitgebracht hatte: ein starkes Pfefferspray, damit sie im Fall der Fälle jemand ausschalten konnte, ohne ihm dauerhaften Schaden zuzufügen.

Denn Steins Plan zu ihrer Verteidigung deckte nach seinen Angaben zwar ihre Flucht aus dem Gefängnis, aber keinesfalls die schwere Körperverletzung an einem Justizbeamten. Wozu ließe sich Pfefferspray noch einsetzen?, fragte sich Klara. Sie drehte das kleine Sprühfläschchen und las die Herstellerangaben. Vorsicht! Extrem reizend! Leicht entflammbar! Darf nicht in die Hände von Kindern gelangen. Leicht entflammbar? In Klaras Kopf fügten sich mehrere Puzzlestücke ihrer unterschiedlichen Fluchtpläne aneinander, und auf einmal wusste sie, wie sie aus der Zelle fliehen würde.

Eine knappe halbe Stunde später fühlte sich Klara so bereit, wie es in dieser Situation möglich war. Zunächst entledigte sie sich sämtlicher Kleidungsstücke bis auf ihre Schuhe. Sie wusste, dass Männer grundsätzlich befangen auf weibliche Nacktheit reagierten, sie machte sie unsicher und ließ sie eine drohende Gefahr viel weniger präsent spüren. Dann kam der akrobatische Teil: Vorsichtig stützte sich Klara in der Ecke des Raumes mit dem Fuß an die eine und mit der Hand an die andere Wand. Indem sie genügend Druck ausübte, würde sie die Wand hinaufklettern können, getragen durch ihre eigene Muskelkraft, die wie ein Schraubstock zwischen den beiden Wänden wirkte. Als sie hoch genug hinaufgestiegen war, hielt sie das Feuerzeug unter den Rauchmelder. Eigentlich eigentümlich, dass in Gefängnissen immer noch geraucht werden durfte, aber wahrscheinlich war die Angst der Gefängnisdirektoren vor der Unruhe größer als vor den Gesundheitsschäden.

Keine zwei Minuten und eine schmerzhafte Brandwunde an ihrem Daumen später ertönte das schrille Läuten des Feueralarms. Klara sprang von der Wand und landete in der Mitte des Raumes. Jetzt musste sie sich beeilen. Mit einem Plastikbecher schöpfte sie Wasser aus der Kloschüssel und tränkte eine gerade Spur am Fußende der Matratze. Dann hockte sie sich neben das Bett und wartete auf die Schritte der Wachleute, die kamen, um nachzusehen, warum der Feueralarm ausgelöst worden war.

Als sie die Männer mit rennenden Schritten herannahen hörte, hielt sie das Feuerzeug vor die Düse des Pfeffersprays und erzeugte eine Stichflamme. Das Gas reizte ihre Augen, sie begannen heftig zu tränen. Klara richtete sie auf das Fußende der Matratze, jenseits der nassen Barriere, und die trockenen Fasern des billigen Stoffs fingen sofort Feuer. Danke an die Sparfüchse in der Stadtverwaltung, dachte Klara und betrachtete die Flammen. Ja, für die paar Sekunden, die sie benötigte, sah es hinreichend dramatisch aus. Natürlich würde der hauptsächlich auf entzündeten Gasen basierende Brand niemals ein großflächiges Feuer auslösen, aber es ging ja auch nur darum, die Justizbeamten davon zu überzeugen, dass so etwas passieren könnte.

Die Schritte waren jetzt fast auf Höhe ihrer Zellentür angekommen. Zeit für Teil zwei der Show, erinnerte sich Klara und legte sich auf den Teil des Betts, der nicht brannte, was von der Tür aus aber wohl kaum zu erkennen war. Die Schritte wurden langsamer. Jetzt. Klaras Gliedmaßen begannen scheinbar unkontrolliert zu zucken, als hätte sie einen epileptischen Anfall, oder Schlimmeres. Ohne das Um-sich-Schlagen zu unterbrechen, hörte sie, wie das Sichtfenster in der Zellentür zur Seite geschoben wurde. Sie zuckte noch ein wenig wilder und stöhnte dazu, als erleide sie große Schmerzen. Wenige Sekunden später hörte sie, wie der Schlüssel die Zellentür aufschloss. Die nächsten Augenblicke würden darüber entscheiden, ob sie eine realistische Chance zur Flucht bekam oder nicht. Klara versuchte, das laute Schrillen der Sirene zu ignorieren, die Hitze des Feuers und ihre eigenen Zuckungen, sie versuchte, nur auf die Geräusche der beiden Männer zu achten. Die Tür wurde geöffnet, und eine Männerstimme schrie: »Hol einen Feuerlöscher!«

Klara warf ihre Arme noch ein wenig höher in die Luft. Jetzt komm schon. Klara öffnete die Augen einen kleinen Spalt und versuchte, den Mann abzuschätzen: Er war Ende zwanzig, ein freundlich aussehender Schwarzer. Er stürzte Richtung Klaras Bett, nur seine antrainierte Vorsicht gegenüber Gefangenen hielt ihn davon ab, sofort die Flammen zu löschen und ihr zu Hilfe zu eilen. Als er sich mit ausgestreckten Armen ihrem zuckenden Körper näherte, bemerkte Klara einen Funken Zweifel in den Augen des Mannes. Sie beschloss, den günstigsten Augenblick nicht verstreichen zu lassen, auch wenn der Wachmann noch ein wenig zu weit weg war, und sprang auf.

Sie stand direkt vor ihm und starrte in ein überraschtes Augenpaar. Binnen Sekundenbruchteilen verengten sich seine Pupillen, und sein Gesichtsausdruck wechselte von Verwirrung zu Erschrecken. Klara verlor keine Zeit, sie verlagerte ihr Gewicht auf ihr linkes Bein und holte mit dem rechten zu einem hohen Schlag gegen sein Kinn aus, der ihn wie ein gezielter Treffer mit einem Hammer zu Boden schickte.

Wie Klara gehofft hatte, stürmte in diesem Moment der zweite Wärter mit dem Feuerlöscher in die Zelle. Er erfasste die Situation schneller, als es Klara für möglich gehalten hatte. Der Feuerlöscher ging mit einem dumpfen Schlag zu Boden. Der Mann, ein stämmiger Riese, zog den Schlagstock aus dem Hüftholster und erhob ihn drohend über seinem Kopf. Was für ein Glück, dass in den Zellentrakten Schusswaffen während des regulären Gefängnisbetriebs strikt verboten sind, dachte Klara und machte einen Schritt auf ihn zu. Merkwürdigerweise sagte er nichts, forderte sie nicht auf, sich zu ergeben, und machte auch sonst keinerlei Anstalten, die Situation zu deeskalieren.

Immer diese Überlegenheitsphantasien, seufzte Klara innerlich und bereitete sich auf ihren entscheidenden Schlag vor. Er grinste sie an. Hämisch. Noch während sie die kreisenden Bewegungen des Schlagstocks verfolgte, um den perfekten Moment abzupassen, nahm sein Lauf eine für sie vollkommen unvorhergesehene Wendung, und noch ehe Klaras Synapsen die Änderung in der Routine verarbeitet hatten, spürte sie einen krachenden Schmerz in ihrem linken Brustkorb. Sie krümmte sich, und ihre Instinkte gewannen die Vorherrschaft. Verzweifelt kämpften sie gegen ihren Körper, der sich auf den Boden fallen lassen wollte, so schnell wie möglich versuchte sie, die vergangenen Sekunden zu verarbeiten und aus ihnen eine sinnvolle Taktik abzuleiten. Klara hatte diese Urinstinkte lange nicht beanspruchen müssen, und sie hoffte, dass sie sich noch immer darauf verlassen konnte. Ihr Verstand war wie ausgeschaltet, sie sah sich selbst handeln wie in der Zeitlupenwiederholung eines Boxkampfes: Abrollen nach rechts. Der Schlagstock frontal von vorne. Seine Augen zuckten nach rechts. Rolle nach links, in die Hocke. Überraschung. Ein zaghafter Schlag Richtung Gesicht, direkt danach ein unerwarteter Tritt in die Nieren. Nummer zwei, ächzte Klara, als sich der Nebel der Instinkte verzog. Noch immer schrillte der Feueralarm, als Klara ihre Gefängniskleidung auszog. Nur mit einem Schlagstock und ihrem Pfefferspray bewaffnet, spähte sie in den Gang vor ihrer Zelle.

Keine zehn Minuten später stand Klara unter freiem Himmel, drückte sich eng an die Hauswand hinter einige überquellende Mülltonnen und warf einen Blick zurück auf den schlichten Betonbau. Die Sirene des Alarms war bis hier draußen zu hören, aber sie vermuteten sie offenbar noch innerhalb des Gebäudes, denn er war bisher nicht auf den Rest der Insel ausgeweitet worden.

Klaras Brustkorb schmerzte immer noch von dem

Schlag des Wachmanns. Hinter den Scheiben konnte sie Männer mit Gewehren die langen Gänge entlanghetzen sehen, die jeweils in Vierergruppen das Gebäude absuchten. Das Suchmuster, das Thibault Stein ihr besorgt hatte, hatte sich als korrekt erwiesen, und so war ihr die Flucht aus dem Gebäude ohne weitere Schwierigkeiten gelungen.

Zum wiederholten Male fragte sie sich, warum die meisten Menschen annahmen, dass die Nacht für eine Flucht besser geeignet wäre. Aber was für Einbrüche galt, musste für Ausbrüche noch lange nicht wahr sein, dachte Klara und freute sich darüber, dass keine Suchscheinwerfer die Gasse gezielt erleuchten konnten, in der sie jetzt zwischen den Tonnen hockte. Es ist noch lange nicht geschafft, ermahnte sich Klara selbst.

Rikers Island war das größte Gefängnis der Welt, eine Insel in der Tradition des berüchtigten Alcatraz in der Bucht von San Francisco, nur ungleich größer. Hier gab es einen Supermarkt, einen Frisör, Schulen, ein Krankenhaus und sogar eine Autowaschstraße, alles umgeben von einem meterhohen Zaum. Das schiere Ausmaß des Geländes einerseits und die doppelte Absicherung durch Zellengebäude und Sicherheitszaun andererseits waren aber auch Rikers größte Schwachstelle, die Klara auszunutzen gedachte. Und sie hatte keine Zeit zu verlieren, wenn sie noch etwas zu Pias Rettung beitragen wollte. Sie würde sich von Versteck zu Versteck bis zum südlichen Parkplatz vorarbeiten müssen, wo Thibault das Werkzeug versteckt hatte, ohne das ihre Erfolgsaussichten gen null tendierten.

Eine knappe Viertelstunde später wunderte sich Klara, dass es bisher niemandem gelungen war, von Rikers Island zu fliehen, so einfach kam ihr der Plan vor, den sie und der

KAPITEL 38

Oktober 2011
Worth Street, New York

Um 16:47 Uhr verließ Klara ihre Deckung auf dem Parkplatz und rannte über den Grünstreifen. Im Laufen klappte sie die erste Stufe des Metallgestänges zusammen. Noch fünf Meter. Bisher hatte die Patrouille sie nicht bemerkt. Noch vier Meter. Das Metall in ihrer Hand fühlte sich kalt, aber vertraut an, und als die erste Klickvorrichtung einrastete, lächelte sie.

Sie blieb stehen, ihr Atem ging schnell, mehr vor Anspannung als von der kurzen Laufdistanz. Sie zwang sich, keinen Blick zurück auf die Patrouille zu werfen. Stattdessen ließ sie das nächste Aluminiumelement der Brücke einrasten, die ihr Stein in das Town Car gelegt hatte. Es handelte sich um eine denkbar einfache Konstruktion, ein Zwitter aus Brücke und Leiter, die sich binnen weniger Augenblicke zusammensetzen und dann über ein hohes Hindernis wie einen Zaun stülpen ließ, ohne ihn zu berühren. Das Aufstellen erforderte einige Übung, aber Klara hatte in den letzten Jahren offenbar nichts verlernt. Blitzschnell setzte sie die Brücke zusammen.

Gleich ist sie fertig, dachte Klara, als sie plötzlich einen gellenden Schrei hörte: Die Patrouille hatte sie entdeckt.

Ohne den Aufbau zu unterbrechen, warf sie einen Blick über die Schulter. Die Männer rannten über den Parkplatz, aber sie waren noch zu weit entfernt, um auf sie zu schießen. Klara ließ sich nicht beirren. Als das letzte Element einrastete, konnte sie bereits ihre Schritte hören. Mit lauter Stimme befahlen sie ihr, die Hände über den Kopf zu nehmen. Klara stand mit dem Rücken zu ihnen und balancierte die erstaunlich leichte Brückenleiter in den Händen. Sie spekulierte damit, dass die Patrouille denselben Fehler begehen würde, den auch Klara begehen würde: sie würden ihr nicht in den Rücken schießen. Und wenn der Schießbefehl gegeben wurde, waren die Männer außer Atem und sie schon fast in Freiheit. Zumindest war das ihr Plan.

Mit den Hüften bugsierte sie die Leiter in die Luft und setzte sie mit einer geschmeidigen Bewegung auf der anderen Seite des Zauns auf den Rasen. Ihr blieb nicht viel Zeit. Hastig kletterte sie an den dünnen Streben nach oben. Die Männer schrien immer noch.

Klara hatte die höchste Stelle erreicht, als der erste Schuss fiel. Wie sie vermutet hatte, waren die Männer nach dem Sprint über den Parkplatz außer Atem und hatten damit an Zielgenauigkeit eingebüßt, die Kugel pfiff weit über ihrem Kopf hinweg an ihr vorbei und landete im Hudson. Die letzten Sprossen ließ Klara aus und sprang ins weiche Gras. Sie hörte, wie die Männer nachluden, aber als sie die nächste Salve abfeuerten, war Klara schon in den Fluten des Hudson River abgetaucht.

Am anderen Ufer des Hudson stieg Klara tropfnass aus dem Wasser. Sie fror vor Anstrengung und Unterzuckerung, aber ihr fehlte nichts, was einige Schokoriegel nicht wiedergutmachen konnten.

Nachdem sie das kurze Waldstück durchquert hatte, hielt sie Ausschau nach ihrer Verabredung. Und tatsächlich: Dort stand Thibault Steins Rolls Royce. Als Klara darauf zulief, öffnete sich die Fahrertür, und Edward,

Steins Chauffeur, hielt die Klappe des riesigen Kofferraums für sie nach oben, als halte er den Schlag einer Kutsche für eine Prinzessin. Klara nickte ihm dankbar zu und faltete sich in den Hohlraum, den Edward mit einer weichen Decke ausgekleidet hatte, die sich Klara eilig über die fröstelnden Schultern zog.

Das nennt sich formvollendete Flucht, dachte Klara, als der Chauffeur den schweren Blechdeckel über ihr mit einem satten Rumms ins Schloss fallen ließ. Sie hörte, wie die Fahrertür ohne jede erkennbare Eile geschlossen und der schwere Motor gestartet wurde.

———

Zehn Minuten später spürte Klara eine Bodenwelle, als die Limousine auf einen Bordstein rollte und hielt. Der Kofferraum wurde geöffnet, und Klara blickte in Steins grinsendes, faltiges Gesicht.

»Hallo, Miss Swell, schön, Sie zu sehen.«

Klara blinzelte. »Und Sie erst, mein lieber Stein«, sagte Klara und schälte sich aus dem Kofferraum. »Selbst im Fluchtabteil ist ihr famoses Gefährt übrigens luxuriöser als alles, was ich bisher in dieser Klasse fahren durfte.«

»Und wie oft, wenn ich fragen darf, haben Sie so etwas schon hinter sich gebracht?«, fragte Stein amüsiert.

»Öfter, als Sie denken, aber eher auf dem Weg in etwas hinein als aus etwas hinaus«, war Klaras etwas kryptischer Kommentar.

»Ich möchte vorschlagen, dass wir das nicht weiter vertiefen, Miss Swell. Die im Fernsehen so oft kolportierte Mär, dass der Verteidiger alles von seinen Mandanten wissen muss, ist nämlich grundverkehrt.«

»Meinen Sie, ich könnte etwas zum Anziehen gebrauchen?«, fragte Klara und blickte an ihrem blauen, triefend nassen Gefängnisoverall herunter.

Der Anwalt lächelte: »Ihr Wagen steht da drüben.« Er deutete mit dem Finger auf die andere Straßenseite und drückte ihr die Schlüssel in die Hand. Klara warf einen Blick auf den Mercedes und grinste: »Sie haben die Nummernschilder austauschen lassen.«

»Miss Swell, ich bitte Sie. Eine angemessene Garderobe finden Sie auf dem Rücksitz und auch noch einige andere nützliche Dinge, von denen ich mir dachte, Sie könnten dafür Verwendung haben.«

Klara wollte gerade loslaufen, als sie der alte Mann am Ärmel festhielt: »Einen Moment noch, Miss Swell.«

Klara sah ihn erstaunt an.

»Viel Glück«, gab er ihr mit auf den Weg und sah ihr nach, bis sie in den Wagen gestiegen war.

Ohne sich umzudrehen, ging Klara über die Straße und öffnete den Wagen mit dem Funkschlüssel. Als sie hinter das Lenkrad auf den Sitz glitt, galt ihr erster Blick der von Stein angekündigten Ausrüstung auf dem Rücksitz: Ordentlich in Reih und Glied standen dort mehrere Papiertüten, wie man sie aus teuren Boutiquen kennt. Die Logos verrieten ihr jeweils, was sie in den Tüten finden würde: unauffällige Straßenklamotten in einem unausweichlichen Brown Bag von Macy's, edle Designerteile von Barney's und die technische Ausstattung in einer kleinen Box von Radio Shack. Daneben stand eine weitere Tasche, ganz in Schwarz, ohne Logo oder einen sonstigen Hinweis auf ihren Inhalt. Klara lächelte und wusste trotzdem sofort, was Stein ihr als i-Tüpfelchen besorgt hatte: einen ihrer Anzüge.

Sie griff nach der Radio-Shack-Tüte und zog sie zu sich auf den Fahrersitz. Sie fand nicht nur ein Smartphone der neuesten Generation, sondern auch eine Halterung dafür mit Klettverschluss. Clever, dachte Klara und steckte die Kopfhörer ins Ohr. Während sie Sams Nummer wählte, langte sie nach der schwarzen Tüte.

Als das Freizeichen ertönte, strich sie über das vertraute matte Material.

»Klara!«, rief Sam erleichtert. »Hat der alte Hund doch recht behalten.« Im Hintergrund hörte sie Sirenen und aufgeregte Rufe. Sie vermutete daher, dass er die groß angelegte Suchaktion nach Pia, die sie mit Sicherheit in der Zwischenzeit gestartet hatten, höchstselbst leitete. Wahrscheinlich stand er mittendrin und scheuchte den alten Bennet von Gruppenleiter zu Gruppenleiter.

»Die Lage?«, fragte Klara denkbar knapp und wühlte in der Macy's-Tüte nach geeigneten Klamotten.

Sam seufzte: »Das Telefonat hat sie um 15:21 Uhr von einem Fernsprecher in Soho geführt. Jemand hatte ihr am Morgen ein Paket in die Kanzlei liefern lassen, das eine scharfe Bombe enthielt. Seitdem bekam sie mehrere Anrufe, in denen ihr eine männliche Stimme mitteilte, wohin sie als Nächstes zu fahren hatte. Laut ihren Angaben hatte er sie schon um halb vier durch die halbe Stadt hetzen lassen.«

»Und wie erreicht er sie?«, fragte Klara, während sie umständlich in eine enge Jeans schlüpfte.

»Er hat ihr auch ein Handy geschickt, wahrscheinlich mit einer Prepaidkarte.«

Klara atmete auf, das waren gute Nachrichten. Handys ließen sich recht einfach orten. Sie zog ein einfaches Tank-Top über den Kopf und darüber einen dunkelblauen Pullover. Aber Moment ...

»Hattest du nicht gesagt, dass sie von einem Münztelefon aus angerufen hat?«

»Ja, leider. Wahrscheinlich wollte sie nicht riskieren, dass der Täter das Telefon abhört, wobei ich das für extrem unwahrscheinlich halte.«

»Du glaubst nach wie vor, es ist der zweite Mann, oder?«

»Ja. Und ich befürchte, dass ihm Rascal Hill einiges beigebracht hat – er wird sich solch ausgefuchste Methoden kaum innerhalb weniger Tage selbst antrainiert haben. Das ist die gute Nachricht.«

»Pffff«, pfiff Klara durch die Zähne.

»Und ich halte ihn für unberechenbar. Keine Ahnung, wie er auf den Tod seines Partners und Mentors reagiert. Möglicherweise mit einer rigorosen Brutalität, die selbst die seines ›Ziehvaters‹ übertrifft. Und ich mache mir große Sorgen um Tammy Walker.«

»Du glaubst, dass er sie noch nicht umgebracht hat?«

»Das halte ich absolut für möglich, Klara. Sie war für seine Initiation gedacht, sein erstes Opfer. Zumindest glaube ich das. Und ich kann mir vorstellen, dass er die Rache für Rascal an dir respektive Pia als Ersatzopfer vorzieht und sich später mit seiner eigenen Phantasie beschäftigt.«

Klara schluckte. Rache an ihr. Das war der springende Punkt. Pia war wegen ihrer aggressiven Fernsehauftritte und ihrer gezielten Provokation überhaupt erst in diese Lage geraten. Sie musste Sam helfen, sie zu finden.

»Das Gute ist«, fuhr Sam fort, »dass es Wesley gelungen ist, die Nummer ihres Handys herauszufinden.«

Klara konnte über die Fähigkeiten ihres technischen Wunderkinds nur staunen. Sie fragte sich, wie sie früher überhaupt irgendeinen Täter gefasst hatten ohne solche Finessen.

»Er hat alle Handys, die zum Zeitpunkt ihres Telefonats in der entsprechenden Zelle in Soho eingebucht waren, analysiert und schließlich ein Handy gefunden, das nur angerufen wurde, aber niemals selbst telefonierte. Das muss sie sein. Wir sind gerade dabei, es zu orten, du kommst sozusagen genau im richtigen Moment.«

Klara hörte, wie im Hintergrund der Sprechfunk des FBI lauter wurde. Sogar über die Handyverbindung erkannte sie Wesleys aufgeregte Stimme. Leider konnte sie nicht genau verstehen, was er sagte, aber sie vermutete, dass er bei seinem Ortungsversuch Erfolg gehabt hatte. Bevor Sam ihre Vermutung bestätigen konnte, bellte er einige Anweisungen, die, wie Klara vermutete, für die umstehenden Beamten bestimmt waren. Erst dann wendete er sich wieder ihr zu.

»Wesley hat das Handysignal geortet. Sie befindet sich in Chinatown, was die Sache nicht gerade erleichtert. Die Handymasten stehen dort in Dutzenden auf den Dächern, eine genaue Peilung ist unmöglich. Die Spezialeinheit ist unterwegs, aber ich wäre froh, dich auch vor Ort zu haben. Wir können unmöglich riskieren, einzugreifen, bevor wir uns sicher sind, dass wir die Bombe entschärfen können. Vielleicht beobachtet er sie.«

Klara startete den Motor ihres Mercedes. »Alles klar, Sam. Das ist ganz in der Nähe. Ich bin auf dem Weg und konzentriere mich darauf, einen möglichen Verfolger zu identifizieren.«

»Kein Zugriff, bevor ich es sage, Klara.«

Klara raste die kleine Gasse entlang und hupte einen Lieferanten aus dem Weg, der in aller Seelenruhe einen Stapel Gemüsekisten über die Straße schob.

»Schon klar, Sam. Schon klar.«

»Wer bringt mich rein?«, erkundigte sie sich nach einem Zugang für den reservierten Funkfrequenzbereich. Sie war schließlich auf der Flucht vor den Behörden und konnte kaum in der FBI-Zentrale nach einer entsprechenden Schaltung fragen.

»Anne kümmert sich darum, sie leitet dir das Signal aufs Handy«, versprach Sam und kappte die Verbindung.

Klara raste die Mulberry Richtung Norden und nahm weder Rücksicht auf den dichten Feierabendverkehr noch auf die Tatsache, dass ihr Fahrstil ein gefundenes Fressen für einen übereifrigen Streifenpolizisten sein würde. Als sie scharf um eine Ecke bog, klingelte ihr Handy.

»Klara, ich schalte dich jetzt dazu«, flüsterte die gewissenhafte Anne. Klara wusste, wie schwer es ihr fallen musste, einer gesuchten Verbrecherin Zugang zum FBI-Funk zu verschaffen. »Marin hört auch mit.«

Der letzte Satz war gleichbedeutend mit einem Hinweis, nur ja den Mund zu halten. Das würde Klara nicht schwerfallen, ihre Aufgabe war die Verfolgung eines möglichen Verfolgers. Während sich die Kollegen auf Pia konzentrierten und darauf, wie sie die Bombe entschärfen konnten, ohne Pia zu gefährden, würde sich Klara an ihre Fersen heften, wie ein Schatten, natürlich ohne selbst gesehen zu werden.

Es war ein gefährliches Spiel, denn ihr Gegner kontrollierte die meisten Parameter. Aber Klara galt nicht umsonst als eine der Besten ihres Fachs. Und sie nahm sich vor, es erneut unter Beweis zu stellen. Für Pia. Sie stellte den Ton ihrer Kopfhörer lauter und lauschte dem Sprechfunk des Sondereinsatzkommandos.

»Sie bewegt sich jetzt auf dem Broadway nach Norden. Der Geschwindigkeit nach zu urteilen, ist sie zu Fuß unterwegs. Eine genaue Lokalisierung ist aufgrund der Masten nach wie vor nicht möglich, ich wiederhole, *nicht möglich*«, vernahm Klara Wesleys Stimme, die durch den UKW-Funk leicht verzerrt wirkte, aber deutlich zu verstehen war.

»Roger Beagle«, bestätigte ein Mann, von dem Klara vermutete, dass es sich um den Leiter des Sonderkommandos handelte. »Beagle« war der Rufname der zentralen Koordinierungsstelle des Einsatzes, in ihrem Fall Sams Team. Bei Dunkelgelb nahm sie eine Ampel an der Broome Street. Sie erreichte langsam die Nähe des Einsatzortes, konnte schon die ersten Geschäfte, deren Schilder ausschließlich chinesische Schriftzeichen trugen, erkennen.

Klara parkte in einer Seitenstraße, von der sie ohne Ampel sowohl den Broadway als auch eine Straße crosstown erreichen konnte. Dies sicherte ihr im Fall einer Verfolgung die bestmöglichen Chancen, an Pia dranzubleiben, auch wenn sie das Verkehrsmittel wechselte. Klara schloss den Wagen ab, deaktivierte das Mikrofon ihres Handys und steckte es in die Hosentasche. Über den Kopfhörer konnte sie weiterhin Wesleys Anweisungen verfolgen, und sie hatte ohnehin nicht vor, sich in die Diskussion einzumischen.

»Zielperson ist jetzt in etwa auf Höhe der White Street«, verkündete Beagle. Das war keinen Häuserblock von Klaras Standort entfernt. Sie joggte zur nächsten Straßenecke und verfiel dann in den langsamen Trott der Menge, die sich wiegend durch die Straßen schob, vorbei an Geschäften, deren grellbunte Preisschilder allerlei Markenwaren zu scheinbar unglaublichen Preisen feilboten. Natürlich handelte es sich allesamt um Fälschungen von Taschen, Uhren und Parfums. Gucci, Prada und Rolex stapelten sich in meterhohen Türmen, dazwischen T-Shirt-Shops und chinesische Supermärkte, Massagesalons und fernöstliche Apotheken, die eigentümliche Hausmittel feilboten.

Klara blickte sich um: von Pia keine Spur. Allerdings wäre sie in der bunten Menschenmenge, die hauptsächlich aus Touristen und Asiaten bestand, auch kaum auszumachen gewesen, es sei denn, man stand direkt neben ihr. Dennoch musste Klara aufpassen: Ein Verfolger von Pia würde eine Person, die allzu neugierig war, dennoch schnell bemerken, denn die meisten Touristinnen, für die sie zweifelsfrei gehalten wurde, interessierten sich nur für die bunten Schaufenster und Auslagen, amüsierten sich hier über ein T-Shirt und drehten dort einen Lampion mit Goldfischaufdruck.

Klara musterte die Auslage eines Fischhändlers. Einige der angebotenen Delikatessen hatte sie noch nie zuvor gesehen, und sie schienen ihr auf einer Genießbarkeitsskala auch nicht unbedingt weit oben zu rangieren: Glibberige Seegurken lagen grau neben langsam die Gliedmaßen ausstreckenden Softshell-Crabs. Klara schauderte zum Schein. Dann konzentrierte sie sich wieder auf die Menge vor ihr.

»Zielperson ist offenbar stehen geblieben«, meldete Wesley.

»Kein Kontakt, Beagle«, meldete die Spezialeinheit.

»Zugriff nur auf meine Anweisung«, erinnerte Sam die Kollegen. Klara blickte auf das Straßenschild an der nächsten Ecke. Genau hier sollte sie sein. Aber wieso konnte sie Pia nirgendwo entdecken? Sie umging die dicke Menschentraube, die an der Ampel auf Grün wartete, und stellte sich an den Rand des Bordsteins. Scheinbar genervt blickte sie auf die andere Straßenseite, aber in Wahrheit beobachtete sie die Passanten mit Argusaugen, als ihr plötzlich eine Frau auffiel, die seltsam steif und langsam, irgendwie übervorsichtig lief. Der blonde Haarschopf war unverkennbar: Pia. Sie stand mit dem Rücken zu ihr, etwa zehn Meter von der Kreuzung entfernt. Und sie zog ein Handy aus der Tasche. In ihrem Kopfhörer knackte es.

»Sie telefoniert«, meldete Wesley. »Ich werde das Telefonat mitschneiden und direkt an euch übertragen, wenn es recht ist.«

Und ob, dachte Klara und bemühte sich, nicht zu Pia hinüberzustarren.

»Ja?«, drang Pias verzweifelte Stimme aus ihrem Kopfhörer.

»Nimm ein Taxi nach Queens«, forderte eine ruhige Stimme.

»Aber«, versuchte Pia zu widersprechen.

»Kein Aber, du weißt, dass ich die Bombe zünde, wenn du nicht gehorchst.«

Klara blickte sich verzweifelt um, konnte jedoch keinen Verfolger erkennen. Vielleicht der junge Mann mit der Baseballmütze, der sich am Kopf kratzte und ein Handy ans Ohr hielt? Nein, entschied Klara. Viel zu auffällig. Sie wechselte die Straßenseite und hatte Pia fast erreicht. An einem Souvenirshop erinnerte sie sich nochmals an ihre Aufgabe: Identifikation des Verfolgers. Obwohl Pia zum Greifen nahe war, nahm sie ein Windspiel in die Hand und drehte es an der Schnur, an der es hing, im Sonnenlicht. Sie stand nun fast Rücken an Rücken mit Pia und beobachtete die andere Straßenseite und die Gebäude gegenüber. Konnte es sein, dass er sich in einem der Häuser versteckte? Unwahrscheinlich. Nein, er musste mobil sein. Am wahrscheinlichsten war, dass er sie in einem Auto verfolgte. Dafür allerdings war die Verfolgung zu Fuß denkbar ungünstig. Die Chance, dass er sie entdeckte, bevor sie sein Auto ausgemacht hatte, war viel zu groß.

Sie musste den Versuch abbrechen, das wusste sie. Verzweifelt betrachtete sie Pia, wollte sie berühren, ihr das Gefühl geben, dass jemand für sie da war, dass sie beschützt wurde. Aber natürlich wusste sie genau, dass es das Letzte war, was sie tun durfte.

Mit einem letzten Seitenblick zu Pia, deren Gesicht starr auf den Verkehr gerichtet war, um ein Taxi zu ergattern, wandte Klara sich ab und eilte zurück zu ihrem Wagen. Vom Auto aus hatte sie wesentlich größere Chancen, ein verfolgendes Fahrzeug zu erkennen.

»Objekt bewegt sich in einem Fahrzeug auf der Lafayette Richtung Norden«, meldete Wesley über den Funk. Klara, die ihr Auto an einem strategisch günstigen Platz abgestellt hatte, gab dem Taxi eine halbe Minute Vorsprung, bevor sie sich in den dichten Feierabendverkehr einreihte.

Jetzt frag schon endlich jemand, dachte Klara zornig und bremste an der nächsten roten Ampel.

»Das Taxi hat das Nummernschild 3B45A«, erlöste sie die Stimme eines der Beamten des Sonderkommandos. Wesley dachte sogar eine Runde weiter und ergänzte: »Fahrer ist ein gewisser Atal Singh, amerikanischer Staatsbürger in vierter Generation, keine Vorstrafen, vierundfünfzig Jahre alt.«

Hat nichts mit unserem Mann zu tun, dachte Klara und biss sich auf die Lippe. Sie konnte Pias Taxi immer noch nicht entdecken, aber der Verkehr floss zäh, und es gab somit kaum Gelegenheit, sich abzusetzen. Immer wieder beobachtete Klara die Autos, die auffällig die Spur wechselten, um schneller voranzukommen, aber meist bogen die Fahrer an der nächsten Ecke ab, oder es handelte sich um Frauen, offensichtlich echte Lieferanten oder andere Personen, die nicht infrage kamen. Endlich, eine Ampel und gefühlte dreihundert Meter später sah sie Pias Taxi um die Ecke biegen. Mit einigem Abstand erreichte Klara die 10. Straße und folgte Pia Richtung Osten. Der Verkehr crosstown floss deutlich schneller, wie üblich stauten sich hier weniger Fahrzeuge, und Klara hatte eine gute Gelegenheit, einen möglichen Verfolger zu identifizieren. Das gelbe Taxi fuhr zügig etwa einen Block vor ihr, und Klara konnte beim besten Willen kein Fahrzeug erkennen, das sich auch nur im Ansatz auffällig verhielt.

»Langsam müsste er mal wieder anrufen, um ihr ein Fahrziel durchzugeben«, brach Wesley die Funkstille.

Da hast du verdammt recht, Junge, dachte Klara und beschloss, etwas näher heranzufahren. Parallel wählte sie Sams Handynummer.

»Ich glaube nicht, dass er sie verfolgt, Sam«, vermeldete Klara und setzte sich zwischen einen weißen Poland-Spring-Lastwagen und einen riesigen schwarzen Suburban.

»Bist du sicher?«, fragte ihr Partner.

»Natürlich nicht, Sam. Hubschrauber, GPS im Paket, ein CIA-Spionagesatellit, nein, verdammt noch mal, ich bin nicht sicher. Aber ein Wagen ist negativ. Sie wird nicht von einem Auto verfolgt. Wenn es nicht der Taxifahrer ist, hat er keine Ahnung, was sie im Moment tut.«

»Okay. Dann wirf einen Blick ins Fahrzeug, Annäherung freigegeben.«

Klara warf einen Blick aus dem Seitenfenster. Sie hatte das gelbe Taxi fast erreicht.

»Verstanden«, sagte sie. »Bleib dran.«

»Du hast es schon gemacht, oder nicht?«, stöhnte Sam.

Klara antwortete nicht, sondern wechselte auf die mittlere Spur und beschleunigte. Als sie direkt neben dem Taxi stand, blickte sie auf den Rücksitz. Er war leer.

»Sie ist nicht mehr drin, Sam!«

»Was?«, schrie er, und fast zeitgleich hörte sie seine Frage über den Funk: »Wesley, wo ist das Handysignal?«

»Nach wie vor auf der zehnten Straße, bewegt sich östlich.«

»Halt ihn an, Klara«, forderte Sam. »Jetzt.«

Klara hupte und setzte sich vor das Taxi. Als sie bremste, hupte der Fahrer wütend zurück. Aber sie hatte keine Wahl, schließlich fehlte ihr jede offizielle Insignie, mit der sie ihn zum Anhalten hätte zwingen können. Ihr Ausweis war nach wie vor konfisziert, und der von Stein besorgte Mercedes verfügte über kein Blaulicht und keine Sirene. Wieder bremste sie und zwang den Taxifahrer, seine Fahrt zu verlangsamen. Im Rückspiegel bemerkte sie, wie er nach links ausscherte. Mit ruhiger Hand setzte sie nach und hielt den Mercedes vor seiner Schnauze. Als sie die Bremsen betätigte, fuhr der Mann indischer Herkunft beinahe in ihr Heck, kam aber mit quietschenden Reifen knapp hinter ihrem Kofferraum zum Stehen. Klara beeilte sich, aus dem Wagen zu kommen, die Pistole, die ihr Stein zum Anzug gelegt hatte, ihren einzigen Trumpf, hielt sie mit beiden Händen und gestreckten Armen vor sich. Hatte der indische Fahrer noch vor wenigen Sekunden versucht, auszuscheren und davonzurasen, hob er jetzt abwehrend die Hände hinter dem Steuer.

»FBI, steigen Sie mit erhobenen Händen aus dem Fahrzeug.«

Der Mann schien ihr zu glauben, auch wenn sie keinen Ausweis vorzeigte, wie es für einen echten FBI-Beamten die Dienstvorschrift vorgesehen hätte. Er stieg aus dem Wagen und legte die Hände auf das Autodach. Klara sprang hinter ihn und tastete ihn nach einer Waffe ab. Erwartungsgemäß war der Mann unbewaffnet. Wie Klara vermutet hatte, war er nur zufällig hier hineingeraten. Obwohl sie sich bereits sicher war, dass Pia nicht mehr in dem Auto saß, öffnete sie die Tür und hielt die Waffe in den Wagen. Gelernt war gelernt. Leer. Keine Pia, kein Paket.

»Wo haben Sie die Frau abgesetzt?«, fragte Klara. Sie packte den verängstigten Mann am Revers seines schlecht sitzenden Jacketts und funkelte ihn aus wütenden Augen an.

»Sie ist Lafayette und 9. ausgestiegen. Ganz plötzlich«, stammelte der Taxifahrer. »Sie hat mir zwanzig Dollar in die Hand gedrückt und war raus.«

»Scheiße«, fluchte Klara laut und trat mit dem Fuß in den Staub. »Hat sie sich davor irgendwie auffällig verhalten?«

»Nein«, sagte der Inder. »Ein Handy hat geklingelt, sie ist rangegangen, dann ist sie ausgestiegen. Sie war ganz ruhig.«

Klara ließ den Taxifahrer stehen, ohne ihm zu sagen, dass er die Arme herunternehmen konnte.

»Sam, bist du noch dran?«, frage sie, während sie sich in das Wageninnere beugte. In der Ferne hörte sie schon die Sirenen der herannahenden Kollegen. Sie hatte nicht mehr viel Zeit. Sie fand das Handy zwischen die Sitze gedrückt. Es war immer noch eingeschaltet.

»Ja, Klara, ich höre.«

Sie warf einen Blick die 10. Straße hinunter, eine ganze Phalanx von Polizeifahrzeugen schoss durch die Straße, ihre Lichter sprangen auf und ab, während sie mit viel zu hoher Geschwindigkeit über die Schlaglöcher donnerten.

Klara ließ den Mann stehen und ging zu ihrem Wagen.

»Sie ist weg. Lafayette Ecke 9. ausgestiegen. Er muss ihr ein zweites Handy mitgegeben haben. Deine Beamten finden das erste auf dem Rücksitz des Taxis, damit ihr es auf Fingerabdrücke untersuchen könnt.«

»Verdammt«, fluchte Sam.

»Du sagst es«, stimmte ihm Klara zu. »Jetzt können wir nur noch hoffen, dass Wesley irgendetwas mit diesem kurzen Telefonat anfangen kann. Denn ich bin mir jetzt sicher, dass er ihr nicht gefolgt ist. Die Sache mit dem zweiten Handy war von Anfang an sein Plan. Lass uns beten, Sam.«

»Amen«, sagte ihr Kollege seufzend.

———

Pia Lindt trug das Paket in beiden Händen vor ihrem Bauch, als transportiere sie ein lebendiges Organ, das keinesfalls anecken durfte. Sie kämpfte mit den Tränen, dachte an ihr Glück mit Adrian und an all das, was sie soeben im Begriff war zu verlieren. Das ganze Kartenhaus, dessen Grundfesten sie in den letzten Monaten so sorgsam einzementiert hatten, drohte in sich zusammenzufallen. Wegen eines dämlichen Pakets und eines verdammten Psychopathen.

Konzentrier dich, Pia, hatte Sam sie ermahnt. Präg dir alles ein, alles, was er sagt, kann wichtig sein.

Seine angeblich so wichtigen Sätze hatten hauptsächlich aus Anweisungen bestanden, wo sie als Nächstes hingehen oder hinfahren sollte. Sie war mit der U-Bahn gefahren, hatte den Bus genommen, war kilometerweit gelaufen, und hatte auch jetzt wieder den nächsten Punkt seiner nicht enden wollenden neuen Anweisungen erreicht. Langsam schwanden ihr die Kräfte, sie konnte das schwere Paket kaum noch halten. Vor ihr erstreckten sich die endlosen Reihen eines Containerhafens, ein buntes Sammelsurium, das von der Anhöhe, auf der sie stand, wirkte, als bestünde es aus Bauklötzen, die ein ganzes Volk übermotivierter und besonders ordnungsliebender Kinder aufeinandergestapelt hatte. Und das emsige Völkchen war beständig dabei, Bauklötze zu entfernen und neue hinzuzufügen, mit Lastwägen, Gabelstaplern und Kränen. Wäre ihre Situation nicht so ausweglos, hätte Pia es sogar putzig gefunden.

Sie stand jetzt genau an der Stelle, die ihr die Stimme am Telefon beschrieben hatte. Ohne jegliche Erleichterung dabei zu spüren, stellte sie das Paket ab. Noch immer begriff sie nicht ganz, was mit ihr geschah. Klara und Sam hatten den Täter gefasst, oder nicht? Er war tot, hatten sie gesagt. Und trotzdem zwang auch sie jemand, mit einer Bombe in den Armen zu tun, was er von ihr verlangte. Genau wie bei den anderen. Und sie hatte keinen Zweifel, dass er es ernst meinte. Sie hörte es an seiner Stimme: Er bluffte nicht. Wenn er nicht noch besser war als Stein, befand sich in diesem Paket tatsächlich eine scharfe Bombe, und niemand spielte ein schlechtes Blatt besser als der alte Anwalt. Nein, sie hatte ihre Optionen gleich zu Beginn abgewogen und sich entschieden. Nur die Reaktion von Sam war ihr seltsam vorgekommen. Bei ihrem Telefonat, das nur zwanzig Sekunden gedauert hatte, hatte er nicht überrascht gewirkt. Ganz im Gegenteil. War an seiner

Vermutung mit dem Komplizen tatsächlich etwas dran? Es sah ganz danach aus. Aber hätte es nicht Klara treffen müssen? Schließlich war sie es gewesen, die den Täter provoziert hatte. Andererseits saß sie nun einmal im Gefängnis. War sie nur der billige Ersatz? Mitten in ihre Gedanken hinein klingelte das Handy, das ihr der Mann mit dem Paket geschickt hatte. Pia versuchte, den Gedanken an Sam und seine seltsame Reaktion, die viel zu schnell in echte Besorgnis umgeschlagen war, zu verdrängen, um sich, wie er gefordert hatte, auf das Telefonat zu konzentrieren. Zitternd drückte sie die Taste auf dem Telefon.

»Wie schön, dass du gekommen bist«, sagte die Stimme ohne jede erkennbare Emotion.

Pia lief eine Träne über die linke Wange, bevor sie antworten konnte. Aber sie musste antworten, sie hatte keine Wahl.

―――

Wesley konnte in der Tat etwas mit dem kurzen Telefonat anfangen, das sie aufgezeichnet hatten. Nachdem Klara ihm gegenüber die Vermutung geäußert hatte, dass der Täter Pia gar nicht folgte, hatte Sam ihn angewiesen, das Band auf Merkmale zu untersuchen, die ihnen verraten könnten, wo sich ihr Mann aufhielt.

Zuerst hatte Sam Klaras Vermutung wenig Beachtung geschenkt, denn es passte nicht zu ihrem Täter, die Opfer mit der Bombe aus den Augen zu lassen. Schließlich war es der alte Haudegen Bennet gewesen, der ihn dran erinnern musste, dass sie es nicht mehr mit *ihm* zu tun hatten. Rascal Hill war tot. Zwar hatten sie es nach Sams Vermutung mit so etwas wie seinem Lehrjungen zu tun, aber das hieß noch lange nicht, dass er ihm, was die Perfektion seiner Taten anging, bereits das Wasser reichen konnte. Je mehr Sam darüber nachdachte, umso unwahrscheinlicher erschien ihm dies sogar, und er hätte sich dafür ohrfeigen können, dass er so blind hatte sein können.

Während Wesley fieberhaft an dem Band arbeitete, erstellte Sam ein Psychogramm des »Schülers«, wie er ihn insgeheim nannte. Und das Ergebnis ließ ihn schaudern. Nicht nur, dass er sehr viel unberechenbarer war als Rascal Hill, nein, er hatte auch etwas zu verlieren: Tammy Walker. Sam war mittlerweile überzeugt, dass sie noch lebte und dass sie sich irgendwo im Großraum New York in seiner Gewalt befand. Eingeschlossen in einem dunklen Kellerloch, genau wie Pia, wenn sie sich nicht beeilten.

Alles passte zusammen: Er war das Risiko eingegangen, sie nicht zu verfolgen, weil er sich um Tammy kümmern musste. Seit sie Pia verloren hatten, waren über vier Stunden vergangen. Es war mittlerweile nach Mitternacht, und Sam wartete in seinem Büro darauf, dass Wesley endlich einen Erfolg vermelden konnte. Ihr neumodisches Lagezentrum hatte die Experimentelle direkt nach Rascal Hills Tod wieder abgebaut, deshalb mussten sie mit ihren regulären Räumlichkeiten vorlieb nehmen.

Sam kramte den vierten Bleistift des Abends aus seiner Schreibtischschublade und malte Weintrauben auf einen Untersuchungsbericht. Er schraffierte gerade einen Lichtreflex in die Zeichnung, als sein Telefon klingelte: Wesley. Er nahm den Hörer schneller ab, als er eine Waffe ziehen konnte, und bellte eine knappe Begrüßung ins Telefon.

»Chef, ich glaube, ich habe etwas gefunden«, kam Wesley gleich zur Sache.

»Ich komme runter.«

Sam rannte durch den menschenleeren Gang, vorbei am

Kaffeeautomaten, und drückte am Fahrstuhl beide Knöpfe. Damit würde zwar nicht schneller eine Kabine kommen, aber es fühlte sich in jedem Fall besser an, entschied Sam. Die Tür öffnete sich in Zeitlupe, und im Inneren der Kabine drückte Sam den Knopf für Wesleys Stockwerk gleichzeitig mit dem, der die Türen sich schneller schließen ließ. Er tappte mit dem Fuß auf dem abgetretenen braunen Teppichboden, als könne er dem Aufzug einen zügigeren Takt vorgeben. Die Türen hatten sich kaum weit genug geöffnet, da schlüpfte Sam bereits hindurch und raste den Korridor entlang zu Wesleys Büro. Erst als er dessen Arbeitsplatz erreicht hatte, atmete er durch.

»Also«, sagte Wesley für Sams Geschmack eindeutig viel zu langatmig. »Es ist mir gelungen, die Hintergrundgeräusche auf seiner Seite herauszufiltern.«

Wesley klickte mit der Maus und gab über die Tastatur einige Kurzbefehle ein.

»Erst einmal normal«, kündigte Wesley an und startete die Aufnahme.

»Nimm ein Taxi nach Queens...«

»Und jetzt mit dem Filter«, sagte Wesley und startete die Aufnahme ein zweites Mal. Die Stimme war jetzt nur noch dumpf und im Hintergrund zu hören, stattdessen traten andere Geräusche in den Vordergrund, die Sam nicht einordnen konnte. Ein Pfeifen, ein Zug vielleicht. Metall, das auf Metall schlug. Ein Bahnhof? Sam äußerte seine Vermutung, was Wesley ein triumphierendes Lächeln entlockte.

»Das hatte ich zuerst auch geglaubt, aber ich denke, es ist etwas anderes.«

Jetzt riss Sam beinahe der Geduldsfaden: »Was, Junge, was?«, fragte er unbeherrscht.

»Ich denke, das sind Schiffe, Chef.«

»Schiffe?«

»Ja, hör noch einmal ganz genau hin.« Der junge Kollege startete die Aufnahme erneut, und jetzt konzentrierte sich Sam ganz auf die Sirenen und das Metall.

»Du könntest recht haben«, stellte Sam fest. »Bringt uns das irgendwie weiter?«, fragte er. »Lässt sich vielleicht feststellen, um welche Schiffe es sich handelt?«

»Du machst mir Spaß, Chef.« Wesley hob unschuldig die Hände. »Ich kann vielleicht zaubern, aber das geht nun wirklich ein wenig zu weit.«

»Verdammt«, sagte Sam. »Okay, es ist unsere einzige Spur. Setzen wir alles auf eine Karte.« Er wandte sich an Bennet, der die ganze Zeit am Nebentisch gestanden und alles mitgehört hatte. »Sag den Spezialeinheiten, sie sollen sich im Hafen von Newark sammeln. Und mach ein bisschen Feuer, okay?«

Bennet nickte und griff zum Telefon.

Sam nahm den Hörer von Wesleys Apparat und sagte: »Und du, mein lieber junger Freund, hörst jetzt einmal kurz weg, in Ordnung?«

»Wenn du Klara anrufen willst, der habe ich schon Bescheid gesagt.«

Sam stand der Mund offen: »Wie meinst du das, Bescheid gesagt?«, fragte er.

»Sie hat mitgehört. Oder was glaubst du, wie Anne es heute Nachmittag geschafft hat, sie in die Funkverbindung zu schleusen? Glaubst du, sie hat den Computer eigenhändig programmiert, Sam?«

»Hallo, Sam«, hörte er eine vertraute Stimme aus Wesleys Telefon.

Klara Swell fuhr in gemächlichem Tempo an den Containern des Brooklyn Marine Terminal entlang. Der Zaun zu ihrer Rechten grenzte den Zollbereich ab, links von ihr standen niedrige Lagerhäuser und größere Brownstones, in denen Firmen ansässig waren, deren Geschäftsgrundlage auf dem angrenzenden Hafen basierte.

Sam hatte seine Teams nach den Größen der New Yorker Häfen verteilt, ein durchaus logischer Plan, nach dem sich die meisten Beamten am Hafen von Newark in Jersey aufhielten. Trotzdem war Klara anderer Meinung, und zwar nicht nur, weil das Taxi diese Richtung eingeschlagen hatte. Sie glaubte nicht daran, dass sich Rascal Hills Schüler auf den riesigen Containerterminal einlassen würde, der niemals stillstand und dessen genaue Funktionsweise nicht einmal Leute verstanden, die dort seit zehn Jahren arbeiteten. Für einen Meisterplaner wie Rascal Hill, der sich Monate für die Planung einer Entführung Zeit genommen hätte, wäre es die logische Wahl, aber Klaras Bauch sagte ihr, dass die Dinge bei seinem Schüler anders lagen. Letztlich hatte sie sich für den Hafen von Brooklyn entschieden, weil er groß genug war, um Anonymität zu versprechen, jedoch klein und vor allem stadtnah genug, damit hier auch eine junge Anwaltsangestellte im Kostümchen nicht auffiel, wenn sie mit einem Paket über die Straße stöckelte. Nein, je länger sie darüber nachdachte, umso unwahrscheinlicher erschien ihr der große Megaterminal in Jersey.

Sie bog um die Ecke der Bryant Street und parkte ihren Wagen. Dann nahm sie die schwarze Tüte vom Rücksitz und holte ihren Anzug hervor. Sie öffnete das Fenster und ließ die Seeluft hinein, die wie immer am Hafen nach würzigem Seetang duftete. Gedankenverloren strich sie über das glatte Material und überlegte, wo sie mit ihrer Suche anfangen sollte.

―――

Pia erwachte aus einem traumlosen Dämmerzustand und konnte sich an nichts erinnern. Wo war sie? Warum konnte sie nichts sehen? Und warum war ihr so kalt? Erst langsam kehrten ihre Sinne aus dem drogenumnebelten Schlaf zurück, und ihr Gehirn fing an, die Puzzlestücke, die von der Chemie durcheinandergebracht worden waren, wieder zusammenzusetzen. Das Paket, der Mann, die Spritze. Pia versuchte sich zu orientieren. Sie saß in einem dunklen Raum, so viel war sicher. Der Boden war rauh und kratzte durch den dünnen Stoff ihres Kostüms an ihrer Haut, er war feucht und kalt. Ein Keller. Sie tastete um sich.

»Hallo, ist da wer?«, fragte sie in die Dunkelheit. Irgendwo hörte sie trippelnde Schritte wie die einer Ratte. Pia lief ein Schauer über den Rücken.

»Hallo?«, rief sie noch einmal.

Links von ihr kratzte etwas Größeres auf dem Boden, wenige Meter entfernt. Pia nahm allen Mut zusammen und bewegte sich auf allen vieren in die Richtung des Geräuschs. Irgendwo fielen Tropfen aufs Wasser. Platsch, Platsch, Platsch. Sie setzte eine Hand vor die andere.

»Hallo?«, flüsterte sie jetzt. Wieder eine Hand nach vorne. Jetzt spürte sie etwas, direkt vor ihr. Ein Atem? Sie hielt die Hand nach vorne, jeden Augenblick bereit, sie blitzschnell wieder zurückzuziehen. Das Kratzen, da war es wieder. Direkt neben ihr, nur wenige Zentimeter. Pia zitterte vor Angst. Sollte sie es wagen? Was, wenn *er* das war? Bei dem Gedanken an seine Stimme zuckte sie zusammen. Ja, sie hatte Angst. Ihr Atem ging schnell, und ihr Herz pumpte im Rekordtempo Sauerstoff in ihr vom Adrenalin aufgeputschtes Gehirn.

»Hallo?«, flüsterte sie noch einmal, noch zaghafter als zuvor. Wieder hörte sie das Kratzen, nur Zentimeter von ihrem Ohr entfernt. Wie in Zeitlupe streckte sie den Arm aus. Ihre Finger tasteten sich durch die Dunkelheit, bis sie etwas Weiches berührten. Es fühlte sich weich an und warm, wie ein Mensch. Pias Finger zuckten zurück. Wieder das Kratzen. Sie nahm allen Mut zusammen und streckte wieder die Finger aus, diesmal zitterten sie noch stärker.

»Wer bist du?«, fragte sie in die Dunkelheit.

———

Klara Swell lief im Schatten der Lagerhäuser und versuchte, ein möglichst großes Areal abzuarbeiten. Alle paar Minuten verzeichnete sie ihren Fortschritt auf der Kartenfunktion ihres Mobiltelefons, das sie in einem speziellen Case am Unterarm trug. Sie lief seit zwei Stunden auf diese Weise durch die Nacht, und die Aufgabe erschien beinahe aussichtslos. Pia könnte in jedem dieser Lagerhäuser stecken, jede freie Bürofläche konnte dem Täter als temporäre Unterkunft dienen, die meisten sahen nicht gerade aus, als kämen viele Makler mit Horden von Interessenten im Schlepptau, oftmals waren die Fenster eingeschlagen.

Klara untersuchte die Gebäude, so effizient es ging, spähte ins Innere, vergewisserte sich, dass sie leer standen oder dass die Einrichtung zu den Firmenschildern an der Haustür passte. In eines war sie sogar illegalerweise eingedrungen, weil sie ein verdächtiges Geräusch gehört hatte, aber es hatte sich herausgestellt, dass lediglich ein paar

Jugendliche eine drogen- und alkohollastige Feier feierten. Klara hielt wenig von Moralpredigten, und so hatte sie die Jungs einfach in Ruhe gelassen.

Jetzt schlich sie um den nächsten der immergleichen Brownstones und warf einen Blick durch die Fenster. Nichts. Das Erdgeschoss war verlassen und dem Zustand und einem Maklerschild an der Fassade nach zu urteilen, stand nicht nur ein einzelnes Stockwerk zur Vermietung. Trotzdem störte sie etwas, auch wenn sie nicht genau sagen konnte, wo das komische Gefühl in ihrer Magengegend herrührte. Sie vertraute ihren Instinkten und umrundete das gesamte Gebäude. Keine eingeschlagenen Fenster, keine offensichtlich aufgebrochenen Türen. Wenn sie jedes Gebäude, das so unauffällig anmutete wie dieses hier, genauer unter die Lupe nahm, war sie nächstes Jahr zu Ostern noch immer nicht fertig, erinnerte sich Klara, als ihr plötzlich ein frisches Taschentuch auf dem Boden auffiel. Es kam ihr seltsam vor, dass ein Taschentuch in dieser Gegend unbenutzt aussah. Würde es nicht binnen kürzester Zeit den Dreck anziehen und in den allgegenwärtigen Pfützen verklumpen? Eine frische Brise aus der Hudson Bay ließ seine Ränder flattern. Klara sah sich um, als täte sie etwas Verbotenes, und schalt sich im nächsten Moment für den albernen Reflex. Dann bückte sie sich, um den weißen Fetzen aufzuheben. Er war schwerer als erwartet. Neugierig drehte sie ihn in der Hand, um nach der Ursache für das eigentümliche Gewicht zu suchen. Es lag an einer rosafarbenen Haarspange, die das Papiertuch kunstvoll zusammenhielt. Klara legte die Stirn in Falten. Das war äußerst merkwürdig. In ihrem Kopf klingelten sämtliche Alarmglocken um die Wette. Woran erinnerte sie bloß ein dämliches Papiertaschentuch? Mit einer Haarspange? Wer benutzte heute noch Haarspangen? Hatte sie Pia jemals mit einer gesehen? Nein, da war sich Klara sicher. Plötzlich fiel es ihr wie Schuppen von den Augen: Tammy. Und das Taschentuch? Natürlich!, dachte Klara aufgeregt. Das Taschentuch in der rechten Jackentasche. Thibault Steins und ihr Zeichen bei Truthleaks. Es war ein Zeichen von Pia. Sie lebte, und sie musste ganz in der Nähe sein. Kurz dachte Klara daran, Sam zu informieren, musste dann aber feststellen, dass sie immer noch nicht sicher sein konnte, ob das Taschentuch wirklich von Pia stammte. Sie wollte nicht die gesamten Ressourcen ihrer Suche auf eine Vermutung hin verschieben, die sich am Ende doch als Hirngespinst herausstellen könnte. Nein, sie musste sichergehen. Und es gab nur einen Weg, das herauszufinden. Klara blickte sich um und vergewisserte sich, dass keine Cops in der Nähe waren. Dann schlich sie erneut um das Gebäude und stemmte sich auf ein Fensterbrett des Erdgeschosses. Mit ihren Armen suchte sie nach einem guten Halt am oberen Rand des Fensters und zog dann die Beine hinterher. So hangelte sie sich Stück für Stück das Gebäude hinauf, was sich bei dem alten Haus, das aus grob verputzten Backsteinen bestand, als nicht weiter schwierig herausstellte. Keine zwei Minuten später erreichte Klara das spitze Dach. Sie balancierte an der Dachrinne entlang, bis sie einen der großen Erker erreichte. Klara legte ein Ohr an das vor Dreck starrende Fenster: nichts. Sie entnahm einer kleinen Tasche, die in Knienähe in ihren Anzug eingenäht war, einen Diamantschneider und ritzte ein Loch in die Scheibe. Dann legte sie das runde Stück Glas in die Dachrinne und öffnete das Fenster. Der Mond schien in das Obergeschoss des Hauses und erleuchtete einen einfach betonierten Fußboden. Klara schwang sich durch die offenen Flügel des Fensters und landete lautlos im Inneren des Hauses. Noch in der Hocke tastete sie nach ihren Waffen und zog eine aus der Scheide – ein langes, schmales und elegantes Messer, das normalerweise zum Filettieren von Fischen verwendet wurde. Sie wog es in der Hand, um das Gewicht präzise auszutarieren. Dann schlich sie zum Treppenhaus und begann, das leerstehende Haus nach Pia abzusuchen.

Nachdem sie den dritten und zweiten Stock ohne Ergebnis durchstreift hatte, stand Klara an der Treppe zum Erdgeschoss des Hauses. In den unteren Stockwerken waren Holzböden verlegt, die alt und verschlissen aussahen und vor allem laut knarzten. Als Klara den Fuß auf die Treppe setzte, knarrte die dritte Treppenstufe so laut, dass Klara zusammenzuckte. Sie lauschte einen Moment, aber im Haus blieb es ruhig. Zu ruhig. Wenn Pia wirklich hier war, dann sicher im Keller, überlegte Klara.

Im Erdgeschoss untersuchte sie die Fenster und Türen auf Einbruchsspuren. Bei einer einfachen Holztür, die in den hinteren Teil des Gartens führte, wurde sie fündig: Jemand hatte das Schloss aufgebrochen und die Tür provisorisch von innen mit einem schweren Backstein gesichert. Klara ergriff das Messer noch ein wenig fester. Für sie bestand kein Zweifel mehr, dass Pia und Tammy hier festgehalten wurden.

War da jemand? Blitzschnell fuhr sie herum und starrte in die Dunkelheit. Der Mond drang kaum in das tiefgelegene Stockwerk, und die Räume lagen in fast vollständiger Dunkelheit. Dennoch traute Klara sich nicht, die Taschenlampe einzuschalten. War es ein Fehler gewesen, die Pistole im Auto zu lassen? Nein, sie konnte mit den

Messern umgehen wie kaum eine Zweite, und es galt die Devise: Entweder nach Vorschrift mit gezogener Pistole oder auf ihre Art. Allerdings blieb ihr eine Lichtquelle verwehrt. Der Lichtkegel wäre zu verräterisch gewesen, und die Dunkelheit war für die Nähe, die sie für einen möglichen lautlosen Angriff mit den Messern brauchte, ihr wichtigster Verbündeter.

Klara drängte sich in die Nische neben der Tür, die zu dem nächsten Raum führte. Ihr Atem ging jetzt, da sie sich der drohenden Gefahr bewusst war, immer schneller. Irgendwo in diesem Haus lauerte ein Psychopath, und er hatte Pia und vermutlich auch Tammy Walker in seiner Gewalt. Obwohl es ihrer Art, alleine zu arbeiten, widersprach, sendete sie eine SMS mit ihrem Aufenthaltsort und ihrer Vermutung an Sam, alles andere wäre in dieser Situation grob fahrlässig gewesen.

Bevor sie sich in den nächsten Raum vorwagte, atmete Klara tief ein. Es ging los.

An jeder weiteren Tür lauschte Klara und schlich dann in den langen Schatten der Wände von Raum zu Raum. Dann und wann knarzte eine Diele. Sie brauchte über zehn Minuten, um auf diese Weise das Erdgeschoss abzusuchen: es war leer. Auf dem Weg zur Kellertreppe testete Klara jede einzelne Bohle, bevor sie ihr Gewicht darauf verlagerte. Zum Glück wechselte der Bodenbelag an dem schmalen Abstieg wieder zu einem Untergrund aus Stein. Jetzt galt es die Nervern zu bewahren.

An der steilen Treppe presste sich Klara gegen die kalte Wand. Stufe für Stufe stieg sie in die feuchten Kellerräume hinunter, es wurde mit jedem Schritt frostiger, zumindest kam es ihr so vor. Im Gegensatz zu den oberen Stockwerken wirkte der Keller zwar auf den ersten Blick ebenso verlassen, aber es standen etliche Relikte der ehemaligen Bewohner herum, sodass man einen ganzen Flohmarkt damit hätte organisieren können. Sie lauschte.

Da. Ein Geräusch. Eine Melodie, mindestens noch drei Räume entfernt. Ein Radio lief, vermutete Klara. Das war gut. Sie schlich weiter, achtete jetzt vor allem darauf, sich in möglichst fließenden Bewegungen vorzuarbeiten. Sie bewegte sich auf die Musik zu. Ein Shakira-Song. Er hielt zwei Frauen gefangen und hörte seichten Pop. Unglaublich.

Zwei Räume weiter sah sie ein Licht unter dem Rahmen der Tür. Wer wartete hinter der einfachen Holztür? Der Täter? Tammy und Pia? Oder alle drei? Klara versuchte, durch das Schlüsselloch zu spähen, konnte aber nichts erkennen. Irgendjemand hatte Kaugummi oder Papier hineingestopft. Klara atmete flach und wog ihre Optionen ab. Sie blickte nach links. Dort lagen weitere Kellerräume, und sie hatte keine Ahnung, wo sich Tammy und Pia befanden. Sie konnten ebenso gut hinter dieser Tür sein. Nein, sie hatte keine Wahl.

Klara legte die Hand auf die Türklinke. Millimeter für Millimeter drückte sie nach unten, bis sie spürte, dass sich der Riegel vollständig zurückgeschoben hatte. Noch einmal wog sie das Messer in ihrer rechten Hand und hob ihren Arm. Dann öffnete sie mit einer einzigen fließenden Bewegung die Tür, wirbelte durch den Raum und durchsuchte während ihrer Drehung um die eigene Achse mit den Augen das kleine Zimmer.

Sie kam direkt vor dem Radio zum Stehen, den Arm mit dem Messer hatte sie noch immer erhoben. Aber es gab nichts, worauf sie hätte einstechen können, der Raum war leer. Das Radio stand auf einem einfachen Resopaltisch und spielte unbeirrt den dämlichen Song, davor lag ein umgeworfener Stuhl, ebenfalls aus Plastik, und auf dem Tisch stapelten sich unzählige, sorgsam beschriftete Blätter in Klarsichtfolie.

Klara überflog die Unterlagen und erschrak. Es handelte sich um Listen, die Pias Entführung minutiös vorgaben, mit Zeitangaben, möglichen Komplikationen und allen Details. Klara schluckte und wühlte sich durch die Listen auf der Suche nach einem Hinweis auf Pias Gefängnis, aber da war nichts.

Plötzlich hörte Klara ein polterndes Geräusch aus einem der Nebenzimmer, nicht allzu weit entfernt. Sie brach die Durchsicht der Unterlagen ab und konzentrierte sich wieder auf das Hier und Jetzt.

Wo kam das Geräusch her? Klara lauschte. Sollte sie es riskieren, das Licht auszuschalten? Nein, es würde dem Täter verraten, dass sie hier war. Und bisher hatte sie keine Ahnung, von wem das Poltern stammte. Klara glaubte ein Flüstern zu hören. Sie schlich in die Richtung, aus der die Geräusche und das Flüstern gekommen waren.

Nachdem sie den Raum mit dem dudelnden Radio verlassen und die Tür geschlossen hatte, umfing sie wieder vollständige Dunkelheit. Sie wartete ein paar quälend lange Minuten, bis sich ihre Augen an die Dunkelheit gewöhnt hatten. Es war äußerst gefährlich, ohne perfekt vorbereitete Sinne in eine heikle Situation zu stolpern, wie Klara aus bitterer Erfahrung wusste.

Plötzlich hörte sie ein Geräusch. Schritte. Viel näher. Blitzschnell flüchtete Klara sich zwischen ein Regal mit halbleeren Farbdosen und einen Kleiderständer. Sie achtete darauf, ihre Gliedmaßen genau hinter den Streben des Regals zu verbergen. Wenn er nicht gerade eine Deckenlampe einschaltete, die Klara nirgendwo entdecken konnte, würde die Tarnung ausreichen. Die Schritte kamen näher. Klara verflachte ihre Atmung bis sie sogar für sie selbst kaum noch wahrnehmbar war. Dann sah sie ihn. Eine dunkle Silhouette tauchte im Türrahmen auf. Ein Mann, jung, fast noch ein Jugendlicher. Mein Gott. Sie hörte seinen schnellen Atem, so nah stand er bei ihr. Mit einem tiefen Seufzer öffnete er die Tür zu dem Raum mit dem Radio und war einen Augenblick später verschwunden. Klara trat aus ihrem Versteck und horchte an der Tür. Jetzt lief ein Song von Jay-Z. Klonk. Er stellte den Stuhl wieder auf und setzte sich. Rascheln. Dann begann er, in den Unterlagen zu wühlen. Klara legte die Hand auf die Türklinke. Gleich wäre es vorbei, sie würde ihm das Messer an die Kehle halten und sich beherrschen müssen, ihn nicht eigenhändig umzubringen. Nein. Klara nahm die Hand von dem kalten Metall und schluckte. Nein. Erst musste sie Pia und Tammy finden, die Geiseln hatten oberste Priorität. Er würde nicht weglaufen, das wusste Klara. Er würde noch da sein, wenn sie zurückkam. Leise schlich sie an der Tür vorbei in den nächsten Raum. Das Flüstern wurde lauter, je weiter sie ging. Selbst für Klaras gute Augen war die Grenze erreicht, sie konnte sich jetzt nur noch auf ihre Ohren und ihren Tastsinn verlassen. Mit dem Messer in der erhobenen Hand tastete sie sich noch ein Kellerabteil weiter.

»Ist da jemand?«, flüsterte eine junge Frauenstimme.

»Psst, Tammy. Er ist doch gerade erst gegangen.«

Sie waren nur wenige Meter von ihr entfernt. Klara beschloss, ein Risiko einzugehen, und flüsterte zurück: »Pia, hier ist Klara. Bitte sorg dafür, dass sie nicht schreit.«

Sie hörte, wie jemand hinter einer Hand, die ihr auf den

Mund gepresst wurde, verzweifelt nach Hilfe schreien wollte.

»Klara?«, flüsterte es ungläubig zurück.

»Ja, ich bin da, Pia.«

»Gott sei Dank. Ich dachte schon, uns findet niemand.«

»Danke nicht Gott, danke deinem Einfall mit dem Taschentuch«, flüsterte Klara, die sich mittlerweile zu der Tür vorgetastet hatte, hinter der Klara und Tammy eingeschlossen sein mussten. Als sie vorsichtig die Türklinke hinunterdrückte und feststellte, dass abgeschlossen war, beschloss sie, das zweite Risiko des Abends einzugehen. Sie steckte das Messer in das Halfter, zog einen Dietrich und eine kleine Taschenlampe hervor und machte sich sofort an dem einfachen Schloss zu schaffen. Alle paar Sekunden hielt sie inne, um sich zu vergewissern, ob der Junge auch nicht zurückkehrte. Keine Minute später hatte sie das Türschloss geöffnet. Pia fiel ihr lautlos um den Hals und half Tammy dabei aufzustehen. Pia machte Anstalten, die Flucht anzutreten, als Klara das Licht löschte und Pia am Ärmel zurückhielt.

»Oder bringen wir es jetzt zu Ende?«, fragte sie in die Dunkelheit.

»Wie meinst du das?«, flüsterte Pia nah an ihrem Ohr.

»Wir machen ihn fertig. Jetzt und ein für alle Mal, das meine ich.«

»Ist das nicht gefährlich?«, fragte Pia.

»Nicht gefährlicher, als an seinem Versteck vorbei hier rauszuschleichen«, attestierte Klara.

Einige Sekunden herrschte eine gespannte Stille in dem engen Gefängnis. Schließlich presste Pia hervor: »Okay. Aber was ist mit Tammy?«

»Ich helf euch, das Schwein fertigzumachen«, antwortete das Mädchen, ohne zu zögern.

Klara wertete Tammys finstere Entschlossenheit als ein gutes Zeichen, vielleicht gab es für Tammy und ihre Familie Hoffnung, diesen Albtraum ohne bleibende Schäden zu überstehen. Immerhin eine Hoffnung.

Klara erklärte den beiden ihren einfachen Plan, besonders viel ausgefeilte Technik hatten sie ja ohnehin nicht zur Verfügung. Dann schloss sie die Tür zu Pias und Tammys Verlies, ohne abzuschließen, und wartete in der Ecke des Raumes auf ihren Mörder.

Keine dreißig Sekunden nachdem Pia angefangen hatte zu weinen, hörte Klara, wie in dem angrenzenden Raum der Stuhl zur Seite geschoben wurde. Die Tür öffnete sich, und sie sah den tanzenden Schein einer Taschenlampe, der sich durch die Kellerräume tastete. Er kam näher. Klara spannte alle Muskeln ihres Körpers an. Jetzt kam er auf sie zu, er war fast an der Tür. Sie drückte sich noch ein wenig fester in die Ecke. Jetzt, Pia, dachte sie im Stillen, und tatsächlich bewegte sich die Tür ein wenig. Der Mann reagierte, wie Klara vermutet hatte, und starrte ungläubig auf das Schloss. Dann wurde die Bewegung der Taschenlampe hektischer, der helle Strahl strich durch den Raum. Klara schloss die Augen und wartete, bis sie der Strahl gestreift hatte. Jetzt. Er hatte sie gesehen, eine schwarze Maske mit geschlossenen Augen. Sie stürzte sich auf ihn.

In seiner Überraschung stolperte der Mann rückwärts, hatte sich aber schnell wieder gefangen. Auf einmal hatte er eine Waffe in der Hand. Klara versuchte, ihm die Pistole aus der Hand zu schlagen, hieb mit dem Messer in Richtung seines Unterarms, aber der Junge war zu schnell.

Hektisch hob er die Waffe, sie zitterte in seiner Hand, als er sie Klara direkt vor die Stirn hielt. Ihre Augen weiteten sich vor Schrecken. Sie hatte ihn unterschätzt. Sie hatte den gröbsten Fehler begangen und ihren Gegner unterschätzt. Er grinste sie hämisch an. Dann spannte er den Abzug, und seine Augen weiteten sich überrascht. Ungläubig starrte er zuerst in das Gesicht der jungen Tammy Walker und dann auf das große Messer, das in seiner Brust steckte. Er ließ die Waffe fallen, um mit beiden Händen danach zu greifen, aber bevor er es herausziehen konnte, verließen ihn die Kräfte. Sein Kopf sackte zurück.

»Ist er tot?«, fragte Pia aus der Dunkelheit.

Klara tastete nach seinem Hals.

»Ja«, bestätigte sie und drehte das Licht der Taschenlampe auf volle Helligkeit. Sie sah Tammy Walker: zitternd, schockiert, aber am Leben und körperlich unversehrt. Dann Pia: kämpferisch, hoffnungsvoll. Klara atmete tief ein und ließ sich neben der Zellentür auf den Boden sinken. Mit einem Blick auf das Display ihres Handys vergewisserte sie sich, dass sie hier unten Empfang hatte, und wählte nun die Nummer des Menschen, den sie jetzt am dringendsten sehen musste.

»Hol uns ab, Sam«, sagte sie erschöpft. »Hol uns ab. Und bring Adrian und die Walkers mit. Ich warte auf dich.«

Kapitel 39

November 2011
Epilog

»Kannst du mir bitte den Reißverschluss zuziehen?«, fragte Pia Adrian vor dem Spiegel in seinem, nein, seit Neuestem ihrem gemeinsamen Schlafzimmer. Ohne zu antworten, trat Adrian hinter sie und legte seine Hand an ihre Hüfte.
»Und du bist sicher, dass wir nicht einfach hierbleiben sollen?«
Sie drehte sich zu ihm um und zog die Augenbrauen hoch. Seufzend kam Adrian ihrer Bitte nach und stieg in die einzige Anzughose, die er besaß.
»Wieso müssen wir uns eigentlich so aufbrezeln, Pia?«
»Wenn uns Thibault schon seinen Rolls leiht inklusive Fahrer und ich dich ins Buddakan ausführe, dann sollte dir das schon eine ordentliche Garderobe wert sein«, zog Pia ihn auf. »Außerdem gefällst du mir in den Klamotten.«
»Ich komme mir vor, als würdest du mir einen Antrag machen«, bemerkte Adrian.
Pia lachte und zupfte eine Strähne ihrer blonden Mähne zurecht: »Ich habe in der Tat noch eine Überraschung für dich. Aber so viel vorab: Es ist kein Antrag. Das ist dein Job, wenn es jemals so weit kommen sollte. Und jetzt lass uns gehen, sonst kommen wir noch zu spät zu meiner Überraschung.«

Edward stand schon vor dem Haus und begrüßte sie fröhlich. Die noble Karosse wirkte hier in Williamsburg wie eine Kutsche auf dem Highway, und als Steins Fahrer ihnen auch noch den Schlag aufhielt, machte Adrian ein Gesicht, als schämte er sich vor seinen Nachbarn in Grund und Boden. Keine Minute später glitt der Wagen durch das abendliche New York.

Vierzig Minuten und somit zehn Minuten später als geplant rollte die Limousine vor den roten Teppich, mit dem das Buddakan, eines der angesagtesten Restaurants der Stadt, seine Gäste begrüßte. Ein eilfertiger Junge in Livree öffnete Pia die Tür, und sie stiegen die Treppe zu der alten Fabrikhalle im Meatpacking District hinauf.

»Ein bisschen übertrieben, findest du nicht?«, raunte ihr Adrian zu.

»Schon«, flüsterte Pia zurück, während sie am Empfang warteten, »aber ich habe es nicht ausgesucht.«

»Du lädst mich in ein Restaurant ein, das du nicht ausgesucht hast?«, fragte Adrian skeptisch.

»So in etwa. Lass dich überraschen«, sagte Pia, als sie einer Kellnerin durch den riesigen Raum zu ihrem Tisch folgten. Das Ambiente war atemberaubend: Große Kandelaber hingen an einer rund zwanzig Meter hohen Decke, weiß eingedeckte Tische reihten sich aneinander. Sie musste Adrian recht geben: Alles vielleicht ein ganz klein bisschen übertrieben. Die Kellnerin deutete auf einen Ecktisch und überließ sie ihrem Schicksal. Pia spürte, wie sich Adrians Rücken versteifte. An ihrem Tisch saß bereits die Überraschung.

»Jetzt wird mir einiges klar«, raunte ihr Adrian heiser ins Ohr.

Der Mann und die Frau, die an ihrem Tisch auf sie warteten, erhoben sich.

»Hallo, Adrian«, sagte seine Mutter, während ihr eine einzelne Träne über die rechte Wange kullerte.

———

Am neununddreißigsten Tag ihrer Haft erwachte Klara mit Kopfschmerzen. Wahrscheinlich hatte sie zu viel trainiert in der letzten Woche, überlegte sie noch, als es an der Zellentür klopfte. Seit wann diese neue Höflichkeit?, fragte sich Klara, als die Tür geöffnet wurde. Der Wärter, der nach Zwiebeln und billigem Deo roch, stand in der Tür, sein Name war Evans, wie sie mittlerweile wusste, aber das machte seinen Geruch auch nicht erträglicher.

»Miss Swell, es ist Zeit«, sagte er.

»Zeit wofür?«, ärgerte sich Klara und setzte sich auf. »Für die nächste Putzrunde?«

»Heute nicht«, sagte Evans, »Termin beim Direktor. Und zwar ein bisschen pronto, wenn ich bitten darf.«

Eine schnelle Dusche, und zwanzig Minuten später stand Klara in einem frischen Set Gefängnisklamotten vor dem Leiter von Rikers Island. Sein Büro war penibel aufgeräumt, an der Wand hing ein Druck von Goya. Er bedeutete ihr, sich zu setzen.

»Miss Swell«, begann er seufzend. Er öffnete einen dünnen Manilafolder und zog ein offiziell aussehendes Schreiben hervor. »Ich will offen zu Ihnen sein: Mir passt es überhaupt nicht, und FBI-Direktor Marin hat sich bis zur letzten Minute dagegen verwehrt, aber seit gestern Abend ist es offiziell. Ich darf Ihnen hiermit Ihre Entlassungsurkunde überreichen.«

Klara blieb der Mund offen stehen. Machte der Kerl Witze? Auf einmal? Nach ihrer Befreiungsaktion von Tammy Walker und Pia hatte es keine neun Stunden gedauert, bis sie eine Polizeistreife abgeholt hatte. Sie wusste, dass sich Stein weiterhin bemühte, aber sein ursprünglicher Plan, sie rauszuboxen, war offenbar nicht aufgegangen. Falls es einen solchen Plan jemals gegeben hatte.

»So etwas ist mir wirklich noch nie untergekommen«, murmelte der Direktor, während er ihr ein Blatt Papier über den Tisch reichte. Klara überflog das Schreiben: Offenbar war es Stein mit der nicht unerheblichen Hilfe eines einflussreichen Geschäftsmanns aus Deutschland gelungen, eine Petition von über vierzig Senatoren unterzeichnet zu bekommen, die sich für ihre Freilassung einsetzten. Klara fühlte sich ein wenig geschmeichelt. Sie grinste den Direktor über seinen teuer aussehenden Schreibtisch hinweg an.

»Und meine Entlassungsurkunde?«

»Ja, natürlich«, antwortete der Direktor zerknirscht und reichte ihr ein weiteres Dokument. Bei dem Siegel, das einen goldenen Adler mit Pfeilen und einem Olivenzweig zeigte, stockte ihr der Atem.

Eineinhalb zermürbende Stunden und unzählige Formulare später verließ Klara zum zweiten Mal Rikers Island, diesmal jedoch auf offiziellem Weg. Nachdem der Beamte, der sie begleitete, ihre Papiere an den Wachhabenden weitergereicht hatte und vier weitere Stempel ihre Entlassung offiziell beglaubigten, öffnete sich der Schlagbaum, hinter dem die Brücke nach Queens begann, wie in Zeitlupe.

Obwohl es Dezember war, sorgte die strahlende Sonne für milde Temperaturen. Klara blinzelte und zog ihre dunkle Sonnenbrille aus der Tasche, die sie ebenso zurückerhalten hatte wie ihre restlichen Klamotten. Langsam schritt sie über den Asphalt, keine hundertfünfzig Meter von dem Parkplatz entfernt, über den sie geflohen war, und genoss den Geruch von Freiheit. Es fühlt sich deutlich besser an als beim letzten Mal, bemerkte Klara, als sie auf die Brücke trat, und vor allem ohne Schüsse im Nacken.

Erst kurze Zeit später bemerkte sie den Mann auf der anderen Straßenseite, der an der Motorhaube seines Wagens lehnte: Sam. Bild dir bloß nicht ein, ich würde auf dich zustürmen, du elender Schuft, dachte Klara und überquerte absichtlich langsam die Straße.

»Hallo, Sam«, sagte sie schlicht.

»Hallo, Sissi. Schön, dass du da bist.« Dann nahm er sie in die Arme und küsste sie. Klara ließ es geschehen, sie hatte sich längst mit dem Unvermeidlichen abgefunden. Sie brauchte ihn genauso, wie er sie brauchte.

»Ach übrigens, Sissi. Eine Neuigkeit habe ich noch«, verkündete Sam, als sie eine Viertelstunde später im Auto Richtung Washington saßen. Nur eine?, dachte Klara. Es muss ganz schön langweilig ohne mich gewesen sein.

»Es gab doch eine Übereinstimmung zwischen den Opfern.«

Klara blickte skeptisch zu ihm herüber. Bisher waren sie immer davon ausgegangen, dass es Rascal Hill nur um die Taten und ihn selbst, nicht so sehr um die Persönlichkeit der Opfer gegangen war.

»Erinnerst du dich, dass wir Tammy Walker anhand ihres Facebook-Profils gefunden haben?«

Klara nickte.

»Alle Opfer waren auf Facebook, was ja heutzutage

nicht mehr weiter verwunderlich ist. Aber sie hatten noch etwas gemeinsam.«

Mit einer Kunstpause hielt Sam sie noch ein paar weitere Sekunden hin, wofür ihn Klara mit einem tadelnden Blick bedachte.

»Sie hatten die gleichen Interessen. Sie waren allesamt Fans eines Romans.« Er reichte ihr einen Zettel. Als Klara den Titel des Buches, das alle Opfer so gemocht hatten, las, stockte ihr der Atem. Auf dem Ausdruck war ein Buchcover abgebildet mit blutigen Pfählen, und der Titel lautete: »Judaswiege«. Von Ben Berkeley.

TY!

Ich kam zu diesem Buch wie die Jungfrau zum Kind. Oder besser gesagt: Es kam zu mir. Die verrückte Geschichte, warum ich überhaupt anfing, Romane zu schreiben, begann an einem Frühlingsabend. Ich war zu Besuch in Deutschland bei Freunden, und urplötzlich eröffnete mir Jenk, der übrigens auch ziemlich gute Bücher schreibt, dass er einen Verlag für seinen Erstling gefunden hatte. Potzblitz! Auf seine Frage, ob ich eigentlich jemals darüber nachgedacht hätte, Thriller zu schreiben, wo ich doch jeden Tag mit Verbrechen zu tun habe, wusste ich in diesem Moment keine Antwort. Aber die Idee war geboren. Als ich das nächste Mal in München war, stellte er mich seinem Agenten und seiner Lektorin vor. Und ab dann nahm das Unvermeidliche seinen Lauf: Ich reichte ein Exposé ein, und der Verlag schlug zu. Plötzlich war die Frage nicht mehr, ob ich ein Buch schriebe, sondern bis wann. Und dass dies gelungen ist, verdanke ich vielen Helfern.

In chronologischer Reihenfolge:

Meinen Eltern, die mich zweisprachig erzogen und die wohl dafür verantwortlich sind, dass ich immer noch auf Deutsch träume (und schreibe).

Katharina und Jenk, die mich auf die Idee zu einem Buch brachten.

Michaela, besagter Lektorin, die von der Idee begeistert war.

Dirk, meinem Agenten, der das Maximum aus der Idee machte.

Dem ganzen Team beim Piper Verlag und drumherum für ihr Vertrauen, die Unterstützung und den ganzen Rest.

Und schließlich bin ich all meinen Lesern zu Dank verpflichtet, ohne Euch macht das alles überhaupt keinen Spaß!

Ich hoffe, Ihr hattet beim Lesen mindestens so viel Freude wie ich beim Schreiben. Und wenn Ihr Euch traut, besucht mich auf Facebook ...

Herzlich

Euer Ben Berkeley
im Sommer 2011